# 死もまた我等なり

## クリフトン年代記 第2部

ジェフリー・アーチャー

戸田裕之 訳

THE SINS OF THE FATHER
BY JEFFREY ARCHER
TRANSLATION BY HIROYUKI TODA

THE SINS OF THE FATHER

BY JEFFREY ARCHER



THE WISDOM OF SOLOMON from CAT O'NINE TALES



Published by K.K. HarperCollins Japan, 2025

サー・トミー・マクファーソン

大英帝国三等勲爵（くんしゃく）士、戦功十字章、国防義勇軍栄誉章、法学博士

レジオンドヌール勲章

軍功章（追加勲章二つと星形勲章一つ）

イタリアの銀メダル及びレジスタンス勲章

ベツレヘムの聖マリア下級勲爵士

貴重な助言と調査をしてくれた
以下の人々に感謝する。

サイモン・ベインブリッジ、エレノア・ドライデン、
ドクター・ロバート・ライマン（王立歴史学会特別会員）、
アリソン・プリンス、マリ・ロバーツ、
そして、スーザン・ワット

クリフトン家
バリントン家
家系図

## クリフトン家

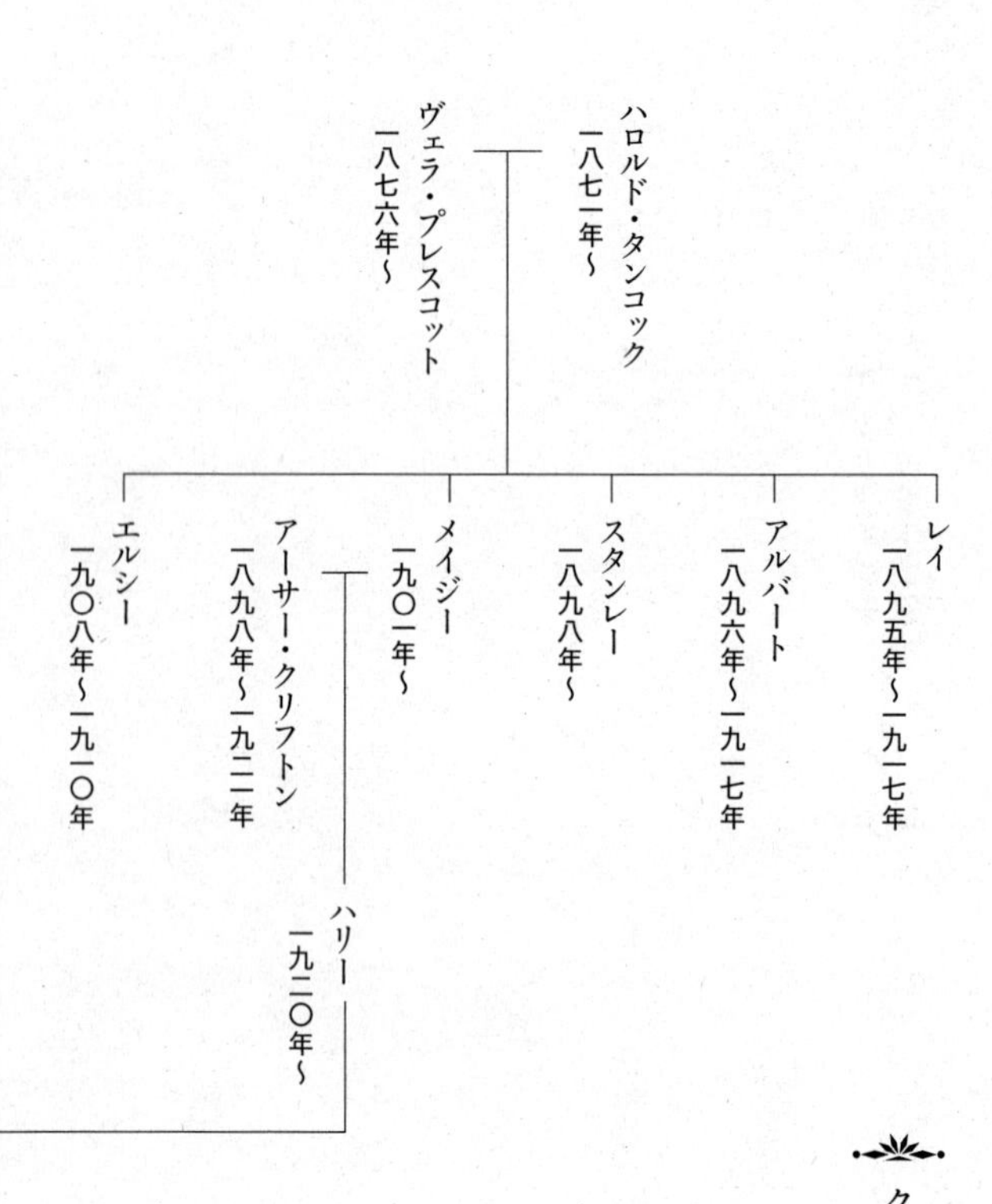
ハロルド・タンコック
一八七一年～
ヴェラ・プレスコット
一八七六年～
レイ
一八九五年～一九一七年
アルバート
一八九六年～一九一七年
スタンレー
一八九八年～
メイジー
一九〇一年～
アーサー・クリフトン
一八九八年～一九二一年
エルシー
一九〇八年～一九一〇年
ハリー
一九二〇年～

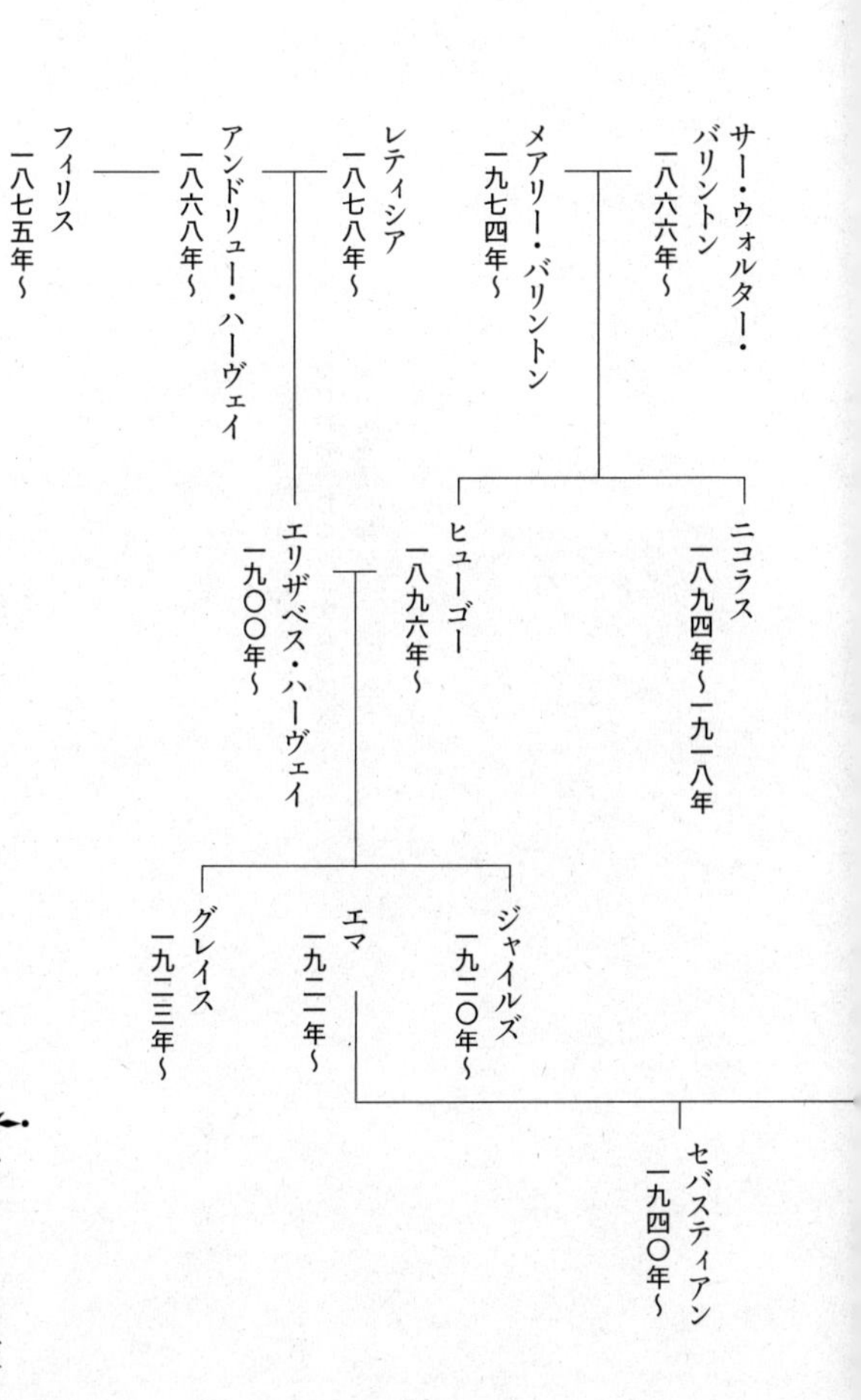

サー・ウォルター・バリントン
一八六六年～
メアリー・バリントン
一九七四年～
レティシア
一八七八年～
アンドリュー・ハーヴェイ
一八六八年～
フィリス
一八七五年～
ニコラス
一八九四年～一九一八年
ヒューゴー
一八九六年～
エリザベス・ハーヴェイ
一九〇〇年～
ジャイルズ
一九二〇年～
エマ
一九二一年～
グレイス
一九二三年～
セバスティアン
一九四〇年～


# バリントン家

〝あなたの神、主であるわたしは、
ねたむ神、わたしを憎む者には、
父の咎を子に報い、三代、四代にまで及ぼし……〟

――祈祷書

死もまた我等なり

## おもな登場人物

ハリー・クリフトン――ブリストル出身の青年
メイジー・クリフトン――ハリーの母親
スタン・タンコック――ハリーの伯父
セフトン・ジェルクス――ニューヨークの弁護士
カール・コロウスキー――ニューヨーク市警刑事
ジャイルズ・バリントン――ハリーの親友
エマ・バリントン――ハリーの元婚約者。ジャイルズの妹
ヒューゴー・バリントン――ジャイルズとエマの父親。バリントン海運の社長
エリザベス・バリントン――ジャイルズとエマの母親。ヒューゴーの元妻
サー・ウォルター・バリントン――ジャイルズとエマの祖父。バリントン海運の会長
ハーヴェイ卿――エリザベスの父親。ジャイルズとエマの祖父
セバスティアン――エマの息子
パット・クウィン――レーヴェンハム刑務所の囚人
ヘスラー――レーヴェンハム刑務所の看守
スワンソン――レーヴェンハム刑務所の所長
マックス・ロイド――レーヴェンハム刑務所の囚人
クリスティン・ティベット――カンザス・スター号の看護師
テリー・ベイツ――イギリス軍ウェセックス連隊伍長
アレックス・フィッシャー――イギリス軍ウェセックス連隊中尉

## ハリー・クリフトン

一九三九年―一九四一年

# 1

「ぼくの名前はハリー・クリフトンです」

「そうかい。それなら、おれはベーブ・ルースだ」コロウスキー刑事が煙草を点けた。

「そうじゃないんです」ハリーは抵抗した。「あなたはわかってないんだ、これはとんでもない誤解なんです。ぼくはハリー・クリフトン、ブリストル生まれのイギリス人で、トム・ブラッドショーと同じ船に乗り組んでいたんです」

「そういう話は弁護士にするんだな」刑事がゆっくりと吐き出した煙が狭い房に満ちた。

「弁護士はいません」ハリーは言った。

「おれがいまのおまえさんの立場なら、若いの、セフトン・ジェルクスに弁護を頼むしか望みはないと考えるだろうがな」

「それはだれですか？」

「おまえさんは聞いたことがないかもしれないが、ニューヨーク一の敏腕弁護士だよ」刑事がまたもや盛大に煙を吐いた。「その腕のいい弁護士が明日の朝九時に、おまえさんに会いにくることになってる。そして、そいつがここにくるってことは、弁護料が前払いされてるってことだ」

「でも――」ハリーが言いかけると、コロウスキーが房のドアを平手で叩いた。

「だから、あいつが明日の朝、ここに姿を現わすまでに」コロウスキーがハリーをさえぎってつづけた。「おれたちが別人を逮捕してるという以上に説得力のある話を考えておくんだな。おまえさんは入国管理官にトム・ブラッドショーと名乗ってるんだぞ。入国管理官がそれを信じたんなら、判事だって信じるんじゃないのか？」

コロウスキーが房のドアを勢いよく開け、その前にまたもや煙を盛大に吐いてハリーを咳き込ませたあと、何も言わずに通路に出てぴしゃりとドアを閉めた。ハリーは壁に作りつけてある寝台にひっくり返り、煉瓦のように硬い枕に頭を載せると、天井を見上げて考えた――いったいどういうわけで殺人の疑いをかけられ、世界の反対側で独房にいるはめになったんだろう。

朝の光が鉄格子のはまった窓から忍び込んでくるよりもずいぶん早く、房のドアが開いた。未明にもかかわらず、ハリーの目ははっきり覚めていた。

看守がそろそろと盆を持って入ってきたが、その上に載っている食事は、救世軍が一文無しの浮浪者にすら出そうとしないような代物だった。その盆を小さな木のテーブルに置くや、看守は一言も口を利かないまま、そそくさと出ていった。

ハリーは朝食に一瞥をくれただけで、房のなかを歩き回りはじめた。一歩ごとに、トム・ブラッドショーと名前を取り替えた理由をミスター・ジェルクスに説明すれば、事態はたちどころに解決するはずだという自信が深まっていった。罰を科せられるとしても、最悪で国外退去だろうし、そもそもおれはイギリスへ帰って海軍に入るつもりだったのだから、むしろ願ったりの結果になるわけだ。

午前八時五十五分、ハリーは寝台の端に腰掛け、ミスター・ジェルクスの登場を待ちかねていた。頑丈な鉄のドアが開いたのは、九時を十二分過ぎたときだった。看守が脇へどき、長身で優雅なたたずまいの銀髪の男が入ってくるのを見て、ハリーは勢い込んで立ち上がった。たぶん祖父と同年配だろう、ミスター・ジェルクスはダーク・ブルーのピンストライプ柄のダブルのスーツをまとい、白いワイシャツに縞柄のネクタイを締めていて、その上に載っている退屈そうな顔が、自分を驚かすようなことは世の中にほとんど存在しないと物語っていた。

「おはよう」ジェルクスが薄い笑みを浮かべてハリーに言った。「私はセフトン・ジェルクス、〈ジェルクス、マイヤーズ&アバーナシー〉のシニア・パートナーだ。今回、私のクライアントであるブラッドショー夫妻から、きたるべき裁判できみの代理人をつとめてほしいと依頼を受けた」

ハリーは古い友人がオックスフォードの学習室にお茶を一杯飲みに立ち寄ったかのようなさりげない態度で、房に一つしかない椅子をジェルクスに勧めた。そして、自分は寝台に浅く腰掛け、弁護士がブリーフケースからイェロー・パッドを取り出してテーブルに置くのを見守った。

ジェルクスが内ポケットからペンを出して言った。「まずは、きみがだれであるかを教えてもらうほうがいいかもしれないな。お互い、きみがブラッドショー中尉でないことはわかっているわけだから」

ハリーの話に驚いたとしても、弁護士はそれをおくびにも出さず、俯いたまま、ひたすらメモを取りつづけた。その間、ハリーはどうして一夜を留置場で過ごすはめになったかを説明し、話し終えた瞬間に、これで問題は間違いなく解決されるはずだと安堵した。何しろこんなヴェテランの弁護士がついてくれたのだから。だが、それはジェルクスの最初の質問を聞くまでに過ぎなかった。

「では、きみは〈カンザス・スター〉に乗り組んでいるときにお母さんに手紙を書き、なぜトム・ブラッドショーに成り代わったか、その理由を説明したわけだ」

「そのとおりです。必要のない辛い思いをさせたくなかったからですが、一方で、自分がどうしてそんな思い切った決断をしたかをわかってもらう必要があったからです」

「そうだな、別人に成り代わったらもっと複雑な問題がいくつも生じる可能性があるのも顧みず、そうすることで目の前の問題が解決されるのではないかときみが考えたとすれば、その理由は理解できないでもないな」ジェルクスが言い、次に、もっとハリーを驚かせる質問をした。「その手紙の内容を憶えているかな？」

「もちろんです。何度も書き直したから、ほとんど一字一句違わずに憶えています」

「では、きみの記憶力を試させてもらおうか」ジェルクスはそれ以上何も言わずにイエローー・パッドを一枚ちぎり取り、万年筆と一緒にハリーに渡した。

ハリーはしばらく考え、正確な言葉を思い出してから、その文章を文字にしていった。

最愛のお母さん

ぼくが海の上で殺されたと、だれかがあなたに知らせる前にこの手紙が届くよう、全力を尽くしました。

この手紙の日付でもわかるとおり、九月四日に〈デヴォニアン〉が沈められたときには、ぼくは死んでいません。実はアメリカの船に助けられて、いまも至って元気にしています。ですが、別人の身分を仮に名乗る機会があり、それを利用することにしたのです。そうすれば、何年も前から図らずもぼくが原因となっているように思われる多くの問題から、あなたとバリントンの一族を解放できるのではないかと考えたからです。

大事なのは、エマに対するぼくの愛が決して衰えることはない、それどころか、大きく燃えさかっていることを、あなたがわかっていてくれることなのです。でも、いつの日か、ぼくの父親はアーサー・クリフトンであってヒューゴー・バリントンではないと証明できるかもしれないという、虚しい希望にすがってこれからの人生を過ごしてほしいと彼女に期待する権利は、ぼくにはないように思われるのです。でも、こうすれば、だれかほかの男性と一緒の人生を、少なくとも考えることはできるはずです。もちろん、その男性を妬ましくは思いますが。

イギリスへはそう遠くない将来に帰るつもりです。何であれトム・ブラッドショーなる人物から連絡があったら、それはぼくです。

イギリスの地を踏んだら、すぐに連絡します。でも、お願いします、ぼくの秘密は絶対に口外しないでください。あなたが自分の秘密を長年にわたって絶対に口外しなかったように。

あなたを愛している息子　ハリー

ジェルクスは手紙を読み終えると、ふたたびハリーを驚かせた。「この手紙を自分で投函したのかね、ミスター・クリフトン？　それとも、だれかに頼んだのかな？」

ハリーは初めて不審を抱き、二週間後にブリストルに着いたら母に手渡してくれと、ドクター・ウォーレスに頼んだ事実を黙っていることにした。その手紙を自分に渡すようジェルクスがドクター・ウォーレスを説得し、その結果、自分がまだ生きていることを母が知る術がなくなるのを恐れたのだ。

「上陸したときに自分で投函しました」ハリーは言った。

年配の法律家がしばらく考えたあとで反応した。「きみがトーマス・ブラッドショーではなく、ハリー・クリフトンであることを証明する何かを持っているかね？」

「いえ、持っていません」ハリーは躊躇なく答えた。自分がトム・ブラッドショーでないと信じる理由を〈カンザス・スター〉に乗り組んでいた誰一人として持っていないことも、その話を事実だと裏付けられる人々は海の向こう、三千マイル以上離れたところにしかいないことも、その人々にしてもハリー・クリフトンが海の底に沈んでしまったと知らされるまでにそう長い時間はかからないだろうことも、嫌になるほどよくわかっていた。

「それなら、きみに力を貸すことができなくはないかもしれないな、ミスター・クリフトン。もっとも、きみが死んだとミス・エマ・バリントンに信じさせたいと、いまも思っているなら、だがね。もしそうであるなら」ジェルクスが明らかな作り笑いを浮かべて言った。「問題の解決策を提示できるかもしれない」

「解決策、ですか？」ハリーの顔に初めて希望が浮かんだ。

「だが、そのためには、きみにトーマス・ブラッドショーでありつづけてもらわなくてはならない」

ハリーはすぐには答えられなかった。

「ブラッドショーに対する容疑がせいぜいが状況証拠によるものでしかないことは地方検事局も認めていて、殺人が行なわれた翌日に彼が出国しているという事実にしがみついているだけだ。そして、自分たちの証拠の薄弱さをわかっているから、軍を脱走したという、より軽い罪をきみが認めさえすれば、殺人容疑は取り下げると言っているんだ」

「でも、ぼくがそれに同意する理由は何でしょうか」ハリーは訊いた。

「私に考えつくことのできる理由は三つだ」ジェルクスが答えた。「一つ目、もしきみが同意しなければ、アメリカ合衆国へ不法入国した罪で六年の実刑を受けることになるだろうということ。二つ目、トム・ブラッドショーのままでいつづければ、きみがいまも生きているとバリントン家の人々が信じる理由がなくなること。そして三つ目、息子に成り代わってくれればきみに一万ドル支払ってもいいと、トーマス・ブラッドショーの両親が言っていること」

これは長年の母の苦労に報いる絶好の機会だぞ、とハリーは即座に気がついた。一万ドルあれば母の人生は変わるだろう。スティル・ハウス・レーンの各階に二部屋の家からも、毎週玄関をノックする家賃の取り立て人からも、逃げ出すことができる。それに——母の性格からして考えにくいことではあるけれども——グランド・ホテルのウェイトレスの仕事を辞めて、もっと楽に暮らそうとさえするかもしれない。だが、この弁護士の計画に同意する前に、おれ自身の疑問を解決する必要がある。

「でも、ブラッドショーの両親はどうしてそんな策を弄さなくてはならないんですか？ 息子が海で死んだことは、もう知っているんでしょ？」

「ミセス・ブラッドショーはトーマスの名前に傷をつけまいと必死なんだ。自分の息子がもう一人の自分の息子を殺したなどということは絶対に受け入れないだろうな」

「では、トムの容疑は——兄弟殺しなんですか？」

「そういうことだ。だが、さっき言ったとおり、状況証拠しかなくて根拠が薄弱なために、おそらくは公判を維持できないだろう。だから地方検事局は、脱走というもっと軽い罪を認めさえすれば、殺人容疑は取り下げると言っているんだ」

「それを認めた場合、刑期はどのぐらいになるんですか？」

「一年を求刑するということで、地方検事局と話がついている。模範囚と認められれば、半年で自由の身だ。自分はハリー・クリフトンだと言いつづければ刑期は六年になっても不思議はない。それよりははるかにましだろう」

「でも、法廷に立った瞬間に、ぼくがトム・ブラッドショーではないと、だれかが気づくんじゃありませんか？」

「それはない」ジェルクスが否定した。「ブラッドショー家はシアトル、つまり西海岸の出身で、金持ちであるにもかかわらず、ニューヨークを訪れることは滅多にない。トーマスは十七歳で海軍に入り、きみも不本意ながら知っているとおり、この四年はアメリカに戻っていない。だから、有罪を認めれば、きみが法廷にいるのはわずか二十分だ」

「だけど、ぼくが口を開いたら、アメリカ人でないことがばれるんじゃないですか?」

「だから、きみは口を開かないんだよ、ミスター・クリフトン」この洗練された弁護士はすべてに対する答えを持っているかのようだった。ハリーは別の方向から攻めてみた。

「イギリスでは、殺人事件の裁判となると必ずメディアが法廷に押し寄せるし、一般市民も一目でも被告を見ようとして、何時間も前から法廷の外に列をなすんです」

「ミスター・クリフトン、ニューヨークでは現時点で十四の殺人事件が裁かれているんだ。そのなかには悪名高い〝鋏刺殺事件(シザーズ・スタバー)〟も含まれている。きみの裁判など、駆け出しの新聞記者だって姿を見せないんじゃないかな」

「ちょっと考えさせてもらえませんか」

ジェルクスがちらりと時計を見た。「われわれは正午にアトキンズ判事と対面することになっている。だから、結論を出すための時間は一時間とちょっとしかないぞ、ミスター・クリフトン」そして看守を呼び、房のドアを開けさせた。「手助けを望まないということであれば、私としては幸運を祈らせてもらうしかない。なぜなら、そうなればきみと会うことは二度とないからだ」弁護士はそう付け加えて出ていった。

ハリーは寝台の端に腰掛け、セフトン・ジェルクスの申し出について考えた。銀髪の法律家が独自の基本方針を持っていることに疑いの余地はなく、六年より六カ月のほうがはるかに耳に心地よかったし、年季の入ったこの弁護士のほかに頼れる人物がいるとも思えない。サー・ウォルター・バリントンの会長室に立ち寄り、しばらく時間をかけて助言を求められないのが残念でならなかった。

一時間後、ハリーは手錠を掛けられ、ダーク・ブルーのスーツ、糊の利いた襟のクリーム色のシャツ、ストライプのネクタイという服装で房を出ると、刑務所の車に乗せられ、武装した警備員にともなわれて裁判所へ向かった。

「これで、きみに人を殺す能力があるとはだれも信じないだろう」仕立屋が六着ものスーツとシャツ、何種類ものネクタイを抱えて房に現われ、似合うものを選んで帰っていったあとで、ジェルクスが宣言した。

「そんな能力はそもそもありませんよ」ハリーは改めて言った。

　通路で合流すると、弁護士はその前と同じ笑みを浮かべてスウィング・ドアを通り抜け、中央通路を下っていって、弁護人用のテーブルにたどり着くまで足を止めなかった。そこには、まだだれも坐っていない椅子が二脚、備えられていた。

　その一方に腰を下ろすや手錠が外され、ハリーはほとんど無人の法廷を見回した。一点については、ジェルクスが言ったとおりだった。市民も、間違いなくメディアも、この事件には関心がないらしかった。彼らにとってはありふれた家庭内殺人に過ぎず、被告人は無罪になる可能性が高く、第四法廷が電気椅子送りを宣告しないのであれば、〝兄弟殺し〟の大見出しを躍らせようがないということなのだろう。

最初のチャイムが正午を告げるや、部屋の奥のドアが開き、アトキンズ判事が姿を現わしてゆっくりと法廷を横切ると、階段を上がって、一段高くなっている裁判長席に着いた。そして、地方検事を見てうなずいた。その口から何が話されるかは、先刻承知していると言わんばかりだった。

原告側の席にいた若い検事が立ち上がり、殺人容疑を取り下げて、その代わりに、アメリカ合衆国海軍からの脱走容疑でトーマス・ブラッドショーを訴えると説明した。アトキンズ判事がふたたびうなずき、今度はミスター・ジェルクスのほうを見た。それが合図であるかのように、被告側弁護人が立ち上がった。

「二つ目の、つまり、脱走の容疑について、被告人の認否を求めたい」

「容疑を認めます」ジェルクスが答えた。「この件に関しては寛大な判決をお願いしたいと考えます。改めて確認するまでもなく、被告人は初犯であり、被告人らしからぬこの過失を犯すまでは、一つとして前科はありません」

アトキンズが眉（まゆ）をひそめた。「ミスター・ジェルクス、祖国に奉仕している最中に無断で持ち場を離れて脱走するのは、どこからどこまで殺人に勝るとも劣ることのない犯罪だと、そう考える者がいても不思議ではないのではないかな。あなたのことだから、改めて教える必要はないと思うが、そういう軍紀違反の場合、あなたの弁護している被告は、最近まで、結果として銃殺刑として処断されたはずだ」

　ハリーは吐き気を覚えてジェルクスを見上げたが、弁護士は裁判官から目を離さなかった。

「その点を考慮して」アトキンズ判事がつづけた。「トーマス・ブラッドショー中尉に六年の実刑を申し渡す」そして、小槌を叩いて宣言した。「次の案件に移る」ハリーが異議を唱える暇もなかった。

「話が違う――」とハリーは言いかけたが、ジェルクスはさっきまで自分が弁護していた相手に早々と背を向けて歩き去ろうとしていた。追いかけようとしたそのとき、二人の廷吏に両腕をつかまれ、あっという間もなく後ろ手に手錠を掛けられると、有罪判決が確定した犯罪者として、それまでそこにあることに気づかなかったドアのほうへ連行された。

　ひったてられながら振り返ると、セフトン・ジェルクスは中年の男と握手を交わしていて、明らかに上首尾に終わったと感謝されているように見えた。以前にどこかで会ったことがあるだろうかとハリーは訝り、はたと思い当たった――トム・ブラッドショーの父親に違いない。

## 2

ハリーは薄暗い灯りのともった通路を急かされるようにして歩き、何の表示もないドアをくぐって殺風景な中庭に出た。

その中央に、番号もついていず、行き先も示されていない、黄色いバスが駐まっていた。ライフルを握って乗車口の脇に立っている、筋肉の鎧をまとったような車掌が顎をしゃくって早く乗れと指示し、ハリーが悪い考えを起こしたりしないよう、別の警備員が目を光らせていた。

ハリーは座席に腰を下ろすと、憮然として窓の外を睨んだ。有罪を宣告された囚人が、三々五々、バスのほうへ連行されてきた。うなだれている者もいるし、明らかに何度もこの道をたどったことがあるらしく、これ見よがしに虚勢を張っている者もいた。バスは間もなく、どこだかわからない目的地に向けて出発するはずだったが、ハリーは早くも、囚人としてのうんざりするような教訓の最初の一つ――有罪を宣告された者はのろのろとしか動かない――を学ぼうとしていた。

行き先はどこか、護送係に訊こうかとも考えたが、ツアー・ガイドのように手助けをしてくれそうな者は一人もいなかった。隣りの座席にだれかがどすんと腰を下ろし、ハリーははっとそのほうを見た。新しい仲間をまともに見たいわけではなかったが、相手がすぐさま自己紹介をしたので、間近に向かい合わざるを得なくなった。

「パット・クウィンだ」その声にはかすかなアイルランド訛りがあった。

「トム・ブラッドショーだ」ハリーは応えた。手錠を掛けられていなかったら、新しいこの仲間と握手をしていたはずだった。

クウィンは犯罪者らしくなかった。両足がかろうじて床に届くか届かないかで、身長もせいぜい五フィートを超えるか超えないかだろうと思われた。バスに乗っている囚人の大半はがちがちの筋肉の塊か、ただのでぶで、そういう連中のなかにいると、クウィンは風が一吹きすれば飛ばされてしまいそうに見えた。残り少なくなりはじめている赤毛には白いものが混じっていたが、それでも、年齢はせいぜい四十というところに違いなかった。

「初めてだな?」クウィンが自信ありげに予想した。

「そんなに見え見えかな?」ハリーは訊いた。

「顔にはっきりそう書いてある」

「何て書いてあるんだ?」

「これからどうなるのか、さっぱりわからないと書いてある」

「ということは、あんたはきっと初めてじゃないんだな？」

「このバスに乗るのは十一回目、いや、十二回目かな」

ハリーは何日かぶりで笑った。

「罪名は何なんだ？」クウィンが訊いた。

「脱走だよ」ハリーは答え、それ以上の説明をしなかった。

「そんな罪名は初耳だな」クウィンが言った。「おれは三度も女房から脱走してるが、それで豚箱（スラマー）行きになったことなんか一度もないぞ」

「妻から脱走したわけじゃないんだ」と応えながら、ハリーはエマを思い浮かべた。「おれが脱走したのはイギリス海――いや、海軍なんだ」

「どのぐらい喰らい込むことになったんだい」

「六年」

クウィンが残っている二本の歯のあいだから口笛を吹いた。「そいつはちっと長過ぎるんじゃないか？　裁判官はだれだったんだ？」

「アトキンズ」答えたとたんに、わだかまりがよみがえった。

「アーニー・アトキンズか？　そりゃ運が悪かったな。もう一度法廷に立つことがあったら、そのときにはもっとちゃんとした裁判官を選ぶんだな」

「裁判官を選べるなんて知らなかったな」

「選べるわけじゃない」クウィンが言った。「だが、最悪の裁判官を避ける方法ならいくつもある」ハリーは相手の顔をまじまじと見たが、黙って話のつづきを待った。「巡回判事は七人いるんだが、どんな犠牲を払っても避けなくちゃならないやつが二人いて、そのうちの一人がアトキンズだ。融通が利かなくて、刑が重い」

「だけど、どうすればアトキンズを避けられるのかな」ハリーは訊いた。

「アトキンズは十一年前から第四法廷を担当している。だから、第四法廷へ連れていかれそうだとわかったら、おれの場合、てんかん発作を起こすんだ。そうすれば、廷吏が裁判所に駐在している医者へ連れていってくれる」

「あんた、てんかん持ちなのか？」

「違う、いいから最後まで聞け」クウィンに腹立たしげに言われて、ハリーは口を閉ざした。「しばらくして、よくなった振りをするころには、連れていかれる法廷が変更されてるってわけだ」

ハリーは今日二度目の笑い声を上げた。「それで騙しおおせることができるのかな？」

「いや、必ずそうなると決まってるわけじゃない。だが、二人一組になっている廷吏が新米ならチャンスはある。もっとも、同じ手口を何度も使うと、だんだん通用しなくなるけどな。ただ、今回はそんな面倒なことをする必要はなかった。第二法廷に直行だったんだ。あそこはリーガン判事の縄張りだからな。やっこさんはアイルランド系で——一応教えておくが、おれもそうなんだよ——同胞には判決がぎりぎりまで甘くなる傾向があるのさ」

「あんたの容疑は何だったんだ？」ハリーは訊いた。

「おれは掏摸なんだ」クウィンが答えた。建築家や医師と同列に見なしているような口振りだった。「専門の仕事場は夏なら競馬場、冬ならボクシング会場だ。標的が立っていれば、いつだって仕事は簡単だからな」彼は説明した。「だが、最近は係員に顔を覚えられて仕事がやりにくくなってな、仕方なく地下鉄やバスのターミナルを仕事場にしていたんだが、そういうところは仕事の揚がりが少ないわりに、捕まる可能性が高いんだ」

ハリーはこの新しい教師に教えてもらいたいことが山ほどあり、入学試験の役に立つ情報を手に入れようと躍起になっている生徒のように熱心に質問したが、それは彼の訛りをクウィンが疑問に思っていないらしいことに大いにあずかっていた。

「どこへ連れていかれるんだろう」ハリーは訊いた。

「レーヴェンハムかピアポイントだ」クウィンが答えた。「どっちへ行くかは、ハイウェイを十二番出口で降りるか、十四番出口で降りるかで決まる」

「どっちかへ行ったことがあるのか？」

「両方へ行ってるさ、何度もな」クウィンがこともなげに言った。「それから、どうせ訊くだろうから教えておいてやるが、もし刑務所のツアー・ガイドってものがいたら、そいつはレーヴェンハムに一つ星をくれてやって、ピアポイントは絶対に薦めないだろうな」

「おれたちはどっちへ行くのか、どうして護送係に尋ねないんだ?」ハリーは早くもどかしさから解放されたくて訊いた。

「おれたちをからかうために、嘘を教えるとわかってるからさ。もし行き先がレーヴェンハムなら、心配する必要があるのはたった一つ、どのブロックに割り当てられるかということだけだ。おまえさんは一回目だから、たぶんAブロックだろう。あそこはほんとに楽だぞ。おれのように何回も出たり入ったりしていれば、普通はDブロックだな。両方とも三十以上の年齢の者もいないし、凶暴な前科持ちもいない。大人しく刑期をつとめるつもりなら理想的なところだ。ただし、BブロックとCブロックは避けることだ——両方とも、ドラッグ中毒と頭のいかれた連中で溢れ返ってる」

「Aブロックに割り当てられるにはどうすればいいんだろう」

「入所時に、自分は敬虔なクリスチャンで、煙草も吸わなければ酒も飲まないと申告するんだな」

「知らなかったな、刑務所って酒を飲むことが許されてるのか」ハリーはびっくりした。

「馬鹿だな、許されてるわけがないだろう」クウィンが嗤った。「だが、金を渡してやれば」そして、親指と人差し指で札を数える格好をした。「看守はバーマンに早変わりだ。金の前じゃ、規則もへったくれもないんだよ」

「初日に一番気をつけなくてはならないことは何だろう」

「いい仕事を割り振ってもらうようにすることだ」

「どんな仕事があるんだ?」

「清掃、厨房、診療所、洗濯場、図書室、庭の手入れ、教会」

「図書室の仕事をするにはどうすればいい?」

「読み書きができると申告しろ」

「あんたは何と申告するんだ?」ハリーは訊いた。

「料理人の修行をしていたと申告するさ」

「きっと面白かったんだろうな」

「おまえ、まだわかってないみたいだな」クウィンが言った。「おれは料理人の修行なんかしちゃいない。だが、そうなればいつでも厨房に入れるし、どの刑務所でも、厨房が一番いい仕事なんだ」

「どうして?」

「朝飯の前に房を出られて、晩飯が終わるまで房に戻らなくてすむ。厨房は暖かいし、好きなものが食える。おっと、どうやら行き先はレーヴェンハムだぞ」クウィンが言い、バスは十二番出口でハイウェイを降りていった。「これで一安心だ。だって、ピアポイントについて、おまえさんから下らん質問攻めにあわずにすむだろうからな」

「レーヴェンハムについて、ほかに知っておくことはないかな」ハリーは尋ねた。クウィンの皮肉は気にならなかった。この刑務所のヴェテランは、やる気のある生徒に第一級の知識を与えることを楽しんでいた。

「多すぎて教えきれないな」クウィンがため息をついた。「ただし、一つだけ憶えておくんだ。正式に入所したら、そのときからおれにくっついて離れるなってことをな」

「だけど、あんたは自動的にDブロックへ送られるんだろ?」

「ミスター・メイソンが当番なら大丈夫、そうはならない」クウィンは言ったが、説明はなかった。

バスがついに刑務所の前で停まるまでに、ハリーはさらにいくつかの質問をクウィンにすることができた。実際、オックスフォード大学にいたときに十数人の教師から学んだことよりも、この二時間で学んだことのほうが多いような気さえしていた。

「いいな、おれから離れるなよ」クウィンが念を押し、頑丈な門が開いた。バスはゆっくりと前進しはじめ、低木の生い茂る、手入れなど一度もされたことがないように思われる荒れ地の一画へ入っていくと、煉瓦造りの巨大な建物の前でふたたび停まった。その建物に何列にも並んでいる小さな汚れた窓から、いくつかの目がバスを見つめていた。

ハリーが見ていると、十人あまりの警備員が刑務所の入口までつづく通路を形成し、ライフルで武装した二人がバスの乗降口の左右に立った。

「五分間隔で、二人一組で降りるんだ」その一方が声荒く指示した。「おれが許可しない限り、一インチたりと動くんじゃないぞ」

ハリーとクウィンはさらに一時間、車内にとどまった。ようやくバスを降りると、ハリーはてっぺんに有刺鉄線を張り巡らせて刑務所全体を取り巻いている高い壁を見上げ、棒高飛びの世界記録保持者でもこの刑務所からは脱走できないだろうと考えた。

クウィンのあとについて建物に入り、テーブルに向かっている看守の前に立たされた。着古しててかてか光り、ボタンも輝きを失っている青い制服を着たその看守は、すでに自分が終身刑に服しているかのような表情でクリップボードに挟んだ人名リストをあらためていたが、次の名前を見た瞬間に頬をゆるめた。

「お帰り、クウィン」彼は言った。「いずれわかるだろうが、この前おまえが出ていってからも、ここはほとんど相変わらずだ」

クウィンがにやりと笑みを浮かべた。「おれもあんたに会えてよかったですよ、ミスター・メイソン。もしかして、おれの荷物をいつもの部屋へ運んでくれるよう、ベルボーイに言ってもらえませんかね」

「あんまり図に乗るなよ、クウィン」メイソンが諫めた。「さもないと、おまえがてんかん持ちなんかじゃないことを新しい医者に教えたくならんとも限らんぞ」

「だけど、ミスター・メイソン、そうだと証明する正式な医者の診断書を持ってるんですがね」

「その出所は、おまえを料理人だと証明したところと同じだろ」と言って、メイソンはハリーを見た。「それで、おまえはだれだ?」

「おれの友だちのトム・ブラッドショーですよ。こいつは煙草も酒もやらないし、悪態をついたり、唾を吐いたりもしないんです」ハリーに口を開く暇を与えず、クウィンが応えた。

「レーヴェンハムへようこそ、ブラッドショー」メイソンが言った。

「実際にはブラッドショー大尉なんですよ」クウィンが付け加えた。

「いや、中尉でした」ハリーは訂正した。「大尉だったことは一度もありません」クウィンががっかりした顔で子分を見た。

「初めてか?」メイソンが仔細にハリーを観察した。

「はい、初めてです」

「それなら、Aブロックだな。シャワーを浴びて、倉庫へ行って囚人服をもらったら、ミスター・ヘスラーが三二七番房へ連れていってくれる」メイソンが囚人リストにチェック・マークを入れ、背後で右手の警棒を揺らしている若い看守を見た。

「友だちと一緒ってわけにはいきませんかね」ハリーが服役者名簿に署名するや、クウィンが言った。「だって、ブラッドショー中尉は当番兵が必要かもしれないでしょう」

「おまえはブラッドショーが一番必要としない囚人だよ」メイソンはにべもなかった。ハリーが口を開こうとしたとき、掏摸が腰を屈め、靴下のあいだから折りたたんだ一ドル札を抜き取ると、メイソンの胸のポケットに滑り込ませた。目にも留まらぬ早業だった。「クウィンも三二七番房だ」メイソンが若い看守に告げた。一ドル札の受け渡しを目撃していたとしても、ヘスラーはそれについて何も言わず、こう指示しただけだった。「二人とも、ついてこい」

メイソンの気が変わってはたまらないとばかりに、クウィンはハリーのあとを追いかけた。

新入りと出戻りの二人の囚人は、緑色の煉瓦の長い通路を下っていき、ようやくヘスラーが足を止めた。そこは小さなシャワー室の前で、幅の狭いベンチが二つ壁に作り付けられ、使い回されたタオルが散らばっていた。

「裸になれ」ヘスラーが命じた。「シャワーを浴びるんだ」

ハリーは仕立てのスーツ、洒落たクリーム色のシャツを脱ぎ、スティッフ・カラーとストライプのネクタイをゆっくりと外した。法廷で判事に好印象を与えるためには絶対に必要だとミスター・ジェルクスが主張して譲らなかった服装だったが、残念ながら悪い判事に当たってしまったということだった。

ハリーがまだ靴の紐をほどいているあいだに、クウィンは早くもシャワーの下に立ってコックを捻った。決して勢いがいいとは言えない水が不承不承に禿げかかっている頭へ滴り落ち、クウィンが痩せ細った石鹸を床から拾い上げて身体を洗いはじめた。ハリーがもう一つしかない、水しか出ないシャワーの下に立つと、クウィンが石鹸のかけらを渡してくれた。

「こういう備品や施設の改善を当局と折衝するからな、おれが忘れていたら思い出させてくれ」布巾ほどの大きさしかなく、しかも湿っているタオルで身体を拭こうとしながら、クウィンが言った。

ヘスラーがほとんど唇を動かさずに言った。「服を着て、おれについてこい」ハリーはまだ石鹸を使っている最中だった。

ヘスラーがきびきびとした足取りでふたたび通路を下っていき、ハリーは身体も拭かないままで服を着ながら、そのあとを追いかけた。三人の足が止まったのは、〈倉庫〉と記された観音開きの扉の前だった。ヘスラーが力を込めてノックした扉がややあって開くと、その向こうに、世の中が退屈で仕方がないといった風情でカウンターに両肘を突き、巻煙草をくわえている看守がいた。その看守がクウィンを見てにやりと笑った。

「この前預かった囚人服やらなんやらだがな、まだ洗濯が間に合ってないかもしれんぞ、クウィン」

「それなら、新しいのを一式を揃えてもらわなくちゃならんでしょうね、ミスター・ニューボルド」クウィンが言い、腰を屈めて反対側の靴下の内側から何かを取り出したが、それもまた、あっという間にどこかへ消えてしまった。「なに、難しいことを頼むわけじゃありません」クウィンはつづけた。「お願いしたいのは、毛布が一枚、コットンのシーツが二枚、枕が一つ、枕カヴァーが一枚……」看守が背後の棚からそれぞれの品目を選び出し、きちんとカウンターに積み上げていった。「……シャツが二枚、靴下が三足、パンツが六枚、タオルが二枚、深皿が一つ、皿が一枚、ナイフとフォークとスプーンを一本ずつ、剃刀を一本、歯ブラシを一本、歯磨きのチューブを一本――〈コルゲート〉がいいですね」

ニューボルドは文句も言わずに黙って作業をつづけ、クウィンの前にどんどん積み上げていった。「これだけかな?」と最後に訊いた口調は、まるでクウィンが大事な客で、またきてほしいと思っている店主のようだった。

「そうですね。おれの友だちのブラッドショー中尉にも同じものをお願いします。ただし、彼は士官であり、紳士でもありますからね、間違いなく一番いいやつを選んでくださいよ」

ハリーが驚いたことに、ニューボルドは必要なものを新たに積み上げはじめた。しかも、その一つ一つを時間をかけて吟味してくれているようで、それは明らかに、一にかかってバスで隣り合わせた囚人のおかげだった。

「ついてこい」ニューボルドがハリーのための積み上げ作業を完了すると、ヘスラーが命じた。ハリーとクウィンは自分の前に山をなしている衣類や日用品を抱えると、ふたたび通路へ戻った。房が近くなるにつれて何度か立ち止まり、当直看守が鉄格子の門の鍵を開けてくれるのを待たなくてはならなかった。ようやくAブロックに着くと、千人もの囚人の騒音の出迎えを受けた。

　クウィンが言った。「おれたちの房が最上階だってことはわかってるんですが、ミスター・ヘスラー、エレヴェーターを使いたくないんですよ。ちょっと運動が必要なんでね」

　ヘスラーはそれを無視して、叫び立てる囚人たちのあいだを歩きつづけた。

「あんた、静かな棟だって言わなかったか？」ハリーは訊いた。

「ミスター・ヘスラーが人気のある看守じゃないってことさ、それは間違いない」クウィンがささやいた直後、三人は三二七番房に到着した。ヘスラーが鍵を外して頑丈な鉄の扉を開け、新米の囚人と古株の囚人をなかに入れた。これから六年、仮住まいとはいえ、ハリーの家になるところだった。

　背後で扉の閉まる音がし、ハリーは房を見回した。扉の内側には把手がなかった。上下二段になった寝台、鉄の洗面台、テーブルがそれぞれ壁に作り付けられていて、木の椅子が一脚あるきりだった。最後に下段の寝台の下に置いてあるボウルが目に留まり、思わず吐き気を覚えた。

「おまえさんが上だ」クウィンの声で、ハリーはわれに返った。「新米だからな。おれが先に出所したら下へ降りて、新しく入ってきたやつに上を使わせればいい。刑務所のエチケットだ」同房生活のヴェテランが説明した。

ハリーは下段の寝台の上に立ってゆっくりと上段の寝台を整え、次にそこへ上って、薄くて硬い枕に頭を預けた。残念ながら、夜、眠れるようになるまでには時間がかかりそうだった。「もう一つ訊いてもいいかな」彼はクウィンに言った。

「いいとも。だがそのあとは、明日の朝、明るくなるまで口を開くなよ」セント・ビーズの最初の夜、監督生だったフィッシャーがほぼ同じ言葉を吐いたことが思い出された。

「あんたがかなりの額の金をこっそり持ち込んでいることを知らない者は、ここにはいないんじゃないのか？　だとしたら、あんたがバスを降りた瞬間に、看守がそれを没収しなかったのはどうしてなんだ？」

「そんなことをしたら」クウィンが答えた。「今後、金を持ち込もうとする囚人は一人もいなくなる。そうなれば、システム全体が崩壊するからさ」

## 3

ハリーは上段の寝台に仰向けになり、一度しか塗りを施されていない白い天井を見つめた。手を伸ばせば届く低さだった。マットレスはごつごつしていて、枕はひどく硬かったから、熟睡どころか、何分おきかに目が覚めた。

思いはセフトン・ジェルクスへ移ろっていった。あの古狸（ふるだぬき）にはまんまとしてやられた。息子に殺人容疑がかからないようにしてもらえれば、それ以外のことはどうでもいいんです――そう頼んでいる、トム・ブラッドショーの父親の声が聞こえるような気がした。これからの六年のことは考えまいとした。ミスター・ブラッドショーも気にしていないだろう。しかし、果たして一万ドルの価値があっただろうか？

弁護士のことをうっちゃって、エマのことを考えた。心底恋しかったし、手紙を書いて、いまも生きていることを知らせたかった。だが、それはできない相談だった。この秋の日、彼女はオックスフォードで何をしているだろう。新学期が始まったいま、勉強はうまく進んでいるだろうか。付き合う男ができただろうか。

ジャイルズはどうしているだろう。エマの兄でもある、おれの親友は？　イギリスが戦争に引きずり込まれたいま、大学をやめて、ドイツと戦うことにしたのだろうか？　もしそうであるなら、いまも生きていてくれることを祈らずにはいられない。自分が役目を果たせないことに腹が立って、握った拳を寝台の横に叩きつけた。同房者が〝刑務所初夜病〟に苦しんでいるとでも思っているのだろう、クウィンは何も言わなかった。

ヒューゴー・バリントンはどうだ？　おれが彼の娘と結婚するはずだった日に姿を消したあと、姿を見た者がだれかいるだろうか。おれが死んだとみんなが信じたら、そのときには何らかの方法を見つけて、元の鞘に収まるのだろうか。バリントンのことを考えるのはうんざりだったし、彼が自分の父親である可能性も、依然として受け入れたくなかった。

想いが母へ移ったときは、われ知らず頬がゆるんだ。トム・ブラッドショーに成り代わってくれたらすぐに送金するとジェルクスが約束した一万ドル、あれが母の役に立ってくれればいいのだが。二千ポンドを超す金が銀行口座に入れば、グランド・ホテルのウェイトレスを辞め、いつも言っていたあの田舎に家を買う気になってほしいものだ。それがこの茶番のたった一つの収穫なのだから。

サー・ウォルター・バリントンはどうしているだろう。あの人はおれをいつも孫のように遇してくれた。ヒューゴーがおれの父親なら、サー・ウォルターは祖父だ。本当にそうだとわかれば、おれはバリントン一族の資産と肩書きを引き継ぐ立場になり、いずれはサー・ハリー・バリントンを名乗ることになる。だがおれは、ヒューゴー・バリントンの嫡子であり、親友でもあるジャイルズにその肩書きを引き継いでほしいと思っているし、さらに――そして、こっちのほうが重要なのだが――おれの本当の父親がアーサー・クリフトンであることを何が何でも証明したいと考えている。それまでは、どんなに愛していてもエマとの結婚を考えるわけにはいかない。これからの六年を自分がどこで過ごすことになっているかを、ハリーは考えたくなかった。

七時にサイレンが鳴り、夜の眠りを楽しむ余裕ができるぐらい長く服役している囚人を叩き起こした。眠っているときは刑務所にいることを忘れられるんだとつぶやいたとたんにクウィンは深い眠りに落ち、やがて鼾をかきはじめた。ハリーにとって、鼾は問題ではなかった。それを言うなら、スタン叔父の鼾は別格だった。

眠れない長い夜のあいだに、ハリーはいくつかの決心をしていた。気の遠くなるような時間を無駄にしているという、気の狂いそうな試練をやり過ごす一助にするために、〝トム〟は模範囚になる。そうすれば、品行方正を認められて刑期が短縮されるかもしれない。何とかして図書室の仕事に就く。有罪を宣告されるまでにあったこと、また、刑務所にいるあいだに起こること、そのすべてを日記に記す。怠らずに身体を鍛えて、自由の身になったときにまだヨーロッパの戦火が収まっていなければ、すぐにもそこに加われるようにしておく。

　ハリーが上段の寝台から下りたとき、クウィンはすでに着替えを終えていた。

「どこへ行って、何をすればいい？」ハリーは訊いた。新学年が始まった日の新入生のようだった。

「朝飯だ」クウィンが応えた。「服を着て、皿とマグを持ち、扉の鍵が回る音が聞こえたときには準備を終えておく。それを忘れるな。何秒かでも遅れたら、出ようとした囚人の顔の真ん前で扉を閉める看守がいるからな」ハリーはズボンを穿きはじめた。「それから、食堂への道中は口を開くなよ」同房者が付け加えた。「そんなことをしたら目立つし、古手の囚人を苛立たせるだけだからな。それどころか、最初の一年は、知らないやつには話しかけないことだ」

　ハリーは笑いそうになったが、クウィンが冗談を言っているのかどうかわからなかった。鍵の回る音がして、房の扉が開いた。クウィンが鎖を解かれた猟犬のように飛び出し、ハリーも抜かりなく一歩後ろにつづいた。二人は押し黙って長い列をなしている囚人たちに合流し、空になって開け放しの房の前を通り過ぎると、踊り場を横切って、螺旋階段を一階へ下りていった。そこでは、ほかの階の囚人たちが、すでに列を作って朝食を待っていた。

　列の足が止まり、その少し向こうに食堂があった。短い白衣を着た給仕係の囚人が食物保温器の後ろに立ち、長い白衣を着て警棒を持った看守が一人、規定以上の量の食事が盛りつけられないよう、目を光らせていた。

「また会えて光栄ですよ、ミスター・シデル」列の先頭に出たとたんにクウィンがその看守にささやき、二人はあたかも古い友人同士であるかのように握手をした。今回は金が受け渡されるところはハリーには見えなかったが、ミスター・シデルが素っ気なくうなずいたところからすると、取引は成立したようだった。

列が動き出し、クウィンのブリキの皿に、黄身がかちかちに固まってしまっている目玉焼きと黒っぽいじゃがいもが盛られ、決まりどおりに、焼きたてでは到底あり得ないパンが二枚載せられて、マグにコーヒーが注がれはじめた。ハリーもあとにつづいたが、盛りつけてもらうたびにまるで教会のティー・パーティに参加しているかのようにいちいち礼を言い、給仕係を戸惑わせた。

「しまった」ハリーは最後に、コーヒーを注いでもらおうとして焦った。「マグを持ってくるのを忘れた」

給仕係がクウィンのマグの縁まで、なみなみとコーヒーを満たした。「次は忘れないようにするんだな」同房者が言った。

「私語は厳禁だ！」ヘスラーが怒鳴り、手袋をした手に警棒を叩きつけた。クウィンが長テーブルの端へハリーを連れていき、二人は向かい合う格好でベンチに腰を下ろした。ハリーは空腹のあまり皿の上のものを、これまで食べたなかで最も脂ぎっている目玉焼きも含めて、かけら一つ残さず平らげた。そのうえに皿を舐めようかとまで考えたとき、もう一つの初日に、親友のジャイルズが何をしてくれたかを思い出した。

五分間の朝食を終えると、ハリーとクウィンはふたたび螺旋階段をたどって最上階まで上がった。房の扉が閉まるや、クウィンが皿とマグを洗って寝台の下にきちんとしまってから言った。

「こんなろくに手足も伸ばせないような狭いところに押し込められててみろ、おれじゃなくても、一インチの隙間だって無駄にしなくなるさ」ハリーはクウィンにならい、皿を洗って片づけたが、自分が同房者に何かを教える日が果たしてくるのだろうかと訝ることしかできなかった。

「このあとは？」彼は訊いた。

「仕事の割り当てだ」クウィンが答えた。「おれはシデルのいる厨房で決まりだろうが、おまえさんを図書室に行かせる仕事がまだ残ってる。囚人をどの仕事に割り振るかは、まったく担当の看守次第なんだが、困ったことに、金が底をついちまってな」その言葉が消えるか消えないかのうちにふたたび房のドアが開けられ、警棒で手袋をした手を叩いているヘスラーのシルエットがそこに立っていた。

「クウィン」看守が言った。「すぐに厨房へ行け。ブラッドショー、おまえは九番持場へ行って、この棟の清掃係と合流しろ」

「図書室での仕事を希望していたんですが、ミスター――」

「おまえが何を希望していようと、ブラッドショー、そんなのはおれの知ったことじゃない」ヘスラーが言い捨てた。「この棟の担当看守はおれだ。おれがここのルールを決めるんだ。おまえが図書室へ行っていいのは、ほかの囚人と同じく、火曜、木曜、そして日曜の六時から七時までだ。わかったか」ハリーはうなずいた。「おまえはもう海軍士官でも何でもない。ここにいる連中と同じ、ただの囚人だ。それから、おれを買収しようなどと考えるのは時間の無駄だからな」そう付け加えて、看守は次の房へ移っていった。

「あいつは鼻薬の効かない、数少ない看守の一人なんだ」クウィンがささやいた。「こうなったら、おまえさんの唯一の頼みの綱は所長のミスター・スワンソンしかないな。いいか、彼は自分をインテリだと考えていて、それはたぶん、筆記体が書けるということだ。それに、こちこちのバプティストでもある。ハレルヤ！」

「会うチャンスがあるとしたら、いつだろう？」ハリーは訊いた。

「そのチャンスだが、すぐにでもやってくるかもしれないからな、図書室の仕事がしたいんだってことをはっきりわからせるようにしとかないとだめだぞ。新入りの囚人の面会時間は五分こっきりなんだ」

ハリーは崩れ落ちるように椅子に腰を落とすと、頭を抱えた。母に送るとジェルクスが約束した一万ドルがなかったら、その五分を使って、どうしてレーヴェンハムへくることになったのか、その顚末を説明したはずだった。

「それと並行して、おれもおまえさんが厨房へこられるようやってみよう」クウィンが付け加えた。「本来の希望じゃないかもしれんが、清掃係よりは絶対にましだからな」

「ありがとう」ハリーは感謝した。クウィンがいそいそと、どこにあるかなど訊く必要もなく厨房へ向かった。ハリーはふたたび階段を一階まで下り、探し探ししながら九番持場へ行った。

　新米の囚人ばかり十二人が、輪になって指示を待っていた。何であれ自発的にやるのはレーヴェンハムでは御法度で、そんなことをしたら反抗と見なされるか、自分たちのほうが賢いと看守を見下していると取られて、懲罰を喰らう恐れがあった。

「全員バケツに水を汲み、モップを取れ」ヘスラーが命じ、ハリーを見てにやりと笑うと、クリップボードの彼の名前にチェック・マークを入れた。「おまえが一番遅かったよな、ブラッドショー。だから、これから一カ月、おまえには便所を担当してもらう」

「一番遅くはありませんでしたが」ハリーは抵抗した。

「いや、おれの考えではそうだ」ヘスラーは薄笑いを浮かべたままだった。

　ハリーはバケツに水を汲むと、モップをつかんだ。便所の方向は訊くまでもなかった。十数歩手前から小便の臭いが鼻を突いた。床に三十の穴があいている、広い正方形の部屋に入る前から吐き気が突き上げた。鼻で息をしないようにしたが、それでもたびたび外に出て空気を取り込まなくてはならなかった。ヘスラーがしばらく離れたところに立って嗤っていた。

「いずれ慣れるからな、ブラッドショー」看守は言った。「そのうちにな」

あんなに朝飯を食うんじゃなかった、とハリーは後悔した。あげく、何分もしないうちに吐いてしまった。一時間はたったと思われるころ、別の看守が彼の名前を呼ばわった。

「ブラッドショー！」

ハリーは蒼白（そうはく）な顔で便所をよろめき出た。「おれです」

「所長がおまえに会いたいとのことだ。所長室へ行くぞ」

一歩ごとに深く息ができるようになり、所長室に着くころには、何とか人心地がついていた。

「呼ばれるまで、ここで待ってろ」看守が言った。

二人の囚人のあいだの空いている椅子に腰を下ろすと、とたんに二人が顔をそむけた。仕方がない、とハリーは納得した。臭うのだ。その二人が一人ずつ所長室に入り、出てくるあいだに、ハリーは考えをまとめようとした。クウィンが言ったとおり、一人に与えられているのは五分、あるいは、それ以下かもしれなかった。割り当てられた時間を無駄にする余裕は一秒たりとないということだった。

「ブラッドショー」看守がドアを開け、所長室に入ったハリーの横に立った。ハリーは自分の臭いのことを考え、ミスター・スワンソンに近づきすぎないよう、大きな革張りの机から数歩離れた場所にとどまった。所長は坐っていたが、それでも、スポーツ・ジャケットの真ん中のボタンを留められないでいるのがわかった。若く見せようと髪を黒く染めていたが、いささか滑稽（こっけい）に見せる役にしか立っていなかった。カエサルの見栄（みえ）をブルータスは何と言ったっけ？　〝彼に花冠を差し出し、あたかも神のごとくに称揚すればいい、それが彼の転落の始まりになる〟だったか。

　スワンソンがブラッドショーのファイルを開き、しばらく目を通してからハリーを見上げた。

「軍を脱走の罪で六年の刑か、そういう例は過去に一度もないんだがな」所長が認めた。

「はい」ハリーは素直に応えた。貴重な時間を浪費したくなかった。

「ここで無実だなどと訴えても無駄だぞ」スワンソンがつづけた。「なぜなら、実際に無実なのは千人に一人かどうかだ。要するに、確率として無理なんだ」ハリーは苦笑せざるを得なかった。「だが、余計なことをしないで大人しくして（キープ・ユア・ノーズ・クリーン）いれば」――ハリーは便所を連想した――「そして、問題を起こさなければ、六年間丸まる勤めなくてはならない理由は、いまのところ見当たらないな」

「ありがとうございます」

「特に関心を持っているものはあるのか？」スワンソンが訊いた。あろうがなかろうがどうでもいいといった様子だった。

「読書、芸術鑑賞、そして、讃美歌を歌うことです」

スワンソンが信じられないという顔でハリーを見た。それでも、挑発されているのかどうか決めかねね、自分の背後の壁に飾られている一文を指さした。「あのあとに、どうつづくか知っているか、ブラッドショー？」

ハリーは縁取りをした布に縫い取られた刺繡文字を見た――〝われは丘へ目を上げる〟。そして、心の内でミス・エレノア・E・マンデイと、彼女の聖歌隊で費やした時間に感謝した。「〝わが救いはどこからくるのでしょう、と主は言われた〟。詩篇一二一です」

所長が笑みを浮かべた。「では、ブラッドショー、好きな作家はだれだ？」

「シェイクスピア、ディケンズ、オースティン、トロロプ、そして、トマス・ハーディです」

「わが国の作家はだめか？」

ハリーは声に出して自分に悪態をつきたかった――なんたるへまをしでかしたんだ。そして、半分ほど本で埋まっている本棚へ目を走らせた。「とんでもない。F・スコット・フィッツジェラルド、ヘミングウェイ、O・ヘンリーはだれにも引けを取りませんし、スタインベックはアメリカで一番の現代作家だと考えています」そして、名前が正しく発音されていることを祈りながら、今度所長に会うことがあるかもしれないから、それまでに『ハツカネズミと人間』を読んでおこうと決心した。

スワンソンの口元に笑みが戻った。「ミスター・ヘスラーはおまえにどんな仕事を割り当てたんだ?」

「棟の清掃です。ただ、私としては図書室の仕事が望みなんですが」

「本当か?」所長が訊いた。「それなら、図書室の仕事に空きがあるかどうか確かめなくてはならんな」そして、自分の前のメモ・パッドに書き留めた。

「ありがとうございます」

「もし空きがあれば、今日じゅうに知らせる」そう言って、所長はファイルを閉じた。

「ありがとうございます」ハリーは重ねて礼を言い、そそくさと退出した。自分でもわかっていたが、割り当ての五分は優に過ぎていた。

通路に出ると、そのまま担当の看守に連れられて棟へ戻った。ヘスラーの姿が見えず、すでに清掃作業が三階まで進んでいたことがありがたかった。

昼食を知らせるサイレンが鳴ったのは、くたくたに疲れたあと、なおしばらくたってからだった。食物保温器へ向かう列に並ぶと、クウィンは早くもカウンターの後ろに堂々と収まり、仲間の囚人たちに食事を盛っているのが見えた。ハリーは大盛りのじゃがいもと焼きすぎの肉を皿によそってもらうと、一人で長テーブルに着いて食事を始めた。怖いのは、午後にまたヘスラーが現われることだった。そうなったら、ふたたび便所へ戻され、いま食べている昼飯も戻すことになるだろう。

仕事に戻ったときの当直はヘスラーではなく、別の看守がもう一人の新入り囚人を便所掃除に指名した。ハリーは通路を掃き、ゴミ箱を空にして午後を過ごすことができた。頭のなかにあるのはたった一つ、図書室で仕事ができるよう、所長が取りはからってくれるかどうかだけだった。それがだめなら、厨房での仕事を希望せざるを得なくなる。

夕食のあと房に戻ってきたクウィンの顔を見た瞬間、厨房へ配属されるのは無理だろうと確信した。

「皿洗いなら、席が一つ空いてたんだけどな」

「それでいいよ」ハリーは言った。

「だが、ミスター・シデルがおまえの名前を口にしたとたんに、ヘスラーがそれを撥ねつけた。厨房への配置換えを考えるにしても、少なくとも三カ月は清掃係をやらなくちゃならんのだそうだ」

「あいつは何が気に入らないんだ？」ハリーは絶望して訊いた。

「噂だと、海軍士官になるはずだったが乗艦試験に落ちて、結局刑務所の看守に落ち着かざるを得なかったらしい。だとすれば、ブラッドショー中尉が辛く当たられるのも宜なるかなだな」

## 4

ハリーはそれから二十九日間、ずっとAブロックじゅうの便所の掃除をつづけた。その仕事からようやく解放されるとすれば、新たに新入りの囚人がやってきて、いじめるべき囚人をヘスラーがほかに見つけたときしかないように思われた。

「あの野郎、どこまで執念深いんだ」クウィンが言った。「シデルはいまでもおまえさんに厨房の仕事をやらせたいと考えてるんだが、ヘスラーのやつが断固として拒絶しやがる」ハリーは応えなかった。「だが、悪いニュースばかりじゃないぞ」クウィンがほのめかした。「ついさっき聞いたんだが、図書室の副図書係をしていたアンディ・サヴァトリが仮釈放を認められて、来月にも出所するそうだ。おまえさんにとってさらにいいのは、その役目を引き受けたがるやつがいないってことだ」

「ディーキンズなら飛びついただろうにな」ハリーはつぶやいた。「それで、確実にその仕事を手に入れるには何をすればいいんだ?」

「何もしなくていい。まあ、関心がない振りをして、ヘスラーに近づかないようにすることだ。所長が味方だとわかってるんだからな」

　翌月は何事もないままだらだらとつづき、日を追うごとに、昨日より今日が長く感じられるようになった。ハリーは毎週、火曜、木曜、日曜は必ず図書室を訪れ、六時から七時までそこにいたが、図書係のマックス・ロイドはハリーがサヴァトリの後任になるかもしれないという可能性をおくびにも出さず、副図書係のサヴァトリ本人も、明らかに何かを知っている様子であるにもかかわらず、固く口を閉ざしつづけた。

「ロイドはおれを副図書係にしたくないいんじゃないかな」ある晩、ハリーは消灯後に言った。

「ロイドがどう考えているかなんか問題じゃない」クウィンが応えた。「決めるのは所長なんだ」

　だが、ハリーは納得しなかった。「おれにあの仕事を与えないよう、ヘスラーとロイドがつるんでるんじゃないかな？」

「おまえさん、被害何とか――何と言ったたっけな――になりかけてるんじゃないか？」

「被害妄想だ」

「ああ、それだ、おまえさんはそれになりかけてるぞ。もっとも、その被害何とかがどういうものか、おれははっきり知らないけどな」

「根拠のない疑いにつきまとわれることだよ」ハリーは教えてやった。

「実にわかりやすい説明だ、おれには到底思い浮かばないよ！」

その疑いが根拠のないものだとは思えないままで一週間が過ぎたとき、ハリーはサヴァトリに脇へ連れていかれて、何よりも恐れていたことを告げられた。

「おれの後釜の候補者だが、ヘスラーが三人の囚人を所長に推薦してる。だが、おまえの名前はそこにないんだ」

「だったら、もうおしまいだな」ハリーは自分の腿を殴りつけた。「ずっと清掃係でいつづけるしかないってことだ」

「そうとも限らんぞ」サヴァトリが言った。「出所の前日に、おれのところへくるんだ」

「だけど、そのときにはもう手遅れだろう」

「いや、そうでもないかもしれないぞ」サヴァトリが言い、それ以上の説明はしないで、滅多に図書室から出たことのない、分厚い革張りの一巻をハリーに手渡した。「それまでに、こいつを一ページ残らず、隅々までたんねんに勉強しておいてくれ」

ハリーは上段の寝台に坐り、二百七十三ページからなる刑務所便覧の表紙を開いた。六ページへたどり着く前にメモを取りはじめ、読んでいる最中にある計画が頭に浮かんだので、再読しながら、その計画を具体的に形にしていった。

とりわけ、幕が上がった舞台に立つときにはタイミングが決定的に重要で、そのためには二幕とも下稽古をする必要があった。ハリーも受け入れていたのだが、その計画を進めるのは、そのときにはすでに新しい副図書係が指名されていたとしても、サヴァトリが出所してからでなくては不可能だった。

クウィンにしか見られない房で本稽古をし、二つ目の演技は一人でやるのだと断言すると、おまえさんは被害妄想どころか本当に頭がおかしくなったらしいなと、同房者が呆れた。

所長は月に一度、月曜の午前中に刑務所のすべての棟を巡回視察することになっていて、今度Aブロックにやってくるのは三週間後であり――そのときには、サヴァトリはすでに出所しているはずだった――ハリーはそのときを待たなくてはならなかった。巡回ルートはいつも同じで、触らぬ神に祟り無しという言葉を知っている囚人なら、スワンソン所長の姿が視界に入った瞬間に姿を消すのが常だった。

その月曜の朝、スワンソンがAブロックの最上階に足を踏み入れると、モップを持ったハリーが出迎えようと待ち受けていた。ヘスラーがさっと所長の後ろにつき、痛い目にあいたくなければ邪魔をするなと警棒を振って威嚇した。しかし、ハリーがびくとも動かないので、所長は足を止めるしかなかった。

「おはようございます、スワンソン所長」ハリーは毎日顔を合わせているかのように挨拶した。

スワンソンにとっては巡回中に囚人と面と向かい合っただけでも驚きだったが、声までかけられてさらに驚き、じっとハリーの顔を見つめて言った。「ブラッドショー、だったな？」

「所長ならではの記憶力です」

「おまえが文学に関心を持っていることも憶えているぞ。だから、副図書係の仕事を断ると聞いたときは意外だったな」

「断わるも何も、そもそも話がありませんでした」ハリーは応えた。「もし話があれば、その場で引き受けていないわけがありません」それを聞いて、スワンソンはまたもや驚くことになった。

所長がヘスラーを見て言った。「ブラッドショーは副図書係になりたがっていないと言ったのは、おまえだったな」

看守が答える前に、ハリーは急いで割り込んだ。「たぶん、私の落ち度です。その仕事を希望する場合は、その旨申請しなくてはならないことを知らなかったのです」

「そういうことだったのか」スワンソンが言った。「とりあえずは、それで腑に落ちた。ところがだな、ブラッドショー、新しい副図書係はプラトンと、ミッキーマウスのペットのプルートの違いもわからないときているんだ」ハリーは噴き出したが、ヘスラーは硬い顔のままだった。

「プラトンとプルートの対比とはお見事です」ハリーは歩き出そうとした所長に言った。まだ話はすんでいないが、ここでジャケットから封筒を取り出して所長に渡すわけにもいかない。そんなことをしたら、ヘスラーが逆上しないでいるはずがない。

「まだ何かあるのか」スワンソンが疑わしげに訊いた。

「明日の火曜、四半期ごとの評議員の刑務所訪問があるはずですが、そのときに訴えたいことがあるのです。その許可を、いまこの場で頂けるよう正式に申請します。刑法典の制定法第三二において、私にはその権利がありますし、すでに私の弁護士のセフトン・ジェルクスに、その申請書のコピーを送付してあります」所長の顔に初めて不安が浮かび、ヘスラーは自制を失わんばかりだった。

「苦情を申し立てるということか?」スワンソンが用心深く訊いた。

ハリーは正面からヘスラーを見据えて答えた。「制定法第一一六において保証されているとおり、私には評議員会に訴える理由を刑務所スタッフのだれにも開示しない権利があります。きっと所長はご存じだと思いますが」

「当たり前だ」所長は応えたが、明らかに狼狽(ろうばい)の色があった。

「それでも、お伝えしておきます。私が評議員会に訴えようとしているのは、囚人の日常生活に文学と宗教を含めることの重要性を、あなたがとてもよく理解しておられるという事実です」ハリーは脇へどいて、スワンソンが前に進めるようにしてやった。

「おまえの気遣いに感謝するよ、ブラッドショー」所長が言った。「ありがとう」

「あとで用があるからな、待ってろよ」ヘスラーが小声で吐き捨てた。

「楽しみにしていますよ」ハリーは所長に聞こえるように応えた。


ハリーと所長が対峙したことは夕食の列に並んだ囚人たちのもっぱらの話題になり、その日の夜、クウィンは厨房から戻ってくると、消灯後にヘスラーがおまえを殺すだろうという噂でこの棟は持ちきりだ、とハリーに警告した。

「いや、おれはそうは思わないな」ハリーは冷静だった。「弱い者いじめをするやつにも弱みはあるんだよ、一皮剝いたら臆病者だという弱みがな」

クウィンの顔には納得しかねると書いてあった。

自分の見方が正しいと証明するまで、長く待つ必要はなかった。なぜなら、消灯後間もなくして房の扉が乱暴に開けられ、ヘスラーが警棒を振りながら入ってきたのだ。

「クウィン、おまえは外に出ていろ」ヘスラーがハリーを睨んだままで命じ、同房者がそそくさと踊り場へ姿を消すと、扉を閉めてから言った。「あれから一日じゅう、いまこのときがくるのを待ちきれなかったぞ、ブラッドショー。おまえの身体に何本骨があるか、もうすぐわからせてやるからな」

った。

「いや、そうはならないんじゃないですか、ミスター・ヘスラー」ハリーはたじろがなかった。

「そうならないと抜かす根拠は何なんだ？　助けてもらおうにも、所長はここにはいないんだぞ？」と訊きながら、ヘスラーがじりじりと近づいた。

「所長にいてもらう必要はありませんよ」ハリーは言った。「あなたが昇進を望んでいるあいだはね」そして、ヘスラーの目を正面から見返した。「確かな筋から聞いてるんですが、あなたは明日の火曜日、午後二時に評議員と会うんですよね？」

「それがどうした」ヘスラーとはいまや、一フィートと隔たっていなかった。

「どうやらお忘れのようですが、私が評議員に対して訴えを行なうのは、午前十時なんですよ？　私が意を決して所長と話したあとで何本もの骨が折れているのを知ったら、彼らのうちの一人や二人は不審に思うんじゃないでしょうかね？」ヘスラーが警棒で寝台の横腹を殴りつけた。ほとんどハリーの顔をかすめたが、彼は今度もたじろがなかった。

「もちろん」ハリーはつづけた。「あなたがずっと棟の看守のままでいいと考えておられるのなら、私をしたい放題にできないことはないでしょう。だけど、実際には無理なんじゃないですか？　だって、いくらあなたでも、一回きりの昇進のチャンスを自分で潰すほど馬鹿ではないでしょうからね」ヘスラーがまた警棒を振り上げたが、ハリーが枕の下から分厚いノートを取り出すのを見て、ためらった。

「この一カ月のあいだにあなたがどんな規則を何度破ったか、そのリストを作ってあるんですよ、ミスター・ヘスラー。評議員はきっと関心を持って読むと思いますよ。今夜も二つ、そこに付け加えるべき無分別な行為が行なわれています。一つ目は、房の扉を閉めた状態で囚人と二人きりになっていることです。これは制定法第四一九に抵触します。二つ目は、囚人が無防備な状態にあるときに、物理的な脅威を与える試みをなしていることです。これは制定法第五一二に抵触します」ヘスラーが一歩後ずさった。「ですが、評議員があなたを昇進させることを考えたとき、その判断に最も影響を与えるのは何だと思います？　それは断言しますが、あなたがどうしてあんなに短期間で海軍をやめなくてはならなかったかという疑問でしょうね」ヘスラーの顔から血の気が引いた。「士官になるための試験に落ちたなんて理由じゃないことは明らかですからね」

「だれから聞いた？」ささやくような声だった。

「かつてあなたと同じ艦に乗り組んでいて、このあいだまでこの刑務所に服役していた囚人からです。だから、あなたは彼の口を封じるために、副図書係の仕事を与えてやった。だとすれば、私も同じことを期待してもいいはずですよね」

ハリーはこの一カ月のあいだに作り上げた規則違反のリストをヘスラーに渡し、この最新情報に相手が目を通し終わるのを待って付け加えた。「私なら出所するその日まで、この口をしっかりと閉じていますよ。もちろん、口を閉じていなくてもいい理由ができれば別ですがね。それから、これ以降、私に指一本でも触れたら、あなたは海軍を追い出されたときよりもあっという間に、この刑務所での仕事を失うことになりますよ。どうでしょう、わかってもらえましたか？」ヘスラーが黙ってうなずいた。「もう一つ、だれであれ新入りの囚人をいじめたら、この取引はそこで終わります。さあ、私の房から出ていってください」

# 5

　副図書係になって一日目の午前九時、ハリーは自分を迎えて立ち上がったロイドを見て、これまでは坐っているところしか目にしていなかったことに気がついた。思っていたより長身で、六フィートは優に超えていた。お世辞にも十分とは言えない刑務所の食事にもかかわらず肥っていて、髭剃りを朝の日課にしている数少ない囚人の一人でもあった。真っ黒な髪をぴったりと後ろへ撫でつけ、詐欺の罪で五年の実刑を喰らっている男というより、年齢がいきはじめている二枚目俳優と形容するほうがいいようにさえ思われた。どういう詐欺なのかはクウィンも詳しく知らず、それはつまり、すべてを知っているのは所長しかいないことを意味していた。囚人間の約束事は至って簡単で、何の罪で喰らい込んだかについては、本人が明らかにしない限り、他人が詮索してはならないということしかなかった。

　ロイドに日常の仕事の内容ややり方を教えてもらったハリーは、夕方になって晩飯の列に並ぶころには、新米副図書係として何をどうすればいいかを完全に理解していた。そしてそれから数日、貸出期間を過ぎた本の回収と罰則、あるいは、出所する囚人に私物の本を図書室に寄付させるにはどうするかといったようなことについて、ロイドを質問攻めにした。そんな問題を考えたこともなかった図書係は要領を得ない返事を短く返すばかりだったから、ハリーはついに匙を投げ、ロイドが自分の休憩場所である机に戻って、〈ニューヨーク・タイムズ〉の奥にしっかりと隠れてしまうのを認めてやった。

レーヴェンハムには千人近い囚人が服役しているにもかかわらず、読み書きのできる者は十人に一人もいなかったし、読み書きができるからといって、その全員が火、木、日曜日に図書室にくるわけでもなかった。

すぐにわかったのだが、マックス・ロイドは怠惰でいい加減で、部下であるはずの副図書係がどんなに主導権を握って新たに物事を進めても、自分に余分な仕事が回ってこない限りは、まったく気にもしないようだった。

ロイドの主な役目は、たまに看守が立ち寄ったときのために、万に一つもコーヒー・ポットを空にしないでおくことで、所長室からきのうの〈ニューヨーク・タイムズ〉が図書室に下がってくるや、すぐさま自分の机に腰を据えて午前中はびくとも動かず、まず書評欄を開いて熟読し、次いで項目別の小広告欄、そのあとニュース、最後にスポーツ欄という順番で目を通していき、昼食をすませるといの一番にクロスワード・パズルに取りかかり、次の日の朝に、ハリーがそれを完成させるのだった。

そうやって自分の手元に降りてきた二日遅れの新聞を、ハリーは必ず国際政治欄から読んでいった。ヨーロッパの戦争がどうなっているかを探りたいからであり、それによって、ドイツがフランスに侵攻したことや、ネヴィル・チェンバレンが首相を辞任し、ウィンストン・チャーチルがそのあとを襲ったことを知った。チャーチルの首相就任については万人が諸手(もろて)を挙げて賛成しているわけではなかったが、ブリストル・グラマー・スクールの卒業式で行なった彼の演説を決して忘れることのなかったハリーからすると、イギリスを率いるにふさわしい人物であることに疑いの余地はなかった。そして何度も、いまの自分がアメリカの刑務所の副図書係であり、イギリス海軍士官でないことを恨みに思った。

一日の最後の一時間、さすがにやるべき新しいことが見つからないとき、ハリーは日記を更新した。

ひと月とちょっとをかけて、すべての本をとりあえずフィクションとノンフィクションに分類し、そのあと、さらにひと月を費やして、それらをさらに細かくジャンル分けした。そうすれば、たった三冊の本を見つけるために、本棚を端から端まで探して時間を無駄にすることもなくなるはずだった。その分類作業がノンフィクションに到達したとき、ジャンルの区分は著者名より重要なのだとハリーは説明してやったが、ロイドは肩をすくめただけだった。

日曜の午前中、ハリーは図書室のカートを押して四つのブロックを回り、貸出期限の過ぎた本を回収していったが、なかには一年以上借りっぱなしになっているものもあった。Dブロックの古株の囚人のなかには、ずかずか入ってこられて機嫌を損ねたり、腹を立てたりする者もいるに違いないと覚悟していたのだが、あにはからんや、ヘスラーをピアポイントへ異動させた男にだれもが会いたがる有様だった。

ハリーが評議員と面談したあと、ヘスラーはピアポイント刑務所のもっと上の地位を提示され、自分の故郷に近いという理由で、その昇進を受け入れた。ヘスラーの異動に自分が関係していることなどハリーはほのめかしもしなかったが、クウィンがそれこそ一人一人の耳にいちいち吹き込むようにして、ついには伝説にしてしまった。

行方不明の本を探して各ブロックを巡回していると、面白い逸話に頻繁に出くわし、ハリーはその日の夕方、それを日記に書きつけるのを忘れなかった。

ときどき所長が図書室に姿を見せるようになっていたが、それはとりわけ、ハリーが評議員に向かって、ミスター・スワンソンは囚人に対し、大胆で想像力に富み、先見の明のある教育を施していると持ち上げたからだった。ハリーには信じられなかったが、どれほどいい加減で受けるに値しないお世辞でも、所長は心底本気にして喜ぶところがあるようだった。

最初の三カ月が過ぎたとき、貸出率は十四パーセント上昇していた。夜の時間を使って読み書きを教えることはできないだろうかと訊くと、スワンソンはつかの間ためらったが、〝大胆で想像力に富み、先見の明のある〟という言葉をハリーが繰り返すと、手もなく白旗を掲げた。

一回目の授業の出席者はたった三人、しかも、そのうちの一人はすでに読み書きができるパット・クウィンだった。だが、次の月の終わりには、生徒は十六人に増えていた——もっともそのうちの何人かは、夜の一時間を房の外で過ごせるなら何でもやるという連中ではあったが。それでも、若い囚人の一人あるいは二人は目を見張るような進歩を見せ、ハリーはちゃんと学校へ行かなかった、あるいは、まったく学校へ行かなかったというだけで愚か者の刻印を人に押してはならない、と肝に銘じつづけた——と言うか、逆に、クウィンに思い出させてもらいつづけた。

そういう本来の役目以外の仕事をしているにもかかわらず、それでも時間が余ったので、一週間に二冊、新しい本を読むことを自分に課した。図書室にあるアメリカの名作を何点か征服するや、今度は犯罪小説へ目を向けた。この刑務所の囚人たちに圧倒的な人気を誇り、図書室にある十九の本棚のうちの七つを占拠しているジャンルだった。

昔からコナン・ドイルが好きだったから、アメリカのライヴァルたちにお目にかかるのが楽しみで仕方がなかった。手始めにアール・スタンリー・ガードナーの『屠所の羊』を読み、次にレイモンド・チャンドラーの『大いなる眠り』へ移ったが、あまり面白がってはいけないような気もしていた。ミスター・ホールコムはどう思うだろうか。

図書室が閉まる前の一時間を、ハリーは日記の更新作業に費やした。ある日の夕方、驚いたことに、新聞を読み終えたロイドが、その日記を読ませてくれないかと言ってきた。娑婆にいるときはニューヨークでリテラリー・エージェントを仕事にしていて、だから図書係に指名されたのだということはハリーも知っていたし、実際、扱っていた作家の名前――もっとも、ハリーには一人も耳に馴染みがなかったが――を口にすることもときにあった。どうしてレーヴェンハム刑務所へ送られることになったのかは、一度だけ、だれにも聞かれる心配がないときに、それでもドアの向こうを気にしながら話してくれたことがあった。

「ちょっと運が悪かったんだ」というのが、そのときの言い分だった。「まったくの善意から、クライアントの金の幾ばくかを証券取引に投資してやったんだが、ことが計画通りに行かなくなったとたんに、全責任をおっかぶせられたというわけだ」

その晩、同じ話をクウィンにしてやると、彼は大袈裟に天を仰いで呆れて見せた。

「賭けてもいいが、その金は証券取引なんかじゃなくて、競馬と女に使われたんだろうさ」

「それなら、どうしてそんな話をおれにするんだろう?」ハリーは訊き返した。「だって、自分がここにくることになった理由を、ほかの囚人には一人も話していないんだぞ?」

「おまえ、ときどき恐ろしく世間知らずになるな」クウィンが言った。「いいか、おまえの口からその話をさせるほうがはるかに信憑性が増すってことを、ロイドは知ってるんだよ。とにかく、あの男とは絶対に取引するんじゃないぞ、何しろ両手に指が六本ずつついてるんだからな」ハリーはその夜、それを〝掏摸の表現〟として日記に書き留めたが、忠告を本気で聞いたわけではなかった。一つには、所長が図書室に立ち寄ったときにどっちがコーヒーを淹れるかという場合を除いて、マックス・ロイドと取引する状況をまったく想像できなかったからである。


　レーヴェンハムの最初の一年が終わるころには、刑務所の生活を記録したノートは三冊にもなり、刑期を終えるときにこの日々の記録がいったい何ページになっているか、見当もつかなくなっていた。

　意外にも、ロイドは日々更新される物語を読みたがって倦むことがなく、出版社に作品として見せたらどうかとまでほのめかしたが、ハリーは笑って取り合わなかった。

「こんなとりとめのない話に関心を持つ者なんかいないよ」

「そのうちたまげることになるんじゃないかな？」ロイドは言った。

# エマ・バリントン

一九三九年―一九四一年

# 6

「セバスティアン・アーサー・クリフトンです」エマは敢(あ)えてハリーの姓をつけて、眠っている赤ん坊をその子の祖母に渡した。

初めて孫を抱いたメイジーの顔に満面の笑みが浮かんだ。

「あなたに会わせてもらえないままスコットランドへ行くことになってしまったので」エマはあのときのことを思い出して、腹立たしげに言った。「ブリストルへ戻ってきたその脚でここへきたというわけなんです」

「ありがとう、心配りに感謝するわ」メイジーは応え、一心に赤ん坊を見つめて、セバスティアンの金髪と澄んだ青い目は自分の夫のそれを受け継いでいるのだと思い込もうとした。

エマはキッチンのテーブルに向かって腰を下ろすと、お茶を口にして微笑した。アール・グレイだわ。憶えていてくれたなんて、いかにもメイジーらしい。それに、ハリーの好物だったきゅうりとサーモンのサンドウィッチもある。でも、この準備をしただけで、彼女の配給帳は底を突いたに違いない。部屋を見回すうちに、目がマントルピースで止まった。その上に、セピア色になった新兵の写真が飾ってあった。いまのではなく、この前の戦争のときのものだった。ヘルメットの下に隠れている髪が少しでも見えてくれればいいのに。あるいは、目の色だけでもわかればいいのに。その色はハリーと同じブルーだろうか？　それとも、わたしと同じ茶色だろうか？　陸軍の軍服姿のアーサー・クリフトンは見るからに颯爽としていた。がっしりした顎と断固たる表情が、祖国への奉仕を誇りに思っていることを物語っていた。視線を移すと、もっと時代が下って、声変わりする直前だろう、セント・ビーズの聖歌隊で歌うハリーの写真があった。そしてその隣りには、紛れもなくハリーの筆跡で宛名が記された封筒が壁に立てかけられていた。死ぬ前に母親に書き送った最後の手紙だろうとエマは推測し、あの封筒の中身をメイジーはわたしに読ませてくれないだろうかと考えた。立ち上がってマントルピースのところへ行ってみてわかったのだが、驚いたことに、開封されていなかった。

「あなたがオックスフォードをやめなくてはならなくなったと聞いて、わたしは本当に残念だったわ」エマが封筒を見つめているのに気づいて、メイジーが敢えて声をかけた。

「学位を取る努力をつづけるか、ハリーの子供を産むか、どっちを選ぶかとなれば、答えは最初から一つしかありません」エマの目は依然として封筒に釘付けだった。

「サー・ウォルターから聞いたけど、あなたのお兄さんのジャイルズはウェセックス連隊に入隊したけど、残念なことに――」

「これはハリーからの手紙ですよね?」エマはさえぎった。どうしても確かめずにはいられなかった。

「いいえ、それはハリーの手紙じゃないわ」メイジーが応えた。「トーマス・ブラッドショー中尉という人からのものなの。〈デヴォニアン〉という船に、ハリーと一緒に乗り組んでいたんですって」

「そのブラッドショー中尉は何と言ってきたんですか?」エマは開封されていないことを知っていながらも訊いた。

「わからないわ」メイジーが言った。「ドクター・ウォーレスという人がお悔やみの手紙だと言って届けてくれたんだけど、ハリーが死んだことを改めて思い出したくもないから、封を切らないままで置いてあるの」

「でも、〈デヴォニアン〉での様子を知るよすがには、多少なりとなるんじゃありませんか?」

「それはどうかしらね」メイジーは懐疑的だった。「だって、一緒にいたと言っても、せいぜい何日かに過ぎないのよ」

「読んでさしあげましょうか、ミセス・クリフトン?」字を読めないことをメイジーに認めさせ、ばつの悪い思いをさせるのではないかとわかってはいたが、それでも、頼んでみないではいられなかった。

「ごめんなさいね、それはお断わりするわ」メイジーが言った。「だって、その内容がわかったとしても、それでハリーが帰ってくるわけじゃないでしょ？」

「わかりました」エマは同意した。「でも、その手紙を読むことでわたしの心に平安が訪れるとしたらどうでしょう、それでもだめでしょうか」

「ドイツは港を狙って夜間空襲を仕掛けてきてるけど」メイジーが話題を変えた。「〈バリントン海運〉は大丈夫かしら？　大きな被害がなければいいんだけど」

「直撃は免れています」エマは答えた。残念ながら、手紙を読むことはどうしても許してもらえそうになかった。「でも、どうでしょうね、さすがのドイツといえども、わたしの祖父の上に爆弾を落とす度胸があるでしょうか」

メイジーが噴き出した。エマは一瞬、マントルピースから封筒をひったくって、メイジーに止める隙を与えないまま封を切ってしまおうかと考え、ハリーはその考えに決して与しないだろうと思い直した。でも、メイジーがつかの間でも部屋を出ることがあれば、やかんから噴き上がっている湯気を利用して封を開け、署名を確認して、彼女が戻ってくる前に元通りにしておくのはどうだろう。

しかし、メイジーはその考えを見透かしているかのように、マントルピースの前に立ったまま、びくとも動く気配を見せなかった。

「祖父から聞きました。昇進なさったそうで、おめでとうございます」エマは言った。まだ諦めがつかなかった。

メイジーが頬を赤らめ、グランド・ホテルでの新しい地位について話しはじめたが、エマは封筒を見つめたまま、宛名に書かれている〝M〟、〝C〟、〝S〟、〝H〟、そして〝L〟の文字を注意深くあらためた。その筆跡を写真のように目に焼き付けようとした。マナー・ハウスへ帰るまでに忘れてしまっては元も子もない。そろそろ仕事に戻らなくてはならないからとメイジーから小さなセバスティアンを返され、エマは渋々立ち上がったが、その前に封筒に最後の一瞥をくれるのを忘れなかった。

マナー・ハウスへ戻る途中も、封筒の宛名の筆跡を頭のなかに思い描きつづけようとした。セバスティアンがぐっすり眠っていてくれるのがありがたかった。車が正面階段の前の砂利の上で止まるや、ハドソンが後部座席のドアを開けてくれ、エマは息子を抱いて屋敷のなかへ入った。そして、子守りが待っている子供部屋へ直行した。子守りが驚いたことに、エマは息子の額にキスをしただけで、一言も発しないまま部屋を出ていった。

自室へ戻るや、書き物机の真ん中の引き出しの鍵を開けて、ハリーから届いた何年分もの手紙の束を取り出した。

真っ先にハリーが自署した大文字の〝H〟を確かめると、それはまったく飾り気のない肉太の筆跡で、スティル・ハウス・レーンのメイジーに宛てて届けられ、いまだ開けられていない封筒の宛名の文字とそっくりだった。それが探検をつづける自信を与えてくれた。次に大文字の〝C〟を探すと、ある年のクリスマス・カードにようやくその文字があり、さらに余禄として、〝メリー・クリスマス〟の最初の〝M〟まで見つけることができた。どちらも、封筒に記されていた〝ミセス・クリフトン〟の文字と同じ筆跡だった。「ハリーは生きているに違いないわ」――エマは声に出して繰り返した。〝ブリストル〟の文字を見つけるのは簡単だったが、〝イングランド〟は難しく、まだお互いが学校へ通っていたころにハリーがイタリアから書き送ってくれた手紙に出くわして、ようやく確認することができた。はっきりと記された三十九の文字と二つの数字を一時間以上かけて見つけ出し、ついに封筒の宛名を再現することができた。

ミセス・M・クリフトン
スティル・ハウス・レーン二七番地
ブリストル　イングランド

エマは疲労困憊してベッドに倒れ込んだ。トーマス・ブラッドショーが何者かは見当もつかないが、一つ、確かなことがあった。メイジーの家のマントルピースに立てかけてあった未開封の手紙はハリー・クリフトンその人が書いたものであり、何らかの理由――それは彼にしかわからないけれども――で、自分がいまも生きていることをわたしに知られたくないということだ。だけど、とエマは考えた。わたしが妊娠したことをあの運命の航海に出る前に知ったら、彼は考えを変えてくれただろうか？

ハリーが生きている可能性を、母、祖父、グレイス、そしてもちろん、メイジーにも知らせたくてたまらなかったが、未開封の手紙より強固な証拠が出てくるまでは黙っているしかないこともわかっていた。エマの頭のなかで、ある計画が形を取りはじめた。

その日、エマは夕食に降りていかずに自室にとどまり、自分があの晩に死んだのだと、母親以外の全員にハリーが信じさせようとした理由を探る努力をつづけた。

ベッドに入ったのはもうすぐ夜半という遅い時間だったが、それまでに思いついた理由があるとすればたった一つ、名誉というものを彼が考慮したということしかなかった。失望した愚かで哀れなあの人は、そうすることによって、わたしがあの人に対して感じているあらゆる義務からわたしを解放できると考えたのではあるまいか。わずか十歳のころ、兄の誕生パーティで初めて見た瞬間から、わたしの人生にほかの男性が入り込む余地はなくなったということに、あの人は気づかなかったのだろうか？

その八年後、ハリーと婚約したときには、わたしの家族はみな喜んでくれた。ただし、父親だけは別で、彼は長いあいだ偽りの人生を送りつづけていて、わたしたちの結婚式の当日、ついにそれが明らかになった。あの日、わたしたちは祭壇に立ち、お互いを誓い合おうとしていた。そのとき、オールド・ジャックが何の前触れもなく、いきなりその儀式に幕を下ろしてしまった。わたしの父親がハリーの父親でもあるかもしれないと知らされたわけだけれども、それでもわたしはハリーを愛することをやめなかったし、やめるつもりも絶対になかった。いまとなってはだれも驚かないが、ハリーは紳士のように振る舞い、わたしの父は本性を現わしてごろつきのように振る舞った。前者は堂々と甘んじて批判を受け止め、後者は聖具室の裏口からこっそり逃げだして、以来姿を消したままだ。

妻になってくれとわたしに求婚するはるか前に、ハリーは戦争が始まったら躊躇なく大学をやめて海軍に入ると宣言している。彼は最もいいときでも頑固であり、いまは最も悪いときだ。そういう彼を思いとどまらせようとしても徒労に終わるだけなのはわかっている。わたしが何を言おうと、何をしようと、彼の気持ちを変えるのは不可能だろう。それに、ドイツが降伏するまで、大学には戻らないとも言っていた。

わたしも卒業を待たないまま大学をやめたが、それはハリーと違って、そうするしかなかったからだ。それに、復学の望みもない。妊娠はサマヴィル学寮（カレッジ）ではただでさえ眉をひそめられる所業であり、お腹（なか）の父親と結婚していないとなれば、なおさらだった。大学を去るという決心は母をひどく悲しませることになった。わたしの母のエリザベス・バリントンは女だというだけの理由で自分が拒否された学位取得を、何としても娘に成し遂げて欲しかったのだ。あり得ないように思われた希望の光がかすかに地平線に兆したのは一年後、わたしの妹のグレイスがケンブリッジ大学ガートン学寮の一般奨学生として受け入れられ、最高に明晰な頭脳を持った男子たちの顔色を、入学したその日からなからしめたときだった。

妊娠が明らかになるや、わたしはすぐさまスコットランドの祖父の屋敷に逃れ、そこでハリーの子を生んだ。少なくともブリストルでは、バリントン家に庶子はできなかったことになる。セバスティアンが城のなかを這い這いするようになって、放蕩娘はマナー・ハウスへの帰還を許された。母は戦争が終わるまでわたしたち親子をマルジェリーにとどまらせたいようだったが、人里離れたスコットランドの城にいつまでも隠れているのは、わたし自身がうんざりだった。

西部地方に戻ると、真っ先に祖父のサー・ウォルター・バリントンを訪ねた。そのときに祖父が、ハリーは〈デヴォニアン〉に乗り組んでいるが、ひと月後には戻ってきて、〈レゾリューション〉の水兵になるつもりでいると教えてくれた。けれどもハリーは戻ってこず、六週間が過ぎたころに、水葬に付されたことがわかった。

祖父はそうするのが自分の役目だと考え、その悲しい知らせを告げるために、家族の一人一人を訪ねてまわった。一人目はミセス・クリフトンだったが、彼女はすでに、トーマス・ブラッドショーの手紙を届けにきたドクター・ウォーレスから息子の死を知らされていた。二人目は、まだスコットランドにいたわたしだった。その知らせを聞いても孫娘が涙を見せないことに祖父は驚いていたが、わたしは単にハリーの死を受け入れることを拒否したに過ぎなかった。

ブリストルへ戻った祖父はすぐさまジャイルズを訪ね、ハリーの死を知らせた。ハリーの親友は声をかけるのもはばかられるような悲しみの沈黙に沈み込み、家族の誰一人として、慰める術を見つけられなかった。ハーヴェイ卿（きょう）夫妻はハリーの死を知らされても冷静を保ち、一週間後、ブリストル・グラマー・スクールで執り行なわれたジャック・タラント大尉の一周忌に参列したときに、オールド・ジャックが自分の秘蔵っ子の死を知らずにすんだのがせめてもの慰めだと言うにとどめた。

一人だけ、訪れるのを祖父が拒否した人物がいた。息子のヒューゴーだ。どうすれば連絡がつくのかわからなかったというのが表向きの理由だったが、わたしがブリストルへ戻ったとき、仮にわかったとしてもそのつもりはなかったと祖父は認め、ハリーの死を喜ぶ人間がいるとすれば、それはおそらくおまえの父親だろうと付け加えた。わたしは何も言わなかったけれど、祖父の見方に異論はない。

スティル・ハウス・レーンへハリーのお母さんを訪ねてから何日か、わたしはほとんどの時間を自分の部屋に籠（こ）もり、新たにわかったことにどう対応すればいいかを延々と考えつづけた。一年以上前からマントルピースの上に放置されている手紙の内容を知る術は、どう考えてもなかった。無理にやれば、ハリーのお母さんの気持ちを害さずにはすまないだろう。それでも、ハリーがいまも生きていることを世界に証明するだけでなく、彼を——たとえどこにいようとも——見つけずにはおかないという決意は揺らぐことがなかった。その決意を胸に秘めて、わたしはもう一度祖父と会う約束を取り付けた。だって、ハリーのお母さんを別にすれば、ドクター・ウォーレスに会っているのはサー・ウォルター・バリントンしかいないのだ。だとすれば、トーマス・ブラッドショーが何者なのか、その謎を解くチャンスがわたしにあるとすれば、祖父に当たる以外に方法はないはずだ。

# 7

小さいころから祖父に教えられて、エマは約束の時間は必ず守る習慣が身についていた。遅刻は印象を悪くするし、と彼は言っていた。本気だと思ってもらいにくくなる。

それを心に留めて、エマは午前九時二十五分にマナー・ハウスを車で出発し、〈バリントン海運〉の門を九時五十二分ぴったりにくぐり抜けた。車はその二分後にバリントン・ハウスの前に駐まった。六階でエレヴェーターを降り、廊下を歩いて会長室の前に立ったときも、十時までまだ二分の余裕があった。

サー・ウォルターの秘書のミス・ビールが会長室のドアを開けたとき、マントルピースの上の時計が十時を打ちはじめた。サー・ウォルターが笑顔になり、机の向こうからやってきて孫娘を迎えると、両頬にキスをした。

「私の大のお気に入りの孫娘は元気にしているのかな？」煖炉のそばの坐り心地のいい椅子へ案内しながら、サー・ウォルターが訊いた。

「グレイスなら元気そのものですよ、おじいさま」エマは応えた。「ケンブリッジ大学でもとてもよくやっていると聞いています。彼女がおじいさまによろしくと言っていました」

「私をあまりからかわんでもらいたいものだな、お嬢さん」サー・ウォルターが笑みを返した。「それから、私の大好きな曾孫のセバスティアンのご機嫌はいかがかな？」

「あなたのたった一人の曾孫でもありますよ」エマは付け加え、ゆったりとした革張りの椅子に身体を沈めた。

「あの子を連れてきていないということは、何か真面目な話があるようだな」

挨拶や世間話の時間は終わったということだった。サー・ウォルターが自分のために割いてくれている時間に限りがあることは、エマもわかっていた。いつだったかミス・ビールから聞いたのだが、サー・ウォルターは面会時間を十五分、三十分、一時間と、相手の重要度に応じて区切っているとのことで、そのルールに関しては、日曜を別にして、家族も例外ではなかった。答えの必要な疑問が山ほどもあるエマにしてみれば、せめて三十分は時間を割くつもりでいてほしかった。

エマは椅子に背中を預けて、リラックスしようとした。会いにきた本当の理由を悟られたくなかったのだ。

「おじいさまが親切にもスコットランドまできてくださったときのことを憶えていらっしゃるかしら」エマは言った。「ハリーがどんなふうに海で死んだかをわたしに知らせるために。あのときは申し訳ないことに、ショックのあまりお話がきちんと耳に入らなかったんです。それで、彼が生きていた最後の数日について、もう少し教えていただけないかと思って」

「もちろんだとも」サー・ウォルターが同情した。「私の記憶力がその任に堪えられることを祈ろうじゃないか。それで、特に知りたいことがあるのかな？」

「ハリーは大学をやめて、四等航海士として〈デヴォニアン〉に乗り組んだとおっしゃいましたよね」

「そのとおりだ。それができたのは私の古い友人のヘヴンズ船長のおかげで、彼はあの悲劇の数少ない生き残りの一人でもある。最近訪ねてみたんだが、そのときも、これ以上ないほどハリーのことをよく言ってくれたよ。魚雷が命中したあと、船長の命を救ってくれただけでなく、自らの命を犠牲にしても一等機関士を助けようとした、勇敢な若者だったとね」

「ヘヴンズ船長も〈カンザス・スター〉に救出されたんですか？」

「いや、彼は近くにいた別の船に助けられた。だから、悲しいかな、二度とハリーの姿を見ていない」

「では、ヘヴンズ船長はハリーが水葬に付されたところを見ていたわけではないんですね？」

「そうだな、見ていない。ハリーが死んだとき一緒にいた〈デヴォニアン〉の乗組員はたった一人、トーマス・ブラッドショー中尉というアメリカ人だけだ」

「あのときのおじいさまのお話だと、ドクター・ウォーレスという人がブラッドショー中尉からの手紙をミセス・クリフトンに届けたんですよね？」

「そのとおりだ。ドクター・ウォーレスは〈カンザス・スター〉の船医だったんだ。ハリーの命を救うために、力の限りを尽くしたと断言していたよ」

「ブラッドショーはおじいさまにも手紙を書いて寄越したんですか？」

「いや、ドクター・ウォーレスの言葉を思い出してみると、最近親者だけだったはずだ」

「そうだとすると、彼がわたしに手紙を書いていないのは妙ですよね？」

サー・ウォルターがしばし沈黙した。「そうか、実のところ、それは考えたことがなかったな。だが、ハリーがおまえのことをブラッドショーに話していなかったのかもしれない。あの子がその気になればどれだけ口が固いか、それはおまえも知っているだろう」

その可能性はエマもたびたび考えたが、そのたびに、あり得ないという結論に達するのに時間はかからなかった。「ブラッドショーがミセス・クリフトンに書いた手紙を、おじいさまはお読みになったんですか？」

「いや、読んでいない。だが、届いた翌日に訪ねたとき、マントルピースの上にあるのは見ている」

「その手紙の内容について、ドクター・ウォーレスが何か知っているということはないかしら」

「それはあるのではないかな。一緒に〈デヴォニアン〉に乗り組んでいたハリーの同僚からの悔やみの手紙だったと、彼は私に言ったからな」

「ブラッドショー中尉に会うことがせめてできれば」エマは水を向けた。

「会わせてやりたくても、方法がわからないんだ」サー・ウォルターが応えた。「もっとも、ドクター・ウォーレスが彼と連絡を取り合っていれば、話は別かもしれんがね」

「ドクター・ウォーレスの住所をご存じなんですか？」

「〈カンザス・スター〉気付でしかないがね」

「でも、戦争が始まってからは、きっとブリストルへ寄港するのはやめていますよね」

「いや、法外な金を払ってでも故郷へ帰りたいというアメリカ人がイギリスにいるあいだは、やってきつづけるはずだ」

「でも、それは無用の危険を引き受けることになるんじゃないかしら。だって、大西洋にはドイツのＵ－ボートがうようよしているんでしょ？」

「アメリカが中立を保っているあいだは、それほど危険でもあるまい」サー・ウォルターが言った。「ヒトラーが何より望んでいないのは、自分のＵ－ボートがアメリカの客船を沈めたというだけの理由で、彼らとの戦争が始まることだからな」

「近い将来、〈カンザス・スター〉がブリストルへ戻ってくる予定があるでしょうか」

「その答えは私の頭のなかには入っていないが、調べれば簡単にわかる」老人は椅子から腰を上げるとゆっくり机へ歩いていき、毎月の寄港予定が記してあるノートのページをめくっていった。

「ああ、これだ」サー・ウォルターがようやく声を上げた。「四週間後にニューヨークを出港し、ブリストルへは十一月十五日に寄港予定となっている。その船に乗っているだれかと接触したいと考えているなら、気をつけないと、そう長くはここにとどまっていないはずだぞ。何しろ、ここは攻撃に対して無防備なところだからな」

「乗船させてもらえないかしら」

「乗組員か、仕事を探しているかでないと無理だ。率直に言わせてもらうが、おまえは水夫にもカクテル・ウェイトレスにも見えないな」

「それなら、ドクター・ウォーレスに会うにはどうすればいいんでしょう」

「もしかして彼が上陸してくるのを、波止場で待つしかないだろうな。一週間の航海のあとでさえ、ほとんど全員が上陸する。だから、彼が乗り組んでいさえすれば、必ず捕まえられるはずだよ。だが、ハリーが死んでから一年以上が経(た)っているんだ。だとすれば、ウォーレスがもうあの船の船医でないという可能性もある。それを忘れないようにな」エマは唇を噛(か)んだ。「だが、船長とこっそり会う手配をしてほしいというのであれば、私は喜んで――」

「とんでもない」エマは急いで断わった。「そこまでしてもらうほどのことではありません」

「それでも、気が変わったら――」サー・ウォルターは言いかけた。それをどんなに大事なことと孫娘が見なしているか、不意に気がついたのだ。

「ありがとうございます。でも、本当に結構です、おじいさま」エマは椅子から腰を上げた。「大事な時間を長々と取らせてしまってごめんなさい」

「長々とどころか、足りないぐらいだよ」老人が言った。「もっと頻繁に立ち寄ってほしいと、本当にそう願っているんだ。今度は必ずセバスティアンを連れてくるんだぞ」そして、エマを会長室の出口まで送った。

孫娘がなぜ会いにきたのか、もはや疑いの余地はなかった。

マナー・ハウスへ戻る車のなかで、一つの文章がエマの頭のなかに刻みつけられ、決して消えようとしなかった。彼女はそれを何度も、まるで蓄音機の針がレコードの溝の同じ部分に引っかかったかのように反芻した。

屋敷へ帰り着くや、子供部屋にいるセバスティアンのところへ直行した。少しぐずられたものの、揺り木馬から降ろしてお昼を食べさせると、まるで満足した猫のように丸まって深い眠りに落ちてくれた。子守り（ナニー）にベッドへ連れていってもらい、エマは運転手を呼んだ。


「ブリストルへ戻ってちょうだい、ハドソン」

「ブリストルのどちらでしょう、お嬢さま」

「グランド・ホテルよ」


「どうしたの？」メイジーが訊いた。

「わたしをウェイトレスとして働かせてほしいんです」

「でも、なぜ？」

「言わなくてすむなら、そのほうがありがたいんですけど」

「どんなに大変な仕事か、わかってるの？」

「いいえ、知りません」エマは認めた。「でも、あなたを失望はさせないつもりです」

「いつから始めたいの？」

「明日から」

「明日から？」

「はい」

「期間は？」

「ひと月です」

「要するに、こういうことかしら」メイジーが言った。

「明日からわたしにウェイトレスの仕事を叩き込んでもらい、ひと月経ったら辞める。でも、その理由は教えないですませたい」

「そういうことです」

「お給料は期待してるの？」

「いいえ」エマは答えた。

「まあ、それならいいでしょう」

「それで、いつから始められるんでしょうか」

「明日の朝の六時からよ」

「六時ですか？」予想もしていなかった時間を指定されて、エマは思わず訊き返した。

「驚くかもしれないけど、エマ、わたしには七時には食事をして、八時には仕事に行かなくてはならないお客さまがいらっしゃるの。だから、あなたも必ず六時には持ち場についてもらわなくちゃならないわ――毎朝ね」

「わたしの持ち場はどこでしょうか」

「あなたが六時前に姿を見せたら教えるわ」

それから二十八日、エマは一度も仕事に遅れなかった。毎朝四時半にジェンキンズが寝室のドアをそっとノックしてくれ、五時四十五分にハドソンがグランド・ホテルの従業員入口の百ヤード手前まで連れていってくれたおかげかもしれなかった。

ほかの従業員にはミス・ディケンズということになっていたが、エマは持ち前の演技力を駆使し、自分がバリントンの一族だとだれにも気取られないようにした。

エマが客にスープをこぼしたときのミセス・クリフトンは厳しかったし、ダイニングルームの真ん中で何枚も重ねた皿を落として割ったときはもっと厳しかった。給料をもらっていれば、そこから弁償金を差し引かれるはずだった。厨房のスウィング・ドアを肩で開けて出入りするこつをつかむまでには、反対側からやってくる同僚のウェイトレスと何度も正面衝突するはめになった。

そういうへまにもかかわらず、一度教えられたらエマが二度と忘れないことをメイジーはすぐに見抜いたし、また、それまで経験がないにもかかわらず、実に手際よくテーブルの準備をしてしまうことに感心した。テーブルについている客の前でスプーンとフォークを片手で操って給仕をする技術を身につけるには普通何週間もかかり、あるいは、ついにできないままの者もいるというのに、エマの場合は、二週間が過ぎるころには監督する必要がなくなっていた。

三週間目が終わろうとするころには、エマを手放すのが惜しくなっていたし、四週間が過ぎるころには、メイジーの思いを裏付けるように、ミス・ディケンズ以外には給仕をしてほしくないという常連客が、何人も出てくるようになっていた。

ミス・ディケンズがわずか一カ月で辞めることになっているという事実を支配人にどう説明しようかと、とうとうメイジーは悩みはじめていた。

「ミスター・ハーストには、もっとお給料の高い、いい仕事の申し出があったことにすればいいんじゃないですか」エマが制服を畳みながら言った。

「支配人は喜ばないでしょうね」メイジーは応えた。「あなたが仕事ができなかったら、ことはもっと簡単だったかもしれないわ。あるいは、せめて何度か遅刻でもしていてくればね」エマがそれを聞いて笑い出し、畳み終えた制服の上に小さな白い帽子をきちんと置いた。最後の日だった。

「ほかに、わたしがあなたのためにしてあげられることはないかしら、ミス・ディケンズ?」メイジーは訊いた。

「実は、お願いしたいことがあります」エマが言った。「紹介状が必要なんです」

「どこかで、また無給で働くの?」

「まあ、そんなところです」エマは応えた。ハリーの母にも秘密を打ち明けられなくて、少し後ろめたかった。

「それなら、その紹介文を口述するから、あなたが文字にしてちょうだい。そのあとで、わたしがそこにサインするわ」メイジーがホテルのレター・ヘッドの入った便箋(びんせん)を差し出した。「関係当事者殿」すぐに口述が始まった。「この短期間に――」

「〝短〟は省いてもかまいませんか」エマが訊いた。

メイジーは微笑した。

「この期間に、ミス・ディケンズはグランド・ホテルでわたしどもと仕事をし」――エマは〝ミス・ディケンズ〟を内緒で〝ミス・バリントン〟に置き換えた――「勤勉で、有能で、お客さまにも従業員にも大変に好かれることを証明しました。彼女のウェイトレスとしての技量は見事なものであります。仕事を覚える能力についても、どの職場であれ彼女を一員に加えるのは幸運であると保証します。わたしどもとしては、彼女を失うのは非常に残念であり、もし当ホテルへ戻りたいと本人が希望するときには、いつでも喜んでそれを認める所存です」

エマが笑顔で、文字にした推薦状を差し出した。メイジーは〝レストラン担当部長〟という文字の上にサインをした。

「ありがとうございます」エマはメイジーを抱擁した。

「あなたが何を企(たくら)んでいるのか見当もつかないけど、幸運を祈っているわ」抱擁が解けると、メイジーが言った。「それが何であれ、マイ・ディア」

エマは言いたかった――あなたの息子を探しに行くんです。見つけるまでは戻りません。

# 8

波止場へきて一時間以上が過ぎたころ、入港してくる〈カンザス・スター〉の船首がようやく見えた。しかし、最終的に接岸するまでには、さらに一時間を待たなくてはならなかった。

エマはそのあいだに自分の決心について考え、これから先の試練に耐えられるかどうか早くも自信が揺らぎそうになって、つい数カ月前に沈んだ〈アテニア〉のことを、そして、自分が無事ニューヨークに着けないのではないかという恐れを、頭から振り払おうとした。

母には長い手紙を書き、二週間――長くとも三週間――留守にする理由を説明してあったが、それをわかってもらえるのを祈るしかなかった。一方で、父親を探しに行くのだと教える手紙をセバスティアンに書くことはできなかったし、すでに息子が恋しくなりはじめてさえいた。このアメリカ行きは自分のためでもあり、それに負けず劣らず息子のためでもあるのだと、エマは自分を納得させようとした。

サー・ウォルターは〈カンザス・スター〉の船長を紹介しようかと再度の申し出をして

くれたが、エマは丁重にそれを断わった。自分の素性は隠したままにしておきたかった。また、ドクター・ウォーレスの人相風体を、漠然としたものではあるけれども教えてもらっていたが、今朝下船した乗組員のなかに、それらしい人物は明らかにいなかった。しかし、祖父はさらに二つの、貴重な情報を提供してくれていた。〈カンザス・スター〉が今夜、最後の潮を利用して出港する予定であること、パーサーは毎日午後二時から五時まで、乗船書類を作成するためにオフィスにとどまっているのが普通だということである。もっと重要なのは、高級船員以外の乗組員の雇用責任者でもあるという情報だった。

祖父にはすでに昨日、手助けに感謝する手紙を書いていたが、今度の計画については――祖父のことだから見当はついているような気はしたものの――まだ明らかにしていなかった。

バリントン・ハウスの時計が二時を告げても、ドクター・ウォーレスらしき人物の姿は依然としてないままで、エマは意を決して小振りなスーツケースを手に取ると、船のタラップを上りはじめた。不安を抱えて甲板に着くと、最初に出くわした制服姿の人物にパーサーのオフィスへの行き方を尋ね、下甲板の船尾にあると教えてもらった。

一人の船客が幅の広い階段へ消えていくのを見て、エマはそのあとにつづいた。きっと下甲板へ降りる階段だろうと考えたのだが、船尾がどこかがわからず、結局は案内係のカウンターの前にできている行列に加わることになった。

カウンターの向こうにダーク・ブルーの制服に白いブラウス姿の若い女性が二人立っていて、すべての船客の質問に答えようとしていたが、その間、一度も笑みを絶やさなかった。

「どうなさいました？」ようやく列の先頭にたどり着いたエマに、一方が訊いた。明らかに船客だと思い込んでいるようで、エマ自身も金を払った船客としてニューヨークまで行こうかと実は考えないでもなかったが、乗組員になったほうが必要な情報が手に入りやすいだろうと思い直した。

「パーサーのオフィスを探しているんだけど」エマは言った。

「甲板昇降口階段の右側、二つ目の部屋がそうです」と答えが返ってきた。「見落とす心配はありません」

彼女が指さしたほうへ歩いていき、〈パーサー〉と記されたドアの前に立つと、エマは一つ深呼吸をしてからノックをした。

「どうぞ」

ドアを開けてなかに入ると、高級船員らしき人物が書類の散らかった机の向こうにいた。糊の利いた、こざっぱりした白い開襟シャツの両肩には、それぞれ二つの金の星がついた肩章が載っていた。

「どうしました？」初めて耳にする訛りで、かろうじて聞き取ることができた。

「ウェイトレスの仕事を探しているんです」マナー・ハウスのメイドの口調に似ていてくれることを願いながら、エマは言った。

「気の毒だが」パーサーが作成中の書類に目を戻した。「ウェイトレスはもう必要としていないんだ。空きがあるとすれば案内係だな」

「それで結構です」エマは普段の口調に戻した。

パーサーがしげしげと彼女の顔を見て、念を押した。「給料は決していいとは言えないし、労働時間も長いが、それでもいいのかな?」

「慣れていますから」エマは答えた。

「それに、臨時雇いという形にしかできないぞ」パーサーがつづけた。「というのは、いまいる案内係の一人がニューヨークで上陸休暇を取っているんだが、この横断航海が終わったら再乗船することになっているんでね」

「それはかまいません」エマは無条件に応じた。

パーサーはまだ納得した様子がなかった。「読み書きはできるのかな」

オックスフォード大学の奨学生だったのだと言ってやりたかったが、それを呑(の)み込んで短く答えた。「はい」

パーサーはようやく質問をやめて引き出しを開けると、長い申請用紙を取り出し、エマに万年筆を渡して言った。「これに必要事項を記入してくれ」そして、エマが書き込みを始めると付け加えた。「紹介状も必要なんだがな」

　エマは申請用紙への記入を終えるやバッグを開け、メイジーの推薦状を差し出した。

「素晴らしい」パーサーが感想を漏らした。「しかし、そういうきみが本当に案内係でいいのか？」

「グランド・ホテルでの次の仕事が、それになるはずでした」エマは言った。「支配人になるために必要な訓練なんです」

「だったら、どうしてそのチャンスを放棄してこの船に乗り組もうとしたんだ？」

「ニューヨークに大叔母がいるんですが、戦争が終わるまで彼女のところに疎開（そかい）しているよう、母に言われたんです」

　今度はパーサーも納得したようだった。船客として金を払うのではなく、乗船中に仕事をしてイギリスを脱出しようとする人間は、彼女が初めてではなかった。「では、早速始めてもらおうか」パーサーは勢いよく立ち上がり、オフィスを出た。エマは彼に連れられて、案内係のカウンターまで短い距離を引き返した。

「ペギー」パーサーが声をかけた。「今度の航海のあいだの、ダナの代わりが見つかったぞ。すぐに仕事を教えてやってくれないか」

「助かりました」と応えてペギーがカウンターのあおり戸（フラップ）を上げ、エマをなかへ入れた。

「名前は何というの？」パーサーと同じ、やはりかろうじて聞き取れる訛りだった。イギリス英語とアメリカ英語は同じ言語であるはずなのに同じではないとバーナード・ショウが言った意味を、エマは初めて理解した。

「エマ・バリントンよ」

「ところで、エマ、わたしのアシスタントのトゥルーディを紹介するわ。見てのとおり、わたしたちは忙しいから、とりあえずは見学していてちょうだい。そのあいだに、色々教えてあげるから」

エマは一歩退がって、二人が何があろうと笑顔で、投げかけられるあらゆる質問や疑問に答えていくのを観察した。

一時間後には、何時にどこで船客の救命ボート避難訓練が行なわれるか、グリルがあるのはどの甲板か、船客が飲み物を注文できるのはどのぐらい港を離れてからか、ディナーのあと、船客がトランプの相手を見つけるにはどうすればいいか、夕陽を見たければどうやって上甲板へ出ればいいかを、だれに教えられるでもなく学んでいた。

次の一時間では、何度も繰り返されるほとんど同じ質問に耳を傾け、さらに次の一時間は、自分も一歩前に出て船客の応対に当たったが、二人の先輩に助言を求める必要は滅多になかった。

ペギーはそれに痛く感動し、船客の列が遅くやってきた数人に減った隙を見計らって、エマに言った。「あなたの居住区へ案内してあげるわ。そのあと、晩ご飯を食べておきましょう。お客さまがディナーの前の一杯を楽しんでおられるあいだにね」そして、トゥルーディに向かって頼んだ。「七時ごろには戻ってきて交代するから、そのときまでお願いね」そのあと、フラップを上げてカウンターを出た。トゥルーディがうなずいたとたんに、男の船客がやってきて訊いた。

「今夜のディナーは正装でなくちゃいけないのかな」

「いいえ、一日目の夜はその必要はございません」トゥルーディがはっきりと答えた。「ですが、明晩以降は常に正装でお願いいたします」

長い通路を歩きながらペギーはひっきりなしにしゃべりつづけ、二人はロープで封鎖された階段のところまできた。そのロープには、〈乗組員以外立ち入り禁止〉と大きな赤い文字で記された札がぶら下がっていた。

「この下がわたしたちの居住区よ」ペギーが説明してロープを外し、階段を下りながら付け加えた。「たぶん、わたしと相部屋ってことになるんじゃないかしら。いまのところ、ダナのベッドしか空きがないのよ」

「それで充分だわ」エマは応えた。

下へ、さらに下へと、二人は下っていった。甲板が下になるにつれて、階段が窮屈になった。ペギーがおしゃべりの口を閉ざすのは、二人に道を譲ろうと乗組員——温かい微笑で迎えてくれる者もいた——が脇にどいてくれたときだけだった。ペギーはエマが生まれて初めて遭遇する種類の女性と言って過言ではなかった。個人としてははっきりと独立していて、なおかつ女性的な部分もとどめている。金髪をショート・カットにし、スカートはかろうじて膝が隠れるか隠れないかで、ぴったりしたジャケットがスタイルの良さを紛いようもなく知らしめている。

「ここがわたしたちの部屋よ」ペギーがついに宣言した。「今日からここで寝てもらうことになるわ。まさか、宮殿を期待してはいなかったわよね」

エマは部屋に入った。マナー・ハウスのどの部屋より――掃除用具置き場も含めて――狭かった。

「ひどいものでしょ?」ペギーが言った。「実際、この老いぼれ船にいい点があるとすればたった一つ」エマはその意味を訊き直す必要がなかった。なぜなら、ペギーがエマの質問に答えるのと同じぐらい、自分自身の疑問に答えたがっていたからである。「地球上のほとんどどこよりも、女より男のほうが多いことね」ペギーが笑い、そのあとで付け加えた。「そっちがダナの寝台で、こっちがわたしの寝台よ。見てわかるとおり、二人が同時にいられるだけの広さは到底ないから、そのためにはどっちかが寝台に上がるしかないの。わたしは仕事に戻るから、あなたは荷物の整理をするといいわ。三十分したら迎えにくるから、一緒に晩ご飯を食べにいきましょう。乗組員用の食堂へ案内するわ」

この船にもっと下の層があるということだろうかとエマは訝ったが、その質問をしようにも、すでにペギーは姿を消していた。エマは寝台に腰を下ろして呆然とした。ひっきりなしにしゃべるあの口を閉ざすことができなかったら、わたしの疑問に答えてもらうためにはどうすればいいのだろう？　それとも、あれはあのままでかまわないのだろうか。わたしが焦りさえしなければ、いずれペギーの口がそういう疑問に勝手に答えてくれるのではないか。丸まる一週間あるのだから、そのあいだに結論は出るだろう。そう考えると、辛抱する余裕が生まれたような気がした。エマは多くない荷物を引き出しにしまいはじめた。ダナはそこを空にしようともしていなかった。

二度、長く霧笛が鳴り、その直後、船がわずかに振動したように感じられた。外を覗こうにも舷窓がなかったが、動き出したことは感覚でわかった。エマはふたたび寝台に腰を下ろし、これでよかったのだと自分を納得させようとした。一カ月後にはブリストルへ戻るつもりだったが、早くもセバスティアンが恋しくなりはじめていた。

　エマはもっと入念に部屋を見渡した。これからの一週間、自分の住まいになる場所だ。左右の壁際に寝台が作り付けられていたが、そこに横になる者の背丈が必ず平均以下だと想定されているかのような寸法だった。実際に横になってみると、スプリングの入っていないマットレスはびくともしなかった。枕の中身は気泡ゴムで、羽毛ではなかった。小さな洗面台があって、蛇口が二つついていたが、どちらからも、力のない生ぬるい水が垂れてくるだけだった。

ダナの制服を着てみて、危うく噴き出しそうになった。戻ってきたペギーは本当に噴き出した。ダナはエマより少なくとも三インチは背が低く、サイズ三つ分は間違いなく幅が大きかった。「それを着るのが一週間ですむのをありがたく思うべきね」ペギーが乗組員用の食堂へ案内しながら慰めてくれた。

二人はさらに船の底深くまでもぐり、ほかの乗組員と合流した。数人の若者と一人か二人の年輩の乗組員が、自分たちのテーブルへくるようにとペギーを手招きした。ペギーは長身の若者がお気に入りで、機関員だとエマに教えてくれた。だから彼は髪だけでなく、全身が油にまみれているのだろうか、とエマは考えた。ペギーとエマはその機関員と一緒に食物保温器（ホット・プレート）への列に並んだ。機関員はそこにある料理のほとんどすべてを、ペギーは半分ぐらいを皿に盛ったが、エマは少し気分が悪かったので、ビスケットと林檎（りんご）だけにした。

夕食のあと、ペギーとエマは案内受付へ戻り、トゥルーディと交代した。船客のディナーは八時からだったので、案内受付へくる船客はほとんどなく、姿を見せたとしても、ダイニングルームへの行き方を教えてほしいという者たちしかいなかった。

それからの一時間、エマは〈カンザス・スター〉についてよりもはるかに多く、ペギーについて知ることになった。十時に勤務時間が終わると、ペギーは窓口を閉め、新しい仲間を連れて、下層甲板へ降りる階段へ向かった。

「乗組員用の食堂で、みんなと一緒に一杯どう？」彼女が誘ってくれた。

「ありがとう、でも、やめておくわ」エマは辞退した。「へとへとなの」

「わたしたちの部屋まで、あなた一人でたどり着ける？」

「七番下層甲板の一一三号よね。あなたが帰ってきたときにわたしが寝台にいなかったら、そのときは捜索隊を編成して送り出してちょうだい」

　部屋へ入ったとたんに手早く服を脱ぎ、顔と手を洗って、備え付けの、一枚しかないシーツと毛布の下に潜り込んだ。両膝を曲げて顎の近くまで引き上げ、何とか姿勢を落ち着かせようとしたが、船が不規則に揺れるせいで、そう長くは同じ姿勢を保っていられなかった。浅い眠りに落ちる前、最後に頭に浮かんだのは、セバスティアンのことだった。

　はっとして目が覚めた。真っ暗で、腕時計を見ても時間は確かめられなかった。揺れているのは船のせいだろうと最初は考えたのだが、目が闇（やみ）に慣れてくると、反対側の寝台に二人がいて、その身体がリズミカルに上下しているのを見分けることができるようになった。一方の身体から突き出している両足は寝台の端から完全に飛び出し、壁に足の裏を当てて突っ張っていた。あの機関員に違いなかった。エマは笑い出しそうになったが、必死にそれをこらえ、音を立てないようにじっとしていた。ついにペギーが長い吐息を漏らし、動きが止まった。しばらくして、長い脚についている足が床に降り、古いつなぎの作業服をもぞもぞと身につける音が聞こえた。それから間もなく、部屋のドアが静かに開いて、静かに閉まった。エマは深い眠りに落ちた。

# 9

翌朝、エマが目を覚ますと、ペギーはすでにベッドを出て、着替えをすませていた。「朝ご飯を食べに行くけど」彼女は言った。「あとで案内受付で会いましょう。仕事の開始は八時よ」

ドアが閉まったとたんにエマはベッドを飛び降り、ていねいに顔を洗い、手足をきれいにしてから手早く制服に着替えたが、遅刻しないで案内受付へ行こうとするなら朝食を食べている時間はなさそうだった。

仕事場に着いてすぐにわかったのだが、ペギーは自分の仕事をまったく疎かにするところがなく、助けを必要としている船客なら、それがだれであろうと救いの手を差し伸べていた。朝のコーヒー・ブレークのとき、エマは言った。「お客さまの一人に、診療室が開いてる時間を教えてほしいと訊かれたんだけど」

「午前中は七時から十一時」ペギーが答えた。「午後は四時から六時までよ。緊急の場合は、手近な電話から一一一にかけてもらえばいいわ」

「お医者さんの名前は？」

「パーキンソンよ、ドクター・パーキンソン。この船に乗っている女性なら、一目で虜にならずにはいられないわね」

「そうなの？――そのお客さまは、船医はドクター・ウォーレスだと思っているみたいだったけど」

「違うわ。ドクター・ウォーレスは半年ほど前に船を降りたの。とっても素敵なおじいさんだったけどね」

エマはそれ以上の質問をせず、ひたすらコーヒーを飲んで休憩時間をやり過ごした。

「このあと、午前中は船内を探検したらどう？　そうすれば、お客さまに場所を訊かれたときに、まごつかずに教えて差し上げられるでしょう」案内受付へ戻ると、すぐにペギーが提案し、船内のガイド・ブックを渡してくれた。「お昼に会いましょう」

エマはガイド・ブックを開き、上甲板の探検を開始した。ダイニングルーム、バー、カード・ルーム、図書室、ボール・ルームには常駐のジャズ・バンドまでついていた。一度だけ足を止めたのは、第二下層甲板で診療室に遭遇したときだった。彼女はおずおずと両開きのドアを開け、首だけを入れてなかを覗いた。きちんと作られたままの無人のベッドが二つ、奥の壁際に据えてあった。あの一つにハリーが、もう一つにブラッドショー中尉がいたのだろうか。

はっとして声のほうを見ると、長身の男性が白衣姿で立っていた。女性が一目で虜になるとペギーが言った理由が、即座に呑み込めた。

「新人の案内受付係なんです」エマはとっさに口走った。「それで、船のなかがどうなっているのか、どこに何があるのかを調べておこうと思って」

「サイモン・パーキンソンだ」と名乗った顔には、友好的な笑みが浮かんでいた。「私がどこにいるかはもうわかっただろうから、いつでも立ち寄ってもらってかまわない。大歓迎するよ」

「ありがとうございます」エマは急いで通路へ戻ると、ドアを閉めて、そそくさとそこを立ち去った。思い出せないほど久しぶりに男性にお世辞を言ってもらったが、それがドクター・ウォーレスでないのが残念だった。午前中一杯を使ってすべての甲板を探索し、ついに自信が生まれた――これでどこに何があるか、船内の配置は全部頭に入ったから、船客に何を尋ねられても、もっと自信を持って教えることができる。

その知識を午後に実際に試すのを心待ちにしていたのだが、ペギーに命じられたのは、船内探検と同じぐらい徹底的に船客のファイルを頭に叩き込むことだった。エマは独りでバック・オフィスに坐り、この先二度と会うことのないであろう人々についての知識を仕込んでいった。

「何か？」と、声が訊いた。

夕刻、食事——豆を載せたトーストと、グラス一杯のレモネード——をして、すぐに自室へ戻った。あの機関員がきた場合に備えて、できれば少しでも眠っておきたかった。ドアが開き、通路の明かりが射し込んで、エマは目を覚ました。だれが入ってきたのかはわからなかったが、例の機関員でないのは確かだった。なぜなら、足が壁に届いていなかったからだ。エマは四十分のあいだまんじりともできず、もう一度眠りについたのは、ふたたびドアが開いて、閉まったあとのことだった。

決まり切った仕事のあとに夜の訪問者が現われるという日々に、エマはすぐに慣れていった。やってくる面子は変わり映えがしなかったが、一度だけ、ペギーの寝台ではなくエマの寝台を目指した、そそっかしい男がいた。

「相手を間違ってるわ」エマはきっぱりと拒絶した。

「失礼」と返事が返ってきて、男が向きを変えた。ペギーはエマが眠っていると思ったに違いなく、セックスのあとでささやくような声ではあったが会話が始まり、エマはその一言一句を聞き取ることができた。

「きみの友だちは使えると思うか？」

「どうして？　彼女が気に入ったの？」

「いや、それはおれじゃない。だけど、ダナの制服のボタンを外す最初の男になりたいってやつがいるんだ」

「その望みは叶わないでしょうね。彼女にはブリストルに恋人がいるの。それに、ドクター・パーキンソンをもってしても、彼女の気を惹くことはできなかったみたいよ」

「そいつは残念だな」声が言った。

ペギーとトゥルーディは〈デヴォニアン〉の九人の乗組員が朝食前に水葬に付された朝のことをたびたび話題に上せたから、エマは意図を察せられないよう用心しながらそれとなく水を向け、祖父もメイジーもおそらく知ることができなかったであろう情報を入手していった。しかし、ニューヨークに入港するまであとわずか三日しかなくなったいまも、生き延びたのがハリーなのかブラッドショー中尉なのか、その真相には依然として近づけないままだった。

五日目、エマは初めて案内受付を仕切ったが、驚くようなことは何もなかった。そういうことがあったのは、五日目の夜になってからだった。

何時かわからないけれども部屋のドアが開き、一人の男がまたもやエマの寝台を目指してきたのだが、「相手を間違ってるわよ」と前回と同じくきっぱり拒絶すると、今回の男はそのまま部屋を出ていった。そのあと、エマは眠れないままに、一体だれなのだろうかと思案しつづけた。

六日目、ハリーについてもトム・ブラッドショーについても何も知ることができず、たどるべき手掛かりもないままにニューヨークに着いてしまうのではないかと、エマは不安になりはじめた。その日の夕食のとき、エマは腹を決め、〝生き残ったほう〟について尋ねてみることにした。

「わたし、トム・ブラッドショーとは一度しか会ってないの」ペギーは言った。「彼が担当の女性看護師に付き添われて甲板を歩き回っているときにね。でも、考えてみると、歩き回っているという言い方は正しくないかもね。だって、可哀相に、杖をついていたんだもの」

「彼と話した？」エマは訊いた。

「いいえ、何だかとても恥ずかしがり屋みたいだったわ。いずれにしても、クリスティンが彼から決して目を離さなかったしね」

「クリスティン？」

「当時、この船に乗り組んでいた看護師で、ドクター・ウォーレスの下で仕事をしていたの。自分たちはトム・ブラッドショーの命を助けたんだと、二人は疑いもなくそう信じていたんじゃないかしら」

「それで、あなたは二度と彼を見なかったの？」

「ニューヨークに着いたときに一度だけ見たわ。クリスティンと一緒に上陸するところをね」

「彼はクリスティンと一緒に船を降りたの？」エマは不安になった。「ドクター・ウォーレスも一緒だった？」

「いいえ、一緒だったのはクリスティンと彼女の恋人のリチャードだけよ」

「リチャード？」声に安堵が混じった。

「そうよ、リチャード何とかって言ったわね。苗字は思い出せないわ。三等航海士で、あのあと間もなく、クリスティンと結婚したわ。それ以来、わたしたちは二人を見ていないけどね」

「彼はハンサムだったの？」エマは訊いた。

「トムのこと？　それとも、リチャードのこと？」ペギーが訊き返した。

「一杯どうだい、ペグ、奢るぜ？」若い男が誘ってきた。一度も見たことのない男だったが、エマはなぜか、今夜遅くなってからその横顔を見ることになるような気がした。

その予感は的中した。しかし、その男がやってくる前も、やってきている最中も、出ていったあとも、エマは眠れなかった。ほかのことで頭がいっぱいだったのだ。

翌朝、航海中初めて、エマは案内受付のデスクの後ろに立って、ペギーが現われるのを待った。

「下船のときのために、船客リストを用意すべきかしら」ペギーがようやくやってきてカウンターのフラップを上げると、エマは訊いた。

「わたしが知る限りでは、言われる前にその仕事を志願したのはあなたが初めてよ」ペギーが言った。「でも、遠慮なくやってちょうだい。ニューヨークへ入港したら、すぐに入国管理局が船客を検めると言い出すかもしれないから、そのときのために、だれかが最新版を作る必要があるの」

エマはバック・オフィスへ直行した。現時点での船客リストを脇に置くと、過去の乗組員のファイルに目を向けた。それはしばらく開けられた形跡のない、別のキャビネットにあったものだった。

ゆっくりと、丹念に、クリスティンとリチャードという名前を探していった。クリスティンはすぐに見つかった。その名前の人物は一人しかいなかったし、一九三六年から三九年まで〈カンザス・スター〉の上級看護師として仕事をしていたからである。しかし、リチャードは何人かいた――ディック、ディッキー、などなど。だが、その一人、リチャード・ティベット中尉の住所が、ミス・クリスティン・クレイヴンのマンハッタンのアパートの建物のそれと同じだった。

エマはその住所を書き留めた。

# 10

「アメリカ合衆国へようこそ、ミス・バリントン」

「ありがとうございます」エマは応えた。

「滞在の予定はいつまでですか?」入国管理官がパスポートを検めながら訊いた。

「一週間、長くとも二週間です」エマは答えた。「大叔母を訪ねて、そのあとイギリスへ帰ります」ハーヴェイ卿の妹である大叔母がニューヨークに住んでいるのは事実だったが、彼女を訪ねるつもりはなかった。自分が何を企図しているかを一族の人々に知られたくないとあれば、なおさらだった。

「大叔母という方の住所は?」

「六十四丁目とパーク・アヴェニューです」

入国管理官はメモを取り、パスポートにスタンプを捺(お)してエマに返した。

「ビッグ・アップルの滞在を楽しんでください、ミス・バリントン」

エマは入国審査を通過するや、〈カンザス・スター〉を降りた船客の作る長い列に並び、さらに二十分待って、イエロー・キャブの後部座席に腰を下ろした。

「マンハッタンのマートン・ストリートに近い、小振りで、気の利いた料金のホテルがいいんだけど」エマは運転手に告げた。

「もう一遍言ってもらえませんかね、お嬢さん」火のついていない葉巻を口の端にくわえた運転手が言った。

エマはその言葉を一言も完全には聞き取れなかったが、運転手もエマの言葉に対して同じ困難を感じているようだった。「マンハッタン島のマートン・ストリートに近い、安いホテルを探しているの」彼女は一語一語をゆっくりと発音し直した。

「マートン・ストリートね」運転手が繰り返した。そこしか聞き取れなかったようだった。

「そうよ」エマは応えた。

「最初からそう言ってくれりゃいいのに」

運転手は車を出したあと終始沈黙したままで、〈メイフラワー・ホテル〉であることを知らしめている旗の翻る、赤煉瓦の建物の前でタクシーを停めた。

「四十セントです」一言言うたびに、口の端から突き出している葉巻が上下した。

エマは〈カンザス・スター〉の給料袋から料金を払ってタクシーを降り、ホテルにチェックインすると、すぐにエレヴェーターで五階に上がって部屋へ直行した。真っ先にやるべきは、いま着ている服を脱いで、熱い風呂に浸かることだった。

いつまでもそうしているわけにはいかないので仕方なく浴槽を出、ふかふかした大きなタオルで身体を拭いて、われながら控えめだと思うワンピースのドレスに着替えてから、一階に下りていった。ようやく人心地がついた気分だった。

ホテルのコーヒー・ショップへ入り、隅の静かなテーブルを選んで、紅茶――彼らはアール・グレイを知らなかった――と、クラブ・サンドウィッチ――こっちはエマのほうが初耳だった――を注文した。それらが出てくるのを待つあいだに、いくつもの質問事項を紙ナプキンに書き留めていった。それらの質問に答えてくれる人物が、マートン・ストリート四六番地にいてくれることを願いながら。

勘定書（チェック）――これも初めて知った言葉だった――にサインし終えると、今度はフロントでマートン・ストリートへの行き方を教えてもらった。三ブロック北、二ブロック西。これも初めて知ったのだが、ニューヨーカーは一人残らず、生まれついて体内に羅針盤（コンパス）を持っているようだった。

そこまで歩くのは楽しかった。何度か足を止め、感嘆の思いでショウ・ウィンドウを眺めた。そこはブリストルではお目にかかったことのない商品に満ちていた。正午をわずかに過ぎたころには高層アパートメント・ブロックの前まできたものの、ミセス・ティベットが留守だった場合にどうするかは、必ずしも決まっていなかった。

洒落た服装のドアマンが敬礼し、ドアを開けてくれて訊いた。「ご用件は？」

「ミセス・ティベットに会いに行くところなんです」エマは応えた。約束がしてあるように聞こえてほしかった。

「三階の三一号室です」ドアマンが教えてくれ、帽子(キャップ)の庇(ひさし)に手を当てた。どうやら、イギリス訛りの英語が扉を開いてくれたようだった。

ゆっくりと三階を目指すエレヴェーターのなかで、エマは頭のなかで反芻してきた台詞(せりふ)がもう一つの扉を開いてくれることを願った。エレヴェーターが停まり、エマは格子(こうし)を引き開けて廊下へ出ると、三一号室を探して歩き出した。ティベット夫妻の住まいの玄関ドアの真ん中に小さな丸いガラスの覗き孔(あな)がついていて、エマはキュークロープス（ギリシャ神話に出てくる、シシリー島に住んでいた一つ目の巨人）の目を思い出した。こちらからなかをうかがうことはできなかったが、なかの住人は外が見えるはずだった。ドアの横の壁にはもっと馴染みのあるブザーが備わっていたから、それを押して応答を待った。しばらくしてようやくドアが開いたが、真鍮(しんちゅう)のチェーンはかかったままで、わずか数インチの隙間(すきま)から、二つの目がエマをうかがった。

「何でしょう?」と訝る声が何を言っているのか、エマはかろうじて聞き取ることができた。

「お邪魔してすみません、ミセス・ティベット」エマは言った。「でも、あなたが最後の頼みの綱かもしれないんです」相手の目に不審の色が浮かんだ。「何としてもトムを見つ

け出さなくては ならなくて、藁にもすがる思いなんです」

「トム?」声が繰り返した。

「トム・ブラッドショーです。わたしの子供の父親なんです」エマはさらなるドアを開けるための最後の切り札を切った。

ドアが閉じられ、チェーンを外す音が聞こえたと思うと、ふたたびドアが開いて、赤ん坊を抱いた若い女性が現われた。

「さっきまでの失礼は許してくださいね」その女性が謝った。「でも、知らない人がきたときにはドアを開けるなとリチャードに言われているんです。どうぞ、入ってください」そして、エマを居間へ案内した。「ジェイクを寝かしつけてくるから、坐って待っててくださいな」

エマは腰を下ろし、室内に目を走らせた。クリスティンと若い海軍士官が一緒に写っている写真が何枚かあった。おそらく、夫のリチャードだろう。

数分後に、クリスティンが盆にコーヒーを載せて戻ってきた。「ミルクは?」

「お願いします」エマは応えた。イギリスにいるときにコーヒーを口にしたことはなかったが、アメリカ人がたとえ朝でも紅茶を飲まないことは、すぐに憶えた知識の一つだった。

「お砂糖は?」二つのカップを満たしながら、クリスティンが訊いた。

「いえ、結構です」

「それで、トムはあなたのご主人なのね？」エマの向かいに腰を下ろしながら、クリスティンが言った。

「いえ、フィアンセです。もっとも、わたしが妊娠していたことを知らなかったんですけど」

「どうやってわたしを見つけたの？」まだ少し引っかかるところが残っているような口振りだった。

「〈カンザス・スター〉のパーサーから、トムを見た最後の人たちのなかに、あなたとご主人がいたと教えてもらったんです」

「そのとおりよ。上陸して数分後に彼が逮捕されるまで、一緒にいたわ」

「逮捕された？」エマは思わず訊き返した。信じられなかった。「でも、いったい何をしたんでしょう？」

「兄弟殺しで告発されたのよ」クリスティンが答えた。「あなた、ひょっとして知らなかったの？」

いきなり涙が溢れた。生き延びたのはブラッドショーで、ハリーではなかったのかという思いに、それまでの希望が粉々に打ち砕かれた。ブラッドショーの兄弟を殺したかどで告発されたのがハリーなら、誤認逮捕だと証明するのは難しくないはずだ。メイジーの家のマントルピースの上にあった手紙を開けてさえいれば、ハリーの死が動かしようのない事実だとわかり、わざわざこんな試練を自らに課さずにすんだだろうに。エマは泣きながら、ハリーの死を初めて受け入れようとした。

ジャイルズ・バリントン

一九三九年―一九四一年

# 11

サー・ウォルター・バリントンがやってきて、ハリー・クリフトンが海で死んだという悲惨な知らせを届けたとき、孫のジャイルズは身体から力が抜け、自分の手足を失ったかのような喪失感に襲われた。実際、それでハリーが生きて戻ってくるのなら、自分の手足がなくなってもかまわないとまで思った。子供のころから分かちがたくともにいたし、お互いに人生における百点（センチュリー）を叩き出すに違いないと、昔から考えていたのだ。ハリーの無意味で不必要な死は、自分は同じ過ち（あやま）は犯さないという思いをさらに強くさせさえした。

客間（ドローイング・ルーム）でミスター・チャーチルの出演しているラジオを聴いていると、エマが尋ねた。

「軍隊に志願するの？」

「ああ、大学へ戻っている場合じゃないと思うんだ。すぐにも志願するつもりだよ」ジャイルズは答えた。

母は明らかに驚いた様子だったが、わかったと応えるにとどめた。エマは兄をしっかりと抱きしめて言った。「ハリーはお兄さまを誇りに思うはずよ」普段は滅多に感情を表に出さないグレイスが、珍しく泣き出した。

　翌朝、ジャイルズは自らハンドルを握ってブリストルへ向かい、新兵徴募事務所の玄関の前にこれ見よがしに黄色のＭＧを駐めると、断固たる決意が顔に現われていることを願いながら、確固とした足取りで事務所へ入っていった。ロイヤル・グロスターシャー連隊――かつて、ジャック・タラント大尉が所属していた連隊――の上級曹長が、若きミスター・バリントンを見た瞬間に、さっと立ち上がって直立不動の姿勢を取った。ハリーは渡された申請用紙に必要事項をきちんと書き込み、一時間後、奥のカーテンの向こうへ案内されて、軍医の健康診断を受けた。

　軍医はいまやってきたばかりの志願者を徹底的に調べ、すべての欄に――耳、鼻、喉（のど）、四肢――チェック・マークを入れたあと、最後に視力の検査に取りかかった。ジャイルズは白線の後ろに立ち、示された文字や数字を読み上げていった。おれは時速九十マイルで自分に向かってすっ飛んでくる革のボールを一番遠い境界線まで打ち返せるんだぞ、とジャイルズは自信満々だった。視力検査なんかお茶の子さいさいだ。しかし、それも家族のなかに遺伝的な障碍や病気を持つ者がいるかどうかを訊かれるまでだった。ジャイルズは正直に答えた。「父と祖父が色覚障碍です」

　検査はさらにつづけられ、そのうちに軍医の口籠（くちご）もりが舌打ちに変わったことにジャイルズは気がついた。

「こういう結果を伝えなくてはならないのは残念だが、ミスター・バリントン」検査の最後に、医師が言った。「医学的な見地からきみの家族の過去を考慮すると、きみを実戦部隊に推薦することはできない。しかしもちろん、このまま志願してデスク・ワークにつくのをやめろという理由はない」

「その項目に関する欄にチェック・マークを入れてもらって、私がそういうお願いをしたことを忘れてもらうわけにはいかないでしょうか」ジャイルズは言った。必死の声に聞こえてほしかった。

医師はその懇願を無視し、申請用紙の最後の欄に〝C3〟と記した。実戦任務には不適格という意味だった。

マナー・ハウスに戻ると、まだ昼食に間に合った。その間に息子がほとんどワインを一本空けたことについて、母のエリザベスは何の感想も漏らさなかった。どうしたのかと訊く者全員に、あるいは、何人かの訊かない者にも、色覚障碍のせいでロイヤル・グロスターシャー連隊への入隊を拒否されたのだと教えた。

「だけど、おじいさまはボーア戦争で戦ったじゃない」兄がプディングのお代わりを運ばせたあとで、グレイスが記憶をたぐった。

「たぶんあの当時は、そういう条件が存在することを当局も知らなかったんだろう」ジャイルズは言い、妹からの一撃の痛みを和らげようとした。

しかし、エマが追い打ちの一撃を、しかも反則（ロー・ブロー）気味に放った。「そもそも志願するつもりなんかなかったんじゃないの？」そして、正面から兄を見据えた。ジャイルズが俯いて靴を見つめていると、ついにノックアウト‐パンチが炸裂（さくれつ）した。「港育ちのあなたのお友だちがここにいないのが残念ね。いたら、自分も色覚障碍だと言って、あなたを慰めてくれたでしょうにね」

志願が認められなかったと聞いてジャイルズの母は安堵したが、今度も感想は漏らさなかった。グレイスはケンブリッジへ戻るまで、二度と兄と口をきかなかった。

翌日、ジャイルズはオックスフォードへ戻るべく車を走らせた。道々、なぜ自分が志願できなくて、学生をつづけるしかなくなったか、その理由はみんなが理解して受け入れてくれるはずだと、自分を納得させようとしつづけた。ゆっくりと学寮（カレッジ）の門をくぐっていくと、中庭が大学というよりも、新兵徴募センターに近くなっていることに気がついた。軍服姿の若者が、オックスフォード大学の式服（サブファスク）を着ている者よりはるかに多かったのだ。ジャイルズの考えでは、このところで唯一いいことと言えば、歴史上初めて、男子と同じぐらい多くの女子が大学に進めるようになったことだったが、残念ながら、その女子学生の大半は軍服を着た男子学生と腕を組んでいるところを見られたがっているに過ぎないように思われた。

かつての級友のディーキンズは、軍に志願しないことを後ろめたく思っていない、数少ない学生の一人のようだった。実際、ディーキンズが身体検査を無事に通過する可能性は皆無と言ってよかった。受けたとしても、どの欄にもチェック・マークを入れてもらえずに失敗する、彼にとって稀有な試験の一つになっただろう。ところが、そのディーキンズがいきなり、ブレッチリー・パークと呼ばれているところへ姿を消した。そこで何が行なわれているかをジャイルズに教えられる者は一人もおらず、ひたすら秘密にされていて、ディーキンズ本人からも、いかなる状況であれ、いつでも会うことはできなくなったと言われていた。

何カ月かが過ぎるうちに、ジャイルズは混み合う階段教室よりもパブにいる時間のほうが長くなりはじめていたが、一方では、前線から戻って復学する者も増えつつあった。そのなかには、片腕、あるいは片足を失った者もいたし、数は少なかったが、視力を失くした者もいた。彼らは自分の学寮にただいるだけだった。ジャイルズは気づかないふりをしようとしたが、学期が終わるころには、本心では、自分はここにいるべきではないという焦りが募るようになっていた。

学期が終わると、ジャイルズはスコットランドへ車を走らせ、セバスティアン・アーサー・クリフトンの洗礼式に出席した。式はマルジェリー・キャッスルのチャペルで、肉親と、一人か二人の招待された友人の立ち会いの下で執り行なわれた。エマとジャイルズの父親は、そこに含まれていなかった。

名付け親になってほしいとエマに頼まれたことは意外でもあり、うれしくもあったが、その理由を教えられたときには、少なからず驚かざるを得なかった。ハリーはもうこの世にいないかもしれないけれども、きっとあなたを第一番の候補に挙げたはずだと、そして、それがあなたに名付け親を頼むたった一つの理由なのだと、エマは言ったのだった。

次の日の朝、朝食の席へ向かっているとき、祖父の書斎から明かりが漏れていることに気がついた。そのまま部屋の前を通り過ぎてダイニングルームを目指そうとしたとき、会話のなかで自分の名前が口にされたのが聞こえた。ジャイルズは足を止め、半開きになっているドアへ一歩近づいた。そして、サー・ウォルターの言葉を聞いて、恐怖に凍りついた――「こういうことを言わなくてはならないのは辛いのだが、父親が父親なら、息子も息子というところだな」

「同感だ」ハーヴェイ卿が応えた。「昔からあの子のことは高く評価していたんだが、それがさらに嫌な思いを募らせるはめになってしまっているよ」

「あの子がブリストル・グラマー・スクールの監督生のリーダーになり、公的な行事で学校の代表を務めるようになったとき、私以上にあの子を誇りに思った者はいなかったはずなんだ」

「私も」と、ハーヴェイ卿がつづいた。「運動場では彼のリーダーシップと果敢さをたびたび見せてもらっていたから、その瞠目すべき才能は戦場でも発揮されるものと考えていたよ」

「そこから導き出される唯一いいことは」サー・ウォルターが言った。「ハリー・クリフトンがヒューゴーの息子だとはもはや信じられないということだ」

ジャイルズは一気に廊下を突っ切り、ブレックファスト・ルームの前を通り過ぎて、玄関を出た。そして車に乗り込むと、西部地方（ウエスト・カントリー）への長い旅に取りかかった。

翌朝、ジャイルズは新兵徴募事務所の前で車を駐めると、ふたたび列に並んだ。今度はロイヤル・グロスターシャー連隊ではなかった。そこはエイヴォンのもう一方の側で、新兵を徴募しているのはウエセックス連隊だった。

申請書への書き込みを終えると、またもや厳格な健康診断を受けさせられた。「実戦部隊での活動を妨げるような遺伝的な障碍や病気を持ったものが家族のなかにいるか」とこでも軍医に訊かれ、今度はこう答えた。「いえ、いません」

# 12

翌日の正午、ジャイルズは一つの世界を出て、もう一つの世界へ入った。

国王の軍に自ら志願したという以外に共通点のない三十六人のほやほやの新兵が、子守りの役をしてくれる伍長（ごちょう）とともに列車によじ登った。ジャイルズは水垢（みずあか）や煤（すす）のこびりついた三等車の窓の向こうを見つめて、一つだけ確信した――南へ向かっているのだ。しかし、どのぐらい南へ下ったかがわかったのは、四時間後、列車がリンプストーンに停まったときだった。

旅のあいだ、ジャイルズはまったく口を開かず、自分の周りにいる新兵たちの話に耳を澄ましつづけた。これから二週間、仲間になるはずの男たちだった。フィルトンのバスの運転手、ロング・アシュトンの警察官、ブロード・ストリートの肉屋、ネイルシーの建設業者、ウィンスコムの農民。

新兵は列車を降りるや、伍長に連れられて、待機しているバスへ向かった。

「どこへ行くんだろうな」肉屋が訝った。

「すぐにわかるさ、小僧（ラディー）」伍長が応え、どこの出身かが明らかになった。

バスはダートムアをのろのろと横断し、その一時間のあいだは家も人もまったく見かけることがなく、餌（えさ）を探す鷹（たか）がときたま頭上を飛ぶぐらいだった。

最終的にバスが停まったのは一群のみすぼらしい建物の前で、そこには〈イープル兵舎：ウェセックス連隊訓練キャンプ〉と表示されていた。それを見ても、ジャイルズの気持ちは高揚しなかった。一人の兵士がきびきびとした足取りで衛兵所から出てくると、遮断棒を上げた。バスはそこからさらに百ヤードほど進み、練兵場の真ん中で停まった。そこで、一人の男が新兵の到着を待っていた。

ジャイルズはバスを降りると、その大男と対面することになった。カーキ色の軍服をまとった胸は樽（たる）のように厚く、練兵場に根が生えているかのようだった。軍服の胸には勲章が三列に並び、左脇に指揮杖（しきじょう）を掻（か）い込んでいたが、何よりジャイルズの目を引いたのは、ナイフの刃のようにくっきりと折り目の入ったズボンと、覗き込んだら自分の顔が映るのではないかと思われるほどに磨き上げられているブーツだった。

「ようこそ、諸君」その人物の声が練兵場に響き渡った。メガフォンの助けを借りようと思う必要なんかないんだろうな、とジャイルズは感じた。「私はドーソン最先任上級曹長、諸君の上官（サー）だ。私の任務は諸君をただの烏合（うごう）の衆から戦う集団に変身させることにある。しかも、二週間のうちにだ。そのころには、諸君は前線の最精鋭である、ウェセックス連隊のメンバーを名乗れるようになっているはずだ。これからの二週間、私は諸君の母親であり、父親であり、恋人である。そして断言しておくが、私の人生の目的は一つしかない。それは諸君が初めてドイツ兵に遭遇したとき、諸君がそいつに殺される前にそいつを殺せるようにすることだ。その訓練を明朝五時から開始する」上級曹長は失望のどよめきを無視した。「それまでは、諸君をマクラウド伍長に預ける。彼が諸君を酒保(キャンティーン)へ連れていき、そのあとで兵舎に落ち着かせてくれることになっている。今夜はゆっくり休むように。次に私と会うときには、エネルギーの最後の一滴まで必要になるはずだからな。では、かかってくれ、伍長」

ジャイルズはまるで塩気のないフィッシュケーキを前にして坐り、紅茶という触れ込みの生ぬるい茶色い湯を一口飲んだだけで、カップをテーブルに戻した。

「食わないんなら、もらってもいいかな」隣りに坐っている若者に訊かれてジャイルズはうなずき、皿を交換した。若者は物も言わずにそれを平らげ、ようやく口を拭(ぬぐ)うと言った。

「あんたのお母さんを知ってるんだ」

どうしてそんなことがあり得るんだろうと、ジャイルズは若者の顔をしげしげと観察した。

「マナー・ハウスとバリントン・ホールへ肉を配達してたんだよ」若者がつづけてから、付け加えた。「あんたのお母さんのことは好きだったな。とても素敵なレディだった。ところで、おれはベイツだ、テリー・ベイツ」そして、ジャイルズと固い握手をした。「あんたの隣りに坐ることがあろうとは、夢にも思わなかったよ」

「よし、おまえたち、そろそろ行くぞ」伍長が言った。新兵たちは弾(はじ)かれたようにベンチから立ち上がると、伍長に従って酒保を出、練兵場を横断してかまぼこ兵舎(ニッセン・ハット)の前に立った。ドアには〈マルヌ〉と記されていた。ウェセックス連隊のもう一つの名誉ある戦いの印だと伍長が説明して、新兵たちの新居のドアを開けた。

通路を挟んで十八ずつ、全部で三十六のベッドが肩を寄せ合うようにして並んでいたが、その広さはせいぜいバリントン・ホールのダイニングルームほどしかなかった。ジャイルズのベッドは、左右をアトキンソンとベイツに挟まれていた。プレップ・スクールと似ていなくもないが、とジャイルズは思った。何日かのうちには多少の違いに遭遇することになるんだろうな。

「よし、おまえたち、服を脱いで寝る時間(キップ)だ」

いちばん最後になった新兵がベッドに潜り込むはるか前に、伍長が消灯して怒鳴った。

「ちゃんと寝る(シャット・アイ)んだぞ。明日のおまえたちの前には、忙しい一日が待っているんだからな」かつての監督生のフィッシャーのように、そのあとにこうつづけられたとしても、ジャイルズは驚かなかっただろう。「明かりが消えたら、会話は厳禁だ」

約束どおり、翌朝五時にはふたたび明かりがついた。ジャイルズが腕時計を見る暇もなく、ドーソン上級曹長が入ってきて声を張り上げた。「だれだろうと、いつまでももたもたしていたら、ドイツ兵(クラウト)に銃剣で刺し殺されるぞ！」

多くの足がベッドの脇に降り立つなか、上級曹長はいまだ主(あるじ)が地面に両足を下ろしていないベッドの端を指揮杖で叩きながら、兵舎の中央へと歩いていった。

「さあ、しっかりと聞くんだ」彼はつづけた。「これから四分で洗面と髭剃りをすませ、さらに四分でベッドを片づけ、さらにまた四分で服を着て、そのあと八分で朝食を終わらせろ。合計で二十分しかないぞ。おしゃべりはしないほうがいいだろうな、時間を無駄にする余裕はないはずだからな。まあ、いずれにしても、話すのを許されているのは私だけだがな。わかったか？」

「まず間違いなく」ジャイルズが応えると、驚きの笑いがさざめいた。

その直後、上級曹長がジャイルズの前に立った。「いつだろうとおまえが口を開くときに私が聞きたいのはな、若造」そして、指揮杖を新兵の肩に当てて吼(ほ)えた。「〝イエス・サー〟、〝ノー・サー〟、〝装備完了しました、サー〟の三つだけだ。わかったか？」

「わかりました(イエス・サー)」ジャイルズは答えた。

「聞こえなかったような気がするな、若造」

「イエス・サー！」ジャイルズは声を張り上げた。

「いいだろう。さあ、さっさと洗面所へ行け、さもないとジャンカーズ（軍紀違反での懲罰）を喰らわすぞ、このくそちび助」

〝ジャンカーズ〟が何を意味するのかはわからなかったが、あまり喰らいたいものではなさそうだった。

洗面所へ入ろうとすると、早くもベイツがそこから出てきた。髭を剃り終えたときには、ベイツはベッドを片づけ終え、服を着て食堂へ向かおうとしていた。ジャイルズはようやく追いつき、ベイツの向かいのベンチに腰を下ろした。

「どうしたらあんなことができるんだ？」ジャイルズは感嘆して訊いた。

「あんなことって？」ベイツが訊き返した。

「きみ以外はまだ半分眠っているときに、どうやったらあんなにはっきり目を覚ますことができるのかってことだよ」

「至って簡単なことさ。おれは肉屋なんだ。父親のあとを継いだんだけどな。だから、一番いい肉がほしかったら毎朝四時起きで市場へ行き、それが港や鉄道の駅から運ばれてきたときには、もうそこで待ちかまえていなくちゃならないんだ。五分遅れたら、二番目の肉しか手に入らない。三十分遅れたら、脂身の少ない安い肉しか残っていない。そんな肉を届けたって、あんたのお母さんに礼を言ってもらえるとは思えないからな」

ジャイルズが声を上げて笑ったとたん、ベイツは弾かれたように立ち上がり、一目散に兵舎へ駆け戻っていった。だが、上級曹長は歯を磨く時間をこれっぽっちも与えてくれないとわかっただけだった。午前中の大半は、言うところの〝新兵(スプログ)〟への装備の支給に費やされ、まずは軍服――なかには、以前に所有者がいたように見えるものもあった――が渡されて、そのあとに、ベレー帽形軍帽、ベルト、ブーツ、鉄兜(てつかぶと)、ブランコ（イギリス陸軍でベルトなどに塗る、白またはそれに類似した色の塗料）、金属研磨剤(ブラッソ)、靴墨がつづいた。装備の支給が完了すると練兵場へ連れていかれて、第一回目の訓練が始まった。ジャイルズは学生時代、それほど本格的ではなかったとしても合同学生軍事教練隊にいたことがあったから、多少はほかの新兵よりも先んじていたが、いくらもしないうちにテリー・ベイツに追いつかれるのは間違いないという気もしていた。

正午になると、隊列を組んで練兵場から食堂へ向かった。ジャイルズは空腹のあまり、食事がテーブルに出現したとたんに、ほとんどすべてを平らげてしまった。昼食のあとは兵舎に戻り、体操着に着替えて、今度は体育館へと追い立てられた。ロープの上り方、細い桁(けた)の上でのバランスの取り方、壁に作り付けられた横棒を使ってのストレッチのやり方を教えてくれたプレップ・スクールの体育教師に、ジャイルズは胸の内で感謝した。自分の動きの逐一をベイツが真似(まね)していることに、ジャイルズは気づかないわけにいかなかった。

午後の訓練はデヴォン・ムーアを横断する五マイル走で締めくくられた。教官と同時に兵舎の門をくぐり抜けたのは三十六人のほやほやの新兵のうちの八人に過ぎず、一人などは道に迷ってしまって、捜索隊を出さなくてはならないありさまだった。お茶のあとは上級曹長がリクリエーションと形容するものをやらされ、そのせいで、新兵の大半は寝台に崩れ落ち、泥のように眠ることになった。

翌朝五時、兵舎のドアがふたたび勢いよく開いたが、今回は上級曹長が明かりをつけるより早く、何対かの足がすでに地面に下ろされていた。朝食のあとはまたもや練兵場での一時間の行進訓練が行なわれ、終盤にはほぼ全員の歩調が整った。それが終わると草の上に車座になり、ライフルの分解、掃除、装塡（そうてん）、発射の仕方を学んだ。教官役の伍長が淀（よど）みない手際で銃身に専用ブラシを通して手入れをしながら、銃弾は自分がどっち側に味方すべきかを知らないのだから、銃身から前方へ飛び出して敵を殺すよう、そして、逆発して自分が殺されないよう、常に細心の用心をしなくてはならないと念を押した。

午後は射撃練習場で費やされ、教官が新兵の一人一人を相手にして、ライフルの床尾をしっかりと肩に固定し、照星と照尺が的の中心円に対して一直線になるよう狙いを定めてから、ゆっくりと引鉄（ひきがね）を絞る――絶対に一息に引いてはならない――よう教えた。今回、ジャイルズは祖父に感謝することになった。長い時間を雷鳥の狩り場で一緒に過ごしたおかげで、必ず獲物に命中させられるまでに射撃の腕が上がっていたからである。

その日も五マイル走で締めくくられ、お茶のあとにレクリエーションがつづいた。消灯は十時だったが、今日もまた新兵の大半は十時になるはるか以前に、明日の朝は太陽が昇るのを忘れてくれないだろうかと、あるいは、せめて上級曹長が死んでくれないだろうかと願いながら寝台に倒れ込んだが、その願いは両方とも叶えられなかった。最初の一週間は一カ月にも感じられたが、二週目の終わりにはそういう日々にも慣れはじめていた。もっとも、ベイツより早く洗面所へ入ることだけは、依然としてできなかった。

ジャイルズもベイツに負けず劣らず基礎訓練を面白いとは思わなかったが、彼から競争を挑まれたときには喜んで受けて立ったし、それは楽しくもあった。だが、ブロード・ストリートの肉屋の息子を振り切るのが日ごとに難しくなっていくのを認めないわけにはいかなかった。ベイツはボクシングのリングの上でも互角のパンチを繰り出し、射撃練習場では的の中心への命中率でもほとんど引けを取らなくなっていた。さらに、重たいブーツを履き、ライフルを持っての五マイル走になると、長年、朝も昼も夜も牛肉の大きな塊を担いで暮らしてきた男は、打ち負かすのが恐ろしく困難な強敵となった。

六週間目の終わり、バリントンとベイツが兵長に昇進し、それぞれに分隊を率いることになったとしても、だれも驚かなかった。

二人が昇進するやいなや、それぞれが率いる分隊は絶対に負けてはならないライヴァルになった。それは練兵場や体育館だけでなく、夜間演習に出るときも、野外演習や行軍についても例外ではなかった。ジャイルズとベイツは一日の終わりには必ず、自分の分隊が勝者だと宣言して譲らなかった。まるで小学生の意地の張り合いのようなありさまに、上級曹長が割って入らなくてはならなくなることもたびたびだった。

訓練修了時に行なわれる行進の日が近づくにつれて、ジャイルズは互いの分隊のプライドを感じ取ることができるようになった。そのときにウェセックス連隊を自称できる価値を持つのは自分たちだけではないかと、双方の分隊が信じはじめているようだった。しかし、上級曹長が繰り返し警告しているとおり、彼らは間もなく本物の戦闘に参加し、本物の敵と対峙して、実弾に出くわすことになる。そのときには上級曹長の助けや助言を当てにすることはできないのだ。きっと上級曹長にいてほしくてたまらないということになるんだろうな、とジャイルズは初めて思った。

「いつでもかかってこいってなもんだ」実戦に出ることについて、ベイツはそれしか言わなかった。

十二週目の金曜日、ついに訓練が修了したとき、ジャイルズはほかの連中とブリストルへ戻り、週末の休暇を楽しんで、次の月曜に連隊の補充要員編成所へ出頭することになるのだろうと考えた。しかし、その日の午後、練兵場を出ようとすると、上級曹長に脇へ引っ張っていかれた。

「バリントン兵長、いますぐにラドクリフ少佐のところへ出頭しろ」

理由を訊きたかったが、教えてもらえないこともわかっていた。

練兵場を突っ切って、遠くからしか見たことのない部隊付き副官の執務室のドアをノックした。

「入れ」声が応えた。ジャイルズは部屋に入ると、直立不動の姿勢を取って敬礼をした。

「バリントン」ラドクリフ少佐が敬礼を返して言った。「いい知らせがある。士官養成学校への受け入れが決まったぞ」

初耳だった。自分がそういう候補になっていることすら、いまのいままで知らなかった。

「明朝、モンズへ直行すること。そこで月曜に研修が始まる。おめでとう、幸運を祈る」

「ありがとうございます、サー」ジャイルズは応えてから訊いた。「ベイツも一緒でしょうか？」

「ベイツ？」ラドクリフ少佐が訊き返した。「ベイツ兵長のことか？」

「そうであります、サー」

「まさか、それはあり得ない」部隊付き副官が答えた。「あの男は将校の素材ではない」

ジャイルズとしては、ドイツ軍も負けないぐらい近視眼的に将校を選抜してくれていることを祈るしかなかった。

翌日の午後、オールダーショットのモンズ士官候補生訓練部隊へ出頭したときには、自分の人生がこんなに早く変わることに対する心構えはできていなかった。伍長、軍曹、さらには上級曹長にまで〝サー〟づけで呼ばれるのに慣れるまで、しばらく時間がかかった。個室を当てがわれ、そこで一人で眠ることができたし、朝の五時に力任せにドアを開けられ、下士官に指揮杖でベッドの端を叩かれて、両足を地面につけろと命じられることもなかった。ドアはジャイルズが開けたいときしか開かなかった。朝食は食堂で、若者の一団と一緒にとった。ナイフとフォークの扱いを教えてやる必要のある者はいなかったが、ライフルの扱いなど教えてもらったことがなく、まして、腹を立ててそれをぶっ放すことなど到底できそうにない者が一人、あるいは二人ぐらいいるようだった。だが、数週間後にはその二人も経験のない志願兵を率いて前線に出て、自分たちの判断一つで部下の生死を左右することになるのだ。

ジャイルズはその若者たちと一緒に教室に坐り、軍の歴史、地理、地図の読み方、戦闘戦術、ドイツ語、そして、リーダーシップの何たるかを勉強した。ブロード・ストリートの肉屋の息子から教えられたことが一つあるとすれば、リーダーシップは教えられるものではないということだった。

八週間後、その若者たちは訓練修了のための行進を行ない、国王の名前で士官に任命されて、王冠を戴(いただ)いた肩章を二つ——左右の肩に一つずつ——と、褐色の革の士官用指揮杖を一本、そして、国王からの謝意と祝意を記した手紙を一通、与えられた。

ジャイルズの望みはただ一つ、連隊へ戻って、かつての同志と力を合わせたいということしかなかったが、それが不可能だということもわかっていた。その金曜の午後、練兵場を出るとき、伍長、軍曹、そして、そう、上級曹長までが、ジャイルズに敬礼をしたからだ。

その日の午後、六十名の若き少尉がオールダーショットをあとにして、週末を家族と過ごそうとイギリス各地へ散っていった。そのなかには、それが最後の休暇になる者もいるかもしれなかった。

ジャイルズは土曜の大半を列車を飛び降りたり飛び乗ったりすることに費やしながら、西部地方へ帰る旅をつづけた。マナー・ハウスに着いたのは、母と夕食をともにできるぎりぎりの時間だった。

若き少尉が玄関ホールに立っているのを見たエリザベスは、誇らしい気持ちを隠そうともしなかった。

エマもグレイスも留守にしていて、軍服姿を見せてやれないのが、ジャイルズとしては残念だった。母の説明によれば、ケンブリッジ大学の二年生になったグレイスが帰省することは滅多になく、それは休暇中でも変わることがなかった。

ジャイルズはジェンキンズが給仕してくれる、一皿の料理しか出ない夕食のあいだに

――使用人の何人かはディナー・テーブルのそばにいるのではなく、前線に出動しているのだと母は言った――ダートムアの訓練キャンプでのことを細かく話して聞かせた。テリー・ベイツが話題に上ると、母がため息をついた。「〈ベイツ・アンド・サン〉はブリストルで一番の肉屋さんだったのにね」

「だった?」

「ブロード・ストリートにあったお店は一軒残らず破壊されてしまい、ベイツのお店も例外ではないの。あんなことをしてくれたドイツ人には、しっかりと罰を与えてやらなくちゃね」

ジャイルズは眉をひそめた。「それで、エマは?」

「これ以上ないほど元気よ……ただ――」

「ただ?」ジャイルズは繰り返した。しばらくの沈黙のあと、母が小声でつづけた。「エマが生んだのが息子でなくて娘だったら、どんなにか好都合だったでしょうにね」

「どういうことかな?」ジャイルズはグラスに飲み物を注ぎ直しながら訊いた。

母は俯き、沈黙した。

「ああ、そういうことか」ジャイルズは母が何を言いたいのかがわかった。「ハリーが死んだとき、ぼくは自分が一族の継承者になると考えたんだけど――」

「残念だけど、あなたは何も考えることはできないのよ、ダーリン」と言って、母が顔を上げた。「あなたの父親がハリーの父親でもあるかもしれないという可能性を明確に打ち消すことができるまではね。それまでは、あなたの曾祖父（そうそふ）の遺言に従って、セバスティアンが一族の肩書きの最終的な継承者ということになるの」

そのあと、ジャイルズは食事のあいだほとんど口を開かず、母の言葉の意味を考えつづけた。コーヒーを飲み終えると、母は疲れたから休ませてもらうと言った。

しばらくしてジャイルズも自分の部屋へ戻ろうと階段を上がったが、自分の名付け子を見たいという誘惑に負けて子供部屋へ立ち寄り、腰を下ろした。バリントンの肩書きの継承者は一人でそこにいて、安らかな寝息を立てていた。戦争など気に懸けていないことも、自分の祖父の遺言や、〝その時点で保有しているすべて〟という言葉の意味を考えていないことも確かだった。

翌日は二人の祖父と一緒に〈サヴェッジ・クラブ〉で昼食をとった。五カ月前にマルジェリー・キャッスルでともに過ごしたときとは、まったく雰囲気が違っていた。二人の老人はたった一つのこと、つまり、ジャイルズの連隊がどこへ出動することになるのかを知りたくてならない様子だった。

「わかりません」できることなら自分が知りたいと思いながら、ジャイルズは応えた。だが、どこへ出動することになるのか説明を受けたあとであったとしても――目の前にいる二人が敬うべき老紳士で、ボーア戦争の古強者（ふるつわもの）だとしても――同じ答えを返すしかなかっただろう。

月曜の朝、バリントン少尉は早起きをし、母と朝食をとったあと、ハドソンに車を運転してもらって、第一ウェセックス連隊司令部へと出発した。正門の前に着いてみると、兵員を満載した装甲車両や大型トラックが途切れることなくそこから吐き出されつづけ、それ以上は車をなかへ進められなかった。ジャイルズは助手席を降りると、徒歩で衛兵所へ向かった。

「おはようございます、サー」伍長がきびきびと敬礼した。それはジャイルズがいまだ慣れることのできないものの一つだった。「到着次第出頭せよとの副官の要請であります」

「喜んで要請に従うつもりだが、伍長」ジャイルズは答礼しながら訊いた。「ラドクリフ少佐の執務室はどこだろうな」

「広場の奥の緑の扉であります、サー。見落とすことはありません」

ジャイルズは広場を突っ切り、さらに何度か敬礼を返したあとで、連隊付き副官の執務室にたどり着いた。

入室すると、ラドクリフ少佐が机の向こうで顔を上げた。

「やあ、バリントン、オールド・チャップ。再会できて何よりだ」少佐が言った。「きみが間に合うかどうか、確信を持てなかったんでな」

「何に間に合うということでしょうか、サー？」ジャイルズは質問した。

「わが連隊は海外へ出動することになった。それで、大佐はきみに同行の機会を与えるべきか、あるいは、後方にとどめて次の大パーティーを待たせるべきかを考えておられる」

「出動先はどこでしょうか、サー？」

「それは私にはまったくわからんよ、オールド・チャップ。少佐風情では知るよしもないんだ。だが、これだけは断言できる。そこなら、ブリストルよりはドイツ兵を近くで見ることができるはずだとな」

# ハリー・クリフトン

一九四一年

# 13

マックス・ロイドが刑期を終えてレーヴェンハム刑務所を出ていった日を、ハリーは決して忘れないだろうし、彼を見送るのを残念とも思わなかったが、マックスの別れの言葉には驚かされた。

「頼みがあるんだ、トム」最後の握手をしているとき、ロイドが言った。「おまえさんの日記がとても面白かったから、これからも読みつづけたいんだ。できれば、この住所へ送ってもらえないかな」そして、まるでもう刑務所の外にいるかのように、一枚の名刺を差し出した。「一週間以内には送り返すから」

ハリーはおだてられてうれしくなり、ノートが一杯になったらすぐに送ると同意した。

翌朝、ハリーは図書係の机についたが、昨日の新聞を読むことは考えず、そのまま自分の仕事に取りかかった。一日の終わりに日記を書くことは怠らず、ノートが一杯になったら必ずそれをマックス・ロイドに送って、自分の最新の状況を伝えつづけた。そして、その日記が間違いなく約束どおりに戻ってくると、いくらか意外に思いながらも安堵した。

数カ月が過ぎるころには、刑務所の生活がほとんど決まり切っていて面白みに欠けるものだという事実をハリーも受け入れはじめていたから、ある朝、所長が〈ニューヨーク・タイムズ〉を振りかざして図書室に飛び込んできたときには驚き、棚に戻そうと抱えていた返却本の山を置いた。

「アメリカ合衆国の地図はあるか？」スワンソンが言った。

「もちろんです」ハリーは答え、地図の置いてある区画へ急ぐと、ヒューバート版アメリカ合衆国地図を取り出した。「それで、どこを探しておられるんでしょう、所長？」

「真珠湾だ」

それからの二十四時間、囚人であろうと看守であろうと、口にする話題はたった一つしかなかった——アメリカはいつ参戦するか？

次の日の朝、スワンソンがまたもや図書室にやってきた。

「アメリカは日本に宣戦布告したぞ。たったいま、ローズヴェルト大統領がラジオでそう宣言した」

「それは何よりです」ハリーは言った。「でも、アメリカはいつわれわれにヒトラーを倒すための力を貸してくれるんでしょう」

〝われわれに〟という言葉が口から出た瞬間にハリーは後悔した。顔を上げると、スワンソンが怪訝な顔で見つめていた。ハリーは昨日返却された本を急いで本棚に戻しはじめた。

その答えは数週間後にわかった。ウィンストン・チャーチル首相が〈プリンス・オヴ・ウェールズ〉艦上の人となって、ローズヴェルト大統領と会談したのだ。チャーチルがイギリスへ帰り着いたときには、ローズヴェルトはアメリカ合衆国がヨーロッパでの戦争に目を向け、ナチ・ドイツを挫(くじ)くべく注力することに同意していた。

ハリーの日記は、自分たちの国が戦争状態に入ったというニュースを聞いた囚人たちの反応を記して、瞬(またた)く間にページが埋められていった。その結果、囚人の大半が二種類に分けられるという結論にたどり着くことになった。臆病者と英雄である。前者は安全な刑務所に閉じ込められていることに安堵し、自分が釈放されるころにはとうに戦争が終わっていることだけを願っていて、後者は早く刑務所を出て、看守より憎いかもしれない敵に飛びかかるのを待ちきれずにいた。あんたはどっちかとハリーが訊くと、同房のクウィンはこう応えた。「おまえさん、喧嘩(けんか)が好きでないアイルランド人に会ったことがあるか?」

ハリーはと言えば、欲求不満をさらに募らせていた。なぜなら、アメリカが参戦したからには、戦争は短時日のうちに終わってしまい、自分は果たすべき役割を果たす機会すら与えられないだろうと確信したからだった。この刑務所へきて初めて、脱走を考えた。

〈ニューヨーク・タイムズ〉の書評欄を読み終えたとたんに、一人の看守が勢いよく図書室へ入ってきて言った。「所長がおまえに会いたいと言っておられる、すぐに所長室へ行くんだ、ブラッドショー」

ハリーはそのページの下端の広告にもう一度目を走らせ、ロイドはどうしてこんなことをしようと思いついたんだろうといまだに訝ってはいたが、驚きはしなかった。ハリーは新聞をきちんと畳んで棚に戻すと、看守のあとについて部屋を出た。

「所長は何の用なんでしょうね、ミスター・ジョイス？」ハリーは中庭を横切りながら訊いた。

「知るか」ジョイスが皮肉を隠そうともせずに応えた。「おれは所長が秘密を打ち明けるほどの親友だったことがないんでね」

ハリーはそのあと口を閉ざし、所長室の前に立った。ジョイスがドアを低くノックした。「入れ」間違いようのない声が返ってきた。ジョイスがドアを開け、ハリーはなかに入った。驚いたことに、初めて顔を見る人物が、所長と向かい合って坐っていた。軍服が陸軍の将校であることを示していて、自分は野暮ったいとハリーに思わせるほどに洒落ていた。彼は一度もハリーから目を離さなかった。

所長が机の向こうで立ち上がった。「おはよう、トム」スワンソンにクリスチャン・ネームで呼ばれるのは初めてだった。「紹介しよう、第五テキサス・レンジャーズのクレヴァードン大佐だ」

「おはようございます、サー」ハリーは挨拶した。

クレヴァードンが立ち上がり、ハリーと握手をした。もう一つの初めてだった。

「坐れ、トム」スワンソンが言った。「大佐がおまえに提案があるそうだ」

ハリーは腰を下ろした。

「会えて何よりだ、ブラッドショー」クレヴァードン大佐がふたたび腰を下ろして口を開いた。「私はレンジャーズの司令官だ」どういう提案なんだろう、とハリーは訝りながら大佐を見た。「レンジャーズはどの新兵徴募手引きにも載っていない部隊だ。私が訓練している兵士集団は、敵の前線の後方へ降下し、能う限りの損害を与えることを目的としている。歩兵の仕事をしやすくしてやるためだ。われわれの部隊がヨーロッパのどこに、いつ降下するかは、まだだれも知らない。だが、それが決まれば真っ先に私に知らせがきて、侵攻の数日前には、目標地域にわが兵士が落下傘降下することになる」

ハリーの尻が、椅子の前のほうへじりじりと移動しはじめていた。

「しかし、私としてはことが始まる前にスペシャリストからなる小部隊を組織して、最終的にいかなる形になろうとも、それに対応できるようにしておかなくてはならない。この部隊は三つのグループで構成され、それぞれが十人で編成される。大尉が一名、二等軍曹が一名、伍長が二名、兵が六名だ。私は数週間前から複数の刑務所の所長と連絡を取り、その刑務所に例外的な男がいるかどうかを尋ねてきている。つまり、いま私が言ったような作戦に従事するにふさわしいと思われる人物を探しているんだ。ミスター・スワンソンは二人の人物を推薦してくれ、そのうちの一人がおまえだったというわけだ。おまえの記録を海軍にいたときまで遡（さかのぼ）って調べてみた結果、躊躇なくミスター・スワンソンの意見に同意せざるを得なかった。おまえはここで時間を無駄にするより、軍服を着ているほうがいいということだ」

ハリーはスワンソン所長を見た。「ありがとうございます、サー。ですが、もう一人がだれかを訊いてもいいでしょうか？」

「クウィンだ」スワンソンが答えた。「この二年、おまえたち二人は多すぎるぐらい多くの問題を生じさせてくれた。それで考えたんだよ、今度おまえたちの特殊技能ともいうべきごまかしやだまくらかしに右往左往させられるのは、ドイツ兵どもが一番ふさわしいとな」ハリーは苦笑した。

「われわれとともに戦うのであれば、ブラッドショー」大佐がつづけた。「すぐに八週間の基礎訓練を始め、そのあとさらに六週間、特殊作戦の訓練を受けることになる。これ以上の詳しい話をするためには、おまえがこの考えを気に入ったかどうかを教えてもらわなくてはならない」

「基礎訓練が始まるのは、正確にはいつでしょうか？」ハリーは訊いた。

大佐がにやりと笑みを浮かべた。「私の車が中庭にいる。しかも、エンジンはかかったままだ」

「一般民間人の服装なら、すでに倉庫に手配して揃えてある」スワンソンが言った。「言うまでもないと思うが、こんなに急におまえがここを出ていく理由については、絶対に他言は無用だ。私はだれに訊かれても、おまえとクウィンは別の刑務所に移されたと答えるつもりだ」

クレヴァードン大佐がうなずいた。「何か質問はあるか、ブラッドショー？」

「クウィンは同意したのでしょうか？」ハリーは訊いた。

「彼なら、もう私の車の後部座席に坐っている。おまえが何をぐずぐずしているのかと、たぶん訝っているのではないかな？」

「ですが、私がこの刑務所にいる理由はご存じなのですか、大佐？」

「軍からの脱走だったな」大佐が答えた。「だから、私はおまえから目を離せないというわけだ。そうだろ？」大佐が笑い、ハリーも笑った。「おまえには兵として加わってもらうことになる。だが、おまえの過去の記録が昇進の邪魔をすることはない。それは保証する。しかし状況を考えると、そのためには名前を変えるほうがいいかもしれないな。記録にやかましい小賢（こざか）しい野郎が、おまえの海軍時代の記録を手に入れて、あれこれ当惑するような質問を始めたりするようなはめにはしたくないからな。名前の候補はあるか？」

「ハリー・クリフトンでお願いします、サー」返事をするのが少し早すぎた。

所長がにやりと笑った。「おまえの本名は何だろうと、私は常々思っていたよ」

エマ・バリントン

一九四一年

# 14

エマはできるだけ早くクリスティンのアパートを抜け出し、ニューヨークをあとにしてイギリスへ帰りたかった。ブリストルへ戻ったら独りで悲しみ、ハリーの息子を育てることに人生を捧(ささ)げることができる。でも、ニューヨークを脱出するのは、どうやらそう簡単ではなさそうだ。

「ほんとうに気の毒に」クリスティンがエマの肩を抱いた。「トムがどうなったかをあなたが知らないなんて、わたし、夢にも思っていなかったわ」

エマは力のない笑みを浮かべた。

「これだけは知っておいてほしいんだけど」クリスティンがつづけた。「リチャードもわたしも、トムの無実を疑ったことは一瞬たりともないのよ。わたしが看護して生き返らせたあの男の人は、人殺しなんかそもそもできないわ」

「ありがとうございます」エマは言った。

「〈カンザス・スター〉で一緒だったときに撮ったトムの写真があるけど、見る?」クリスティンが訊いた。

　エマは丁重にうなずいたが、トーマス・ブラッドショー中尉の写真に興味はなかった。クリスティンが部屋を出たら、こっそりアパートを抜け出してホテルへ帰ろう。まるっきり知らない人の前で、いつまでも自分を偽りつづけるわけにはいかない。

　クリスティンが出ていくやいなや、エマはすぐさま立ち上がった。その弾みでテーブルに脚がぶつかり、カップが床に落ちて、敷物にコーヒーが飛び散った。エマががっくりと両膝(りょうひざ)をついてふたたびすすり泣きを始めたちょうどそのとき、クリスティンが写真の束を手にして戻ってきた。

　うずくまって泣いているエマを見て、クリスティンが慰めようとした。「敷物なら気にしないで。大したものじゃないんだから。さあ、これを見てみたらどう？　わたしは雑巾(ぞうきん)を取ってくるから」そして写真を渡すと、また部屋を出ていった。

　もう逃げ出すのは無理だと諦めて椅子に坐り直し、仕方なくトム・ブラッドショーの写真に目を落とした。

「何てこと」エマは思わず声を上げ、信じられない思いでその写真を凝視した。そこに写っているのは、〈自由の女神〉を背にして船の甲板に立っているハリーだった。マンハッタンの摩天楼群を背景にしたもう一枚に写っているのも、やはりハリーだった。こんなことがどうしてあり得るのか説明がつかないとしても、またもや涙がこみ上げた。クリステインを待ちきれなかったが、ほどなくして彼女が戻ってきて、膝をつき、いかにも誠実な主婦らしく、敷物に飛び散った小さな茶色の染みを濡らした布で拭き取りはじめた。

「逮捕されて以降のトムがどうなったかはご存じですか?」エマはたまらず訊いた。

「だれも教えてくれなかったの?」クリスティンが顔を上げて訊き返した。「殺人罪で立件するには証拠が不十分だったらしいこともあって、罪が軽くなるようジェルクスが手を打ったの。それで、海軍を脱走した罪を自分から認め、六年の懲役刑を宣告されたのよ」

絶対に犯しているはずのない罪で、どうしてハリーが刑務所送りになるなどということがあり得るのか、エマにはまったく理解できなかった。「裁判はニューヨークで行なわれたのですか?」

「そうよ」クリスティンが応えた。「弁護を担当したのはセフトン・ジェルクスだから、たぶんトムはお金に不自由していなかったんじゃないかって、リチャードもわたしも思ってるの」

「どういうことでしょう」

「セフトン・ジェルクスはニューヨークでも一、二を争う法律事務所のシニア・パートナーなの。だから、少なくともしっかりと弁護してもらっていたはずよ。トムのことを聞きにわたしたちのところへきたときも、本気で心配しているように見えたわ。それに、ドクター・ウォーレスと船長を訪ねてもいるの。わたしたちに対しても、彼らに対しても、トムは無実だって保証してくれたんだけどね」

「彼がいるのはどの刑務所なんでしょう」エマは小声で訊いた。

「ニューヨーク州北部のレーヴェンハム刑務所よ。わたし、リチャードと一緒に面会に行こうとしたんだけど、トムはだれにも会いたがっていないって、ミスター・ジェルクスに止められたの」

「ご親切に、ありがとうございます」エマは言った。「失礼する前に、もう一つだけ、ささやかなお願いを聞いてもらえないでしょうか。一枚でいいんですが、彼の写真をもらえるとうれしいんですけど」

「全部持っていってもかまわないわよ、リチャードが山ほど撮ってるから。昔から写真が趣味なの」

「これ以上、時間を無駄にしてもらうわけにはいきませんよね」エマはよろよろと立ち上がった。

「わたしの時間を無駄にしたなんてとんでもない」クリスティンが言った。「トムの身に起こったことは、お互いによくわからない部分が多すぎるんですもの。彼に会ったら、わたしたちがよろしく言っていたと伝えてちょうだいね」そして、エマを送って部屋を出ながらつづけた。「もし会ってもいいと彼が言ってくれたら、リチャードもわたしも喜んで面会に行くわ」

「ありがとうございます」エマは言った。クリスティンがふたたびドア・チェーンを外してドアを開けた。「トムがどうしようもなくだれかを愛していることはリチャードもわたしも気づいていたけど、その相手がイギリスの人だとは教えてもらっていなかったわね」

# 15

エマはベッドサイドの明かりをつけると、〈カンザス・スター〉の甲板に立っているハリーの写真をもう一度、じっくりと検めた。とてもリラックスして楽しそうで、上陸したときに何が待ち受けているかを明らかに知らないように見えた。

浅い眠りを出たり入ったりしながら考えたのは、殺人容疑をかけられた裁判にハリーがなぜ進んで出廷する気になったのか、徴募書類にサインしたこともない海軍から脱走したなどと、なぜ自ら罪を認めたのかということだった。そして、その答えがわかるのはセフトン・ジェルクスだけだと結論した。まず真っ先にやるべきは、彼との面会の予約を取ることだ。

ふたたびベッドサイドの時計に目を走らせた――三時二十一分。ベッドを出てドレッシング・ガウンを羽織り、小さなテーブルに向かって腰を下ろすと、セフトン・ジェルクスと会ったときのために、部屋に備え付けてあるホテルの便箋数枚に、ぎっしりと質問事項を書き留めた。まるで試験の準備をしているような気持ちだった。

六時、シャワーを浴びて着替え、朝食をとろうと階下へ降りた。テーブルに〈ニューヨーク・タイムズ〉が置いてあったので、ページをざっとめくっていった。目に留まった記事はたった一つだった。それによれば、ドイツのイギリス侵攻は日を追うごとに可能性が高くなっているようであり、その侵攻をイギリスが食い止めるのは無理ではないかと悲観的だった。ドーヴァーの白い崖の上に立ち、例によって葉巻をくわえて昂然と海峡を睨みつけるチャーチルの写真の上に、〝われわれは水際で敵と戦う〟と見出しが躍っていた。

　こういうときに自分が祖国を離れていることに、エマは後ろめたさを感じた。ハリーを捜し出して刑務所から解放し、二人でブリストルへ帰らなくてはならない。

　ホテルのフロントで〈ジェルクス、マイヤーズ&アバナーシー法律事務所〉をマンハッタンの電話帳で探してもらい、ウォール・ストリートのその所在地をメモしてもらった。空に向かって高々と聳える鉄とガラスでできた巨大な建物の前でタクシーを降りると回転ドアをくぐり、四十八階建てのそのビルに入居している会社名をすべて記して壁に掲げてある大きな案内板を調べていった。〈ジェルクス、マイヤーズ&アバナーシー〉は二十階と二十一階と二十二階に居を構えていて、二十階が受付だった。

　エマはグレイのフランネルのスーツを着た男たちの群れに混じって、最初にやってきたエレヴェーターに乗った。二十階で降りると、オープン-ネックの白いブラウスに黒いスカートという洗練された服装の女性が三人、受付デスクの向こうにいるのが見えた。ブリストルでは見たことのない光景だった。エマは自信に溢れた足取りで彼女たちの前に立った。「ミスター・ジェルクスにお目にかかりたいんだけど」

「お約束がおありでしょうか」三人のうちの一人が慇懃に尋ねた。

「いいえ」エマは正直に答えた。弁護士と言えばブリストルの事務弁護士しか知らず、その事務弁護士はバリントン家の人間が訪ねてきたら、いつであろうと会ってくれるのが常だった。

　受付の女性の顔に驚きが浮かんだ。シニア・パートナーへの面会を希望するというだけでここへくる顧客はいない。手紙とか、あるいは秘書に電話させるとかして、ミスター・ジェルクスの立て込んだ面会予定に自分の名前を付け加えてもらおうとするのが普通だ。

「お名前をおうかがいできるでしょうか？　ミスター・ジェルクスのアシスタントに取り次ぎますので」

「エマ・バリントンです」

「お掛けになってお待ちください、ミス・バリントン。間もなく係の者がまいります」

　エマは狭いアルコーブに腰を下ろした。ほかにはだれもいなかった。〝間もなく〟というのは三十分以上を意味するのだとわかったとき、やはりグレイのスーツの男が、イエロー・パッドを持って姿を現わした。

「サミュエル・アンスコットと申します」と名乗って、男が握手の手を差し出した。「シニア・パートナーに面会をご希望だそうですが」

「そのとおりです」

「私は法律面での彼のアシスタントを務めています」アンスコットが向かいに腰を下ろした。「面会を希望される理由をお聞きするよう、ミスター・ジェルクスに言われているのですが」

「個人的なことです」エマは言った。

「申し訳ないのですが、それが何であるかを私がミスター・ジェルクスに伝えられなければ、彼はあなたとの面会に同意しないでしょうね」

エマは口元を引き締めた。「わたしはハリー・クリフトンの友人なんです」

そしてアンスコットの反応をじっとうかがったが、彼にとってハリー・クリフトンという名前は何も意味しなかったらしく、それをメモ用箋に書き留めただけだった。

「ハリー・クリフトンがアダム・ブラッドショー殺害容疑で逮捕され、ミスター・ジェルクスが彼の弁護を担当なさったと信じる理由がわたしにはあるんです」

今度はその名前に心当たりがあるらしく、アンスコットのペンはもっと滑らかにイエロー・パッドの上を動いていった。

「ミスター・ジェルクスのような名高い法律家が、どうしてわたしの婚約者をトーマス・ブラッドショーと取り違えることを認められたのか、それを知りたいからお目にかかりたいのです」

　若者の眉間に深い皺が刻まれた。自分の上司をそういうふうに言われることに、明らかに慣れていないようだった。「何をおっしゃっているのかわかりませんが、ミス・バリントン」と、アンスコットが言った。どうやら、本当に何のことだかわからないようだった。「ともあれ、ミスター・ジェルクスに伝えて、その返事をお知らせします。連絡先を教えていただけますか?」

「わたしはメイフラワー・ホテルに滞在しています」エマは応えた。「ミスター・ジェルクスが会ってくださるのであれば、いつでも、どこへでも出かけます」

　アンスコットがまたメモを取り、そのあとで立ち上がると、素っ気なく会釈をした。今度は握手の手は差し出されなかった。シニア・パートナーが面会に同意するまでにそう長く待つ必要はないようだと、エマは自信めいたものを感じた。

　タクシーでメイフラワー・ホテルへ戻ると、ドアを開けもしないうちに、部屋で電話のベルが鳴っているのが聞こえた。だが、急いで部屋を突っ切って受話器を取ったときには、回線は切れてしまっていた。

　机に向かって腰を下ろし、無事に到着したことを知らせようと、母に宛てて手紙を書きはじめた。ハリーはやはり生きているという確信は伏せておくことにした。知らせるのは、わたしがこの目でハリー本人を見たときでいい。三枚目にペンを走らせようとしたとき、ふたたび電話が鳴り、エマは受話器を上げた。

「こんにちは、ミス・バリントン」

「こんにちは、ミスター・アンスコット」名乗ってもらうまでもなかった。

「あなたの面会の希望についてミスター・ジェルクスに伝えましたが、申し訳ないのですが、お目にはかかれないとのことです。ミスター・ジェルクスが代理人をつとめているもう一人のクライアントとのあいだに利益の相反が生じるというのが、その理由です。力になれなくて申し訳ないと伝えてくれとのことでした」

電話が切れた。

エマはいまだ受話器を握ったまま机に向かい、茫然（ぼうぜん）としていた。〝利益の相反〟という言葉が耳の奥で鳴り響いていた。もう一人のクライアントなんてほんとうにいるの？ もしいるとしたら、その可能性があるのはだれ？ それとも、わたしと会わないための口実に過ぎないのかしら？ 受話器は架台に戻したが、それでもしばらく坐ったまま、こういうとき、祖父ならどうするだろうと思いを巡らせた。そして、彼がお気に入りだった格言の一つを思い出した――〝猫を出し抜く方法は一つではない〟。

机の引き出しを開けると、文房具一式が新しいものと入れ替えてあった。エマはありがたくそれを使わせてもらい、ミスター・ジェルクスが恐れている利益の相反を生じさせそうな相手を書き出していった。その結果、これから何日かは忙しくなるとわかり、フロントへ降りていった。このイギリスからきた若いレディが穏やかな口調で裁判所と警察署、そして刑務所の場所を尋ねたとき、応対したフロント係は驚きを隠そうとしなくてはならなかった。

玄関を出る前にホテルの売店で自分専用のメモ用箋を買い、それから舗道へ出てタクシーを停めた。

同じ町ながらミスター・ジェルクスが住んでいるあたりとはまったく様相を異にする地区でタクシーを降りると、エマは裁判所の正面玄関の階段を上がりながら、ハリーのことを思った。状況はまるで違うけれど、この建物へ入ったときの彼はどんな気持ちだったのだろう。その状況を突き止められるかもしれないと考えて、正面玄関に立っている警備員に参考図書館の場所を尋ねた。

「記録保管室のことを言っておられるのなら、地下にあります」という答えが返ってきた。

階段を二階分下りたあとで、カウンターの向こうにいる事務員に、〝ニューヨーク州対ブラッドショー〟の一件記録を見せてもらえないだろうかと頼んだ。事務員から渡された閲覧申請用紙に〝あなたは学生ですか？〟という質問項目があり、エマは〝イエス〟と答えた。数分後、三つの大きなファイル・ボックスが目の前に現われた。

「ここは二時間後に閉まります」事務員が注意した。「ベルが鳴ったら、このファイル・ボックスをすぐにこの机へ返却してください」

何ページか読んだ時点では、裁判でニューヨーク州がトム・ブラッドショーの容疑を殺人にしなかった理由がわからなかった。そうすべき強力な材料を警察は持っているように思われたからだ。兄弟はホテルで同じ部屋に泊まっていた。ウィスキーのデカンタはトムの指紋だらけだった。そして、アダム・ブラッドショーの死体が血溜まりのなかに横たわっているのが発見される前にだれかが部屋に入った形跡もなかった。もっとわからないのは、犯人でないのならトムはなぜ犯行現場から逃走したのか、また、州司法当局はなぜ軍からの脱走という、より軽い罪で有罪にすることで一件を落着させたのか、ということだった。しかしそれ以上に、そもそもハリーがどうして関係することになったのかがわからなかった。メイジーの自宅のマントルピースの上にあった手紙が、これらの疑問のすべてに答えてくれる可能性があるのだろうか？　それとも、わたしに突き止められたくない何かをジェルクスが知っているというだけなのか？

そのときベルが鳴り響き、思考がさえぎられた。ファイルを返却しなくてはならなかった。いくつかの疑問には答えが出たが、はるかに多くの疑問がそのまま残っていた。エマはそれらの答えの大半を知っていそうな、二人の人物の名前をメモした。しかし、その二人が利益の相反を言いたてることはないだろうか？

五時を過ぎてすぐ、エマは裁判所を出た。その手には、手書きのきちんとした文字で埋め尽くされた、数枚の紙が握られていた。通りの売店でハーシー・バーというものとコークというものを買い、タクシーを停めて、警察の二十四分署へ連れていってくれと頼んだ。母なら絶対に認めないだろうが、車内でハーシー・バーを齧(かじ)り、コークを飲んだ。

二十四分署へ着くと、コロウスキー刑事かライアン刑事に会いたいと面会を申し込んだ。「今週は二人とも夜勤なんです」受付の巡査が言った。「だから、出てくるのは十時ですね」

エマは礼を言い、ホテルへ戻ることにした。夕食を食べて、十時にもう一度ここへくればいい。

シーザー・サラダと、生まれて初めてのニッカーボッカー・グローリイ（アイスクリーム、ゼリー、クリーム、フルーツなどを背の高いグラスに入れたもの）を味わって、五階の自分の部屋へ一旦(いったん)引き上げた。そして、ベッドに横になり、コロウスキーかライアンが会ってくれた場合の質問事項を考えた。ブラッドショー中尉はアメリカ訛りがあったかどうか……？

そのうちに寝入ってしまい、下の通りで鳴り響く耳に馴染みのないパトカーのサイレンではっとわれに返った。高い階の部屋ほど値の張る理由が、いまわかった。時計を見ると、一時十五分だった。

「しまった」彼女は思わず吐き捨てるとベッドを飛び降りてバスルームへ駆け込み、冷たい水で濡らしたタオルで顔を拭いた。そのあと、急いで部屋を出てエレヴェーターに乗り、一階へ下りた。ホテルの玄関を出て驚いたことに、町は昼間と同じぐらい賑(にぎ)わっていて、舗道も人で溢れていた。

タクシーを捕まえ、二十四分署へ行ってくれるよう頼んだ。ニューヨークのタクシー運転手は彼女の言葉を理解しはじめていた。あるいは、彼女のほうが彼らの言葉を理解しはじめているのか？

二時まであと数分というころ、エマは二十四分署の入口の階段を上った。受付ではさっきとは別の巡査が坐るよう言い、あなたが受付で待っていることをコロウスキーかライアンに伝えると請け合ってくれた。

長く待たなくてはならないだろうと覚悟していたにもかかわらず、驚いたことに、わずか二分後には受付の巡査の声が聞こえた。「やあ、カール、そこに坐ってるレディがあんたに会いたいんだそうだ」そして、エマのほうを身振りで示した。

コロウスキー刑事が片手にコーヒーのカップを、もう一方の手に煙草を持って近づいてきた。顔に笑みのようなものが浮かんでいたが、そんなものは面会の目的がわかったとたんに消えてしまうのではないかと思われた。

「どんな用件でしょう、マム？」刑事が訊いた。

「エマ・バリントンと申します」彼女はイギリス訛りを誇張して名乗った。「個人的なことで助言をもらえたらと思いまして」

「そういうことなら、おれのオフィスへ行きましょうか、ミス・バリントン」コロウスキーが廊下を歩き出し、あるドアの前までくると、それを踵で蹴り開けた。「まあ、坐ってください」そして、部屋に一つしかない椅子を指さした。「コーヒーでいいですか？」腰を下ろしたエマに、刑事が訊いた。

「いえ、結構です」

「賢明な判断と言うべきですな、マム」コロウスキーが自分のマグ・カップをテーブルに置き、煙草を点けて、自分の椅子に腰を下ろした。「で、個人的なこととは何でしょう」

「あなたはわたしの婚約者を逮捕した刑事の一人ですよね」

「その婚約者とやらの名前は？」

「トーマス・ブラッドショーです」

　当たりだ、とエマは確信した。コロウスキーの表情、声、態度、すべてが変わった。

「ええ、そのとおりです。ですが、あれは明々白々な、簡単な一件だったんですよ。セフトン・ジェルクスが首を突っ込んでくるまではね」

「でも、その一件は裁判に付されなかったんですよね」エマは確認した。

「その理由はたった一つ、ブラッドショーの弁護士がジェルクスだったからです。あの男がポンテウス・ピラト（イエスを処刑したローマのユダヤ総督）を弁護したら、被告は釘を何本か買いたがっていた、十字架を造っている若い大工の手助けをしただけだと陪審員を納得させたでしょうよ」

「つまり、あなたが言っているのは、ジェルクスが――」

「違いますね」エマに最後まで言う間を与えず、刑事が皮肉な口調でさえぎった。「あの年、そのときの地方検事が再選されるつもりでいて、彼の選挙運動に最大の貢献をしている支援者の何人かがジェルクスのクライアントだというのは偶然だったと、おれはずっと考えていたんです。いずれにせよ」そして、長々と紫煙を吐き出してから、話をつづけた。「ブラッドショーは軍を脱走した罪で六年の実刑を宣告され、それで一件は落着したんです。分署の連中なら、一年半で出てくるほうに賭けるでしょうね――まあ、長くて二年でしょうよ」

「要するに、何をおっしゃろうとしているんですか？」エマは訊いた。

「判事はブラッドショーを有罪と認めた、ということです」コロウスキーがそこで間を置き、ふたたび盛大に紫煙を吐き出してから付け加えた。「――殺人罪でね」

「わたしもあなたと判事に同意します」エマは言った。「おそらくトム・ブラッドショーは殺人の罪で有罪です」コロウスキーが意外そうな顔をした。「でも、あなたが逮捕した男性は、人違いだと言いませんでしたか？　自分はトム・ブラッドショーではなくて、ハリー・クリフトンだと？」

刑事がしげしげとエマを見つめて、束の間考えた。「確かにそんなことを言っていましたが、そんな主張が受け入れられる可能性はないとジェルクスに忠告されたんでしょう、それ以降は二度とそれを口にしなかったはずですよ」

「そんな主張が受け入れられるのを証明できるとわたしが言ったら、興味を持ってもらえますか？」

「いや、それはあり得ませんね」コロウスキーがきっぱり否定した。「その件はとうの昔に決着がついていて、あなたの婚約者は自ら認めた罪で有罪になり、もう六年の刑期をつとめはじめているんです。そして、おれの机の上には山ほど仕事が待ちかまえている」そして、書類の山に手を置いた。「というわけで、古傷をもう一度開ける余裕はありません。というわけですから、ほかにお役に立てることがないのであれば……」

「レーヴェンハム刑務所へトムを訪ねるのは認められるでしょうか？」

「認められない理由は思いつきませんね」コロウスキーが言った。「面会要請の手紙を所長に書けばいいでしょう。申請書が送られてきますから、必要事項を書き込んで返送してください。そうすれば、面会日を知らせてくるはずです。待つとしても、六週間から八週間というところでしょう」

「でも、六週間は待てません」エマは抵抗した。「二週間後にはイギリスへ帰らなくてはならないんです。時間を短縮する方法はないんでしょうか」

「可能性があるとすれば、同情の余地ありと認められた場合だけです」刑事が言った。

「そして、それは妻と両親に限られます」

「囚人の子の母親はどうなんでしょう?」エマは訊いた。

「その場合、ニューヨークでは妻と同じ権利が与えられます。もっとも、それを証明する必要がありますがね」

　エマはハンドバッグから二枚の写真を取り出した。一枚にはセバスティアン、もう一枚には〈カンザス・スター〉の甲板に立っているハリーが写っていた。

「それで十分だと思いますよ」コロウスキーがハリーの写真――それについては何も言わなかった――をエマに返した。「おれに任せて、邪魔をしないと約束してもらえるのなら、何とかならないか、所長に掛け合ってみましょう」

「お願いします」

「連絡先を教えてもらえますか?」

「メイフラワー・ホテルに滞在しています」

「連絡します」コロウスキーがホテルの名前を書き留めた。「しかし、念のために言っておきますが、トム・ブラッドショーが兄弟殺しの犯人であることに、何であれ疑いの余地はありません。それは断言できます」

「わたしも念のために申し上げておきますけど、刑事さん、レーヴェンハム刑務所に服役している男性がトム・ブラッドショーでないことに、何であれ疑いの余地はありません。それは断言できます」エマは写真をハンドバッグにしまって席を立った。

部屋を出ていくエマを見送りながら、コロウスキーが訝しげに眉をひそめた。

ホテルへ帰り着くと、服を脱いでベッドへ直行した。横になり、コロウスキーは自分が誤認逮捕をした可能性について、もう一度考えてくれるだろうかと自問した。ハリーが六年の刑に服するのをどうしてジェルクスが認めたのか、その答えがまだわからないままだった。ハリーがトム・ブラッドショーでないことを証明するのはたやすかったはずなのに、なぜだろう？

エマはようやく眠りに落ちた。ありがたいことに、夜行性の訪問者に起こされることはなかった。

電話が鳴ったとき、エマはバスルームにいた。受話器を取ったときには、回線は切れてしまっていた。

二度目の呼出し音が鳴ったのは、階下へ降りて朝食をとろうと、部屋を出てドアを閉めようとしたそのときだった。駆け戻って受話器を耳に当てると、聞き憶えのある声が回線の向こうで挨拶した。

「おはようございます。コロウスキー刑事」エマは応えた。

「いい知らせとは言えません」コロウスキーが前置きも何もなしですぐに本題に入った。

エマはベッドに腰を落とした。最悪のことを聞かされるのではないかと恐ろしかった。

「ついさっき、勤務が明ける直前にレーヴェンハム刑務所の所長と話したんですが、ブラッドショーはだれとも、一切の例外なく会いたくないと明言しているそうなんです。どうやら、面会要請があったとしても、それすら彼に知らせないようにと、ミスター・ジェルクスが刑務所側に要請しているようですね」

「何とかメッセージを届ける努力をしてもらえないでしょうか」エマは懇願した。「面会要請をしているのがわたしだとわかれば、彼は必ず――」

「無理ですね」コロウスキーはにべもなかった。「ジェルクスの力がどれほどのものか、あなたは知らないんですよ」

「刑務所の所長さえ意のままにできるんですか？」

「刑務所の所長どころか、地方検事やニューヨークの裁判官の半分がところまで、あの男の思うがままです。おっと、これは口外無用に願いますよ」

電話が切れた。

それからどのぐらいの時間が経ったかわからなかったが、ドアにノックがあった。だれだろう？　ドアが開き、友好的な顔がのぞいた。

「お部屋の掃除をさせていただいてもよろしいでしょうか」部屋係の女性がトロリーを押しながら訊いた。

「二分ほど待ってちょうだい」エマは言った。時計を見ると、驚いたことに十時十分だった。これからどうするかを考えるためには、その前に頭をはっきりさせなくてはならない。しばらくセントラル・パークを歩くことにした。

公園を歩いているうちに、一つの考えが固まった。いまや大叔母のフィリスを訪ね、これからどうすべきか助言を求めるときだ。

エマは六十四丁目とパーク・アヴェニューの方向へ歩き出した。もっと早く訪ねなかった理由をどう説明しようか、そればかりを一心に考えていたために、自分が何を見たのかがよくわからなかった。足を止め、踵を返して引き返しながら、ショウ・ウィンドウをすべてあらためていった。ダブルデイ書店の前で、ふたたび足が止まった。本がピラミッド形に積み上げられて中央のショウ・ウィンドウを支配し、その横に、黒い髪をぴったりと後ろへ撫でつけて、細い口髭を蓄えた男の写真が飾られていた。男はエマに向かって微笑んでいた。

『ある囚人の日記――レーヴェンハム最重警備刑務所での私の時間』

マックス・ロイド著

木曜、午後五時、大ベストセラーの著者のサイン会を本書店で行ないます。著者と直接触れ合う絶好の機会です。是非お見逃しのないように。

ジャイルズ・バリントン

一九四一年

# 16

連隊がどこへ行こうとしているのか、わからなかった。数日前からずっと移動しっぱなしのような感じで、睡眠も一度に二時間ぐらいしか取れていないように思われた。最初は列車、次にトラックと乗り継ぎ、さらにそのあと、兵員輸送船のタラップを上った。船は独自の速度で波を掻き分けて進み、ウェセックスを出た千人の兵士はエジプトの北アフリカ沿岸の港アレクサンドリアで、たとえ一旦ではあるとしても、ようやく乗り物から解放された。

船ではダートムアのイープル兵舎の仲間とふたたび一緒になったが、いまや自分が彼らを率いる立場にあることを受け入れなくてはならなかった。すでに部下となった、かつての同僚の一人か二人——特にベイツ——は、ジャイルズを〝サー〟付けで呼ぶことが簡単でなく、出くわすたびに敬礼するのはもっと難しいと気づきはじめていた。

船を下りると、今度は何十台もの軍用車両がウェセックス連隊を待っていた。ジャイルズはこれほど強烈な暑さを経験したことがなく、真新しいカーキ色のシャツは、異国の土地に足をつけて何分もしないうちに汗で濡れそぼった。彼は部下を手際よく三つのグループに編成し、待機しているトラックに乗り込ませた。車列は狭くて埃っぽい海岸の道路をのろのろと進み、数時間後にようやく停まったところは、爆撃でしたたかに破壊された町の郊外だった。「トブルクだ！　おれの言ったとおりだぞ」ベイツが声高く宣言し、何本もの手が金のやりとりを始めた。

町へ入るや、あちこちで兵士がトラックを降りていった。ジャイルズたち士官は、中隊司令部としてウェセックス連隊が接収した、マジェスティック・ホテルの前で下車した。回転ドアを押して入っていくと、名前ほどに堂々としていないことがすぐにわかった。利用可能な空間には急ごしらえのオフィスが肩を寄せ合い、かつては絵が掛かっていたはずの壁には図表や地図が所狭しとピンで留められていて、世界じゅうからやってくるＶＩＰを歓迎していた赤いプラッシュの絨毯は、靴底に鋲を打ったブーツにひっきりなしに踏みつけられ、擦り切れて薄くなっていた。

フロントだけが、そこがかつてはホテルだったことを偲ばせていた。そこで待っていた当直の伍長が、新着者の長いリストに載っているバリントン少尉の名前にチェック・マークを記入した。

「二一九号室であります」伍長が告げ、一通の封筒を差し出した。「必要なことはすべて、それを見ていただければわかるはずであります、サー」

ジャイルズは広い階段室を勢いよく二階まで上がり、二一九号室に入った。ベッドに腰掛け、封筒を開けて、そこに記してある指示に目を通した。全士官は七時に宴会場に集合して連隊長の訓辞を聴くこと。ジャイルズはスーツケースを開けて荷物を整理すると、シャワーを浴び、きれいなシャツに着替えて、もう一度階下(した)へ下りた。士官用の食堂でサンドウィッチとお茶のカップを手にして、七時直前に宴会場へ向かった。

堂々とした高い天井から、やはり堂々としたシャンデリアが下がっている広い部屋には、すでにそこに集っている士官たちの話し声が渦を巻いていた。彼らはかつての仲間との再会を喜び合い、あるいは、初顔の同僚と自己紹介をし合いながら、自分がチェスボードのどの枡目(ますめ)への移動を指示されるか、それがわかるのを待っているのだった。部屋の奥のほうにいる若い中尉が一瞬目に留まり、どこかで会ったことがあるような気がしたが、間もなく見失ってしまった。

六時五十九分、ロバートソン中佐がステージに上がり、そこにいる全員が口を閉ざして、さっと直立不動の姿勢を取った。中佐はステージの中央で足を止め、士官たちに身振りで着席を許可すると、両脚を踏ん張り、腰に両手を当てて口を開いた。

「諸君、大英帝国全土からはるばる北アフリカまでやってきてドイツ軍と戦うことを、諸君はきっと奇妙に思っているだろう。しかし、ロンメル元帥(げんすい)及び彼が率いるアフリカ軍団もまた、この地にいるのだ。その目的は、ヨーロッパのドイツ軍部隊に石油を供給しつづけることにある。彼の鼻っ柱をへし折り、ベルリンへ逃げ帰らせるのが、われわれの使命であり、責務である。しかも、やつらの戦車の最後の一両が燃料切れを起こすはるか前に、それをやってのけることを目標とする」

喚声が上がり、足が踏み鳴らされた。

「ウェーヴェル将軍はトブルク防衛の名誉をウェセックス連隊に与えてくださった。そのとき、私は元帥に対して、われわれは全員が命を犠牲にする覚悟であり、ロンメルがマジェスティック・ホテルのスイート・ルームを予約するためには、われわれ全員の屍を踏み越える必要があると、そうお伝えしてある」

さらに大きな喚声が轟き、さらに激しく足が踏み鳴らされた。

「このあと、諸君にはそれぞれの中隊長の下へ出頭してもらいたい。この町を守るための全般的な計画と、諸君たち一人一人が実行すべき任務についての説明があるはずだ。諸君、無駄にしていい時間は一瞬たりとない。幸運を祈り、立派な成果を期待する」

士官たちはふたたび起立して直立不動の姿勢を取り、中佐はステージを下りた。ジャイルズは自分の命令をもう一度確認した。配属はC中隊第七小隊だった。C中隊は中佐の訓辞のあとホテルの図書室へ集合して、リチャーズ少佐の説明を受けることになっていた。

「バリントンだな」数分後に図書室へ入っていくと、少佐が言った。ジャイルズは敬礼した。「任官直後だというのに合流してくれて何よりだ。きみにはきみの級友の代役として第七小隊長をつとめてもらう。小隊は三分隊で構成され、分隊はそれぞれ十二名で編成されている。きみの小隊の任務は町の西側周縁部の哨戒だ。軍曹一名、伍長三名が、きみを補佐することになっている。もっと細かいことについては、中尉から説明があるはずだ。学校で一緒だったようだから、お互いをわかり合うのにそう時間はかからないだろう」

だれだろう、とジャイルズは訝った。そのとき、宴会場の奥に一人でいた、見憶えがあるような気がした顔がよみがえった。

ジャイルズ・バリントン少尉は疑わしきは罰せずという態度を取るのを好んだが、フィッシャー中尉に関しては、セント・ビーズ校で監督生をしていたときの記憶を消すことができないように思われた。入学して最初の一週間、あの男は毎晩、ハリーの尻をスリッパで叩きつづけた。しかも、ハリーの父親が港湾労働者だという、それだけの理由で。

「またおまえと一緒になれてうれしいよ、バリントン、ずいぶん時間はかかったがな」フィッシャーが言った。「お互い、うまくやれない理由はないんじゃないか？　そうだろ？」

明らかにフィッシャーも、自分がハリーにした仕打ちを思い出していた。ジャイルズは薄い笑みを浮かべた。

「おれたちは三十名以上の部下を率いることになる。軍曹一人と伍長三人が補佐をしてくれるけどな。そのなかには、訓練キャンプでおまえと一緒だった者もいるぞ。事実、すでにベイツ伍長を第一分隊長に任命してある」

「テリー・ベイツですか？」

「ベイツ伍長だ」フィッシャーが念を押した。「階級が違う者を呼ぶときにはクリスチャン・ネームを使うな。食堂で二人だけのときは、ジャイルズ、おれをアレックスと呼んでもかまわないが、部下の前では絶対にだめだ。わかったな」

　昔から偉そうなろくでなしだったが、いまもまったく変わってないのが見え見えだな、とジャイルズは思った。今度は笑みを造る気にもならなかった。

「さて、われわれの任務だが、四時間交替で町の西側周縁部を哨戒（パトロール）することだ。この任務の重要性を過小評価するなよ。情報部によれば、ロンメルがこの町を攻撃するとしたら、西から町へ入ろうとするはずだということだ。だから、二十四時間態勢で警戒しなくてはならないんだ。パトロール・チームの編成と順番については、おまえに任せる。おれの場合、ふつうは一日に二回ならパトロールに出られるが、それ以上は無理だ。ほかにもやらなくちゃならないことがあるからな」

　たとえばどんなことだ、とジャイルズは訊いてやりたかった。

　部下と一緒に町の西側をパトロールするのは結構楽しかったし、三十六人の部下のことも、間もなく知ることができた。それはほとんど一（いっ）にかかって、ベイツ伍長が情報を提供しつづけてくれるおかげだった。フィッシャーの警告に従って、用心を怠らないよう部下に言いつづけようとはしたものの、何事もなく何週間かが過ぎると、本当に面と向かって敵と対峙することがあるのだろうかという気がしはじめた。

　四月初めのぼんやりと霞んだ夕刻、ジャイルズの三つのパトロール・チームの全員が演習に出ているとき、どこからともなく銃弾が降り注いだ。男たちはすぐさま地面に伏せ、手近にある建物へ急いで這っていって、何でもいいから遮蔽物を見つけようとした。

　ジャイルズが先導の分隊に合流したとき、ドイツ軍がその存在を明らかにして二度目の一斉射撃を敢行してきた。近くに着弾しただけで命中はしなかったが、自分の位置を敵が知るのにそう長くかからないことははっきりしていた。

「撃てと言うまで撃つんじゃないぞ」ジャイルズは命じ、双眼鏡を上げると、ゆっくりと地平線に目を凝らした。動く前にフィッシャーに報告すべきだと考えて野戦電話を手に取ると、すぐに応答があった。

「敵の数は？」フィッシャーが訊いた。

「せいぜい七十、多くとも八十でしょう。第二分隊と第三分隊を前に出してもらえれば、応援部隊が到着するまで持ち堪えることは十分にできると思います」

　三度目の一斉射撃に見舞われたが、地平線を見渡し終えたジャイルズはもう一度同じ指示を出した。「撃つんじゃないぞ」

「第二分隊をそっちへ応援に送る。隊長はハリス軍曹だ」フィッシャーが言った。「状況報告をつづけてくれれば、それによって、第三分隊を送り込むかどうかを考える」電話が切れた。

　間を置かずに四度目の一斉射撃が襲ってきた。ふたたび双眼鏡を上げたジャイルズの視界に、十二、三人というところか、遮蔽物一つない地面を自分たちのほうへ匍匐前進してくるドイツ兵の姿が飛び込んできた。

「照準しろ。だが、射程距離に入るまでは発砲するな。それから、無駄弾丸を撃つなよ」最初に引鉄を引いたのはベイツだった。「一丁上がりだ」という彼の声と同時に、ドイツ兵が一人、砂漠の砂に倒れ込んだ。ベイツが再装塡しながら付け加えた。「ブロード・ストリートを爆撃したらどうなるか、これでわかっただろう」

「黙れ、ベイツ。集中しろ」ジャイルズは諫めた。

「すいません、サー」

　ジャイルズは地平線に目を凝らしつづけた。二人、もしかすると三人が銃弾を受け、塹壕を出てわずか数ヤードの砂の上に俯せに倒れているのが見えた。ふたたび一斉射撃を指示して双眼鏡を覗いていると、さらに数人のドイツ兵が、まるで蟻が穴へ戻るように、慌てて安全な塹壕へ引き返すのが見えた。

「撃ち方やめ！」ジャイルズは命じた。貴重な弾薬を無駄にするわけにはいかない。そのとき、ハリス軍曹率いる第二分隊がすでに位置について、指示を待っているのが見えた。

野戦電話を上げ、フィッシャーの声が返ってくると、報告した。「あまり長くは弾薬がつづきません、サー。左側面はハリス軍曹が援護してくれていますが、右側面ががら空きです。第三分隊を寄越してもらえたら、敵を撃退する可能性が高くなります」

「すでに第二分隊がそっちへ行って援護に当たっているいま、おれはここにとどまって、万一敵がおまえたちの守りを突破してきたときに備えているべきだ。わかったな、バリントン」

またもやドイツ軍の一斉射撃が始まった。今度は標的の位置を明らかに正確に突き止めているようだったが、ジャイルズは二つの分隊に対してまだ発砲を控えるよう指示し、悪態をつきながら野戦電話を切ると、姿を隠す術もないままハリス軍曹のところへ走った。敵の銃弾が困難に輪をかけた。

「おまえはどう考える、軍曹?」

「二分の一個中隊、八十人ほどというところだと思います、サー。ですが、あいつらは単なる斥候でしょう。だとすれば、おれたちはとにかく我慢して、防御に徹すればいいんじゃないですか?」

「そうだな」ジャイルズは同意した。「それで、敵はどう出てくると思う?」

「あいつら、自分たちのほうが圧倒的に数が多いとわかっていますからね、こっちの応援がやってくる前に攻撃にかかろうとするはずです。フィッシャー中尉が第三分隊を寄越してくれて右側面を強化できれば、こっちの守りもかなり強固になるんですが」

「そうだな」ジャイルズはまたも同意したとき、ふたたび敵の銃弾が飛来した。「戻って、フィッシャーにそうしてくれるよう要請しよう。おれの命令を待っていてくれ」

ジャイルズは敵に身をさらしながら、それでも何とか銃弾を避けようとジグザグに走った。敵の狙いが正確になりはじめていて、同じ手は二度と通用しそうになかった。フィッシャーに電話をしようとした瞬間に呼出し音が鳴り、ジャイルズは受話器をひっつかんだ。

「バリントン」フィッシャーが言った。「おれの信じるところでは、こっちが主導権を握るときがきたようだ」

ジャイルズは耳を疑い、フィッシャーの言葉をもう一度繰り返して、改めて確認しなくてはならなかった。「第三分隊を出して右側面の守りを強化し、こっちからドイツ軍に攻撃を仕掛けるんですか？」

「そんなことをしたら」ベイツが言った。「撃ち殺してくれと敵に教えてやってるようなもんですよ」

「黙れ、ベイツ」

「イエス、サー」

「ハリス軍曹も私も同じ考えなんですが」ジャイルズはつづけた。「第三分隊に右側面を強化してもらえれば、敵は攻撃に出てこざるを得なくなり、そうなったら、われわれのほうが――」

「ハリス軍曹の考えなんかに興味はない」フィッシャーが撥ねつけた。「おれが命令して、おまえはそれを実行するんだ。わかったか？」

「わかりました、サー」ジャイルズは応え、受話器を架台に叩きつけた。

「あいつならいつでも殺してあげますよ、サー」ベイツが言った。

ジャイルズはそれを無視して拳銃を装填すると、網状のベルトに六発の手榴弾を装着した。そして、第一分隊と第二分隊に姿が見えるように立ち上がり、大声で指示した。

「着剣しろ、突撃準備だ」そして、遮蔽物を出て怒鳴った。「おれにつづけ！」

熱く焼けた深い砂に足を取られながら走り出すと、ハリス軍曹とベイツ伍長がすぐあとにつづいた。とたんに敵の一斉射撃が始まり、ジャイルズは考えた。こんな圧倒的に不利な賭け率のなかで、いったいどのぐらい生きていられるものだろうか。あと四十ヤードというところで、敵の塹壕が三つ、はっきりと見えた。手榴弾をベルトからひったくると、ピンを抜いて、あたかもクリケットのボールを境界線ぎりぎりの深いところからウィケットキーパーのグローヴに返すように、真ん中の塹壕へ投げ込んだ。手榴弾はウィケットのすぐ上に落ちた。二人が宙に舞い上げられ、一人が後方へ吹き飛ばされるのが見えた。

くるりと向きを変えて、二発目の手榴弾を、今度は左の塹壕へ放った。しかし、そこからの射撃がいきなり途切れたところからすると、どうやらドイツ兵は逃げ出したらしく、もうもぬけの殻のようだった。三発目の手榴弾が機関銃を排除した。突撃を再開すると、自分を照準している何人もの敵兵の姿が見えた。ジャイルズはホルスターから拳銃を抜き、発砲を開始した。まるで射撃練習場にいるかのようだったが、いまの的は生身の人間だった。一度、二度、三度と引鉄を引いたとき、自分が一人のドイツ軍将校の照準線に入っていることに気がついた。その将校は発砲したものの一瞬遅く、ジャイルズの目の前で砂の上に崩れ落ちた。ジャイルズは吐きそうになった。

塹壕までわずか一ヤードに迫ると、一人の若いドイツ兵がライフルを捨て、もう一人は両手を高く差し上げた。ジャイルズは敗れた男たちの、必死さの宿る目をじっと覗き込んだ。何としても死にたくないと思っていることを知るのに、ドイツ語を話す必要はなかった。

「撃ち方やめ！」ジャイルズは大声で命じ、第一分隊と第二分隊の兵士たちが迅速に残敵を制圧した。「敵を一カ所に集めて武装を解除しろ、ハリス軍曹」と付け加えて、彼がいたほうを見ると、軍曹は塹壕からわずか数ヤードのところでうなだれ、口から血を滴らせていた。

ジャイルズは自分たちが突っ切ってきた何もない地形を振り返り、たった一人の男の無謀な決定ゆえに命を落とすはめになった犠牲者を見つめて、その数を数えまいとした。すでに担架が持ち込まれて、戦場から死体を運び出しはじめていた。

「ベイツ伍長、捕虜を三列に並ばせるんだ。キャンプへ連れて帰るからな」

「了解しました、サー」言われるまでもないという口調で、ベイツが応えた。

数分後、ジャイルズと消耗した分隊はキャンプへと砂漠を横断しはじめた。五十ヤードほど進んだとき、フィッシャーが走ってくるのが見えた。その後ろに第三分隊がつづいていた。

「よし、バリントン、おれが引き継ぐ」フィッシャーが声を張り上げた。「おまえは殿(しんがり)をつとめるんだ。ついてこい」そう命じると、捕虜になったドイツ軍兵士を従え、勝ち誇って町へと引き返していった。

マジェスティック・ホテルへ着くころには小さな人だかりができていて、彼らを歓声で迎えた。フィッシャーは同僚の将校の敬礼に答礼で応えた。

「バリントン、捕虜の収容を確認したら、部下を酒保へ連れていって一杯飲ませてやれ。そのぐらいの仕事はしたからな。おれはリチャーズ少佐に報告に行く」

「あの野郎を殺しちゃいけませんか、サー?」ベイツがジャイルズに訊いた。

# 17

翌朝、ジャイルズが食事をしようと階段を下りていると、数人の、これまで話をしたこともない将校がわざわざ歩み寄って握手を求めてきた。

ぶらぶらと食堂へ入っていくと、そこでも何人もが振り返って笑顔で迎えてくれ、ジャイルズはいささかの当惑を覚えずにはいられなかった。ポリッジの椀（わん）と茹卵（ゆでたまご）を二つ、そして、日付の古くなった雑誌の〈パンチ〉を手に取ると、独りきりでテーブルについた。だれも邪魔しないでくれるのを願っていたのだが、しばらくすると、これまで見たことのない三人のオーストラリア軍士官がやってきて腰を下ろした。古雑誌を開くと、E・H・シェパード描くところの、ペニー・ファージング（大前輪と小後輪からなる昔の自転車）にまたがってカレーから撤退するヒトラーが目に飛び込んできて、ジャイルズは思わず噴き出した。

「よくぞあんな勇敢さを発揮できたものだ、信じられないよ」ジャイルズの右側のオーストラリア軍士官が言った。

ジャイルズは自分の頬が赤くなるのがわかった。

「まったくだ」テーブルの向かいに坐ったオーストラリア軍士官が言った。「見事というほかはない」

それ以上褒め言葉が羅列される前に、ジャイルズは席を立ってしまいたかった。

「あの士官の名前は何と言ったかな？」

ジャイルズはポリッジを口に運んだ。

「フィッシャーだ」

それを聞いて、ジャイルズは思わず噎せそうになった。

「フィッシャーは圧倒的に不利な状況で小隊を率い、身を隠す場所もないところで手榴弾と拳銃だけを頼りに、ドイツ兵で一杯の塹壕を三つも排除したというじゃないか」

「すごいの一言だ！」別の声が言った。

少なくともその評価にだけは、ジャイルズも同意することができた。

「たった十二人の応援だけで、ドイツ軍士官一人を殺し、五十人の糞ドイツ兵どもを捕虜にしたというのは本当かな」

ジャイルズは一つ目の茹卵のてっぺんの殻を剝いた。こちこちの固茹でだった。

「本当だろうよ」もう一つの声が応えた。「だって、大尉に昇進したんだから」

ジャイルズは坐り直し、黄身を見つめた。

「戦功十字章を授けられると聞いてるぞ」

「最低でもそのぐらいの報いはあってしかるべきだろう」

　それを言うなら、とジャイルズは思った。最低でもあの男にふさわしいのは、ベイツがくれてやりたがっている報いだろう。

「ほかにあの戦闘に関わっていた者はいるのか?」テーブルの向かいの声が訊いた。

「ああ、副隊長格の士官がいたはずだが、名前は憶えてもいないな」

　もう十分聞かせてもらったと考え、ジャイルズは自分が彼のことをどう思っているかをフィッシャーに教えてやることにした。二つ目の卵をそのままにして、憤然と食堂を出ると、作戦指令室へ直行した。あまりの腹立ちにノックもしないで入室するや、不動の姿勢を取って敬礼した。「失礼しました、サー」ジャイルズは詫(わ)びた。「ここにいらっしゃると知らなかったものですから」

「ミスター・バリントンです、大佐」フィッシャーが紹介した。「申し上げたと思いますが、昨日の戦闘で私を手伝ってくれたと申し上げた士官です。ご記憶でしょうか」

「ああ、憶えているとも。バリントンだな。よくやった。今朝の中隊命令をまだ見ていないかもしれないが、きみは中尉に昇進した。それから、フィッシャー大尉の報告を読ませてもらって、きみの名前も勲功者として殊勲報告書に載せることにした。それぐらいは、いまここで明らかにしてもいいだろう」

「おめでとう、ジャイルズ」フィッシャーが言った。「おまえはそれに十分ふさわしい」

「そのとおりだ」大佐が言った。「フィッシャー大尉に話そうとしていたところだが、バリントン、ちょうどいいからきみも聞いてくれ。ロンメルが取りそうなトブルクへのルートをフィッシャー大尉が特定したいま、われわれとしては町の西側のパトロールを二倍にし、きみたちの支援として一個戦車大隊を展開する必要がある」そして、テーブルに広げた地図を指でつついた。「ここと、ここと、ここだ。二人とも、異論はあるか?」

「ありません、サー」フィッシャーが応えた。「即刻、わが小隊を配置につかせます」

「どんなに早くても早すぎることはないぞ」大佐が言った。「私の勘では、おそらくロンメルはすぐにも戻ってくるはずだ。しかも、今回は偵察ではなく、アフリカ軍団のすべてを率いてくるに違いない。われわれはじっと待ち構えて、あの男がわれわれの仕掛けた罠(わな)にまっすぐ飛び込んでくるのを待たなくてはならない」

「絶対に準備に抜かりのないようにします、サー」フィッシャーが請け合った。

「よろしい。新たなパトロール任務の指揮官は、フィッシャー、きみにやってもらう。バリントン、きみは副指揮官にとどまってくれ」

「正午までに報告書をお届けします、サー」フィッシャーが言った。

「よろしい。重ねて言うが、よくやった、フィッシャー。細かい部分はきみに任せる」

「ありがとうございます、サー」フィッシャーが直立不動の姿勢で敬礼し、大佐が出ていくのを見送った。

ジャイルズは口を開こうとしたが、フィッシャーに機先を制せられた。「ハリス軍曹には戦死勲章で報いるよう、ベイツ伍長は勲功者として殊勲報告書に名前が載るよう推薦しておいた。よもや反対はしないだろうな」

「あなたも戦功十字章に推薦されていると聞いていますが？」ジャイルズは訊いた。

「それについてはおれがどうできるものでもないよ、オールド・フェロウ。だが、指揮官にふさわしいと見てもらえるのであれば、何だってうれしいさ。さて、仕事にかかろう。いまやわれわれの指揮下には六つのパトロール班があるわけだから、おれの考えでは……」

第一分隊と第二分隊が〝フィッシャーの夢〟として有名になって以降、大佐以下全員が非常態勢に入った。二個小隊が夜と昼、交替で町の西側周縁部の警戒に当たった。ロンメルが現われるかどうかを考える必要はもはやなく、彼がアフリカ軍団の先頭に立ち、いつ地平線上に現われるかだけが問題だった。

いまや〝英雄〟という新たな地位に上ったフィッシャーでさえ、自分の作り物の英雄神話を生かしておくのだけが目的だとしても、ときどき町の周縁部へやってきていた。しかし、それは自分がそこにいることを全員に知らしめるあいだだけであり、そのあとは三マイル後方に位置する戦車大隊の指揮官のところへ報告に戻り、野戦電話の用意をさせるのだった。

砂漠の狐は一九四一年四月十一日をその日に選び、トブルクへの攻撃を開始した。イギリス及びオーストラリア軍はこれ以上は無理だというほど勇敢に戦い、周縁部を死守しようとドイツ軍の猛攻撃を堪え忍んだ。しかし、数カ月が過ぎ、弾薬や食糧の補給が追いつかなくなりはじめると、声に出してこそ言わないものの、圧倒的に規模の大きいロンメルの軍団に蹂躙されるのは時間の問題ではないかと疑う者も、数は少ないけれども出てくるようになっていた。

ある金曜の朝、霞んでいた砂漠の視界が晴れはじめたそのとき、双眼鏡で砂漠を見渡していたバリントン中尉は、ドイツ軍戦車が何列にもなって押し寄せてくるのをはっきりと視界に捉えた。

「くそ」と吐き捨てて野戦電話をひっつかんだ瞬間、ジャイルズと彼の部下が監視哨にしていた建物に、一発の砲弾が命中した。電話の向こうからフィッシャーの声が聞こえた。

「四十両、あるいは五十両の戦車がわれわれのほうへ進んできているのが見えます」ジャイルズは報告した。「その後方には歩兵一個連隊が控えています。より安全な場所へ一旦退避させてください。そこで隊を編成し直し、戦闘隊形を取ります」

「だめだ、そこで持ち堪えるんだ」フィッシャーが命じた。「敵が射程に入ってきたら、戦闘を開始しろ」

「戦闘を開始しろ？」ジャイルズは訊き返した。「武器は何だ？　弓と矢か？　ここはアジャンクール（フランス北部の村。百年戦争当時、ヘンリー五世が大弓を用い、九千の手勢で六万のフランス軍を破った）じゃないんだぞ、フィッシャー。一個連隊の戦車を相手に、こっちは百人いるかいないかなんだ。その上、身を守る武器と言えばライフルがせいぜいだ。頼むから、フィッシャー、部下にとってどうするのが最善か、それはおれに決めさせてくれ」

「そこで持ち堪えるんだ」フィッシャーが繰り返した。「そして、敵が射程に入ったら戦闘を開始しろ。それが命令だ」

ジャイルズは受話器を叩きつけた。

「図らずもあいつの本心が出たってことですよ」ベイツが言った。「あの男はあんたに生きてて欲しくないんです。だから、言ったでしょう。おれにあいつを撃ち殺させてくれればよかったんです」

二発目の砲弾が炸裂し、周囲の石組みが破片となって降り注ぎはじめた。もはや双眼鏡がなくても、どのぐらいの数の敵戦車が自分たちのほうへ押し寄せているかはわかったし、生きていられるのももうしばらくにすぎないことも受け入れざるを得なかった。

「照準！」ジャイルズはセバスティアンのことを思った。今日以降、一族の肩書きを継承するのはあの子ということになるはずだ。あいつがハリーの半分ほどの賢さがあれば、バリントン王朝の未来は安泰だろう。

三発目の砲弾が彼らがいる建物の後ろのほうに当たり、ジャイルズは一人のドイツ兵が戦車の砲塔から自分を見つめ返しているのがわかった。「撃て！」

四方の壁が崩れはじめた。ジャイルズの頭にエマ、グレイス、父、母、二人の祖父、そして……。四発目の砲弾は建物全体を崩壊させた。顔を上げると、大きな石材が続けざまに落ちてくるのが見えた。ジャイルズは前進してくる戦車に向かっていまも発砲しつづけているベイツに覆いかぶさった。

最後に目に浮かんだのは、何とか生き延びようと泳いでいるハリーの姿だった。

エマ・バリントン

一九四一年

# 18

エマはホテルの部屋に独り坐って、『ある囚人の日記』に読み耽った。マックス・ロイドが何者かはわからなかったが、一つ、断言できることがあった。この男は著者ではない。この本を書けるとすれば、それは一人しかいない。それに登場人物の名前も、みな同じだった。もっとも、ロイドにエマという名前の恋人がいたのなら話は別だが。忘れられるはずのない、目に馴染んだ言い回しを、至るところに見ることができた。

夜半になる直前に最後のページを読み終えると、この時間にまだ仕事をしているはずの、ある人物に電話をすることにした。

「あと一つだけ、どうしてもお願いしたいことがあるんです」返事が返ってくると、エマは懇願した。

「何でしょう」声が応えた。

「マックス・ロイドの保護監察官の名前を知りたいんです」

「あの日記の著者のマックス・ロイドですか?」

「まさにその人です」

「いいでしょう、理由は訊きません」

余白に鉛筆でメモを取りながら読み直しを始めたが、著者が副図書係になるところまでたどり着かないうちに、眠ってしまった。翌朝五時ごろに目を覚ますと、看守が図書室へ入ってきて、「ロイド、所長がおまえに会いたいとのことだ」と告げるところまで、一気に読み進んだ。

急ぐ気になれないままだらだらと長風呂に浸かりながら、あれほど必死に突き止めようとしていた情報が、たったの一ドル五十セントを支払えば、そこらのどの本屋でも手に入ったのだという事実を考えた。

服を着るや朝食をとろうと食堂へ下りて、テーブルに置いてある〈ニューヨーク・タイムズ〉を手に取った。ページをめくっていって驚いたことに、『ある囚人の日記』の書評が載っていた。


今日のわが国の刑務所で何が起こっているかを教えてくれたミスター・ロイドに、われわれは感謝すべきである。ロイドは本物の才能を持った天性の作家であり、われわれとしては、彼が釈放されたいまも、筆を置かないでくれることを祈らなくてはならない。

彼はそもそも筆を執っていないわよ、と腹を立てながら、エマは勘定書にサインをした。

部屋へ戻る前にフロントへ行き、ダブルデイ書店の近くにいいレストランはないだろうかと尋ねてみた。

「〈ザ・ブラッセリー〉はいかがでしょうか、マダム。第一級の評判を得ている店です。よろしければテーブルを予約いたしますが？」

「ええ、お願いするわ」エマは答えた。「今日のお昼に一人分、夜に二人分、予約してちょうだい」

イギリスからきたこのレディに驚いてはならないことを、フロント係は早くも学びつつあった。

部屋へ戻ると腰を下ろし、あの日記を読み返しにかかった。物語がハリーがレーヴェンハム刑務所へやってきたときから始まっている理由がわからなかった。作品のあちこちに、それ以前の経験も日記に記されていることを示唆(しさ)する記述が散見されるにもかかわらず、なぜその部分がないのだろう？　編集者が読んでいないのか、あるいは、そもそもそういう記述のある部分が表に出てきていないのか？　ともあれ、それによって間違いないと思われるのは、日記がもう一冊存在していて、そこにはハリーの逮捕と裁判について記されているだけでなく、そういう試練を受け入れた理由も説明されているかもしれないということだ。ミスター・ジェルクスほどの弁護士であれば、彼がトム・ブラッドショーでないとわからないはずがなかったのに、なぜそういうことになったのか、それをも解明できるのではないだろうか。

印を付けたページをさらにもう一度読み直したあと、エマは二度目の長い公園散歩が必要だと判断した。レキシントン・アヴェニューを上っていくついでに〈ブルーミングデイル〉に立ち寄り、ある注文をした。三時には注文の品を受け取れるという保証が返ってきたが、ブリストルなら二週間はかかるはずだった。

公園を歩いているうちに一つの計画が頭のなかで形をなしはじめていたが、まずはダブルデイ書店へ戻り、店内の様子を細かく観察してからでないと、最後の仕上げにはかかれなかった。書店へ入っていくと、すでに著者サイン会の準備中だった。テーブルが一つ置かれ、どこに並べばいいかを客に知らせるロープが張られて、いまやショウ・ウィンドウのポスターには大きな赤い文字が躍っていた――〝本日開催〟。

エマは二つの棚のあいだの隙間に目をつけた。そこからなら、サインをしているロイドがはっきり見え、罠にかかろうとしている獲物をじっくりと観察できるはずだった。

午後一時になる直前に書店を出ると、五番街を横断して〈ザ・ブラッセリー〉へ向かった。案内されたのは、祖父なら二人とも拒否しただろうと思われるようなテーブルだったが、料理は言われていたとおり一級品で、エマは差し出された勘定書を見るや思わず深呼吸をして、かなりの額のチップを残した。

「今夜も予約をしてあるんだけど」彼女はウェイターに言った。「アルコーヴのテーブルをお願いすることはできるかしら」ウェイターは疑わしげな顔をしたが、それは一ドル札が手渡されるまでで、どうやら、その紙幣はどんな疑いをも払拭してくれるようだった。アメリカではどうすれば物事がうまく運ぶかが、徐々にわかってきつつあった。

「あなたの名前を教えていただけるかしら」エマはふたたび一ドル札を差し出した。

「ジミーです」ウェイターが答えた。

「それと、ジミー、もう一つお願いがあるんだけど」

「何でしょうか、マム」

「メニューを一部、いただけないかしら」

「おやすいご用です、マム」

メイフラワー・ホテルへ戻る途中で〈ブルーミングデイル〉へ寄り、注文してあったものを受け取った。店員がカードの見本を見せ、微笑を浮かべたエマに言った。「ご満足いただけたでしょうか、マダム？」

「最高よ」エマは応えた。ホテルへ帰って部屋に入ると、準備してある質問を繰り返し復習し、それらをどういう順番で訊くのが一番いいかを決めて、メニューの裏に鉛筆で丁寧に、小さな文字で書き留めていった。そのあとは、疲れ果てていたこともあり、ベッドに倒れ込んだとたんに眠りに落ちた。

しつこく鳴りつづける電話で目を覚ますと外が暗くなっていて、時計は午後五時十分を示していた。

「何なのよ」エマは吐き捨て、受話器を上げた。

「気持ちはわかりますよ」電話の向こうの声が言った。「まさかあなたはそんなことはしないでしょうが、おれなら四文字言葉を吐き捨てていますよ」エマは笑った。「あなたが探している名前はブレット・エルダーズです……ただし、このことは私は教えていませんからね」

「ありがとうございます」エマは礼を言った。「もう煩わせることはないと思いますけど……」

「そう願いたいものですな」刑事が応え、電話が切れた。

エマは鉛筆を取ると、メニューの右上の隅に〝ブレット・エルダーズ〟と、やはり丁寧な細かい文字で書き込んだ。手早くシャワーを浴びて着替えたかったが、その余裕はすでになくなりつつあったし、彼を捕まえ損ねることは何としても避けなくてはならなかった。

カードを三枚とメニューをつかむと、それらをハンドバッグに突っ込んで部屋を飛び出し、エレヴェーターを待たずに階段を駆け下りた。そしてタクシーを停め、後部座席に飛び乗って言った。「五番街のダブルデイ書店までお願い。さあ、もたもたしないで」

勢いよく走り出したタクシーのなかで、エマは自分に呆れていた。どうしたの？　どういう言葉遣いなの？

混雑する本屋に入ると、政治関係の書棚と宗教関係の書棚のあいだに見つけておいた、サイン会をしている最中のマックス・ロイドを観察できる場所へ向かった。

ロイドは自分を崇めてくれるファンの醸し出す熱気に包まれ、ほとんど有頂天で、一冊ごとに、麗々しくサインをつづけていた。あそこに坐って賞賛されるべきは本当はハリーなのよ、とエマは思った。でも、彼は自分の作品が出版されたことすら知らないんじゃないかしら。今夜、そういうことどもをはっきりさせられればいいのだけれど。

そのうちに、あんなに焦ってここへくる必要はなかったのだと明らかになった。というのは、大ベストセラーのサイン会は延々とつづき、ようやく客の列が短くなるまでに、さらに一時間を要したからである。ロイドが記すメッセージは一冊ごとに長くなっていったが、それは客がもっと列に並んでくれることを期待して、時間稼ぎをしているのかもしれなかった。

ロイドが最後の客と鷹揚におしゃべりを始めるのを見届けてから、エマは敵と対峙すべく、ゆっくりと監視哨を離れた。

「それで、お母さまはお元気なんですか？」客が興奮した様子で訊いていた。

「ありがとう、とても元気でやっています」と答えて、ロイドは付け加えた。「ホテルの仕事はもうしていませんがね。この本が売れたおかげでね」

　客が笑みを浮かべた。「失礼かもしれませんが、エマは？」

「秋に私と結婚するんです」ロイドが言い、その女性客が差し出した『ある囚人の日記』にサインをしてやった。

　本当にそうなるかしら、とエマは考えた。

「そうですか、そういうことなら、ほんとによかったわ」女性客が言った。「だって、彼女はあなたのためにとても大きな犠牲を払ったんですもの。どうぞよろしく伝えてください」

　だったら、いまここへきて、直接わたしにそう告げればいいじゃないの、とエマは言いたかった。

「間違いなく伝えますよ」ロイドがサインした本を彼女に返し、カヴァー裏の写真と同じ笑顔を作った。

　エマはロイドのところへ行き、名刺を渡した。ちらりとそれを見たロイドが、さっきと同じ笑顔を作った。

「あなたもリテラリー・エージェントですか」ロイドが立ち上がり、握手の手を差し出した。

エマはその手を握り返し、何とか笑み返した。「そうなんです。ロンドンの複数の出版社が、あなたの著作の出版権獲得にかなりの関心を示しています。もちろん、すでにイギリスのどこかの出版社と出版契約を結んでいらっしゃるのであれば、あるいは、別のエージェントに交渉権を委ねられているのであれば、あなたの時間を無駄にするつもりはありません」

「いや、そういうことは一切ありません。あなたが提供してくれる申し出は、どういうものであれ喜んで検討させてもらいます」

「では、ディナーでもいかがでしょう。そこで、もっと細かいお話もできると思いますが」

「彼らも同じことを考えているようなんですよ」ロイドが小声で言い、ダブルデイ書店の数人の店員のほうをゆったりと手振りで示した。「私とディナーをどうかとね」

「それは残念です」エマは言った。「明日にはロサンジェルスへ飛ばなくてはならないんです。ヘミングウェイと会うことになっているんですよ」

「そういうことなら、彼らをがっかりさせざるを得ないでしょうな」ロイドが言った。

「まあ、わかってくれるに決まっていますがね」

「よかった。では、サイン会が終わったあと、〈ザ・ブラッセリー〉でいかがでしょう」

「そんなに急にテーブルを取るのは大変じゃないのかな?」

「そんなに難しくはないと思います」と応えたあと、また一人の客がサインを求めてやってきたのを見て、エマは付け加えた。「では、後ほどお目にかかるのを楽しみにしています、ミスター・ロイド」

「マックスと呼んでもらって結構ですよ」

エマは書店を出ると、五番街を渡って〈ザ・ブラッセリー〉へ向かった。今度は待たされなかった。

「ジミー」アルコーヴのテーブルへ案内されながら、エマはウェイターに言った。「もう少ししたら、とても大事なお客さまがいらっしゃるんだけど、その人にとって忘れられない夜にしてあげたいのよ」

「お任せください、マダム」ウェイターが請け合い、エマは腰を下ろした。彼を見送ってからハンドバッグを開けてメニューを取り出し、質問事項をもう一度おさらいした。メニューを裏返したのは、ジミーがマックス・ロイドを案内してくるのが見えたときだった。

「あなたはここの常連に違いないようですな」エマの向かいに腰を下ろしながら、ロイドが言った。

「ニューヨークでお気に入りのレストランなんです」エマは笑みを返した。

「飲み物は何になさいますか、サー？」ウェイターが訊いた。

「マンハッタンをオン・ザ・ロックで」

「あなたは何になさいますか、マダム?」

「いつものをお願いするわ、ジミー」

ウェイターはそそくさと去っていった。どんな飲み物がやってくるか、楽しみだった。

「まず料理の注文をすませるのはどうでしょう」エマは言った。「仕事の話はそのあとということで」

「いい考えだ」ロイドが賛成した。「まあ、私の注文はもう決まっているがね」そのとき、ウェイターが再登場して、ロイドの前にマンハッタンを、エマの横に白ワインのグラスを置いた。昼食のときに注文して、気に入った飲み物だった。

「料理をお願いしてもいいかしら、ジミー」ウェイターがうなずき、もう一人の客のほうを見た。

「私はジューシーなサーロイン・ステーキをもらおう。ミディアムで頼む。それから、付け合わせはたっぷりとな」

「承知いたしました、サー」と応えて、ジミーがエマに向き直って訊いた。「今夜はお気に召しそうなものがおありでしょうか、マダム」

「シーザー・サラダをお願いするわ、ジミー、でも、ドレッシングは少なめにね」

声の届かないところまでウェイターが遠ざかるのを待って、エマはメニューを裏返したが、最初の質問は思い出すまでもなかった。「あの日記には刑務所での一年六カ月の記述しかありませんが」彼女は口火を切った。「実際には二年以上服役していらっしゃいましたよね。残りの期間の日記も読めれば、読者はとても喜ぶと思うのですけれど」

「日記はもう一冊ありますよ。内容も充実しています」ようやく気を許した様子で、ロイドが言った。「実は、私が経験したもっと尋常ならざる出来事のいくつかを組み合わせて、いま計画している小説のなかに取り込んだらどうだろうかと考えているところなんですよ」

なぜ小説にするかというと、それらを日記として書いたら、どんな出版社だってあなたが著者でないことに気づくからよね、とエマは言ってやりたかった。

ロイドの横に、空になったグラスに気づいたソムリエがやってきた。

「ワイン・リストをご覧になられますか、サー？　ステーキに合うものがよろしいかと思いますが」

「いい考えだ」ロイドがあたかも自分がホストだとでも言うように、分厚い革張りのワイン・リストを開いた。そして、ブルゴーニュの長いリストを指でたどっていたが、最後近くでその手を止めた。「三七年ものを一本もらおうか」

「素晴らしい選択でございます、サー」

それはつまり、安くないという意味よね、とエマは推察した。だが、いまは値段に拘泥（こうでい）しているときではない。

「それで、意地悪なヘスラーはどうなったんですか?」エマは二番目の質問に目を走らせながら訊いた。「ああいう人間は三文小説かB級映画にしか存在しないものと思っていましたけど」

「とんでもない、あの男はほぼあそこに書いてあるとおりですよ」ロイドが言った。「もっとも、私はあの男を別の刑務所へ異動させてやりましたがね。憶えておられるかな?」

「もちろんです」エマが応えたとき、ロイドの前に大きなステーキが、彼女の前にシーザー・サラダが届けられた。彼女の客は早くもナイフとフォークを握って、明らかにやる気満々と見えた。

「それで、あなたが考えている申し出とはどういう種類のものなのかな」ステーキにフォークを突き刺しながら、ロイドが訊いた。

「まさにあなたが受けるにふさわしい」エマは声の調子を変えて答えた。「そして、これ以上は一ペニーたりとあなたの懐に入ることのない種類の申し出です」ロイドが怪訝な顔をしてナイフとフォークを置き、エマの話のつづきを待った。「わたしには自明のことなのですよ、ミスター・ロイド。あなたは『ある囚人の日記』を一文字として書いていない。本当の著者の名前を自分の名前に置き換えただけです」ロイドが口を開こうとしたが、そこから抗議の言葉が発せられるより早く、エマはつづけた。「あなたが愚かにも、あの作品は自分が書いたのだと言い張りつづけるのであれば、わたしは明朝一番に、あなたの保護監察官であるミスター・ブレット・エルダーズを訪ねることになります。あなたの更生状況がどうであるかは、議論の余地がないでしょうね」

ソムリエが戻ってきてワインの栓を抜き、どちらが味見(テイスティング)をするか告げられるのを待った。ロイドはヘッドライトの明かりに射すくめられた兎(うさぎ)のようにエマを凝視していた。エマは仕方なく小さくうなずき、時間をかけてグラスのなかのワインを揺すってから味を見た。

「素晴らしいわ」彼女は最後に言った。「とりわけ三七年ものは好みなの」ソムリエはかすかに会釈をして二つのグラスにワインを注ぐと、次の犠牲者を求めて去っていった。

「私が書いたのではないと証明できるわけがない」ロイドが挑戦的に言い放った。

「いいえ、できます」エマは言い返した。「なぜなら、わたしが実際に書いた人物の代理人だからです」そして、ワインを一口飲んでからつづけた。「副図書係をしているトム・ブラッドショーですよ」ロイドが椅子に背中を預けてむっつりと黙り込んだ。「ということで、ミスター・ロイド、わたしが提案する取引の概要を説明させてください。ただし、はっきり申し上げておきますが、交渉の余地はありません。もちろん、詐欺と、それに窃盗の罪で刑務所へ逆戻りしたいのなら話は別です。もしピアポイント刑務所へ送られることになったら、ミスター・ヘスラーは大喜びであなたを房へ連れていくんじゃないですか？　だって、あの本ではあんまりいいようには描いてもらっていませんからね」

ロイドの顔には、その考えはあんまり面白くないと書いてあった。

エマはふたたびワインに口をつけてから、話をつづけた。「ミスター・ブラッドショーは鷹揚にも、あなたがあの日記を書いたという作り話を否定していらっしゃらないし、あなたに支払われた前払い印税が自分に戻ってくると期待もしておられません。どのみち、あなたはもうそれを遣ってしまっていらっしゃるでしょうけどね」ロイドの口元が強ばった。「ですが、愚かにもあの作品の出版権をどこであれ外国に売ろうと考え、それを実際に試みたら、あなたと、それに関わった出版社に対して著作権侵害罪が適用されることになりますよ。おわかりですか？」

「わかっている」ロイドが椅子の腕を握り締めてつぶやいた。

「結構です。では、一件落着ですね」エマは言い、三度ワインに口をつけてから付け加えた。「同意していただけると確信していますが、ミスター・ロイド、これ以上この会話をつづける意味はお互いにないと思います。ですから、そろそろお引き取りいただくというのはどうでしょうか」

ロイドがためらった。

「明朝十時に、ウォール・ストリート四九番地でお目にかかりましょう」

「ウォール・ストリート四九番地？」

「ミスター・セフトン・ジェルクスの事務所ですよ、トム・ブラッドショーの弁護人のね」

「これにはジェルクスも関係しているのか。なるほど、それならすべての説明がつくな」

その言葉の意味はわからなかったが、エマは言った。「日記帳を一冊残らず持参して、わたしに引き渡してください。一分でも遅れたら、ミスター・ジェルクスにあなたの保護観察官へ電話をしてもらい、あなたがレーヴェンハム刑務所を出てから何をしてきたかを伝えてもらいます。本来は顧客（クライアント）のものであるべき収益の窃盗はもちろんですが、そのクライアントの作品を自分が書いたと主張することは……」ロイドはいまも椅子の腕を握り締めていたが、今度は言葉を発しなかった。「どうぞ、お引き取りください、ミスター・ロイド」エマは言った。「明朝十時に、ウォール・ストリート四九番地のロビーでお目にかかるのを楽しみにしています。くれぐれも遅刻なさらないでくださいね。ミスター・エルダーズとの面会の約束を取りつけてほしいのなら別ですけど」

ロイドがおぼつかなげに立ち上がり、のろのろと、酔っぱらっているのではないかと不審げな客にも気づかない様子で、テーブルのあいだを抜けていった。ウェイターが出ていくロイドにドアを開けてやり、急いでエマのテーブルへやってくると、どちらも手つかずのステーキとワイン・グラスを見て、不安そうに訊いた。「何か不都合でもございましたか、ミス・バリントン？」

「いいえ、何もかも最高だったわ、ジミー」エマは答え、もう一杯、ワインを注いだ。

# 19

ホテルの部屋に戻ると、エマはすぐに昼食のメニューの裏を調べ、ほとんどすべての疑問に答えが出ていることを確認してほっとした。日記を記したノートをウォール・ストリート四九番地のロビーで渡すよう要求したことは、天啓と言ってもよかった。なぜなら、それによってミスター・ジェルクスがわたしの弁護士だという印象をロイドに植えつけることができたに違いないし、弁護士というのはまったく後ろめたいところのない人間でさえ、ひどく恐れる人種だからだ。「これにはジェルクスも関係しているのか。なるほど、それならすべての説明がつくな」というロイドの言葉が何を意味していたのかは依然として謎のままだったが、エマは明かりを消し、イギリスを離れてから初めて熟睡した。

次の日の朝は前日とほとんど変わることない手順で支度をし、〈ニューヨーク・タイムズ〉だけを友にしてゆっくりと朝食をとったあと、ホテルを出て、タクシーでウォール・ストリートへ向かった。何分か早く着くつもりでいたし、事実、目当ての建物の前でタクシーを降りたときには九時五十一分だった。運転手に二十五セントを渡しながら、この二ユーヨーク訪問が終わりに近づいていることに安堵した。予想していたよりもはるかに金のかかる町だった。〈ザ・ブラッセリー〉での二人分の食事と五ドルのワイン、それにチップが、改めてそのことを教えてくれていた。

しかし、この旅には間違いなく、それに見合うだけの価値があった。その一番の理由は、いまもハリーが生きていることを〈カンザス・スター〉の甲板で撮影された写真が確認してくれたことと、なぜかはともかく、彼がトム・ブラッドショーを名乗っているのがわかったことだ。ロイドの持っている日記帳が手に入れば、残りの謎はすぐにも解けるだろうし、そうなれば、ハリーを釈放すべきだとコロウスキー刑事を説得できるのは間違いない。ハリーを置いてイギリスへ帰るつもりは、わたしにはない。

出勤する会社員が先を争うようにしてその建物へ押し寄せていた。エマはその群れに混じったが、なかへ入ると、手近なエレヴェーターへ向かう彼らから逃れて、受付と十二の扉を持つエレヴェーター・ホールのあいだの戦略的な位置に立った。そこからなら、四九番地に入ってくる全員が、だれにも邪魔されることなく見えるはずだった。

エマは時計を確かめた——九時五十四分。ロイドの姿はない。九時五十七分、五十八分、五十九分、そして、十時になった。きっと渋滞にでもつかまったのかもしれない。十時二分、エマは入ってくる一人一人に目を走らせた。十時四分、見落としたのだろうか？　十時六分、受付のほうをうかがったが、ロイドの姿はなかった。十時八分、悲観的な思いが忍び寄りはじめ、エマはそれを押しとどめようとした。十時十一分、ブラフだと見破られたのか？　十時十四分、ミスター・ブレット・エルダーズと面会の約束を取り付けなくてはならないのだろうか？　十時十七分、あとどのぐらい待つべきだろうか？　十時二十一分、背後で声が言った。「おはようございます、ミス・バリントン」

　びっくりして振り向くと、サミュエル・アンスコットの顔がそこにあった。「よろしかったらオフィスへおこし願えないかとジェルクスが申しておりますが」

　アンスコットは丁重にそれだけ言うと、踵を返して、待機しているエレヴェーターのほうへ歩き出した。エマが危うく飛び込んだ瞬間、扉が閉まった。

　会話など論外なほどに混み合うエレヴェーターは、あちこちの階で停まりながらのろのろと二十二階へたどり着き、扉が開くと、アンスコットはエマを案内して樫の羽目板張りの長い廊下を歩き出した。床には毛足の長い絨毯が敷かれ、壁にはこれまでのシニア・パートナーや重役会のメンバーの肖像が掲げられて、誠実、清廉、礼節を旨とする印象を醸し出していた。

　エマにはジェルクスと初めて会う前にアンスコットに聞いておきたいことがあったが、彼は何歩か前を歩いていて、話をするには離れすぎていた。アンスコットは廊下の突き当たりの部屋をノックして返事を待たずにドアを開けると、脇へどいてエマをなかに入れ、自分は入室しないまま、ふたたびドアを閉めた。

そこの、窓に近いハイーバックの椅子に、マックス・ロイドが坐っていた。煙草を吸っていて、笑みを浮かべてエマを迎えた。ダブルデイ書店で初めて会ったときと同じ笑顔だった。

エマはゆっくりと机の向こうで立ち上がろうとしている、長身で優雅な服装の男に目を移した。表情は硬いままで、握手の手を差し出そうとする気配もなかった。背後はガラスの壁で、その向こうには摩天楼群が空へ向かって高く聳え、無限の力をほのめかしていた。

「ようこそ、ミス・バリントン」男が言った。「どうぞ、お掛けください」

エマが腰を下ろした革張りの椅子はあまりに深く、全身がすっぽりと埋もれてしまいそうだった。シニア・パートナーの机に、何冊ものノートがあるのが見えた。

「私がセフトン・ジェルクスです」男が名乗った。「そして、有名な人気作家であるミスター・マックス・ロイドの代理人という特権を有しています。今朝、わがクライアントはここを訪れ、ロンドンのリテラリー・エージェントを名乗る人物の接触を受けたことを明らかにされました。そして、『ある囚人の日記』の著者は、名前こそそうなっているけれども、実際にはミスター・マックス・ロイドではないと、名誉を毀損するような非難を受けたと訴えられました。あなたにも関心があることかもしれないのでお教えしておきますが、ミス・バリントン」ジェルクスがつづけた。「いま、私の手元にはそのオリジナル原稿があります。そこに書かれてある文字はすべて、ミスター・ロイドの筆跡です」そして、積み上げられたノートの上に断固として拳を置き、薄い笑みらしきものを浮かべて見せた。

「見せてもらってもいいでしょうか」エマは訊いた。

「もちろんです」ジェルクスが応え、一番上のノートを差し出した。

エマは表紙を開き、目を通していった。一目で、ハリーの手で書かれた肉太の文字でないことがわかった。しかし、そこから発せられている声はハリーのものだった。エマはノートをジェルクスに返し、それを机に戻そうとする弁護士に頼んだ。「もう一冊、見せてもらえないでしょうか」

「それはお断わりします。証明すべきことは、ミス・バリントン、すでに証明されました」ジェルクスが言った。「それから、あなたが愚かにもこの名誉を毀損する非難を繰り返されるのであれば、わがクライアントは法律が提供するあらゆる救済策を講じ得ることを申し添えておきましょうか」エマは机に積まれたノートから目を離さず、そのあいだも、ジェルクスは話しつづけた。「また、そのほうがいいだろうという気がしたので、ミスター・エルダーズに連絡して、あなたから接触があるかもしれないと伝え、もしあなたとの面会に同意すると、この問題が訴訟という形になった場合には、彼自身が証人として法廷に立つことになるのは疑いの余地がないことを知らせておきました。ミスター・エルダーズも、すべてを考量するとあなたに会わないのが最良の道だろうと言っておられました。賢明な人です」

エマは依然として机の上のノートを見つめていた。

「ミス・バリントン、突き止めるのはそう難しくはありませんでしたが、あなたはハーヴェイ卿とサー・ウォルター・バリントンの孫娘ですね。だとすれば、アメリカ人を相手にするに際して、誤った自信を持たれたのも無理からぬところかもしれません。差し出がましいかもしれないが、あなたがこれからもリテラリー・エージェントの振りをして通そうとするのであれば、多少の助言をして差し上げるのにやぶさかではありませんよ。しかも、無料でね。だって、だれでも知っていることですからね。アーネスト・ヘミングウェイは一九三九年にアメリカからキューバへ移住して――」

「ご親切、ありがとうございます、ミスター・ジェルクス」エマはさえぎり、機先を制して言い返した。「差し出がましいかもしれませんが、お返しに、わたしからも助言をして差し上げましょうか。しかも、無料でね。『ある囚人の日記』を書いたのがハリー・クリフトンであって」――ジェルクスの目が細くなった――「ここにいるあなたのクライアントでないことは、わたしには完璧にわかっています。あなたが愚かにも名誉毀損のかどでわたしを告発なさるのであれば、ミスター・ジェルクス、トム・ブラッドショー中尉ではないとあなた自身がわかっている、殺人容疑で告発された男性の弁護をした理由を法廷で説明している自分を見ることになるかもしれませんよ」

ジェルクスが机の下のボタンを狂ったように押しはじめた。エマは腰を上げ、二人の男に鷹揚に微笑んでやってから、何も言わずに部屋を出た。足早にエレヴェーターへ向かっていると、ミスター・アンスコットと警備員がミスター・ジェルクスのオフィスへと急行していった。両腕を取られて連れ出される屈辱は、少なくとも味わわずにすんだ。

　エレヴェーターに乗り込むと、係員が訊いた。

「何階へいらっしゃいますか？」

「一階（グラウンド）をお願い」

　係員がくすりと笑った。「イギリスの方でいらっしゃいますね？」

「どうしてわかるの？」

「アメリカでは、一階はファースト・フロアと言うんですよ」

「そうそう、そうだったわね」エマは係員に微笑を送ってエレヴェーターを降りると、ロビーを横断して回転ドアをくぐり、舗道へと階段を駆け下りた。次になすべきことは明確だった。向かうべき人物は一人しか残されていなかった。結局のところ、ハーヴェイ卿の妹は、それだけで強力極まりない味方を意味するはずだ。それとも、フィリス大叔母はセフトン・ジェルクスの仲のいい友人だとわかるだけで終わってしまうのだろうか？　そのときは、次の船でイギリスへ帰ろう。

　タクシーを停めたが、飛び乗った瞬間に大音量のラジオに邪魔をされて、ほとんど叫ばなくてはならないはめになった。

「六十四丁目とパーク・アヴェニュー」と行き先を告げてから、訪問がこんなに遅れた言い訳をどうするかを考えようとした。身を乗り出して、運転手にヴォリュームを下げるよう頼もうとしたとき、ラジオが言った。「今日の午後、東部時間十二時三十分に、ローズヴェルト大統領が全国民に呼びかける予定です」

ジャイルズ・バリントン

一九四一年―一九四二年

# 20

まず見えたのは、ギプスを巻かれて吊り上げられている右脚だった。

長い旅のことはぼんやりとしか憶えていなかったが、とにかく痛みが耐えられないぐらいひどく、病院へ着くはるか前に死んでしまうだろうと覚悟したほどだった。手術のことは決して忘れられないだろうが、最初のメスが入る少し前に麻酔が切れたのだから、忘れたくても無理な相談だった。

そろそろと首を左へ回すと、三本の格子が嵌(はま)った窓が一つ見えた。次いで右へ首を回したとき、彼が見えた。

「また、おまえか」ジャイルズは言った。「せっかく天国へ逃れたかと思ったのに」

「まだですよ」ベイツが応えた。「まずは煉獄(れんごく)でこの世の罪をあがなわないと」

「それにはどのぐらいかかるんだ?」

「少なくとも、あなたの脚が治るまではかかるでしょうね。もしかすると、もっと長いかもしれない」

「ここはイギリスか?」ジャイルズは訊いた。そうであってほしかった。

「そうだといいんですが」ベイツが言った。「残念ながら、ドイツです。ヴァインスベルク捕虜収容所ですよ。捕虜になったあと、全員がここへ送り込まれました」

ジャイルズは起き上がろうとしたが、頭をわずかに枕から上げることしかできなかった。それでも、額に入って壁に掛かっているアドルフ・ヒトラーが、自分に向かってナチ式の敬礼をしているのは見えた。

「生き残ったのは何人だ?」

「ほんの一握りです。みんな、大佐の言葉を真に受けたんです。『ロンメルがマジェスティック・ホテルのスイート・ルームを予約するためには、われわれ全員の屍を踏み越える必要がある』ってやつをね」

「わが小隊ではだれが生きているんだ?」

「あなたとおれと、それから——」

「まさか、フィッシャーじゃあるまいな?」

「違います。もしあいつがヴァインスベルクへ送られていたら、おれが頼んで、コルディッツへ移してもらってますよ」

ジャイルズは横になったまま天井を見つめた。「で、どうやって脱走する?」

「それを訊かれるのを心待ちにしてましたよ」

「答えはどうなんだ?」

「あなたの脚にギプスが巻かれているあいだは無理です。それが取れたあとでも簡単ではないと思いますが、おれに計画がないこともありません」

「さすが、ベイツ伍長だ」

「計画は問題ないんですが、脱走委員会が問題なんですよ。だれが脱走するのかを決めるのは連中で、あなたは待機リストの最後尾に名前が載ってるんです」

「先頭へ出るにはどうすればいいんだ?」

「イギリスでもそうですが、ここでもそれは同じで、行列に並んだら順番がくるのを大人しく待つしかないんです……ただし――」

「ただし?」

「あなたを待機リストの先頭に持ってくるに十分な理由があると、ターンブル准将が考えれば、話は別です。ここにいる捕虜のなかでは最高位ですからね」

「たとえば、どんな理由だ?」

「ドイツ語を流暢に操れれば、助けになるかもしれません」

「士官養成学校で少し囓ったが、そうとわかっていればもっと本気で勉強したのにな」

「まあ、ここでも一日に二回、ドイツ語の勉強会が開かれていますが、あなたのレヴェルじゃ簡単すぎて、役にも立たないでしょう。それに、たとえドイツ語ができても、残念ながら、待機リストはずいぶん長いんですよ」

「ほかに待機リストの順番を駈け上がる方法はないのか？」

「そのために役に立つ仕事を見つけることですね。事実、おれはそうやって、このひと月のあいだに三人抜いたんです」

「どうやったんだ？」

「肉屋だったとわかったとたんに、ドイツ野郎に士官食堂の仕事を割り当てられそうになったんですよ。いやなこった――実際にはもっと口汚なかったんですがね――と断わったんですが、准将が引き受けろと言って聞かなかったんです」

「どうして准将はおまえをドイツ軍のために働かせようとするんだ？」

「ときどき、厨房から食い物を失敬できるからですよ。でも、それより大事なのは、切れ端とは言え、脱走委員会の役に立つような情報を手に入れられるからです。おれが待機リストの前のほうに近づいていて、あなたが依然として後ろにとどまっているのには、そういう理由があるんです。おれより先に手洗いに行こうという希望をいまでも捨てていないんなら、両脚で地面に立たなくちゃなりませんよ」

「両脚で地面に立てるようになるまでにどのぐらいかかるのかな？」ジャイルズは訊いた。

「収容所の医者の見立てでは、ギプスが外れるのに少なくともあと一カ月、もしかすると六週間はかかるようですね」

ジャイルズは枕に背中を預けた。「しかし、立てるようになったとしても、おれが士官食堂の仕事を割り当てられる可能性なんかないんじゃないのか？　おまえと違って、ぴったりの資格を持っているとは言えないからな」

「いや、それでも大丈夫です」ベイツが言った。「実際、おれよりいい仕事を割り当ててもらえますよ。たぶん、収容所長のダイニングルームでね。実はあいつら、ワイン・ウェイターを探してるんです」

「おれがワイン・ウェイター？　その資格がおれにあると思う根拠は何なんだ？」ジャイルズは皮肉な口調になるのを隠そうともしなかった。

「おれの記憶が正しければ」ベイツが応えた。「ジェンキンズという執事がマナー・ハウスにいましたよね」

「いまでもいるが、それとおれがワイン・ウェイターの資格を備えていることとはほとんど関係がない――」

「そして、あなたの祖父のハーヴェイ卿はワインの取引をしておられる。嘘も隠しもなく、あなたにはありすぎるぐらいの資格がありますよ」

「では、おれは何をすればいいんだ？」

「ここを出たら、これまでどういう職業に就いていたかを書かされるはずです。あなたはブリストルのグランド・ホテルでワイン・ウェイターをしていたんです。おれがドイツの連中にそう教えておきました」

「感謝する。しかし、そんな嘘はすぐにばれる――」

「大丈夫、気づかれる心配はこれっぽっちもありません。あなたはドイツ語に磨きをかけ、ジェンキンズがどうやっていたかを思い出すだけでいいんです。そして、きちんとした脱走計画を練り上げて委員会へ提示できれば、おれたちはあっという間に待機リストの先頭へ飛び出せるはずです。ただし、問題があります」

「そりゃそうだろう、何しろおまえが噛んでるんだからな」

「ですが、解決方法は見つけてあります」

「どんな問題なんだ？」

「あなたがドイツ語の勉強会に出れば、ドイツ兵のための仕事を割り当てられる可能性はなくなります。あいつらだって、そこまで馬鹿じゃありませんからね。勉強会にだれが出席しているか、一人残らず調べてるんですよ。自分たちの内輪の話に聞き耳を立てられたくはないでしょうからね」

「解決方法を見つけたと言ったよな？」

「あなたたち上流人士にはできるけれども、おれたちみたいな庶民には絶対に真似のできないことをしてもらわなくてはなりません。つまり、個人レッスンを受けるんです。先生も見つけてあります。ソリフフル・グラマー・スクールでドイツ語を教えていた男です。問題があるとすればたった一つ、やっこさんの英語がわかりにくいってところです」ジャイルズは笑った。「六週間はここを動けないわけだし、ほかにすることもないでしょうから、すぐにもレッスンを始めてください。枕の下に独英辞典があるはずです」

「借りができたな、テリー」ジャイルズは友人の手を握った。

「とんでもない、逆でしょ？　だって、あなたはおれの命を救ってくれたんだから」

# 21

五週間後、病室から解放されるころには千のドイツ語を頭に叩き込んでいたが、まだ発音がままならなかった。

ドイツ語の学習と並行して、ベッドに横たわったままの長い時間を利用し、執事のジェンキンズがどういうふうに仕事をしていたかを思い出そうとした。実際に、「おはようございます、サー」と声に出して言いながら恭しくお辞儀をしたり、「このワインの味を見ていただけますか、大佐」とやはり声に出して言いながら、水差しの水をビーカーに注いだりして練習を繰り返した。

「常に控えめな態度で、決して途中で相手をさえぎらず、自分からは決して話さないようにするんです」と、ベイツに何度も繰り返して教えられた。「要するに、すべてについて、これまでにあなたがやってきたのと正反対のことをすればいいんですよ」

ぶん殴ってやりたかったが、ベイツの言うとおりだった。

週に二度、三十分だけ面会することを許されているに過ぎなかったが、ベイツはその一分一秒たりとゆるがせにせず、所長専用ダイニングルームの日々の仕事について説明してくれた。士官一人一人の名前と階級、特に好きなものと嫌いなものを教え、収容所の警備担当責任者であるミュラー親衛隊少佐は紳士ではなく、誘いに乗って情報を漏らす可能性は皆無で、格別に旧弊だと警告してくれた。

もう一人の面会者はターンブル准将で、ジャイルズが病室を出て収容所に戻ったときにどうすべきか、自分の考えを話して聞かせるベイツの言葉に、興味津々の様子で耳を傾けた。そして、気に入ったという様子で引き上げていき、数日後にふたたびやってきたときには、自分自身の考えを携えていた。

「脱走委員会は一片の疑いも持っていないのだが、きみが士官ではないかとちらりとでも疑えば、ドイツの連中は絶対に収容所長専用ダイニングルームの仕事には就かせないだろう」准将がジャイルズに言った。「それを実現するには、きみが兵卒である必要がある。そしてそのためには、ベイツさえ黙っていてくれればいいんだ。きみの下で軍務についていたのは、ここでは彼一人だからな」

「ベイツなら、私の指示にはかならず従ってくれます」

「いつまでもそうではないかもしれないぞ」准将が警告した。

ようやく病室から解放されて収容所に戻ってみると、兵卒の日々は驚くほど規律に縛られていた。

ダートムアのイープル兵舎の日々が思い出された。朝六時には両足を地面につけていなくてはならず、最先任上級曹長も確かに彼を士官扱いしてくれなかった。

毎朝、手洗いへ行くのも、朝食を取りに行くのも、いまだにベイツに先を越されつづけた。七時には広場で正式な閲兵行進が行なわれ、必ず准将の指揮で敬礼をしなくてはならなかった。そして、「行進終わり！」と最先任上級曹長が怒鳴るやいなや、そのあと待ち受けている一日の活動に、全員が大わらわで取りかかるのだった。

ジャイルズは収容所の周縁を二十五周する五マイル走も、便器に坐って一時間、専属教師と小声で行なうドイツ語会話も、一日も欠かさなかった。

日ならずしてわかったのだが、ヴァインスベルク捕虜収容所とイープル兵舎には多くの共通点があった。寒く、不毛で、荒涼とした地形、木製寝台が並ぶ何十もの小屋、馬の毛で織り固めた硬いマットレス、暖を取る手段は太陽しかなく、そのせいなのか、赤十字もそうだったが、ヴァインスベルクを訪れる者は滅多にいなかった。それにいつ終わるともなく、ジャイルズを役立たずの怠け者呼ばわりしつづける最先任上級曹長がいるところまで同じだった。

有刺鉄線のフェンスが周囲に高々と張り巡らされて、出入り口が一つしかないところも、ダートムアと共通していた。問題は週末に外出できないこと、黄色いＭＧで門を出るときに、ライフルを持った歩哨が絶対に敬礼して送り出してはくれないことだった。

　収容所での労働申請書類を書くよう言われたとき、ジャイルズは〈姓名・階級〉の欄に〝ジャイルズ・バリントン二等兵〟、〈以前の職業〉の欄に〝ソムリエ〟と記入した。

「イギリスでは何と言ってるんです？」ベイツが訊いた。

「ワイン・ウェイターだ」ジャイルズは高飛車に答えた。

「だったら、どうしてそう書かないんです？」ベイツが申請書を引き裂いた。「もちろん、リッツ・ホテルでその仕事を望んでいるのなら話は別ですがね。さあ、書き直してもらいましょうか」いかにも腹に据えかねるといった口調だった。

　書き直した申請書を提出するや、ジャイルズは収容所長室での面接を辛抱強く待ちながら、果てしなくある時間を利用して心身の健康を保つことを心がけた。〝健全なる身体に(メインス・サーナー・イン)健全なる精神を(コールポーレ・サーノウ)〟——学校で習っていまも憶えている、ほぼ唯一のラテン語だった。

　ベイツはフェンスの外での状況を逐一教えてくれ、ほんの少しのじゃがいもやパン、ときにはオレンジを半個、くすねて持ってきてくれた。

「やり過ぎちゃだめなんですよ」と、彼は説明した。「おれがあそこの仕事を失ったら、元も子もありませんからね」

　ひと月ほど経ったころ、二人は脱走委員会に招かれて〈ベイツ／バリントン計画〉を説明した。その計画はすぐさま〈ベッド・アンド・ブレックファスト計画〉と呼ばれることになった。ベッドはヴァインスベルク、ブレックファストはチューリヒを意味していた。

　秘密裏に行なわれた説明会は上首尾に終わり、委員会は二人の脱走順を何番か繰り上げることには同意してくれた。しかし、準備を始めてもいいという声はどこからも上がらず、事実、ターンブル准将は素っ気なく、バリントン二等兵が収容所長専用ダイニングルームの仕事を割り当てられるまで、委員会が二人を呼び出すことはないと通告した。

「どうしてそんなに時間がかかるんだ、テリー？」委員会が解散し、二人きりになると、ジャイルズはベイツに訊いた。

　ベイツ伍長がにやりと笑みを浮かべた。「テリーと呼んでもらってうれしいんですがね」そして、似ていると言えなくもないフィッシャーの口調で付け加えた。「それはおれたちだけのときにするんだ。あいつらの前では絶対にだめだからな。わかったか？」

　ジャイルズはベイツの腕を殴りつけた。

「そいつは軍法会議ものだぞ」ベイツが言った。「兵卒が下士官に暴力を振るったんだからな」

　ジャイルズはかまわず、もう一度腕を殴りつけて要求した。「いいから、質問に答えろ」

「ここでは物事がさくさく進むことなんかあり得ないんだ。辛抱あるのみだよ、ジャイルズ」

「チューリヒで朝飯を食うまでは、ジャイルズと呼ぶのは禁止だぞ」

「喜んで仰せに従うとも、おまえさんが飯代を払ってくれるんならな」

すべてが変わったのは、収容所長が赤十字訪問団を昼食でもてなさなくてはならず、ウエイターを一人増やさなくてはならなくなった日だった。

「自分が一兵卒だってことを忘れるなよ」ミュラー少佐の面接を受けるために有刺鉄線の向こうへジャイルズが連れ出されるとき、ベイツがささやいた。「奉仕されることに慣れている側じゃなくて、奉仕する側の立場で考えるんだぞ。士官じゃないかと一瞬でもミュラーに疑われたら、おれたちは二人ともものけ者にされて、おまえさんは脱走者リストの最後尾に逆戻りすることになるんだ。一つ保証しておいてやるが、一度失敗した者には、准将は二度とチャンスをくれないぞ。だから、どこまでも使用人のように振る舞って、ドイツ語がわかることなんか絶対に気取られちゃだめだからな。わかったな？」

「イエス、サー」

一時間後、ジャイルズはもっと大きな笑みを顔に貼りつけて戻ってきた。

「決まったのか？」ベイツが訊いた。

「運がよかったよ」ジャイルズは答えた。「面接したのがミュラーじゃなくて、所長だったんだ」

「おまえさんが士官で紳士だってことは疑われなかったんだな？」

「おまえの友だちだと言ったら、疑う気配はまったくなかったよ」

　赤十字訪問団を昼食でもてなす前、ジャイルズは六本のメルローの栓を開けて呼吸（いき）をさせてやった。客が席に着くや、収容所長のグラスに一インチほど注いで同意を待ち、うなずきが返ってくると、まず客たちに必ず右側からワインを満たしていき、次いで階級順に着席している士官へと移動して、最後にホスト役の所長のところへ戻った。

　食事中はだれのグラスも空にならないよう気を配ったが、話をしている客の邪魔はしなかった。ジェンキンズと同じように、ほとんど何も見なかったし、聞かなかった。すべては順調だったが、背景に溶け込もうとしているときでさえ、ミュラー少佐の不審げな視線が貼りついて離れないことを意識しないわけにはいかなかった。

　その日の午後遅く、二人一緒に収容所へ連れ戻されたとき、ベイツが言った。「所長が気に入ってたぞ」

「その根拠は？」ジャイルズはさりげなく訊いた。

「所長が料理長に言ってたのを聞いたんだよ、明らかに下層階級の出なのに、職業人として一点の瑕疵（かし）もないように教育されているから、きっと格式の高い家で働いていたに違いないってな」

「ジェンキンズに感謝だな」ジャイルズは応えた。

「ところで、瑕疵ってどういう意味なんだ？」

　新しい仕事の覚えが早かったので、所長は一人で食事をするときでも、ジャイルズに給仕をさせずにおかなかった。そのおかげで、所長の癖、声の抑揚、笑い方、かすかな吃音（きつおん）さえ観察することができた。

　数週間のうちに、バリントン二等兵はワイン・セラーの鍵を預けられるようになり、ディナーにどのワインを供するかを選ぶことを認められた。ベイツは数カ月後、バリントンは第一級（エルストクラシック）だと料理長に伝える、所長の言葉を聞くことになった。

　所長がディナー・パーティを開くときはいつも、ジャイルズはどの人物の口がワインの量とともに軽くなるかを見極め、その口が軽くなりはじめたら、上手に自分の姿を見えなくした。そして、前の晩に手に入れた有益と思われる情報は、毎日一緒にやることになっている五マイル走のとき、必ずターンブル准将の当番兵に伝えた。そのなかには、所長がどこに住んでいるかとか、三十二歳で市議会議員になったこととか、一九三八年に市長になったこと、車の運転はできないが、戦争の前にイギリスを三度か四度訪れていて、英語を話せることなどが含まれていた。当番兵はお返しに、脱走者リストのジャイルズとベイツの順番がいくつか繰り上がったことを教えてくれた。

　一日の主たる活動は、英語をひと言も口にせずに、教師役の男と一時間を過ごすことだった。ソリフル出身のその男は准将に、バリントン二等兵はどんどん収容所長のしゃべり方に似てきていると報告してさえいた。

一九四一年十二月三日、ベイツ伍長とバリントン二等兵は、脱走委員会に最後の説明を行なった。准将をはじめとする委員はかなりの関心を持って〈ベッド・アンド・ブレックファスト計画〉に耳を傾け、それ以前に議論の俎上(そじょう)に載せられた大半の生焼けの計画より、はるかに成功の可能性が高いことに同意した。

「計画実行の最良のタイミングはいつだと考えているんだ?」准将が訊いた。

「大晦日(おおみそか)だと考えます、サー」ジャイルズは躊躇なく答えた。「士官は一人残らず、所長が催す新年歓迎ディナーに出席しているはずです」

「そして、バリントン二等兵はそこで飲み物を供することになっています」ベイツが付け加えた。「したがって、時計が午前零時を指したときにまだ素面(しらふ)でいる者は多くないと考えられます」

「ただし、ミュラーは別だ」准将が改めてベイツに教えた。「あいつは酒を飲まない」

「それは承知しています、サー。ですが、祖国、総統、そして、第三帝国への乾杯を省略することはありません。そこに新年とホストへの乾杯が付け加われば、車で帰宅するころにはかなり眠くなっていると思われます」

「所長主催のディナー・パーティが終わって、おまえたちが収容所へ連れ戻されるのは、普通は何時ごろなんだ？」最近委員会に加わった、若い少尉が訊いた。

「十一時ごろです」ベイツが答えた。「ですが、大晦日ですからね、夜半より前には終わらないでしょう」

「忘れないでください、みなさん」ジャイルズは割り込んだ。「私はワイン・セラーの鍵を持っているんです。ということは、その晩、ワインを何本か、衛兵所へ持っていってやれるんです。せっかくのお祝いですからね、仲間はずれにするのは可哀相でしょう」

「実によく考えてある」滅多に口を開かない空軍中佐が言った。「だが、そいつらの目の前をどうやって通り抜けるんだ？」

「収容所長の車で、正門から堂々と出ていきます」ジャイルズは答えた。「所長は常に誠実なホストで、最後の客が帰るまでは絶対に席を立ちません。それはつまり、少なくとも二時間の余裕がわれわれにできるということです」

「たとえ所長の車を盗めたとしても」准将が質問した。「衛兵がどのぐらい酔っているかはわからないし、たとえ酔っていたとしても、ワイン・ウェイターと自分たちの所長の区別ぐらいはつくんじゃないのか？」

「私が所長の大外套（グレートコート）を着て、彼の帽子をかぶり、スカーフを巻き、手袋をして、指揮杖を携えていれば、その心配はないと考えます」ジャイルズは言った。

若い中尉は明らかに納得していなかった。「おまえの計画では、バリントン二等兵、所長がそれらを素直に渡してくれることになっているのか？」

「いえ、そうではありません、サー」ジャイルズは自分より下の階級の士官に答えた。

「所長は大外套と帽子、それに手袋を、必ず控え室に置いていくんです」

「しかし、ベイツはどうするんだ？」少尉が食い下がった。「一マイル向こうからでも、そうとわかるんじゃないのか？」

「トランクに隠れていれば大丈夫ですよ」ベイツが答えた。

「所長の運転手はどうなんだ？　まるっきりの素面だろう」准将が訊いた。

「それについては、方法を考えているところです」ジャイルズは言った。

「仮に運転手の問題が解決できて、衛兵の前を通り抜けられたとしても、スイス国境までどのぐらいあるんだ？」またもや少尉が訊いた。

「百七十三キロです」ベイツが答えた。「時速百キロで走れば、わずか二時間足らずで国境に着くはずです」

「途中で渋滞に引っかからなければ、だろう」

「絶対確実な脱走計画はあり得ない」准将がさえぎった。「最終的には、予想外の事態が生じたときに、どうまく対処するかにかかっている」

　ベイツとジャイルズは同意を示してうなずいた。

「ありがとう、諸君」准将が言った。「委員会はきみたちの計画を考量し、明朝、結論を伝えることとする」

「おれたちに反対してる、あの新米の若造は何なんだ？」二人きりになるや、ベイツが訊いた。

「何でもないさ」ジャイルズは言った。「反対どころか、おれたちのチームの三人目のメンバーになりたがっているような気がするんだがな」

　十二月六日の五マイル走のとき、准将の当番兵がジャイルズに告げた――「〈ベッド・アンド・ブレックファスト計画〉にゴー・サインが出た。委員会はきみたちの航海が順調であることを願っている」。ジャイルズはすぐさまベイツを捕まえ、許可が下りたことを知らせた。

　ジャイルズとベイツは自分たちの計画を繰り返し検討し、ついには、果てしない準備に倦んで早くスターターがピストルを鳴らしてくれないかと願う、オリンピック選手のような気分になった。

　一九四一年十二月三十一日、六時、テリー・ベイツ伍長とジャイルズ・バリントン二等兵は、その日の仕事にかかるために、所長の執務区画へ出発した。計画が失敗すれば、どんなに楽観的に考えても、あと一年は待たなくてはならないだろう。だが、現場で捕まれば……。

## 22

「六時－三十分に－もう一度－ここへ－くるんだぞ」収容所から所長の執務区画へ二人を連れてきたドイツ軍伍長に、ベイツが怒鳴るようにして言った。

ぽかんとしている伍長を見て、こいつは永遠に軍曹になれないんじゃないだろうかと、ジャイルズはちらりと思った。

「六時－三十分に－もう一度－ここへ－くるんだよ」ベイツがゆっくりと一言一言を区切って発音しながら言い、ついには相手の手首を取って、腕時計の文字盤の六時のところを指さして見せた。ジャイルズはドイツ語でこう言ってやれないのがもどかしかった――「六時半にここへきたら、伍長、おまえと衛兵所の仲間にビールを一箱くれてやるぞ」。しかし、それをやったら、逮捕されて、大晦日を独房で過ごすはめになるのは免れないはずだった。

ベイツがもう一度相手の腕時計の文字盤を指し示し、身振りで飲む振りをして見せた。今度は相手も微笑し、飲む振りを返した。

かった。

「ようやくわかったみたいだな」ジャイルズは言い、ベイツと二人で所長の執務区画へ向かった。

「それでも、最初の士官がやってくる前に、間違いなくあいつにビールを持っていかせなくちゃならないからな。おれたちももたもたしている暇はないぞ」

「了解しました(イエス・サー)」ベイツがお互いの本来の階級に戻って応え、厨房へと去っていった。

ジャイルズは控え室へ入るとフックからウェイターの制服一式を外し、白いシャツと黒いズボンに着替えて黒いネクタイを締めると、白いリネンのジャケットを着た。この前置き忘れていったのだろう、ベンチの上に士官用の黒革の手袋があるのに気づき、あとで役に立つかもしれないと、ポケットに突っ込んだ。控え室のドアを閉めて、ダイニングルームへ向かった。町からきた三人のウェイトレス——そのなかの一人、グレタだけは誘ってみたいような気がしたが、ジェンキンズなら絶対に賛成しないはずだった——が、一つのテーブルに十六人分の用意をしていた。

時計を見ると、午後六時十二分だった。ダイニングルームを出て階段を下り、ワイン・セラーに入った。裸電球に照らされている部屋は、かつては文書が詰まったファイリング・キャビネットがいくつも並んでいたのだが、いまはそれに代わって、ワインの棚が列をなしていた。

今夜のディナーには少なくともワインが三箱、そして、衛兵所で喉を渇かせているあの伍長と彼の仲間のためにビールが一箱必要だった。ジャイルズは慎重にワインの棚を検めてから、シェリーを二本、イタリアのピノ・グリージョ、フランスの赤ワインを二箱と、ドイツのビールを一箱、選び出した。そこを出ようとしたとき、ジョニー・ウォーカーの赤ラベルが三本、ロシアのウォトカが二本、レミ・マルタンが六本、年代物のポート・ワインの大型達磨壜(だるまびん)が一本、目に留まった。だれがだれと戦争をしているかわからなくなったとしても、ここにいたら仕方がないような気がした。

それからの十五分、ジャイルズは常に時間を確かめながら階段を往復して、ワインとビールの箱を運び上げた。六時二十九分、裏口を開けると、ドイツ軍伍長が寒さを防ごうとその場で足踏みをし、身体の両側を叩いていた。ジャイルズはちょっと待っていてくれと両掌(りょうて)で指示すると、急ぎ足で——ジェンキンズは決して廊下を走らなかった——引き返し、ビールを一箱抱えて戻ってきて、それを伍長に引き渡した。

遅れそうなのだろう、走ってきたグレタが、それを見てにやりと笑った。ジャイルズが笑みを返してやると、彼女はダイニングルームへ姿を消していった。

「衛兵所へ」ジャイルズはきっぱりした口調で言い、周縁部の衛兵所のほうを指さした。伍長がうなずき、正しい方向へ歩き出した。その前に、伍長と彼の仲間のために、厨房から食べ物をくすねるべきかとベイツに訊かれていた。

「その必要はない」ジャイルズははっきりと否定した。「一晩じゅう、空っぽの胃袋のままで飲んでいてもらいたいからな」

ジャイルズは裏口を閉め、ダイニングルームへ戻った。そこでは、ウェイトレスがテーブルの準備をほとんど終えていた。

ジャイルズは十二本のメルローの栓を抜いたが、四本だけ食器台に置いて、八本はその下に隠して目立たないようにした。何を企んでいるかをミュラーに疑われるのは無用のことだった。そのあと、ウィスキーを一本、シェリーを二本、食器台の一方の端に置き、十二個のタンブラーと六個のシェリー・グラスを、閲兵場に整列した兵士のように整然と並べた。準備はすべて整った。

ジャイルズがタンブラーを磨いていると、シャバッカー大佐が入ってきた。収容所長はテーブルを検め、席順を一、二変更してから、食器台に並んでいる酒瓶を見た。何か感想めいたことを口にするだろうかとジャイルズは身構えたが、所長は笑みを浮かべてこう言っただけだった。「客の到着は七時半ごろになるはずだ。したがって、全員がディナーの席に着くのは八時になるだろう。それはすでに料理長にも伝えてある」

自分のドイツ語がシャバッカー大佐の英語と同じぐらい流暢だと証明されることを、ジャイルズは願うしかなかった。

次にダイニングルームに姿を現わしたのは、士官食堂へ入ることを最近許されたばかりの若い中尉で、彼にとっては今夜が最初の所長主催のディナーだった。彼がウィスキーのほうを見ていることにジャイルズは気づき、グラスに注いで差し出してやると、所長にはいつものシェリーを手渡した。

　つづいてやってきたのは、収容所の副官のヘンケル大尉だった。彼にはいつものロシアのウォトカを渡してやった。そのあとの三十分は、次々にやってくる客の一人一人に、必ず好みの飲み物を手渡すことに費やされた。

　客がディナーの席に着くころには、数本のボトルが空になり、ジャイルズが食器台の下に隠していた予備軍に取って代わられていた。

　やがてウェイトレスが最初の料理のボルシチを運んできて、所長は白ワインの味見をした。

「イタリアのワインでございます」ジャイルズは言い、ラベルを見せた。

「素晴らしい」所長がもごもごとつぶやいた。

　全員のグラスが満たされたが、ミュラー少佐だけは例外で、彼は水をすすりつづけた。なかには飲むピッチが速い者がいて、そのせいもあって、ジャイルズは常にテーブルのまわりを動きつづけ、だれのグラスも空にならないよう気を配った。スープの皿が片づけられるや、ジャイルズは後ろへ下がり、目立たないように控えた。次に何が始まるかをベイツに教えられていたのだ。麗々しい装飾の両開きの扉が開き、料理長が大きな豚の頭が載った、銀の盆を捧げ持って登場した。その後ろにウェイトレスがつづき、野菜とじゃがいもの料理と、濃厚なグレイヴィの壺をテーブルの中央に置いた。

料理長が豚を切り分けはじめると、シャバッカー大佐はそのあいだに赤ワインの味見をし、今度もその結果に満足して笑みを浮かべた。ジャイルズは本来の役目に復帰し、半ば空になったグラスを——例外が一つあったが——次々に満たしていった。ふと気づくと、士官の一人あの若い中尉はしばらく沈黙したままで、グラスにも口をつけていなかった。士官の一人か二人は呂律が怪しくなりはじめていて、ジャイルズとしては、少なくとも夜半までは彼らに起きていてもらう必要があった。

しばらくすると、お代わりを供するために料理長が戻ってきて、ジャイルズにとってありがたいことに、シャバッカー大佐が全員のグラスを満たし直すよう要求した。豚の頭の残骸を片づけるために初めてベイツが姿を現わしたときには、素面のままでいる士官はミユラー少佐だけになっていた。

数分後、料理長がまたもや、今度はシュヴァルツヴァルター・キルシュトルテを捧げ持って現われ、そのドイツ南西部に広がる黒い森をイメージしたチェリーのケーキを所長の前に置いた。所長はそれにナイフを入れ、気前よく切り分けられた一切れを、ウェイトレスが客の一人一人に運んでいった。ジャイルズは彼らのグラスを満たしつづけて、残るは最後の一本になった。

ウェイトレスがデザートの皿を片づけると、ジャイルズもテーブルのワイン・グラスをブランディ用のバルーン・グラスとポート・ワイン用のグラスに切り換えた。

「諸君」十一時を過ぎてすぐに、シャバッカー大佐が呼びかけた。「グラスを満たしてくれ、乾杯をしたい」そして立ち上がると、グラスを高く掲げて音頭を取った。「祖国(ファーターラント)に！」

十五人の士官がばらばらに立ち上がり、唱和した。「ファーターラントに！」ミュラーがジャイルズを一瞥し、グラスを指でつついて、乾杯用の飲み物を要求した。

「ワインではない、馬鹿者」ミュラーがドイツ語で言った。「ブランディだ」ジャイルズは微笑し、赤ワインを満たしてやった。

そううまうまとミュラーの罠にはまるわけにはいかなかった。

声高で陽気なおしゃべりがつづくなか、ジャイルズは葉巻入れ(ヒューミドール)を持ってテーブルの周囲を巡り、客に葉巻を勧めていった。若い中尉はいまやテーブルに突っ伏していて、ジャイルズは鼾が聞こえるような気がした。

収容所長が総統(フューラー)の健康を祈って乾杯するために再度立ち上がったとき、ジャイルズはミュラーのグラスに赤ワインを注ぎ足してやった。彼はグラスを掲げ、踵を打ち鳴らして、ナチ式の敬礼をした。そのあとにフリードリヒ大王への乾杯がつづいたとき、ジャイルズはミュラーが立ち上がるはるか前に、グラスになみなみと赤ワインを注いでいた。

午後十一時五十五分、ジャイルズはすべてのグラスが満たされているかどうかを確かめた。壁の時計が打ちはじめると、十五人の士官がほとんど叫ぶように声を合わせて、十、九、八、七、六、五、四、三、二、一とカウントダウンをつづけ、ついに「ドイツよ、ドイツよ、すべてのものの上にあれ」と絶叫して、互いの背中を叩き合いながら新年を歓迎した。

しばらくして客がふたたび席に着くと、立ったままの所長がグラスをスプーンで叩いて注目を求めた。全員が口を閉ざし、恒例の新年のスピーチを待った。

スピーチは、困難な一年を誠心誠意、献身的によく頑張ってくれたという、そこにいる同志たちへの労いと感謝から始まった。そのあとしばらく、祖国の運命についての話がつづいた。この収容所の所長になる前のシャバッカー大佐がここの市長だったことを、ジャイルズは思い出した。来年のいまごろは正しいほうがこの戦争に勝利していることを願うと宣言して、スピーチは締めくくられた。「そのとおり！」と、ジャイルズは叫びたかった。しかし、何語であれ、大佐の言葉に何らかの反応を引き起こしたかどうか、ミュラーがすかさず周囲を見回していた。ジャイルズは一言も理解できなかった振りを装い、無表情に前を向いたままでいた。今度もミュラーの試験を無事に通過したようだった。

# 23

午前一時を数分過ぎたころ、帰ろうとする最初の客が立ち上がった。「明朝六時に当直がありますので」、「大佐」と言い訳し、それを聞いたほかの士官がどっとはやし立てたり冷やかしたりするなか、深々とお辞儀をしただけで、何も言わずに帰っていった。

それから一時間のあいだにさらに数人が帰っていったが、ミュラーがここにいる限り、いかに入念にリハーサルしてあるとはいえ、ここを出ていく計画を実行に移すなど考えるだにしてはならなかったし、それはジャイルズ自身もよくわかっていた。ウェイトレスがコーヒー・カップを片づけはじめると、さすがに多少の不安が兆さないわけにはいかなかった。お開きが近いということであり、収容所へ戻るよう命じられるかもしれなかった。ジャイルズはいまだ帰りを急ぐ様子のない数人の士官に、手を休めることなく給仕をしつづけた。

最後のウェイトレスが部屋を出ていくと、ミュラーがようやく立ち上がって仲間に挨拶をし、さらに踵を打ち鳴らしてナチ式の敬礼をしてから退出していった。しかし、ミュラーが出ていって少なくとも十五分たち、もはや彼の車がいつものところにないと確認できるまでは計画を実行に移さないと、ベイツと決めてあった。

ジャイルズはまだテーブルを囲んで坐っている六人の士官に酒を注ぎ足してやった。全員が所長と仲のいい友だちで、この数カ月で集めた情報によれば、そのうちの二人は学校が一緒で、三人は彼と同じ町の市会議員であり、残る一人——収容所の副官——だけが最近知り合ったということだった。

所長がジャイルズを手招きしたときには、もう二時を二十分ほど過ぎているはずだった。

「長い一日だった」所長は英語で言った。「厨房へ行って、仲間と一緒にワインの一本も楽しむといい」

「ありがとうございます、サー」ジャイルズは応え、ブランディのボトルとポート・ワインのデカンタをテーブルの中央に置いた。

部屋を出る前に最後に聞いた所長の言葉は、彼の右側に坐っている副官に向けられたものだった。「最終的にこの戦争に勝利したら、フランツ、私はあの男に仕事を提供してやるつもりだよ。あの男にしても、バッキンガム宮殿に鉤十字（スワスティカ）が翻っているあいだはイギリスへ帰りたいと思うはずがないだろうからな」

ジャイルズは食器台に一本だけ残っているワインのボトルを手に取ると、部屋を出て、静かにドアを閉めた。全身にアドレナリンが噴き出すのがわかった。これからの十五分が、自分とベイツの運命を決するのだ。裏階段を下りて厨房へ行くと、ベイツが料理長としゃべっていた。料理長の横で、料理用のシェリーが半分空になっていた。

「新年おめでとう、料理長」ベイツが椅子から立ち上がりながら言った。「急がなくちゃならないんだ。さもないと、チューリヒの朝飯に間に合わないからな」

平静を装おうとしたジャイルズに、料理長がわかっていると片手を上げた。

ジャイルズとベイツは階段を駆け上がった。この建物のなかで素面なのは、この二人だけだった。ジャイルズはワインのボトルをベイツに渡して言った。「二分だ、それ以上はだめだぞ」

ベイツは廊下を歩いていき、裏口から外へ忍び出た。ジャイルズが階段のてっぺんの暗がりに引っ込んだそのとき、一人の士官がダイニングルームから出てきて、便所へ向かった。

ややあって裏口がふたたび開き、頭が現われた。ジャイルズはベイツに激しく手を振り、便所を指さした。ジャイルズが隠れている暗がりにベイツが飛び込むのとほとんど同時に、さっきの士官が便所から出てきて、おぼつかない足取りでダイニングルームへ戻っていった。その姿が部屋のなかへ消えてドアが閉まるや、ジャイルズは訊いた。「われらが従順なドイツ兵はどうしてる、伍長？」

「半分眠ってます。ワインを一本くれてやって、少なくともあと一時間はかかるかもしれないと教えてあります」

「理解したと思うか？」

「どっちでもいいんじゃないですか」

「まあ、いいだろう。今度はおまえが見張り役だ」ジャイルズは後ずさって廊下へ出た。

身体の震えを両手を拳に握って抑え、まさに控え室のドアを開けようとしたとき、なかで声がしたような気がした。その場に凍りつき、耳をドアに当てて集中した。声の主はすぐにわかった。たぶん、間違いない。初めてジェンキンズの鉄則を破って廊下を走り、階段を駆け上がって、そのてっぺんの暗がりに身を潜めているベイツのところへ戻った。

「どうしました？」

ジャイルズは声を立てるなと自分の唇に指を当てた。そのとき控え室のドアが開いて、ミュラー少佐がズボンの前のボタンを留めながら姿を現わした。大外套(おおがいとう)を羽織ると、廊下の左右に目を走らせてだれにも見られていないことを確認し、正面玄関から夜のなかへ出ていった。

「どの娘だ？」ジャイルズは訊いた。

「たぶんグレタでしょう。おれも二度ほど彼女とやりましたよ、控え室での経験はありませんがね」

「敵国民と親しく交わるのは軍紀違反じゃないのか？」ジャイルズはささやいた。

「おれが士官ならね」ベイツが言った。

いくらも待たないうちに、ふたたびドアが開いてグレタが出てきた。頬がわずかに赤かった。だれかに見られていないかどうかを確かめることもせず、落ち着いて正面玄関から出ていった。

「再挑戦だ」ジャイルズは言い、淀みのない動きで廊下を引き返すと、控え室のドアを開けてなかへ姿を消した。ちょうどそのとき、さっきとは別の士官がダイニングルームから出てきた。

右へ曲がるなよ、とベイツは胸の内で懇願した。頼むから、それだけはやめてくれ。士官は左へ曲がり、便所を目指した。歴史上最も時間のかかる小便をしてくれることを祈りながら秒数を数えていると、控え室のドアが開いて、名前だけが違う収容所長が姿を現わした。ベイツは必死で手を振った——控え室へ戻れ。ジャイルズが姿勢を低くして控え室へ引き返し、ドアを閉めた。

ふたたび副官が姿を現わしたとき、ベイツは彼が帽子と外套を取りに控え室へ行き、所長の服装をしているジャイルズを見つけるのではないかと恐怖した。そうなったら、このゲームは始まりもしないうちに終わってしまう。副官が一歩進むごとに、ベイツは最悪を覚悟したが、足はダイニングルームの前で止まり、やがてドアが開いて、姿はなかへ消えていった。ベイツは一気に廊下を走り抜け、控え室のドアを開けた。そこにはジャイルズが大外套、スカーフ、手袋、士官用の軍帽という服装で指揮杖を持ち、額に汗を浮かべて立っていた。

「どっちかが心臓発作を起こす前にずらかりましょう」ベイツは言った。

二人はミュラーよりもグレタよりも素速く、建物を出た。

「無用の緊張は必要ないぞ」外に出ると、ジャイルズは言った。「ここで素面なのはおれたち二人だけだということを忘れるな」そして、スカーフを首に巻いて顎が隠れるようにすると、帽子を目深（まぶか）にかぶり直し、しっかりと指揮杖を握って、少し前屈（まえかが）みになった。所長より二インチほど背が高かったからだ。

近づいてくる足音を聞くや、運転手が車を飛び出し、後部ドアを開けた。大佐が運転手に指示する言葉は何度となくリハーサルしていたから、ジャイルズは後部座席に身を沈めるやいなや、帽子をさらに深くかぶって、早口で命じた。「自宅へ帰るぞ、ハンス」

ハンスは運転席へ戻ったが、トランクが閉まるような音を聞きつけ、不審に思って後ろを見た。しかし、所長が指揮杖で窓を叩いているのが見えるだけだった。

「何をしているんだ、ハンス」ジャイルズはかすかな吃音（きつおん）を感じさせながら訊いた。

ハンスはエンジンをかけるとギアを一速（ファースト）に入れ、衛兵所のほうへゆっくりと車を出した。

車が近づく音を聞いて哨舎（しょうしゃ）から軍曹が姿を現わし、敬礼をしながら遮断棒を上げようとした。ジャイルズは敬礼を返す代わりに指揮杖を上げたが、歩哨の上衣（うわぎ）の第一ボタンと第二ボタンが外れているのに気づいて、危うく噴き出しそうになった。シャバッカー大佐なら、たとえ大晦日でも、黙って見過ごすことはあり得ないだろう。

　脱走委員会で情報を担当しているフォースダイク少佐から、所長の自宅は収容所からほぼ二マイル、最後の二百ヤードは明かりの灯っていない狭い小径を行くことになると教えられていた。ジャイルズは後部座席の隅に身体を沈めてルームミラーにも映らないようにしていたが、車がその小径へ入った瞬間に身体を起こすと、指揮杖で運転手の肩を叩いて、止まるよう指示した。

「我慢できないんだ」と言い捨てて、ズボンの前ボタンを外す振りをしながら車を飛び降りた。

　大佐が藪へ姿を消すのを見て、ハンスは訝った――どのみち、玄関まではたったの百メートルなのに。彼は運転席を出て、後部ドアの脇で待機した。戻ってくる足音を聞いたような気がして振り返った瞬間、拳が見えたと思うと、直後に鼻がへし折れた。ハンスは地面に崩れ落ちた。

　ジャイルズは車の後ろへ走り、トランクを開けた。ベイツが飛び出し、意識を失って大の字に倒れているハンスに駆け寄ると、その制服のボタンを外し、それが終わると、自分の服を脱ぎはじめた。着替えが終わってわかったのだが、ハンスはベイツよりずいぶん背が低く、肥っていた。

「まあ、それはいいだろう」ジャイルズがベイツの思いを読み取って言った。「運転席に坐ってしまえば、だれもおまえなんか気にしないさ」

二人がかりで車の後ろまでハンスを引きずり、トランクに押し込んだ。

「おれたちがチューリヒで朝飯にありつくより早く目が覚める心配はないとは思いますがね」ベイツが言いながら、ハンカチで猿轡（さるぐつわ）を嚙ませた。

収容所長の新しい運転手が改めてハンドルを握り、二人は言葉を交わすことなく幹線道路へ出た。このひと月というもの、ベイツは国境までのルートを毎日研究していたから、車を止めて標識を確認する必要はまったくなかった。

「道の右側を走るんだぞ」ジャイルズは無用の注意をした。「それから、飛ばしすぎるな。速度違反で止められたら最悪だからな」

「もう逃げ切ったも同然だと思いますがね」シャフハウゼン方向を示す標識を過ぎたところで、ベイツが言った。

「インペリアル・ホテルでテーブルに着き、ウェイターから朝食のメニューを渡されるまでは、逃げ切ったなどとは考えないことだ」

「おれはメニューなんかいりません」ベイツが言った。「卵、ベーコン、豆、ソーセージ、トマト、そして、ビールを一パイントと決めてあるんです。毎朝、肉の市場で食ってたんです。あんたはどうです？」

「軽く茹でたキッパー、バター付きのトースト、スプーン一杯のオックスフォード・マーマレード、そして、アール・グレイをポットに一杯」

「あっという間に執事から上流人士へ逆戻りってわけだ」

ジャイルズは苦笑し、時計を見た。一月一日の朝とあって、道路に車の姿はほとんどなく、おかげで順調に走ることができたが、それはベイツが前方の車列に気づくまでだった。

「どうします？」ベイツが訊いた。

「追い越せ。もたもたしている余裕はない。不審に思われる理由はないはずだ。おまえは高級将校を乗せているし、高級将校というのは無条件に通過できることになっている」

車列の最後尾に追いつくや、ベイツは速度をゆるめて道路の中央へ出、装甲トラックとオートバイの長い列を追い越しにかかった。ジャイルズが予言したとおり、明らかに公用車と思われるメルセデスが追い越していったとしても、関心を払う者はいなかった。先頭の車両を追い越した瞬間、ベイツは安堵のため息を漏らしたが、角を曲がり、もうバックミラーにヘッドライトがまったく映らなくなるまで、完全には気を抜かなかった。

ジャイルズは数分ごとに時計を見た。予想以上に順調で、時間もかかっていないことを次の標識で確認できたが、収容所長の最後の客が席を立ち、シャバッカー大佐が自分の車と運転手を捜しはじめたら、それについてはどうしようもないこともわかっていた。

さらに四十分走って、シャフハウゼンの郊外までやってきた。二人ともひどく神経質になっていて、会話はほとんど途切れていた。ジャイルズは何もしないで後部座席に坐っているだけでへとへとだったが、スイス国境を越えるまでは気をゆるす余裕がないこともわかっていた。

シャフハウゼンの町へ入ったのは、そこの人々が目を覚ましはじめたばかりの時間で、一両の臨時路面電車、一台の奇特な車、数台の自転車が、新年の第一日目にも働くことになっている人々を運んでいるばかりだった。ベイツは国境への標識を探す必要がなかった。スイス・アルプスが地平線高く聳えていたからである。自由はもう手を伸ばせば届くところにあるように思われた。

「くそ！」ベイツがいきなりブレーキを踏んだ。

「どうした？」ジャイルズは身を乗り出した。

「あの車の列を見てください」

窓から首を突き出して前方を見ると、四十台ほどの車が鼻と尻を突き合わせるようにして列をなし、そのどれもが国境を越えるのを待っていた。ジャイルズはそのなかに公用車がいるかどうかを検め、いないと確認したあとで、ベイツに指示した。「このまま列を追い越して、一番前に出るんだ。みんな、おれたちがそうすると思っているし、そうしなかったら、逆に不審に思われるだけだ」

ベイツがゆっくりと車を走らせ、一度も止まらずに、列の一番前に出た。

「降りて、おれのためにドアを開けるんだ。だが、一言もしゃべるなよ」

ベイツはエンジンを切ると、運転席を出て後部ドアを開けた。ジャイルズは高級将校らしい足取りで通関窓口へ歩いていった。

大佐が入ってくるのを見て、若い担当者が机の向こうで弾かれたように立ち上がり、敬礼した。ジャイルズは二組の書類を差し出した。ドイツのどの国境検問所で調べられても通用すると脱走委員会の偽造係が請け合った書類で、その言葉が誇張だったかどうかが、いま明らかになろうとしていた。担当者が書類をめくっているあいだ、ジャイルズは指揮杖で脛の横を叩きつづけながら、繰り返し時計を盗み見た。

「チューリヒで重要な会議がある」彼はぶっきらぼうに言った。「ところが、遅刻しそうなんだ」

「それはお気の毒です、大佐。可及的速やかに出発していただくよう努力します。いま少しお待ちください」

担当者は書類に添付してあるジャイルズの写真を調べ、怪訝な顔をした。おれにスカーフを取れと言うだけの度胸がこいつにあるだろうか、とジャイルズは一瞬焦った。もしそうなったら、大佐にしては若すぎると、とたんに気づかれずにはすまないだろう。

ジャイルズは昂然と若者を凝視した。無用の質問をして高級将校を足止めしたらどういう結果になる可能性があるか、それを秤にかけて考量しているに違いなかった。そして、秤の針はジャイルズが望んでいるほうへ傾いた。担当者が書類をジャイルズに返して会釈をした。「会議に間に合うようお祈りします、大佐」

「ありがとう」ジャイルズは応え、書類を内ポケットにしまうと、出口へ向かおうとした。

そのとき、若者がジャイルズの足を止めた。

「ハイル・ヒトラー！」と、声を張り上げたのだ。

ジャイルズはためらい、ゆっくりと向き直って言った。「ハイル・ヒトラー」そして、完璧なナチ式敬礼を返して建物を出た。開いている後部ドアを片手で押さえ、ずり落ちそうなズボンをもう一方の手で引き上げているベイツを見たときは、危うく噴き出すところだった。

「ありがとう、ハンス」ジャイルズは言い、後部座席に身を沈めた。

そのとき、トランクを殴りつける音が聞こえた。

「何てことだ」ベイツが言った。「ハンスが目を覚ましやがった」

ターンブル准将の言葉がよみがえって、二人に取り憑いた——「絶対確実な脱走計画はあり得ない。最終的には、予想外の事態が生じたときに、どううまく対処するかにかかっている」

ベイツは後部ドアを閉めると、精一杯急いで運転席に戻った。警備兵にいまの音を聞かれたのではないかと不安でならなかったが、徐々に遮断棒が上がるあいだ、何とか冷静を保とうとした。トランクを殴りつける音は次第に大きさを増しつつあった。

「ゆっくり走らせるんだぞ」ジャイルズが注意した。「何であれ不審を抱かせる理由を与えるな」

ベイツがギアをゆっくりと一速に入れ、車は遮断棒の下をそろそろとくぐりはじめた。通関窓口の前を通り過ぎるときにジャイルズがサイド・ウィンドウ越しにうかがうと、あの若い担当者は電話で話していた。窓の外に視線を向け、ジャイルズをまともに見つめていたが、いきなり机から立ち上がって道路へ飛び出してきた。

スイス側の検問所まではせいぜい二百ヤードだろうとジャイルズは推測し、リア・ウィンドウ越しに後ろを見た。若い担当者が狂ったように手を振り回し、ライフルを持った警備兵が検問所から溢れ出していた。

「計画変更だ」ジャイルズは言った。「アクセルを踏み込め」そう叫んだとたん、最初の銃弾が車の後部に命中した。

ベイツがギアを切り替えようとしたとき、タイヤが破裂した。何とか道路上にとどまろうとするベイツの努力も虚しく、車は左右に蛇行したあげく、ついにガードレールに突っ込んで、二つの国境検問所の真ん中でぴくとも動かなくなった。すぐさま、二度目の一斉射撃が襲いかかった。

「今度はおれが先に手洗いへ飛び込む番だからな」ジャイルズは言った。

「その可能性は万に一つもありませんよ」すでに運転席を降りているベイツに言い返されながら、ジャイルズは後部ドアから飛び出した。

　二人はスイス国境へ向けて一目散に走り出した。どちらか一方でも百メートルを十秒で走り切るとすれば、それは今日だった。銃弾を回避しようとジグザグに走っているにもかかわらず、ジャイルズは依然として、自分のほうが先にゴール・テープを切るという自信があった。スイス側の国境警備兵が早くこいと応援してくれていて、ジャイルズはそこへたどり着くや、両腕を突き上げて勝利を誇示した。最大のライヴァルをようやく打ち負かしたのだ。

　どうだとばかりに振り返ると、ベイツは三十ヤードほど向こうで道の真ん中に倒れ、後頭部に銃弾を受けて、口から血を滴らせていた。

　ジャイルズは四つん這いになり、友人のほうへ這い進みはじめた。銃声がさらに激しくなるなか、スイス側国境警備兵が二人がかりでジャイルズの足首をつかみ、安全なところまで引きずり戻した。

　独りで朝飯を食いたくないんだと、ジャイルズは彼らにそう言ってやりたかった。

ヒューゴー・バリントン

一九三九年―一九四二年

# 24

宣戦布告されて何時間も経たないうちにハリー・クリフトンが水葬に付されたと〈ブリストル・イヴニング・ニューズ〉を読んで知ったとき、ヒューゴー・バリントンは顔に貼りついた笑みを消すのに苦労しなくてはならなかった。

ドイツはようやく役に立つことをしてくれた。Uｰボートの艦長が、おれにとって最大の問題を、独力で解決してくれたのだ。いますぐにではないとしても、ブリストルへ戻って〈バリントン海運〉副会長の座に復帰することだって可能かもしれない。まずは母と定期的に連絡する必要があるが、バリントン・ホールへ電話をするのは、父が毎日の仕事に出かけてからでないとまずい。その夜、ヒューゴーは町へ出て祝杯を上げ、したたかに酔って帰宅した。

娘の結婚が流れたあと、初めてロンドンへ逃げてきたとき、ヒューゴーはカドガン・ガーデンズのアパートの地階の部屋を借りた。家賃は週に一ポンドだった。三部屋のそのアパートに長所があるとすれば、たった一つ、その住所のおかげで、人品卑しからぬ人物だという印象を持ってもらえることだった。

銀行にはまだいくばくかの金が残っていたが、間もなくそれも心細くなっていき、時間はたっぷりあるものの、定期収入の源がなかった。やがてブガッティを手放さなくてはならなくなり、その売却代金でそれまでと同じ暮らしを何週間かは維持できたが、それも最初の小切手が不渡りになるまでのことだった。父に助けを求めるわけにはいかなかった。勘当されていたからであり、率直に言って、サー・ウォルター・バリントンは息子に援助の指を一本でも差し出す前に、メイジー・クリフトンに支援の手を差し伸べたはずだった。

ロンドンでの虚しい数カ月のあと、ヒューゴーは職を見つけようとした。しかし、雇い主になってくれそうな者も、彼の父親を知っていれば面接も受けさせてくれなかったし、面接を受けさせてもらえた場合でも、それまでヒューゴーが存在することさえ知らなかった長時間労働を期待されて、給料はクラブのバーでの飲み代にも足りなかった。

ヒューゴーは証券取引所にわずかに残っているものに手を出しはじめた。多すぎるほどのかつての級友たちの、失敗など絶対にあり得ない取引だという言葉を素直に聞いたし、一つか、二つ、怪しげな事業に関わり合いになり、メディアがいかがわしいと形容し、父ならいかさまと見なすような契約を結びもした。

一年が経とうとするころには、友人だけでなく、友人の友人にまで頻繁に借金を申し込むようになっていた。しかし、借金を返す方法がなくなったら、そのとたんにほとんどのパーティの招待客リストから名前が消え、週末にカントリー・ハウスで催される狩猟パーティにも、もはや招待されなくなるのだ。

にっちもさっちもいかなくなると、ヒューゴーは必ず母に電話をした。例によって、父が出勤したあとに限られていた。母は絶対に断わることなく、十ポンド紙幣を送ってくれた。学校に通っていたころに十シリング欲しいと頼んで断わられたことがないのと同じだった。

かつての級友のアーチー・フェンウィックもまた、自分のクラブでときどき昼食を奢ってくれたり、いま流行のチェルシーのカクテル・パーティに招待してくれた。オルガと初めて会ったのも、そのパーティだった。すぐに目に留まったのは、彼女の顔でも姿でもなく、首にかかっている三連の真珠だった。ヒューゴーはアーチーを隅へ引っ張っていき、あの真珠が本物かどうかを訊いた。

「まず間違いないだろうな」アーチーは応えた。「だが、忠告しておいてやろう。自分の分身をあの蜜壺（みつつぼ）に突っ込みたがっているのは、おまえだけじゃないからな」

アーチーが教えてくれたところでは、オルガ・ペトロフスカはドイツが侵攻してきたポーランドを逃れ、最近ロンドンへやってきたのだった。両親は、ユダヤ人というだけの理由で、ゲシュタポに連れていかれていた。ヒューゴーは眉をひそめた。彼女についてアーチーが知っているのはそのぐらいだったが、それでも、ラウンズ・スクウェアの豪華なタウン・ハウスに住み、美術品を収集していると聞き出すことはできた。芸術に格別の関心はなかったが、それでもピカソとマティスぐらいは耳にしていた。

悠揚迫らぬ足取りで部屋を横断し、ミス・ペトロフスカに自己紹介をした。なぜドイツ軍から逃れなくてはならなかったか、その理由をオルガが語ると、ヒューゴーは強い怒りを表わし、自分の一族は百年にわたってユダヤの人々と事業をしているのを誇りにしていると断言した。何しろ、自分の父親のサー・ウォルター・バリントンはロスチャイルド家やハンブロ家と友人なのだ、と。パーティがお開きになるはるか前に、オルガをリッツ・ホテルでの昼食に招待していた。しかし、明日のことでもあり、もはやサインでの支払いはできなかったから、さらに五ポンドをアーチーにたからなくてはならなかった。

昼食は上首尾に終わり、それからの数週間、ヒューゴーは懐の許す範囲内で、辛抱強くオルガの機嫌を取りつづけた。自分の親友との浮気を認めた妻と別れ、いまは弁護士に離婚手続きを進めるよう依頼しているところだ、と打ち明けた。実はエリザベスはすでに彼と離婚していたし、マナー・ハウスと、彼があの聖具室からあんなにそそくさと逃げ出したあとで持ち出せなかったものすべては、裁判で彼女のものと決まっていたのに、だ。

オルガはとても物わかりがよく、自由の身になったらすぐにあなたに結婚を申し込むつもりだ、とヒューゴーは約束した。そして、オルガがいかに美人かを、また、ベッドでの大胆さが、エリザベスと較べてどんなに刺激的かを常に語って聞かせた。さらに、父であるサー・ウォルターが世を去ったら、彼女がレディ・バリントンになるのだということ、自分がバリントン一族の財産を引き継いだら、いまとりあえずの経済的困難は解決するということを吹き込みつづけた。サー・ウォルターが実際よりずいぶん老齢で、しかも衰弱している印象を彼女に与えたかもしれなかった。「衰えが速い」という表現を、ヒューゴーは頻繁に使っていた。

数週間後、ヒューゴーはラウンズ・スクウェアへ引っ越し、それから何カ月かのあいだに、自分にふさわしいと考える暮らし方に戻った。あんな魅力的な美人と一緒にいられておまえは本当に運がいいと、何人もの友だちが羨(うらや)ましがったが、なかには、こう付け加えるのを我慢できない者もいた。「それに、彼女は一シリングや二シリングには不自由してないしな」

一日に三回食事をし、新しい服を着、運転手付きの車で町を移動するのがどういうものか、ヒューゴーはほとんど忘れていた。借金もほぼ完済し、つい最近まで顔の前で閉められたドアがふたたび開くまでに、そう長い時間はかからなかった。しかし、これがいつまでつづけられるだろうかと考えはじめてもいた。なぜなら、ワルシャワから逃げてきたユダヤ人の女と結婚するつもりなど、間違いなくないのだから。

デレク・ミッチェルはテンプル・ミーズ駅からパディントン駅行きの急行列車に乗った。この私立探偵はかつての依頼主にふたたび仕事を頼まれ、それに専従していた。今度も固定報酬が月の初めに、そして、経費も請求額をそのまま支払われる契約で、月に一度雇い主のところへ行き、一族の様子を報告することになっていた。今回、ヒューゴーの関心は父親、元の妻、ジャイルズ、エマ、そして、グレイスのことにまで及んでいたが、とりわけメイジー・クリフトンについては、いまだ執拗なまでにその動向を——どんなに些細なことでも——知りたがっていた。

ロンドンへ行くには列車を使うのが常で、ヒューゴーとは七時に、パディントン駅の反対側のプラットフォームの待合室で会うことにしていた。そして一時間後、ふたたび列車でテンプル・ミーズ駅へ戻るのだった。

ヒューゴーはそういう方法で、エリザベスがいまもマナー・ハウスに住みつづけていること、グレイスがケンブリッジ大学の奨学生になり、滅多に帰省しないこと、エマが子供を産み、その子にセバスティアン・アーサーと洗礼名をつけたことを知った。ジャイルズはウェセックス連隊に兵卒として志願し、十二週間の基礎訓練を受けた後、モンズの士官養成部隊へ送られていた。

それを聞いたとき、ヒューゴーは意外に思わざるを得なかった。ジャイルズが開戦直後にグロスターシャー連隊に志願し、第一線での実戦任務には不適格だと弾かれたことを知っていたからだ。理由はヒューゴーやサー・ウォルターと同じく、色覚障碍だった。ヒューゴーは一九一五年に、それを理由に兵役を避けていた。

何カ月かが過ぎるにつれて、いつになったら最終的に離婚が成立するのかとオルガが訊く回数が増えていった。そのたびに、あたかももうすぐだと思わせるような答えを繰り返してきたのだが、ついに、一旦カドガン・ガーデンズのアパートへ帰り、離婚申請が裁判所で正式に受理されて、それについてヒューゴーがどうすべきかがはっきりするのを待ったらどうかと彼女が提案した。ヒューゴーはそのあと一週間待って、弁護士が手続きを開始したと嘘をついた。

それから数カ月は、とりあえずは平和に、ヒューゴーもカドガン・ガーデンズへ戻ることもなく過ぎていった。オルガには黙っていたのだが、カドガン・ガーデンズのアパートの大家には、オルガと一緒に住むことになった日に、ひと月後には出ていくと通告していた。だから、いま彼女に放り出されたら、行くところがなかったのだ。

ひと月ほど経ったころ、ミッチェルから電話があり、至急会いたいと言ってきた。滅多にないことだった。それで、翌日の午後四時に、いつものところでいつものように会うことにした。

ミッチェルが駅の待合室へ入ってきたとき、ヒューゴーはすでにベンチに坐り、〈ロンドン・イヴニング・ニューズ〉で顔を隠すようにして、ロンメルがトブルクを奪ったという記事を読んでいた。トブルクが地図のどこにあるかを知っているわけではなかったが、そのまま文字を追いつづけていると、ミッチェルが隣りに腰を下ろし、一度もヒューゴーのほうを見ないで、小声で話しはじめた。

「上のお嬢さんがグランド・ホテルでウェイトレスの仕事を始められました。ミス・ディケンズという偽名を使っておられます。たぶん、お知らせしたほうがいいと考えたものですから」

「メイジー・クリフトンが働いているところじゃないのか?」

「そうです。いま、彼女はレストラン部門の部長で、お嬢さんの上司です」

エマがウェイトレスをしたがる理由は何だ? ヒューゴーは想像もできなかった。「あの子の母親は知っているのか?」

「たぶん、ご存じのはずです。毎朝五時四十五分に、ハドソンがホテルの百ヤード手前まで、お嬢さんを車で送っていますからね。ですが、今日お目にかかる必要があったのは、そのことではありません」

ヒューゴーは新聞をめくった。オーキンレック将軍が砂漠のテントの前に立ち、軍団に呼びかけている写真が現われた。

「昨日の朝、お嬢さんはタクシーで港へ向かわれました。そして、〈カンザス・スター〉という客船にスーツケースを持って乗船され、そこで案内受付の仕事についておられます。フィリス大叔母に会いにニューヨークへ行くと、お母さまには告げられたようです。確か、ハーヴェイ卿の妹さんだと記憶していますが」

そういう特殊な情報をミッチェルがどういう方法で手に入れているのかを知りたくてたまらなかったが、ヒューゴーはそれ以上に、ハリー・クリフトンが死んだ船でなぜエマが仕事をしたがったのか、その理由を突き止めたかった。なぜだ？　理解不能としか言いようがなかった。そのことについてさらに探りを入れ、エマが何を考えているのかがわかるような情報を得たら、何であれすぐに報告するよう、ミッチェルに指示した。

テンプル・ミーズ駅へ戻る列車に乗り込む直前、ミッチェルがドイツ軍の爆撃機がブロード・ストリートを壊滅させたことを雇い主に知らせた。どうしてそんなことにおれが関心を持つと考えたのだろうとヒューゴーは訝ったが、それが〈ティリーズ・ティー・ショップ〉のあった通りだと教えられて、ようやく腑に落ちた。開発業者がミセス・クリフトンの昔の土地に興味を持っていることを知らせておくべきだと、私立探偵は気を利かせてくれたのだ。ヒューゴーはミッチェルに礼を言ったが、実は何であれそれに関心があることは、おくびにも出さなかった。

ラウンズ・スクウェアへ戻るやいなや、ヒューゴーはナショナル・プロヴィンシャル銀行のミスター・プレンダーガストに電話を入れた。

「お待ちしていました、ブロード・ストリートのことですね？」支配人が開口一番に言った。

「ご明察だ。〈ティリーズ・ティー・ショップ〉が売りに出されるかもしれないと聞いたものでね」

「あの空襲のあと、通り全部が売りに出されています」プレンダーガストが言った。「経営者のほとんどが意気消沈していますよ。何しろ戦争のせいですからね、保険の支払いを求めることができないんです」

「では、そこそこの金であの店を手に入れることができるのかな」

「これは誇張でも何でもありませんが、あの通り全部を、ほとんどただ同然で手に入れられるはずです。実際、いくらかでも余分な現金をお持ちなら、ミスター・バリントン、私は是非買い取ることをお薦めします。賢明な投資ですよ」

「それはわれわれが戦争に勝てば、だろう」ヒューゴーは確認した。

「賭けであることは認めますが、勝った暁には、かなりの見返りを期待できるはずです」

「かなりというのは、どのぐらいの金額を言っているんだ？」

「ミセス・クリフトンの土地については、二百ポンドで彼女を説得できると思います。事実、私のところはあの通りの半分の店と取引があるんですが、三千ポンドもあれば、半分どころか、一つ残らず手に入れられるのではないでしょうか。いかさまさいころでモノポリーをやるようなものですよ」

「考えてみよう」ヒューゴーは言って、電話を切った。モノポリーをやる金すらないことを、プレンダーガストに教えるわけにはいかなかった。

その金を手に入れる方法を考えようとした。普段付き合いのある者たちは五ポンドだって貸してくれないだろうし、これ以上オルガに金をせびるわけにはいかない。彼女と一緒に教会の中央通路を祭壇に向かって歩くつもりがあれば話は別だが、それは論外だった。アーチーのパーティでトビー・ダンステイブルと出くわさなかったら、諦めていただろう。

トビーとは同時期にイートン校にいて、彼について大した記憶はなかったが、下級生の食べ物をいつも勝手に自分のものにしていたことだけは頭に残っていた。そのトビーが下級生のロッカーから十シリングをくすねたのがついに露見したとき、だれもが退学処分を予想したし、ダンステイブル伯爵の次男でなかったら、たぶん実際にそうなっていたはずだった。

最近は何をしているのかと訊いたときに返ってきた答えは、ときどき不動産を扱っているという、ずいぶん漠然としたものだった。それでも、ブロード・ストリートが絶好の投資物件になっていると誘いをかけてみたが、関心はなさそうだった。事実、ヒューゴーが気づかずにはいられないほど露骨に、トビーの目はオルガの首できらめいているダイヤモンドのネックレスから離れなかった。

トビーがヒューゴーに名刺を渡して言った。「手元に現金が必要なときは、おれの言っている意味がわかっていれば、それがそんなに難しいとは証明されないはずだ」トビーの言っている意味はわかったが、ヒューゴーはほのめかしに近いその申し出を本気にはしなかった。本気になったのは、ある朝、食事をしているときに、離婚仮判決の日取りが決まったかどうかをオルガに訊かれたときだった。間もなくだ、とヒューゴーは請け合った。

家を出るとクラブへ直行し、トビーの名刺の番号に電話をした。フーラムのパブで会い、二人きりで隅に坐ってジンをダブルで飲みながら、かつての同窓生が中東でどうしているかを話題におしゃべりをした。話題が変わるのは、だれにも聞かれていないという確信があるときだけだった。

「必要なのはアパートの鍵だけだ」トビーが言った。「それと、彼女の宝石類の在処がわかっていればいい」

「それは難しくないはずだ」ヒューゴーは請け合った。

「おまえは、オールド・チャム、おれが仕事をしているあいだだけ、彼女を外にいさせてくれればいい」

〈サドラーズ・ウェルズ〉で上演される「リゴレット」を観たいと、朝食のときにオルガが言い、ヒューゴーはチケットを二枚予約した。普段なら何らかの言い訳をでっち上げて逃げるのだが、今度ばかりは一も二もなく同意し、そのあとはお祝いに、サヴォイ・ホテルでディナーとしゃれ込もうと提案さえした。

「お祝いって、何のお祝い？」オルガが訝った。

「離婚の仮判決が出たんだ」ヒューゴーはさりげなく言い、オルガに抱きつかれながらつづけた。「半年後には、マイ・ダーリン、きみはミセス・バリントンだ」

そして、ポケットから革張りの小箱を取り出し、彼女にプレゼントした。なかに入っているのは、前日にバーリントン・アーケードで買っておいた婚約指輪だった。オルガはそれを受け取ったが、ヒューゴーは半年後には取り返すつもりだった。

プログラムには三時間と書いてあったオペラは、それどころか三カ月もつづくように思われた。しかし、ヒューゴーは退屈を呑み込んだ。その時間をトビーが有効に使っているのを知っていたのだ。

〈リヴァー・ルーム〉でのディナーのあいだ、ヒューゴーとオルガはハネムーンをどこにするか相談した。二人とも、外国へは行けなかった。オルガはバースがいいと言い、ヒューゴーの好みからすればブリストルに少し近すぎたが、いずれにせよ実現はしないのだから、黙って彼女の提案に同意した。

　ダイヤモンドがなくなっていることにオルガが気づくまでどのぐらいあるだろうと、ラウンズ・スクウェアへ帰るタクシーのなかで考えたが、それは予想よりも早かった。なぜなら、玄関を入ってすぐに、荒らされていないところがないくらい荒らされているのがわかったからだ。以前は絵がかかっていた壁には、その額縁の大きさを示す輪郭だけがくっきりと残っていた。

　オルガがヒステリックに泣き喚(わめ)きはじめ、ヒューゴーは電話で警察に通報した。なくなったものすべてのリストを完成させるのに、警察は何時間もかかったが、それはオルガがひどく取り乱していて、質問されるたびに、ほんのわずかな時間しか冷静を保てないせいだった。捜査担当責任者の警部が保証してくれたところでは、盗まれたものの特徴を詳細に記したものが、四十八時間以内に、ロンドンじゅうの主要なダイヤモンド商人と美術品のディーラーに回覧されるはずだった。

　次の日の午後、フーラムでトビー・ダンステイブルを捕まえたとき、ヒューゴーはかっと頭に血が昇った。かつての同窓生はヘビー級のボクサーのように辛抱強くその攻撃に耐え、相手が攻め疲れたところで、テーブルに靴箱を滑らせた。

「新しい靴なんか必要ない」ヒューゴーは突っぱねた。

「新しい靴は必要ないかもしれないが、靴屋なら、そのなかに入っているもので一軒買えるぞ」と、トビーが靴箱をつついた。

蓋(ふた)を開けてなかを覗き込むと、そこには靴ではなく、五ポンド札が詰め込まれていた。「数えるまでもないだろう」トビーが言った。「いずれわかるだろうが、現金で一万ポンドある」

ヒューゴーは口元をゆるめ、いきなり冷静に戻った。「おまえさんはいい友だちだ」そして、靴箱に蓋をすると、ジン・トニックのお代わりを二杯、ダブルで注文した。

何週間かが過ぎ、警察は一人の容疑者も浮かび上がらせることができなかった。警部が内部犯行だと考えていることを、ヒューゴーはほとんど疑わなくなっていたし、警部も彼と会うたびに、その言葉を繰り返しつづけていた。しかしトビーは、サー・ウォルター・バリントンの息子を逮捕するなど警察が考えるはずがない、とヒューゴーに保証した。彼らが鉄よりも固い、判事が有罪と納得するだけの、そこそこに疑わしい程度ではない証拠を見つければ話は別だが、と。

新しいスーツはどうやって手に入れたのか、どうしてブガッティを買う余裕ができたのかとオルガに訊かれて、ヒューゴーはその車の登録証を見せてやった。二人が出会う前から、彼が所有していたことを明らかにするものだった。やむなく売却した先のディーラーの目録に、何たる幸運か、まだそのブガッティが載っていたのだということは、オルガには黙っていた。

離婚確定判決が確定してからの留保期間の終わりが、急速に近づいていた。ヒューゴーは軍人が脱出戦術と呼んでいるものの準備を始めた。あなたと分かち合いたい素晴らしい知らせがあるとオルガが告げたのは、そのときだった。

ナポレオンを破ったウェリントン公爵はかつて、人生においてはタイミングがすべてだと部下の士官の一人に教えていたが、だれがワーテルローの勝利に異を唱えることができようか。とりわけ、その偉大な人物の予言が自分に向けられようとしているときに？

朝食のとき、ヒューゴーは〈タイムズ〉を読んでいたが、死亡欄へページをめくると、父親の写真が睨んでいた。二人の人生が変わろうとしていることをオルガに悟られないようにしながら、ヒューゴーはその記事を読もうとした。

この一大警世紙は故人に対して好意的な弔辞を送っているように思われたが、ヒューゴーの関心を最も強く引いたのは、サー・ウォルターの記録の最後の段落だった――〝サー・ウォルター・バリントンの後を継ぐのは、唯一生存している息子のヒューゴーであり、彼が肩書きを受け継ぐことになる〟。

しかし、〈タイムズ〉はその後を付け加えていなかった――〝そこには、その時点で保有しているすべてが含まれる〟。

メイジー・クリフトン

一九三九年―一九四二年

# 25

夜番が明けても夫が帰ってこなかったときに味わった辛さを、メイジーはいまでも憶えている。アーサーが死んだことは、あの日の午後に夫が死ぬことになった真相を兄のスタンが話してくれるはるか以前からわかっていた。

それでもその辛さは、宣戦布告の数時間後に〈デヴォニアン〉がドイツの魚雷で沈められ、たった一人の息子がその船に乗り組んでいて、水葬に付されたと告げられたときと較べれば、ものの数ではなかった。

最後にハリーを見たときのことは、いまでもはっきり頭に残っている。あの木曜の朝、グランド・ホテルへわたしを訪ねてきたのだ。レストランは混んでいて、しかもテーブルが空くのを待っているお客さまの長い列ができていた。彼はその行列に並んだが、母親が忙しそうに、しかもひっきりなしに厨房を出入りしているのを見て、たぶんわたしが気づいていないと思ったのだろう、列を離れた。あの子はいつも思慮深かったから、仕事の邪魔をされるのをわたしが喜ばないと知っていたし、実を言えば、海軍に入るためにオックスフォード大学をやめたことをわたしが聞きたがらないだろうということもわかっていたに違いない。

　その次の日にサー・ウォルター・バリントンが立ち寄ってくれて、ハリーが〈デヴォニアン〉に四等航海士として乗り組んで今朝の潮で出港し、一カ月後には帰ってきて、今度は〈レゾリューション〉という戦艦に平の水兵として乗り組んで、大西洋でドイツのU-ボートを探すことになっていると教えてくれた。サー・ウォルターが気づいていなかったのは、U-ボートがすでにハリーを探していることだった。

　ハリーが帰ってきたら、一日の休みを取るつもりでいたのだが、諦めざるを得なかった。この邪悪で野蛮な戦争ゆえに息子を失った母親がどれだけいるか、それがわかったいまとなっては、仕方のないことだった。

　あの十月の午後、仕事から戻ってみると、〈カンザス・スター〉の上級船医だというドクター・ウォーレスが玄関の前で待っていた。彼は自分がそこにいる理由を告げるまでもなかった。すでに顔に刻まれていたのだ。

　ドクターはキッチンに腰を下ろすと、沈没した〈デヴォニアン〉から救出された船乗りの健康に関しては自分がその責任を負っていたことを告げ、ハリーの命を救うために全力を尽くしたが、残念ながら意識が戻ることは一度もなかったと断言した。そして、実はその晩に手当をした九人の船乗りのなかで生き延びたのはたった一人、トム・ブラッドショーという三等航海士で、彼は明らかにハリーと仲がよかったようだとつづけた。自分はブラッドショーから悔やみの手紙を託されていて、〈カンザス・スター〉がブリストルへ戻ったら、すぐにそれをあなたに届けるという約束を果たすために、今日ここを訪ねたのだ、と。彼は確かにその約束を守った。船へ戻るからと彼が玄関を出ていった瞬間、わたしは罪悪感に襲われた。お茶の一杯も勧めていなかったのだ。

トム・ブラッドショーの手紙はマントルピースの上、わたしのお気に入りの、学校の聖歌隊で歌っているハリーの写真の隣りに置いた。

次の日、出勤すると、ホテルの仲間は優しく気遣ってくれ、ホテルの総支配人のミスター・ハーストは、何日か休んだらどうかとまで言ってくれた。休むのは一番必要としないことだとわたしは応え、許される限り残業をした。辛さをいくらかでも忘れさせてくれるのではないかと思ったのだ。

だが、そんなことはなかった。

ホテルで働いていた大勢の若者が軍隊へと去っていき、そのあとを女たちが埋めはじめていた。若い女性が働くのは不名誉だなどとはもはや見なされなくなり、男のスタッフが減っていくにつれて、わたし自身の責任もいつの間にか大きくなっていった。

レストラン部門の部長は六十歳の誕生日に退職することになっていたが、戦争が終わるまではそこにとどまってほしいとミスター・ハーストが説得するだろうと、わたしは考えていた。だから、彼の執務室へ呼ばれて、いまの部長の後任になってくれないかと言われたときには、びっくりするしかなかった。

「きみはすでにその資格を自分で手に入れている」ミスター・ハーストは言った。「それに、本社の同意も取り付けてある」

「二日ほど考えさせてください」わたしはそう応えて、総支配人のオフィスを後にした。

一週間経って、ようやくミスター・ハーストがその話題をふたたび持ち出したとき、わたしは一カ月を試用期間としたらどうかと提案した。彼は笑い出した。

「普通」総支配人は言った。「一カ月の試用期間にこだわるのは雇用する側であって、雇用される側ではないんだがね」

わたしもミスター・ハーストも、試用期間のことは一週間もしないうちに忘れてしまった。なぜなら、労働時間が長くなり、新たな責任も煩わしいほどにのしかかってきたにもかかわらず、かつてないほどの充実を感じていたからだ。でも、戦争が終わって男の子たちが職場に復帰してきたら、自分がウェイトレスに戻ることはわかっていた。故郷へ帰ってくる若者のなかにハリーを入れてくれるというのなら、娼婦に戻るのだってやぶさかではなかった。

日本の航空部隊が真珠湾のアメリカ艦隊を壊滅させ、アメリカ合衆国民が共通の敵と戦う国として立ち上がって連合国側に加わったことを知るのに、新聞を読めるようになる必要はなかった。なぜなら、何日ものあいだ、人の口に上るのはその話だけだったのだから。

わたしが初めてアメリカ人と出会うまでに、長い時間はかからなかった。

それから二年のあいだに、何千人ものアメリカ人が西部地方へやってきて、その大半がブリストル郊外の軍のキャンプに駐屯した。士官のなかにはホテルのレストランで食事をする者も出てきはじめたけれど、常連になる間もなく現われなくなり、二度と姿を見ることはなかった。そのなかの何人かはハリーと年齢(とし)が違わなかった。そのことが頭から消えるときはなく、いつまでも辛い思いをすることになった。

でも、それは彼らの一人が戻ってきたときに変わった。車椅子でレストランに入ってきて、いつものテーブルがいいと言われたとき、すぐには彼だとわからなかった。自分は人の名前を覚えるのが得意だと、わたしは常々思っている。顔を知っていればなおさらだ——実際に読み書きができなければ、そうならざるを得ないのだけれど。しかしそのときは、その南部訛りを聞いた瞬間に、ようやく彼だとわかった。「マルホランド中尉でいらっしゃいますよね？」

「いや、違いますよ、ミセス・クリフトン。いまはマルホランド少佐です。ここで身体が回復するのを待って、故郷のノース・カロライナへ送り返されるんですよ」

わたしは微笑し、いつものテーブルへ案内した。彼は車椅子を押されるのを拒みつづけた。マイク——そう呼んでくれと言って譲らなかった——は常連になり、週に二度、多いときは三度も姿を現わした。

「わかっているかな？　彼はきみを憎からず思っているぞ」ミスター・ハーストにそうささやかれたとき、わたしは笑ってしまった。

「もう恋愛をするような年齢ではありませんよ、おわかりになりませんか？」

「自分を偽るのはやめるんだな」総支配人は言い返した。「きみは女盛りじゃないか、メイジー。教えてやってもいいが、連れだって出かける相手がきみにいるかどうかを私に訊いてきたのは、マルホランド少佐が最初ではないんだ」

「お忘れですか、ミスター・ハースト？　わたしは祖母なんですよ」

「私がきみなら、そのことは彼に黙っているがね」

ある日の夕刻、またもやすぐには彼だとわからなかったのだが、そのときは松葉杖を突いていたのだ。明らかに車椅子は必要なくなっていた。それから一カ月、松葉杖が杖に変わり、それからほどなくして、杖も過去の遺物になった。

またある日の夕刻、八名テーブルを予約したいとマルホランド少佐から電話があった。お祝いをするんだ、と彼は言った。きっとノース・カロライナへ帰ることが決まったのだろうとわたしは考え、彼が恋しくてたまらなくなるだろうと初めて気がついた。

たし、イギリス紳士——それを言うなら〝南部紳士〟だと、一度彼に指摘されたことがあった——のように振る舞った。アメリカ軍がイギリスの基地に居を構えるようになって以来、彼らを悪しざまに言うのが流行になっていて、セックス過剰だの、給料をもらい過ぎだのといった、根も葉もない悪口が際限なく垂れ流されていたし、ここブリストルでも、アメリカ人に会ったこともない市民まで同じようなことを言っているのが、否応なく耳に入ってきた。とりわけ兄のスタンはその典型だったが、わたしがどう諫めようと、彼の考えを変えるのは不可能だった。

少佐のお祝いのディナーが終わりになるころ、レストランにはほとんど人気がなくなっていた。時計が十時を告げると、同僚の士官が起立して、マイクを祝福し、彼の健康に乾杯した。

夜間外出禁止令が発効する時刻の前にキャンプへ帰ろうとパーティがお開きになりかけたとき、わたしはスタッフ全員を代表して、故郷への帰還が叶うまでに身体が回復したことのお祝いを述べた。

「故郷へ帰るんじゃないんだよ、メイジー」彼は笑いながら言った。「今日、みんなが祝ってくれたのは、私が基地の副司令官に昇進したからだ。気の毒だが、この戦争が終わるまで、あなたにつきまとわせてもらうからね」わたしはそれを聞いてうれしくなり、次の言葉を聞いてびっくりした。「今度の土曜日、連隊のダンス・パーティがある。ぼくの賓客になってもらえないかな」

わたしは言葉を失った。最後にデートに誘われたのは、思い出せないぐらい昔だった。どのぐらいのあいだ彼が返事を待ったかはよくわからないけれども、わたしが口を開く前に、こう付け加えた。「申し訳ないけど、ダンス・フロアは数年ぶりなんだ」

「お互いさまですよ」わたしは認めた。

# 26

　メイジーは金曜の午後、必ず給料とチップを銀行に預けることにしていた。

　家には絶対に持ち帰らなかったが、それは自分のほうが多く稼いでいることをスタンに気づかれたくなかったからだ。彼女の二つの口座には常に余裕があり、当座預金の残高が十ポンドになるたびに、五ポンドを貯蓄預金へ移していた。彼女はそれを、〝万一のときのためのささやかな蓄え（ネスト・エッグ）〟と呼んでいた。ヒューゴー・バリントンのせいで経済的な苦境に立つはめになって以降、万一のことが絶対にないとは言い切れないという恐怖が頭を離れなかったのだ。

　その金曜日、メイジーはハンドバッグから有り金すべてをカウンターに出し、例によって出納係が小銭を分類して、いくつもの小さな山を作っていった。

「四シリングと九ペンスです、ミセス・クリフトン」出納係が告げて、彼女の通帳に数字を書き込んだ。

「ありがとう」メイジーは応え、窓口の格子の下から差し出された通帳を受け取った。そのときは、出納係が付け加えた。「ちょっとお話しできないだろうかと支配人が申しているのですが」

　メイジーは気が進まなかった。銀行の支配人と家賃徴収人は、どちらも悪い知らせしかもたらさない種族だと見なしていた。ミスター・プレンダーガストの場合も、そう思わせるに十分な根拠があった。この前会いたいと言ったのは、ハリーがブリストル・グラマー・スクールの最終学年のときで、授業料を払うだけの金が口座に残っていないと通告するためだった。いま、メイジーは渋々支配人室のほうへ歩き出した。

「お待ちしていました、ミセス・クリフトン」メイジーが入っていくと、ミスター・プレンダーガストが机の向こうで立ち上がり、坐るよう勧めてから言った。「内々のことでお話がしたかったのですよ」

　またもや嫌な予感がし、この二週間のどこかで、口座の残額が不足するような小切手を切ったかどうかを思い出そうとした。マイク・マルホランドにアメリカ軍の基地で催されるダンス・パーティへ招待され、洒落たドレスを一着買ったけれども、それは中古品で、十分に予算の範囲内だった。

「実は、私の大切なお客さまから、あなたが所有されているブロード・ストリートの土地について問い合わせがあったのです。かつて、〈ティリーズ・ティー・ショップ〉があったところですが」

「でも、あの建物が爆撃されたときに、わたしはすべてを失ったと考えていたんですけど」

「すべてではありません」プレンダーガストが言った。「あの土地の証書はあなたの名義のままです」

「だけど、そうだとしても、どんな価値があるんですか?」メイジーは訊いた。「あの界隈はドイツ軍がほとんどぺちゃんこにしてしまったんですよ? この前チャペル・ストリートを歩いたんですけど、空襲被災地域以外の何物でもありませんでした」

「確かにそうかもしれませんが」ミスター・プレンダーガストが応えた。「それでもそのお客さまは、二百ポンドであなたの土地の自由保有権を買いたいとおっしゃっています」

「二百ポンド?」メイジーは鸚鵡返しに繰り返した。宝くじに当たったような気分だった。

「その金額を支払うと、確かに言っておられます」プレンダーガストが確認した。

「あなたはあの土地にどのぐらいの価値があると考えていらっしゃるんでしょう」メイジーは訊き、銀行の支配人をびっくりさせた。

「それは私にはわかりかねます、マダム」彼が応えた。「私は銀行家であって、不動産鑑定士ではありませんので」

メイジーはしばらく沈黙した。「何日か考えさせていただきたいと、そのお客さまに伝えてもらえないでしょうか」

「もちろんです、お伝えしましょう」プレンダーガストが請け合った。「ですが、その申し出が生きているのは一週間だけだとそのお客さまが私におっしゃっていることは、あなたにお教えしておくべきだと考えます」

「では、今度の金曜までに決めなくてはならないわけですね？」メイジーは挑戦的に言った。

「それはあなたのお気持ち次第ですが、マダム」帰ろうとするメイジーに、プレンダーガストが言った。「今度の金曜日にお目にかかれるのを楽しみにしております」

銀行を出ると、あの支配人が初めて自分のことを〝マダム〟と呼んだという事実を考えないわけにはいかなかった。灯火管制のためにカーテンを黒く変えた家々の前を自宅へと歩きながら——バスに乗るのは雨のときだけだった——二百ポンドをどう使おうかと想像しはじめたが、そういう思いはすぐに、それが適正な価格かどうかを正しく助言してくれる人物を捜すほうへ移っていった。

ミスター・プレンダーガストは妥当な価格だというような口振りだったが、果たして彼はどっち側についているのだろうか？　ミスター・ハーストに相談してみようかという気がしないでもなかったが、スティル・ハウス・レーンへ着くはるか前に、個人的な問題に上司を付き合わせるのは職業人らしくないと考え直した。マイク・マルホランドは聡明で頭が切れるように見受けられるが、ブリストルの不動産価値について詳しいとは思えない。

兄のスタンについては、意見を求めることにまったく意味はない。「金を手に入れて逃げちまえ」としか言わないに決まっている。考えてみれば、今度の棚ぼたになるかもしれない話を一番知られたくない相手はスタンだった。

メリーウッド・レーンに入るころには、暗くなりはじめていて、近隣の家々は灯火管制の準備にかかろうとしていた。答えは近づいてきてくれる様子がなかった。かつてハリーが通っていた初等学校の前にさしかかると、幸せだった時代の記憶が一気によみがえり、メイジーは胸の内でミスター・ホールコムに感謝した。あの人は成長途上の息子のためにあらゆる手を尽くしてくださった。メイジーは足を止めた。ミスター・ホールコムは頭のいい人だ。だって、ブリストル大学を卒業しているんだもの。あの人なら、きっと適確な助言をしてくれるのではないだろうか。

校門へ引き返したが、校庭にはだれの姿もなかった。時計を見ると、五時を何分か過ぎていた。子供たちはしばらく前に下校してしまったはずで、だとすれば、ミスター・ホールコムももう帰ってしまったかもしれない。

校庭を突っ切り、昇降口の扉を開けてなかに入った。見憶えのある廊下が伸びていて、まるで時間が止まっているかのように感じられた。赤煉瓦の壁は、彫りつけられている頭文字がいくつか増えただけで当時と変わらず、彩り豊かな絵がピンで留められているところも、描いた生徒の名前が違うだけで、あのころと同じだった。サッカーの優勝カップも、チームの名前は変わっていたが、やはり同じところに飾られていた。ただ、かつては制帽がかかっていたところにあるのは、いまはガス・マスクだった。初めてここへミスター・ホールコムを訪ねたときの記憶がよみがえった。ハリーを風呂に入れているとき、尻に赤い条を見つけて、文句を言いにきたのだった。わたしが感情的に難詰しているあいだも、ミスター・ホールコムは冷静さを失わず、一時間後には、どちらに非があるのか、さすがのわたしも疑う余地がなくなっていた。

いま、ミスター・ホールコムのクラスの教室に明かりが灯っているのがわかった。メイジーはためらい、深呼吸をして、分厚い曇りガラスを控えめにノックした。

「どうぞ」忘れようにも忘れられない、明るい声が返ってきた。

教室に入ると、本を山積みした机の向こうにミスター・ホールコムがいて、紙にペンを走らせていた。念のために名乗ろうとしたとき、彼が勢いよく立ち上がって言った。「ミセス・クリフトンではありませんか。これはうれしい驚きです、もし探しておられるのが私なら、ですが」

「実はそうなんです」メイジーは応えた。いくらか動揺していた。「お邪魔をして本当にすみません。ミスター・ホールコム。でも、助言が必要なんですが、そういうお願いをできる人がほかに思い当たらないんです」

「そう言っていただけると、お世辞でもうれしいですよ」ミスター・ホールコムが言い、普段は八歳の子供が坐っている、小さな椅子を勧めた。「それで、どうされました？」

メイジーはブロード・ストリートの自分の土地を二百ポンドで買いたいという申し出があったと、ミスター・プレンダーガストから告げられたことを打ち明けた。「それが適正な価格かどうかを判断していただけないでしょうか」

「それは私には無理です」ミスター・ホールコムが首を振った。「そういう問題についての経験がないので、間違った助言をする恐れがありますからね。実は、あなたは別のことでここへ見えたのではないかと思っていたんですよ」

「別のこと、ですか？」メイジーは訊き直した。

「そうです。学校の前の掲示を見て、それを申し込みにこられたのではないかと期待していたんです」

「何を申し込むんですか？」メイジーはふたたび訊いた。

「政府が新しい仕組みを作ったんです。あなたのような、明らかに聡明であるにもかかわらず、教育を受ける機会がなかった人のための夜間学級を開くのですよ」

たとえその掲示を見ていたとしても、それを読むのが問題だったはずだとは認めたくなかった。「何であれほかのことをしようと考えるのは、いまは忙しすぎて到底無理です」

メイジーは応えた。「ホテルの仕事もそうですし、それに……それに――」

「それは残念です」ミスター・ホールコムが言った。「なぜなら、あなたこそ理想の候補だと考えていたのですよ。ほとんどの授業を私自身が受け持つ予定なんですが、ハリー・クリフトンのお母さんを教えられるとなれば、私にとって特別な喜びになったはずなのですがね」

「それはいくら何でも――」

「週に二回、一時間だけです」ミスター・ホールコムは諦めなかった。「授業は夜の早い時間ですし、自分向きではないと判断されたら、その時点でやめてもらっても何の問題もありません」

「わたしのことを考えてくださってありがとうございます、ミスター・ホールコム。やらなくてはならないことがこんなに多くなかったときなら、可能性があったかもしれませんが」メイジーは立ち上がり、教師と握手をした。

「あなたの問題を解決する力になれなくて申し訳ありません、ミセス・クリフトン」ミスター・ホールコムが詫び、出口まで送ってくれた。「でも、いいですか、それは喜ばしい問題ですよ」

「時間を割いてくださって感謝します、ミスター・ホールコム」メイジーはそう言って教室をあとにした。廊下を引き返し、校庭を横断して校門を出ると、舗道に立って掲示板を見つめた。ここに書いてあることが読めたらどんなにいいか。

# 27

メイジーは生まれてから二度しかタクシーを使ったことがなかった。一度目はハリーがオックスフォードで結婚式を挙げるはずだった日に、現地の駅から教会へ向かうとき、二度目はつい最近、父の葬儀を執り行なうときだった。だから、アメリカ軍の公用車がスティル・ハウス・レーン二七番地の前に止まると、ちょっと恥ずかしくなって、近所の家々がカーテンが下ろしていてくれるのを願うしかなかった。

新たに買い求めた、肩パッド入りの赤いシルクのドレスにベルトという、戦争前に大流行したいでたちで階段を下りていくと、母親とスタンが窓の外を見つめていた。

運転手が降りてきて、玄関をノックした。本当にここでいいのだろうかと自信のなさそうな顔だったが、メイジーがドアを開けるや、少佐が連隊のダンス・パーティに招待したのはこのとびきりの美人に間違いないと、即座に理解した。彼はメイジーにさっと敬礼し、車の後部ドアを開けた。

「ありがとう」メイジーは言った。「でも、本当は前の席のほうが好きなんだけど」

車が幹線道路へ引き返しはじめるとすぐに、メイジーは運転手に訊いた。「いつからマルホランド少佐の下で仕事をしているの？」

「子供のころからずっとです、マダム」

「どういうこと？」メイジーは訝った。

「少佐も私も、ノース・カロライナのローリーの出身なのです。この戦争が終わって故郷へ帰ったら、また少佐の工場で、昔やっていた仕事をするつもりです」

「少佐が工場を経営していたなんて初耳だわ」

「何軒も持っておられます。ローリーでは、〝茹でとうもろこし王（コーン－オン－ザ－コブ・キング）〟として有名ですよ」

「それ、何？」メイジーは見当もつかなかった。

「ブリストルにはないでしょうね、マム。穫（と）れたてのとうもろこしを茹でて、溶かしたバターを塗り、そのまま食べてみないことには、その真価はわかりませんよ。できることなら、ローリーでね」

「だったら、その〝コーン－オン－ザ－コブ・キング〟がドイツと戦っているあいだは、だれがその工場の面倒をみているの？」

「たぶん、少佐の次男の若きジョーイです。妹のサンデイも多少は手伝っているんじゃないでしょうか」

「少佐には息子さんと娘さんがいらっしゃるの？」

「本当は息子さんが二人と娘さんが一人おられたんですが、気の毒なことに、マイク・ジュニアはフィリピンで戦死されました」

マイク・シニアの奥さんについても訊きたかったが、その手の質問は若い伍長を当惑させるだけかもしれないと考え直し、もっと当たり障りのない、彼の故郷のノース・カロライナへ話題を移すことにした。「四十八ある州のなかで一番ですよ」と伍長は応え、キャンプの入口に着くまで、一度も口を閉ざすことなくノース・カロライナについて語りつづけた。

車が近づいてくるのに気づいた歩哨がすぐに遮断棒を上げ、構内へ入っていく車内のメイジーにさっと敬礼した。「まっすぐ宿舎までお連れするよう、少佐から言われているんです、マム。そうすれば、パーティ会場へ行く前に一杯やれますからね」

車が小さなプレハブの建物の前で停まると、マイクはすでに入口の階段の上で出迎えていた。メイジーは運転手がドアを開けてくれるより早く車を飛び降り、彼のほうへと小径を急いだ。マルホランド少佐が腰を屈めて彼女の頰にキスをした。「さあ、なかに入ろう、ハニー。仲間に会ってもらいたいんだ」そして、コートを受け取って付け加えた。「実に素敵だ」

「あなたの茹でとうもろこし（コーン－オン－ザ－コブ）みたいに？」メイジーは水を向けてみた。

「わがノース・カロライナの桃みたいに、と言うほうがふさわしいな」少佐が応じ、早くも賑やかな笑い声や活発な話し声がしている部屋へと彼女を誘った。「さあ、みんなを悔しがらせてやろうじゃないか。私が舞踏会一の美女をエスコートすると知ったら、だれだって嫉妬しないではいられないはずだからね」

　部屋に入ると、そこは士官とその連れで溢れんばかりだった。これ以上あり得ないほど歓迎されているみたいだけど、とメイジーは訝らずにはいられなかった。わたしが数マイル北のウェセックス連隊司令部の少佐の招待客でも、こんなふうにわけへだてなく遇してもらえただろうか？

　少佐はメイジーを連れて部屋を回遊し、同僚全員に彼女を紹介した。そのなかには駐屯地の司令官も含まれていたが、彼も明らかにメイジーを気に入ったようだった。そうやってグループからグループへと移動していると、テーブル、本棚、そしてマントルピースの上に、何枚もの写真が飾られていることに嫌でも気づかされた。マイクの妻と子供たちの写真としか考えられなかった。

　九時を過ぎて間もなく、招待客はダンス・パーティ会場になっている体育館へ向かったが、その前に、少佐は礼儀正しいホストとして女性全員にコートを着せかけてやった。そのあいだに、メイジーは若い美人の写真をもっとよく見ることができた。

「妻のアビゲイルだ」部屋へ戻ってきたマイクが言った。「きみに負けず劣らずの美人だろ？　いまでも恋しくてたまらないよ。五年ほど前に癌で死んだんだ。いまやわれわれみんなにとって、それが宣戦布告すべき相手なんだろうな」

「それは本当にお気の毒なことでしたね」メイジーは言った。「わたしにはそこまでの……」

「いや、きみはたったいま、私たちにどれだけ多くの共通点があるかを知ったはずだ。きみは御主人と息子さんを失った。その気持ちは私には本当によくわかる。だが、今夜はお祝いのときであって、自分たちを憐れむときじゃない。だから、そろそろ行こうか、ハニー。士官には一人残らず嫉妬させてやったから、今度はほかの階級の連中にも同じ思いを味わわせてやろう」

メイジーは笑いながら少佐の腕を取ると、プレハブの建物を出て、みな同じ方向へ向かっている、賑やかな若者の群れに合流した。

ダンス・フロアに立ち、そこにいる元気のいいアメリカの若者を見た瞬間に、メイジーはずっと前から全員を知っているような気がした。その夜、何人かの士官がダンスを申し込んできたが、マイクは滅多にメイジーから目を離さなかった。バンドが最後のワルツをひときわ高く演奏しはじめたとき、こんなに速く、まるで飛ぶように時間が経ってしまったなんて、とメイジーは信じられない思いだった。

拍手喝采が止んでも、ダンス・フロアを去ろうとする者はいなかった。バンドがメイジーの知らない曲を演奏しはじめ、祖国が戦争中であることを、彼女以外の全員に思い出させた。大半の若者が直立不動の姿勢を取って片手を左胸に当て、心を込めてアメリカ国歌を歌っていた。ハリーと同じように、次の誕生日を生きて祝えないかもしれない若者たちだ。何という人命の浪費なの、とメイジーは悲しくなった。

マイクがダンス・フロアをあとにしながら、もう一度宿舎へ戻って〈サザン・カンフォート〉を一杯やらないかと誘った。そのあとで伍長に車で送らせるから、と。メイジーは生まれて初めてバーボンを口にし、とたんに舌の動きが滑らかになった。

「マイク、実はわたし、問題を抱えているの」メイジーはソファに腰を落ち着け、ふたたびグラスが満たされたとたんに言った。「しかも、一週間以内に答えを出さなくちゃならないのよ。あなたの南部の常識をもってすれば、何とかなるんじゃないかと思うんだけど」

「いいとも、どんな問題か聞かせてくれないか、ハニー」マイクが促した。「ただし、念のために言っておくが、その問題というのがイギリス人絡み（がら）なら、私はこれまで彼らと波長が合った例（ため）しがない。事実、一緒にいて気が許せるイギリス人というと、いまのところはきみが最初で最後なんだ。きみは本当はアメリカ人じゃないのか？」

メイジーは笑った。「それがあなたの素敵なところよね、マイク」そして、もう一度バーボンを呷（あお）った。そのころには、いま目の前にある問題を彼に話すだけでなく、それ以上のことをする準備ができているような気がしていた。「ずいぶん前のことなんだけど、わたしはブロード・ストリートに〈ティリーズ・ティー・ショップ〉というお店を持っていたの。問題の始まりはそこなのよ。そこはいま、空襲被災地域以上の何物でもないんだけど、そこを二百ポンドで買おうと言ってくれている人がいるの」

「だとしたら、何が問題なんだ？」マイクが訊いた。

「二百ポンドが妥当な価格かどうかがわからないの」

「まあ、一つだけ確かなことがあるな。ドイツがこれからも空襲をつづける可能性がある限り、だれもそこに何かを建てようとはしないということだ。少なくとも、この戦争が終わるまではね」

「ミスター・プレンダーガストによると、その人は不動産投機家なんだって」

「というよりも、私には不当利得者のように聞こえるけどな」マイクが言った。「空襲被災地域を安く買い、戦争が終わったらとたんに売り飛ばせば、あっという間に大儲けできるだろう。それを目論んでるやつじゃないのかな。はっきり言えば、手早く金になることなら何だってやる、本来なら許されるはずのない輩だよ」

「でも、二百ポンドが適正な金額だという可能性もあるんじゃないの？」

「それは不動産用語で言うところのきみの婚姻価値次第だな」

メイジーは思わず身体を起こした。正しく聞き取ったのかどうか自信がなかった。「どういうこと？　よくわからないんだけど」

「ブロード・ストリート全体が爆撃を受けて、生き延びた建物は一軒もないんだよな?」

「そうだけど、でも、だからって、どうしてわたしのささやかな土地の価値が増すの?」

「その投機家とやらがブロード・ストリートのきみ以外の土地をすでにすべて手に入れているとしたら、きみは強気な取引ができる立場にあるということだよ。実際、きみは持参金(ダウリー)を要求すべきだ。なぜなら、きみがその土地をあのまま売らないでおけば、通り全体を再建することができなくなるはずだからだ。そして、その投機家とやらが一番恐れているのが、きみがそれに気づくことなんだ」

「わたしのあのちっぽけな土地に婚姻価値があるかどうか、どうすればわかるの?」

「きみの銀行の支配人に、四百ポンド以下で売るつもりはないと通告すればいい。そうすれば、すぐにわかる」

「ありがとう、マイク」メイジーは言った。「素晴らしい助言だったわ」そして微笑すると、もう一度〈サザン・カンフォート〉を呷り、ついに彼の腕のなかで気を失った。

# 28

翌朝、朝食に下りていったとき、だれが家まで送り届けてくれたのか、どうやって二階の自室へ上がったのか、まったく思い出せなかった。

「わたしがベッドに入れてやったんだよ」母はお茶を注ぎながら言った。「若くて素敵な伍長さんが送ってきてくれて、しかも、二階へ上げるのまで手伝ってくれたんだから」

メイジーは椅子に沈み込み、ゆうべのことをゆっくりと母に語って聞かせて、マイクに招待された一夜がどんなに楽しかったかを、これっぽっちも疑いが残らないように明らかにした。

「それで、その少佐は本当に結婚していないんだろうね」母が訊いた。

「先走らないでよ、お母さん、まだたった一回デートしただけじゃないの」

「彼は本気のようだったかい?」

「来週、観劇に誘ってくれたけど、何曜日で、どの劇場かはまだはっきりしてないわ」そう言ったとき、スタンが入ってきた。

スタンはテーブルの上座にどすんと腰を下ろすと、自分の前にポリッジの椀が置かれるやいなや、暑い日に犬が水を飲むようにして一気に貪（むさぼ）った。椀が空になると〈バス〉のビールの栓を抜き、それもまた一気に喉に流し込んでから、大きなげっぷをして言った。

「もう一本もらおうか、日曜だからな」

スタンの朝の儀式のあいだは口を閉ざし、兄が頭に浮かんだことを何であれ講釈がましく口にする前に、こっそり仕事に出かけるのがメイジーの日常だった。今日も、セント・メアリー教会の朝の礼拝に出かけようと立ち上がりかけたそのとき、スタンが怒鳴った。

「坐れ、女！　話がある。教会へ行くなら、そのあとにしろ」

返事もせずに出ていきたいところだったが、引きずり戻されて、気分次第では目のまわりに痣（あざ）を作られかねないことはわかっていたから、仕方なく腰を下ろした。

「それで、手に入るはずの二百ポンドをどうするつもりなんだ」スタンが威嚇せんばかりの口調で訊いた。

「どうして知ってるの？」

「ゆうべ、お袋から全部聞いた。おまえが素敵なアメリカ野郎にたぶらかされて、町へ出かけてるあいだにな」

メイジーは眉をひそめて母親を見たが、彼女が当惑しているので何も言わずにおいた。

「教えておいてあげるけど、スタン、マルホランド少佐は紳士よ。それに、わたしが自分の空き時間に何をしようと、あなたの知ったことじゃないわ」

「忠告しておいてやるが、この馬鹿女、もしそいつがアメリカ人なら、許可を得るまで待つなんてことはしないぞ。何でも自分のものだと、当たり前のように考えてるからな」

「きっと、いつものように直接仕入れた知識に基づいての話なのよね」メイジーは冷静を保とうとした。

「アメリカ野郎なんてみんな同じだ」スタンが言った。「あいつらが欲しがるのは一つしかない。そして、そいつを手に入れたとたんに故郷(くに)へ逃げ帰ってしまい、尻拭いをおれたちに押しつけるんだ。この前の戦争のときがそうだったようにな」

これ以上この会話をつづけても意味がないと考えながら、メイジーは一刻も早く嵐(あらし)が過ぎ去るのを願ってそこに坐っていた。

「ところで、二百ポンドをどうするつもりなのか、まだ聞いてないぞ」スタンが言った。

「まだ決めてないわ」メイジーは応えた。「いずれにしても、わたしのお金をわたしがどう使おうと、あなたには関係のないことよ」

「関係は大ありだ」スタンが言い返した。「なぜなら、半分はおれのものだからだ」

「その根拠は何?」メイジーは訊いた。

「まず一つ目は、おまえがおれの家に住んでいるという事実だ。だから、おれにはその資格がある。それから、もしやおまえがおれを裏切ろうなんぞと考えているんなら警告しておいてやるが、きちんと半分をおれによこさなかったら、そのときにはおまえの顔の形が変わるほどにぶん殴って、どんな物好きな野郎ですら見向きもしないようにしてやるからな」

「あなたの言うことを聞いてると、スタン、気分が悪くなるわ」メイジーは吐き捨てた。

「おれに分け前を渡さなかったときに較べれば、そんなのは気持ちが悪いうちに入らないだろうな。なぜなら、そのときには――」

　メイジーは席を立つとキッチンをあとにして廊下を走り抜け、コートをひっつかんで外に出た。スタンの長広舌を最後まで聞く我慢は、到底できなかった。


　その日曜の昼食の予約を確認したとき、自分の二人の客をできるだけ離れたテーブルに坐らせなくてはならないことに、メイジーはすぐに気がついた。というわけで、マイク・マルホランドをいつものテーブルへ、パトリック・ケイシーは奥のテーブルへ案内することにした。それなら、二人が出くわす心配はなかった。

　パトリックがやってくるのはほぼ三年ぶりだった。彼は変わっているだろうか、とメイジーは思った。最初に会ったときに虜になった、あの抵抗できない素敵な表情と、いかにもアイルランド人らしい魅力を、いまも持ちつづけているだろうか。

　彼女の疑問の一つは、彼が入ってきた瞬間に解けた。

「本当にお久しぶりですね、ミスター・ケイシー、またお目にかかれて何よりです」メイジーは言い、彼をテーブルへ案内した。その間、数人の中年女性がハンサムなアイルランド人を振り返った。「このたびは長くご滞在ですか、ミスター・ケイシー？」そして、メニューを渡した。

「それはきみ次第だ」パトリックが言い、メニューを開いた。しかし、見ているのはメニューではなかった。

メイジーは自分が赤くなっていることをだれも気づかないでくれることを祈った。振り返ると、マイク・マルホランドが受付のそばで待っていた。彼はメイジー以外のウェイトレスにテーブルへ案内されるのを嫌うはずだった。メイジーは急いで彼のところへ行き、小声で言った。「こんにちは、マイク。いつものテーブルを取ってあるわ。案内させてもらえる？」

「もちろんだよ」

マイクがメニューを検めはじめると――といっても、日曜は毎週、今日のスープにつづいて牛肉の煮込みとヨークシャー・プディングと決まっていた――メイジーはパトリックの注文を取りに引き返した。

それからの二時間、メイジーはその二人から目を離さず、しかし同時に、ほかの百人の客への目配りも疎かにしないようにした。ダイニングルームの時計が三時を告げたとき、そこに残っている客は二人だけだった。ジョン・ウェインとゲーリー・クーパーのどっちが先に拳銃を抜くか、OK牧場で見物しているみたいだと思いながら、メイジーはマイクの勘定書を畳んで皿に載せて持っていった。彼はそれを確認もせずに支払いをした。

「今日もとても美味しかったよ」と言ってから、マイクは小声で付け加えた。「火曜の夜に芝居を観にいく話だけど、大丈夫だよね」

「もちろんよ、ハニー」メイジーは軽口で応じた。

「それなら、八時にオールド・ヴィク・シアターで会おう」マイクが言ったとき、一人のウェイトレスがテーブルのそばを通り過ぎた。

「楽しみにしています、サー。それから、お褒めの言葉は必ずシェフに伝えさせていただきます」

　マイクが笑いを噛み殺してテーブルを離れ、ゆっくりとダイニングルームを出ていくと、メイジーを振り返って微笑した。

　その姿が見えなくなると、今度はパトリックのところへ勘定書を持っていった。彼は項目を逐一確認してから支払いを済ませ、たっぷりチップをはずんでくれた。「明日の夜は何か予定があるのかな？」忘れられるはずのない笑顔で、パトリックが訊いた。

「ええ、夜間学級に行くの」

「冗談だろ？」パトリックが言った。

「いいえ、本当よ。だから、遅刻できないの。何しろ、十二週間の最初の授業なんですもの」最後までやり通すかどうかはまだ決めていなかったが、そのことは黙っていた。

「それなら、火曜日はどうかな」

「火曜はもうデートの約束があるわ」

「それは本当なのか？　ぼくを排除しようとしているだけじゃないのか？」

「いいえ、お芝居を観にいくのよ」

「だったら、水曜日は？　それとも、代数方程式の夜なのかな？」

「いいえ、作文と音読の夜よ」

「木曜は？」苛立ち（いらだ）を抑えられない様子だった。

「木曜の夜は空いているわ」メイジーが応えたとき、さっきとは別のウェイトレスがテーブルのそばを通りかかった。

「よかった」パトリックが安堵の声を出した。「来週の予約を入れなくちゃならないかと思いはじめていたところだよ、きみとの約束を取り付けるためだけにね」

メイジーは笑った。「それで、木曜はどうしようと思ってるの？」

「まずは――」

「ミセス・クリフトン」声を聞いて振り返ると、ホテルの総支配人のミスター・ハーストが背後に立っていた。「こちらのお客さまのご用がすんだら、私の執務室まできてもらえるとありがたいのだがね」
　ばれないよう用心していたはずだけど、とメイジーは不安になった。もしかすると馘に
されるのだろうか。従業員が顧客と親密になってはならないというのがホテルの規則だか
ら。この前仕事を失ったのも同じ理由で、そのときの顧客もパット・ケイシーだった。
　ありがたいことに、パトリックはそれ以上何も言わずにレストランから引き上げてくれ、
メイジーはレジの現金を確認し終えると、すぐに総支配人室へ向かった。
「まあ、坐りなさい、ミセス・クリフトン。かなり深刻な問題を話し合わなくてはならな
いんだ」メイジーは腰を下ろすと、震えを抑えるために、椅子の腕を握りしめた。「今日
も忙しいようだね」
「いまの時点で百四十二人のお客さまをお迎えしています」メイジーは応えた。「ほとん
ど新記録です」
「どうやったらきみの代わりを見つけられるか、私には見当もつかないんだが」総支配人
が言った。「こういう決定をするのは本社上層部であって、わかっているだろうが、私で
はない。私にはどうしようもないことなんだよ」
「でも、わたしはいまの仕事に満足していますけど」
「そうかもしれないが、今回ばかりは、私も本社上層部の結論に同意すると言わざるを得
ない」メイジーは椅子に深く坐り直し、運命を受け入れる覚悟をした。「きみをダイニン

グルームで働かせるわけにはいかないと彼らは明言し」ミスター・ハーストはつづけた。「できるだけ早くきみの代わりを見つけるよう、私に言ってきているんだ」

「でも、なぜでしょう?」

「なぜなら、きみを何としても経営側に加えたいと彼らが考えているからだよ。率直に言って、きみが男だったら、とうの昔にわれわれのホテルの一つを経営しているはずなんだ。おめでとう!」

「ありがとうございます」メイジーは応え、その意味を考えはじめた。

「では、早速正式な手続きにかかろうか」ミスター・ハーストが机の引き出しを開けて、一通の手紙を取り出した。「これに慎重に目を通してもらう必要がある」彼は言った。「新たな雇用条件が、そこに詳細に記してある。読んだら、サインをして、すぐに私に返してもらいたい。そうすれば、私から本社へ送り返す」

そのとき、メイジーは決心した。

## 29

馬鹿なことをしたと笑いものになるのが怖かった。

校門の前まできて危うく引き返しそうになったし、もし自分より年上らしい女性が校舎に入っていくところを見なかったら、本当に引き返していたに違いなかった。メイジーはその女性のあとを追って校舎の正面入口をくぐり、廊下を歩いていって教室の前で足を止めると、教室が満員で、だれも自分に気づかないでいてくれることを祈りながら、なかの様子をうかがった。だが、そこにいたのは男が二人、女が五人、全部でたったの七人に過ぎなかった。

メイジーはこっそり教室に入ると、二人の男の後ろの席に着いた。そこなら姿を隠せるのではないか。しかし、すぐにその判断を悔やむことになった。入口近くの席を選んでいれば、抜け出すとしても、もっと簡単だったものを。

ひたすら俯いていると、ドアが開いてミスター・ホールコムが颯爽と入ってきた。そして、黒板の前の机の後ろに立ち、丈が長くて黒いガウンの襟を引っ張って、自分の生徒をじっくりと見渡した。後ろの席にミセス・クリフトンの姿を発見して、その顔に笑みが浮かんだ。

「アルファベット二十六文字を全部書くところから始めましょう」授業が開始された。「私が書いていく文字を、みなさんは声に出して読んでください」ミスター・ホールコムはチョークを手にすると、生徒たちに背中を向け、黒板に〝A〟の文字を記した。いくつかの声が同時に聞こえた。〝B〟、全員の声がきれいに揃った。〝C〟、メイジーだけが読めなかった。〝Z〟までできたとき、メイジーは口だけ動かした。

「では、ある文字を適当に指し示して、どう読むか、みなさんがいまも憶えているかどうかを確かめましょう」二十六文字が終わり、もう一度二十六文字が終わったとき、メイジーは半分以上を声に出して読むことができた。三回目のときには、だれよりも自信満々で読み上げていた。これがこの二十年でメイジーが初めて受けた授業だということ、そして、授業が終わっても早くうちへ帰ろうという素振りを見せないでいることに気づいたのは、ミスター・ホールコム一人のはずだった。

「今度、水曜日に会うときには」ミスター・ホールコムが言った。「あなたたち全員が、二十六文字全部を、順番通りに書けるようにならなくてはなりません」

メイジーは火曜までに、アルファベットを完璧に自分のものにするつもりだった。そうすれば、間違う心配はないだろう。

「これからパブでみなさんと一杯やろうかと考えていますが、こられない方は水曜日にお会いしましょう」

メイジーは一緒に行こうと誘われたかったから、すぐに席を立って出口へ向かった。一方で、ほかの生徒たちは一ダースもの質問を抱えてミスター・ホールコムを取り巻いていた。

「一緒にパブへ行きませんか、ミセス・クリフトン？」出口へたどり着いたそのとき、彼の声がした。

「ありがとうございます。そのつもりです」メイジーはそう言っている自分の声を聞き、みんなと一緒に教室をあとにすると、〈シップ・イン〉を目指してのろのろと道を渡った。

一人、また一人と生徒たちは帰っていき、とうとうカウンターに残っているのは二人だけになった。

「あなたは自分がどれだけ優れた頭を持っているか、多少でも気づいていますか？」メイジーにもう一杯オレンジ・ジュースを奢って、ミスター・ホールコムが訊いた。

「そうおっしゃられても、十二のときに学校をやめていますし、いまだに読み書きもできませんし」

「確かに、学校をやめるのは早すぎたかもしれません。しかし、あなたは学ぶことをやめてはいませんよ。それに、何と言ってもハリー・クリフトンの母親ですからね、最終的には、私を教えることになるはずです」

「ハリーがあなたに教えたんですか？」

「毎日、教わりました。もっとも、彼はそうとは気づいていませんでしたがね。しかし、私は非常に早い時期から、あの子は私より頭がいいことがわかっていました。私の唯一の望みは、あの子をブリストル・グラマー・スクールへ行かせてやって、自分でそのことに気づいてもらうことでした」

「そして、あなたはそうしてくださった」メイジーは微笑んだ。

「危ういところでしたがね」ホールコムが認めた。

「ラスト・オーダーの時間です！」バーマンが声を張り上げた。

メイジーはカウンターの奥の時計を見た。信じられないことに、九時半を過ぎていた。それに、灯火管制の規則を破るわけにはいかなかった。

ミスター・ホールコムがメイジーを送るのは、まったく不自然には思われなかった。何と言っても、大昔からの知り合いなのだ。明かりのない通りを歩きながら、ミスター・ホールコムはハリーについて、もっともっと多くの話を語ってくれた。それを聞いて、メイジーは喜びと悲しみの両方を感じた。ミスター・ホールコムもハリーを失って寂しがっているのが明らかで、どうしてこの人にもっと早く感謝を口にしなかったのだろうと、後ろめたくさえあった。

スティル・ハウス・レーンの自宅の前まで戻ってきたとき、メイジーは言った。「ファースト・ネームを教えていただけますか？」

「アーノルドです」ミスター・ホールコムが恥ずかしそうに答えた。

「ぴったりですね」メイジーは言った。「アーノルドと呼んでもいいですか？」

「もちろんです」

「それなら、わたしのこともメイジーと呼んでもらわなくてはなりません」彼女は玄関の鍵を取り出し、鍵穴に挿し込んだ。「おやすみなさい、アーノルド。水曜日にお目にかかりましょう」


観劇の夜、メイジーはパトリック・ケイシーがブリストルへやってくるたびにオールド・ヴィク・シアターへ連れてきてくれた時代を思い出し、たくさんの幸福な記憶をよみがえらせた。しかし、パトリックの思い出が色褪せていき、未来があるかもしれないと感じる別の男と時を過ごしはじめたちょうどそのとき、あのろくでもないレプレホーン（捕まえると宝の隠し場所を教えるという、いたずら好きの小妖精）が、またもや彼女の人生にいきなり入り込んできたのだった。きみに会いたいのには理由があると、彼はすでに明らかにしていたし、その理由が何であるかは、彼女もほとんど疑いの余地なくわかっていた。彼を必要とするのは、ふたたび試練の人生に直面するためではない。わたしの胸のなかにあるのはマイクだ。これまで出会ったなかでだれよりも優しく、だれよりも礼儀正しく、わたしに対する思いを隠そうとする試みにも狡さが感じられない。

パトリックが教えてくれたことの一つに、芝居を観に行くときは遅刻してはならないということがあった。彼の考えでは、幕が上がってから、暗闇のなかでほかの観客の足を踏みながら、そこから動かしようのない中央の席へ向かうほど恥ずかしいことはなかった。

幕が上がる十分前に劇場へ入っていくと、マイクはすでにプログラムを手にしてロビーにいた。メイジーはとたんに口元が緩み、彼を見ると必ず気持ちが高ぶるのはなぜだろうと考えないではいられなかった。マイクが笑みを返し、彼女の頰にそっとキスをした。

「ノエル・カワードに詳しいわけではないんだが」プログラムをメイジーに渡しながら、マイクが認めた。「この芝居の梗概を読んだところでは、結婚すべきかどうか心を決めかねている男女の物語のようだ」

メイジーは黙って特別席へ向かいながら、順番が逆になっているアルファベットの文字を追っていった。〝H〟の列にたどり着いて中央の席を目指しているとき、チケット完売のお芝居なのに、マイクはどうやってこんないい席を手に入れられたのだろうと不思議に思わずにいられなかった。

照明が落ちて幕が上がると、マイクが手を握ってきた。その手が離れたのは、オーウェン・ネアズが登場し、観客が拍手喝采で迎えたときだけだった。物語は少し切迫しすぎていたが、メイジーはすっかり引き込まれた。しかし、大きなサイレンの轟きがミスター・ネアズの台詞を呑み込んでしまい、とたんにメイジーはわれに返った。周囲で一斉に恨みの呻きが聞こえ、俳優はすぐさま舞台から消えて、劇場の支配人と入れ替わった。支配人はきびきびと、連隊付最先任上級曹長をも満足させないではいないはずの手際のよさで観客を退避させた。劇場のチケット代を払うつもりのないドイツ人が空からやってくることに、ブリストル市民はとうに慣れっこになっていた。

マイクとメイジーは劇場を出ると階段を下り、防空壕へ急いだ。そこは殺風景だけれども、足繁く劇場へ通う者には馴染みになっていて、自宅のようにくつろげる場所になっていた。そこは坐るのにチケットはいらなかったから、人々はどこであろうと空いている場所へ、思い思いに腰を下ろした。労働党のクレメント・アトリーが言ったとおり、防空壕は社会を平等にする偉大な装置だった。

「想定外のデートになってしまったな」石の床にジャケットを広げながら、マイクが言った。

「若いころ」メイジーはその上に腰を下ろした。「何人もの青年がわたしをここへ連れ込もうとしたけど、実際に成功したのはあなたが初めてよ」マイクが声を上げて笑い、メイジーはプログラムのカヴァーに文字を書きはじめた。

「うれしがらせてくれるじゃないか」マイクがそっとメイジーの肩に腕を回した。そのとき、爆弾で地面が揺れはじめた。危険なほど近いようだった。「アメリカへはきたことがないよな、メイジー？」マイクが訊いた。

「ロンドンにだって行ったことがないわ」彼女の気持ちを空襲から逸らそうと、メイジーは認めた。「実を言うと、東へはウェストン－スーパー－メアとオックスフォードまでしか行ったことがないの。でも、結果として、両方とも最悪の旅になってしまったわ。わたしの場合、生まれたところにじっとしているほうがいいのかもしれない」

マイクがまた笑った。「是非ともアメリカを見せたいな」彼は言った。「特に南部をね」

「実際にそれができるかどうかを考えるためには、その前にドイツ軍に頼んで、二晩か三晩は大人しくしていてもらわないとだめね」メイジーが言ったとき、空襲警報が解除された。

防空壕に歓声が上がり、全員が予定になかった幕間を切り上げて、劇場へ引き返しはじめた。

彼らが席に着くとすぐに、支配人が舞台に登場した。「ただいまから、上演を再開いたします。幕間は取りません。ですが、ドイツがもう一度やってくるつもりになった場合は、中止とせざるを得ません。申し訳ないのですが、払い戻しはご容赦ください。ドイツの決まりなのです」それを聞いて、数人が笑った。

ふたたび幕が上がって間もなく、メイジーはまたもやわれを忘れて物語の虜になった。

俳優たちが最後のお辞儀をすると、観客は総立ちで拍手喝采を送ったが、それは彼らの演技だけでなく、マイクが言うところのドイツ空軍（ルフトヴァッフェ）に対する、もう一つのささやかな勝利に向けられたものでもあった。

「〈ハーヴェイズ〉にしようか、それとも〈ザ・パントリー〉がいいかな？」マイクがプログラムを手に取りながらいった。そこに印刷されているタイトルの文字一つ一つが×点で消され、その下に、タイトルの文字がアルファベット順に並びを変えて書き直されていた。——A、E、E、I、I、L、P、R、S、T、V、V。（この芝居のタイトルは"PRIVATE LIVES"、邦題は「私生活」）

「〈ザ・パントリー〉にしましょう」メイジーは言った。パトリックと一度〈ハーヴェイズ〉に行き、そこでハーヴェイ卿の娘のエリザベスがヒューゴー・バリントンと食事をしているのではないかと恐怖に怯（おび）えながら、こそこそと店内を見回していたことを認めたくなかった。

マイクはずいぶん長い時間をかけてメニューを見ていたが、メイジーにはそれが意外だった。なぜなら、料理の種類がとても限られていたからだ。普段なら駐屯地（キャンプ）——彼の好む言い方をするなら〝砦（フォート）〟——の様子を色々しゃべってくれるのだが、今夜は違った。イギリス人は野球（ベースボール）を知らないといつも文句を言うくせに、それさえ口にしなかった。気分でも悪いのだろうか、とメイジーは気になりはじめた。

「何かあったの、マイク？」と、とうとう訊かずにいられなかった。

彼が顔を上げた。「アメリカへ帰ることになったんだ」と彼が言ったそのとき、ウェイターがやってきて、注文を聞こうとした。何というタイミングなの、とメイジーは間の悪さに苛立ったが、少なくとも、多少の考える時間を与えてくれたことも事実だった。もちろん、考えるのは何を食べたいかではなかった。注文を取り終えてウェイターが去っていくと、マイクが話の続きを再開した。

「ワシントンでデスクワークをしろとさ」

メイジーはテーブル越しに身を乗り出し、彼の手を取った。

「あと半年はここに残らせてくれと頼んではあったんだ……きみと一緒にいられるようにね。だが、その要請は聞き入れられなかったということだ」

「そういう話を聞くのはとても残念だけど」メイジーは言った。「でも——」

「お願いだから、何も言わないでくれ、メイジー。それが難しいことはよくわかっているんだ。だけど、神はご存じだが、私はそのことについて十分に考えた」そのあとに、長い沈黙がつづいた。「知り合ってからいくらも経っていないことはわかっている。だけど、私の気持ちは、きみを見た最初の日から変わっていない」メイジーは微笑した。「そして」マイクがつづけた。「きみが私と一緒にアメリカへくるという選択肢を考慮してくれるかどうかを考え、そうあってほしいと願い、祈った……妻として、だ」

メイジーは言葉を失った。「そこまで言ってもらえて、とてもうれしいわ」ようやく言葉を絞り出したが、それ以外にどう言えばいいか、まったく思いつかなかった。

「もちろん、きみに考える時間が必要なことはわかっている。戦争という残酷な邪魔者のせいで、時間をかけて求愛できないのが残念でならないよ」

「出発はいつなの？」

「今月末だ。もしイエスと言ってくれたら、基地で結婚して、夫婦として一緒に帰ることができる」マイクが身を乗り出してメイジーの手を取った。「これまでの人生で、これ以上の確信を持ったことは一度もないんだ」そのとき、またもやウェイターが横に現われた。

「チョップド・レヴァーをご注文なさったのはどちらのお客さまでしょう？」


その夜、メイジーは眠れなかった。翌朝、朝食の時間に階下へ下りたとき、マイクにプロポーズされたことを母に告げた。

「いますぐ、〝イエス〟と返事をしなくちゃ」というのが、ミセス・タンコックの即答だった。「新しい生活を始めるのに、これ以上のチャンスはあり得ないわ。現実を見てごらん」そして、マントルピースの上のハリーの写真を悲しげに一瞥した。「おまえがここにとどまっている理由はもうないのよ」

実はもう一人、そのチャンスを与えてくれそうな男性がいるのだと明らかにしようとしたとき、スタンが飛び込んできた。メイジーはとたんに立ち上がった。「そろそろ行くわ、遅刻するといけないから」

「おれに百ポンドの借りがあるのを忘れるなよ！」と喚く声を背に、メイジーは部屋を出た。

その日の午後七時、メイジーが教室の最前列に腰を下ろしてすぐ、ミスター・ホールコムが入ってきた。

それからの一時間、彼女は何度も手を挙げた。まるで全部の答えを知っていて、教師に指名してもらいたがっている、嫌味な女子生徒のようだった。しかしミスター・ホールコムは、指名したいと思っていたとしても、それをおくびにも出さなかった。

「これからは火曜と木曜にこられないかな、メイジー？」生徒を連れてパブへ行こうと道を渡りながら、ミスター・ホールコムが言った。

「どうしてですか？」彼女は訊いた。「そんなに出来がよくありませんか（アーント・アイ・グッド・イナフ）？」

「〝アム・アイ・ノット・グッド・イナフ〟だよ」ミスター・ホールコムが躊躇なく訂正してから付け加えた。「その逆だよ。きみには中級クラスへ上がってもらうことにしたんだ。この生徒諸君が」そして、そこにいる同級生全員を身振りで示した。「きみに圧倒される前にね」

「でも、授業についていけないんじゃないですか、アーノルド？」

「最初はそうかもしれないが、今月の末には追いついているよ。それは間違いない。しかも、そのころには、きみを上級クラスへ上げなくてはならなくなっているはずだ」

メイジーは返事をしなかった。今月末には別の計画があるのだと、そう遠くないうちにアーノルドに告げなくてはならなくなるはずだったからだ。

またもや、最後までカウンターに残ったのはメイジーとミスター・ホールコムの二人だけになり、またもや、彼はスティル・ハウス・レーンまで送ってくれた。しかし、メイジーはハンドバッグから玄関の鍵を取り出したとき、ホールコムの表情を見て思った。この人、今夜はわたしにキスする勇気を奮い起こそうとしているみたい。いいえ、そんなことはあり得ない。それに、わたしには対処しなくてはならない問題が山積しているんじゃなかったの？

「ちょっと考えていたんだが」ミスター・ホールコムが言った。「きみに最初に読んでもらうとすれば、どういう本がいいんだろうな」

「それは本ではなくて」メイジーは鍵を鍵穴に挿しながら言った。「手紙になると思います」

# 30

パトリック・ケイシーは、月曜も火曜も水曜も、朝も昼も夜も、ホテルのレストランで食事をした。

かつての思い出を呼び覚ませるのではないかと期待して、わたしを〈プリムソル・ライン〉でのディナーに誘うはずだ、とメイジーは推測していた。実は、パトリックがアイルランドに帰ってブリストルへこなくなってからは、あのレストランへは一度も足を運んでいなかった。そして、推測は的中した。

パトリックの魅力にも、整った顔立ちにも、二度と惹かれまいと決心していたし、マイクのことや、彼との将来のことを打ち明けるつもりだった。ところが、その夜、時間が過ぎていくに連れて、その話題を持ち出すのがどんどん難しくなっていった。

「それで、ぼくが最後にブリストルにきて以降、きみは何をしていたんだ?」ラウンジのバーで食事前の一杯をやりながら、パトリックが訊いた。「もちろん、この町で最高のホテルのレストランを仕切りながら、同時に、何とか時間をやりくりして夜間学級へ通っているという事実は、だれだって知らずにはいられないけどね」

「でも、そういうことのすべてが、いずれ時がきたら……」声に感慨が混じった。

「いずれ時がきたら、何なんだ？」パトリックが訊いた。

「夜間学級はたったの十二週間なの」メイジーは態勢を立て直そうとした。

「十二週間後には」パトリックが言った。「賭けてもいいが、きみは教える側に回っているだろうな」

「あなたはどうなの？　あれ以来、どうしていたの？」メイジーは訊いた。そのとき、給仕長がやってきて、テーブルの準備が整ったことを告げた。

部屋の隅の静かなテーブルに腰を下ろすまで、パトリックはその質問に答えなかった。

「憶えているかもしれないが、三年ほど前に副部長に昇進して、それでダブリンへ帰ることになったんだ」

「あなたがダブリンへ帰らなくてはならなくなった理由を、わたしが忘れるはずがないでしょう」メイジーは言った。まったく平静でいるというわけにはいかなかった。

「何度かブリストルへ戻ろうとしたんだが、戦争が始まったとたんに、ほとんど不可能だとわかった。それに、手紙を書いても、残念ながら、きみの場合は意味がないからな」

「だけど、その問題は近い将来に解決されるかもしれないわよ」

「そのときは、ベッドで読んで聞かせてくれよ」

「この厳しい時代を、あなたの会社はどうやって凌いでいるの?」メイジーはもっと安全な領域へと会話の舵を切った。

「実を言うと、戦争のおかげで、アイルランドの企業の大半は景気がいいんだよ。国が中立を保っているからね、どちらとも取引ができるというわけだ」

「ドイツと商売をするのを何とも思ってないってこと?」メイジーには信じられなかった。

「そんなことはない。われわれは会社として、どこに忠誠心があるかは常に明らかにしてきている。それでも、数は少ないけれども、喜んでドイツと商売をする者がいないわけではない。そのせいで、われわれは辛い二年を経験した。しかし、アメリカが参戦したとたんに、アイルランド人は最終的に連合国側が勝利すると信じはじめたんだ」

ある特定のアメリカ人のことを切り出すチャンスだったが、メイジーはその気になれなかった。「それで、今回、ブリストルへは何の用できたの?」

「一言で答えるなら、きみだよ」

「わたし?」個人的なことに立ち入らない会話へ上手に戻るためにはどうすればいいだろう、メイジーは急いでその方法を考えようとした。

「そうなんだ。わが社の社長が今年いっぱいで引退するんで、ぼくがその後任になるよう、会長に言われたんだ」

「おめでとう」メイジーは言い、安全な領域へ戻ることができてほっとしながら、軽い調子になるようにしながら付け加えた。「それで、わたしをあなたの補佐として引っ張りたいということね」

「そうじゃない、妻としてだ」

思わず口調が変わった。「ねえ、パトリック、この三年のあいだ、一度も頭をよぎったことはないの？　わたしの人生に、だれかほかの男性が登場したかもしれないって？」

「毎日よぎったよ」パトリックが言った。「だから、ほかの男性が登場したかどうかを確かめるためにやってきたんだ」

メイジーはためらった。「ええ、いるわ」

「その男はもう結婚を申し込んだのか？」

「ええ」ささやくような声になった。

「そのプロポーズを受け入れたのか？」

「まだよ。でも、その人が今月末にアメリカへ帰る前に返事をすると約束したの」メイジーはさっきよりはっきりした口調で言った。

「それはぼくにもまだ可能性が残されているということかな」

「率直に言って、パトリック、その可能性はとても低いわね。あなたは三年近くも連絡をよこさなかった。それなのに、いま、どこからともなく、いきなり、あたかも何も変わっていないかのように現われるなんて」

　ウェイターが主菜をテーブルに置くあいだ、パトリックは弁明を試みようとしなかった。

「そんなに簡単だったらどんなによかったか」と、彼は言った。

「パトリック、いつだって簡単だったのよ。結婚してくれと三年前に言われていたら、わたしは一番の船でアイルランドへ行ったはずよ」

「そのときは、そう言えなかったんだ」

　メイジーはまったく料理に手をつけないまま、ナイフとフォークを置いた。「あなたが結婚してるんじゃないかって、ずっと疑ってたわ」

「それなら、なぜそのときに何も言わなかったんだ」

「あなたをとても愛していたからよ、パトリック。その屈辱を忍んでもいいとさえ思っていたわ」

「そして、ぼくがアイルランドへ帰ったのは、きみにプロポーズできないからだと考えようとした」

「でも、いまはできるようになった？」

「そうだ。ブリオニーには一年前に逃げられた。ぼくよりも関心を持ってくれる男に出会ったんだそうだ。たぶん、そんなに難しい決断じゃなかったんじゃないかな」

「何てこと。それにしても、わたしの人生はどうしていつもこんなにややこしくなるのかしら」

パトリックが苦笑した。「きみの人生をまたもやかき乱したのだとしたら申し訳ない。だけど、今回はぼくもそう簡単に引き下がるつもりはないんだ。まだほんの少しでも可能性があると信じられるあいだはね」そして、テーブル越しに身を乗り出し、メイジーの手を取った。直後にウェイターが戻ってきて、手つかずのまま冷たくなりつづけている料理に気づき、不安を顔に浮かべた。

「何か問題がございましたか、サー？」

「ええ」メイジーが答えた。「大ありよ」


メイジーはベッドに横になり、眠れないままに、自分の人生に入り込んできた二人の男のことを考えた。マイクはとても信頼できるし、とても優しくて、この世を去るまで裏切ったりはしない人だ。パトリックはとても刺激的で、活き活きしていて、一緒にいて一瞬も退屈しない人だ。その夜、メイジーは何度も気持ちが揺れた。もっと時間をかけて考える時間がないのが辛かった。

次の日の朝、食事に下りていって、選択の余地があるのならどちらと結婚すべきか訊いたとき、母親の答えは率直そのものだった。

「マイクだね」彼女はためらいなく言いきった。「長い目で見れば彼のほうがはるかに信頼できるし、結婚生活は長いものだからね」そして、付け加えた。「いずれにしても、わたしはアイルランド人ってやつを信頼したことがないんだ」

母の言葉を考量し、もう一つの質問をしようとしたとき、スタンが乱入してきて、ポリッジを貪り終えるや、メイジーの頭のなかにまで乱入した。

「今日、銀行の支配人に会うんじゃないのか？」

メイジーは返事をしなかった。

「確か、そうだったはずだ。いいか、おれの百ポンドを持って、まっすぐ帰ってくるんだぞ。さもないと、こっちから探しにいくからな」

「またお目にかかれて何よりです、マダム」ミスター・プレンダーガストがメイジーに椅子を勧めた。その日の午後四時をわずかに過ぎた時間だった。支配人はメイジーが腰を下ろすのを待って、切り出した。「私のお客さまの気前のいい申し出を考えていただけましたか？」

メイジーは笑みを浮かべた。たった一言で、ミスター・プレンダーガストはどっちの利害を優先させているかを明らかにしてしまっていた。

「もちろん、考えさせてもらいました」メイジーは答えた。「四百ポンドを鐚一文でも欠けたら、その申し出を受けることは考えられないと、あなたのお客さまに伝えていただければありがたく思います」

支配人の口があんぐりと開いた。

「それから、わたしは今月末にブリストルを出る可能性があります。というわけで、わたしの気前のいい申し出は一週間しかテーブルの上にとどまらないことをあなたのお客さまにお知らせ願えれば、そのご親切にも感謝します」

支配人の口が閉じた。

「来週の今日、同じ時間に、また寄らせていただこうと思っています、ミスター・プレンダーガスト、あなたのお客さまのお返事はそのときに聞かせていただければ結構です」メイジーは立ち上がると、大きな笑みを浮かべて付け加えた。「どうぞ、よい週末をお過ごしくださいな、ミスター・プレンダーガスト」

気がついてみると、ミスター・ホールコムの言葉に集中するのが難しくなっていた。その理由の一つは、初級クラスよりも中級クラスのほうがはるかに要求が高いということにあった。このクラスへの参加を受け入れたことを、何たることか、メイジーは早くも後悔していた。挙手をするのも、答えるときより質問するときのほうが多かった。

ミスター・ホールコムの熱意は生徒にも伝染する力があったし、彼はまた、自分たちは平等であり、最もささやかな貢献こそが重要なのだとみんなに思わせる、本物の才能を持っていた。

彼は自分が基礎と呼んでいるものを二十分ほどおさらいしたあと、『若草物語』の七十二ページを開くように言った。メイジーにとって数字は問題ではなかったから、苦もなく正しいページにたどり着いた。ミスター・ホールコムは三列目の女性を指名すると、起立して最初の段落を読むように言った。ほかの生徒はその朗読に合わせて、それぞれの文章の単語を一語一語たどっていった。メイジーもページの左上、一番最初の文字の上に指を置き、音読に遅れまいと必死で単語をたどっていったが、あっという間についていけなくなった。

ミスター・ホールコムが最前列の男性を指名し、もう一度同じところを読ませたときは、メイジーもいくつかの単語を特定することができたが、次はおまえが読めと指名されないことを祈るしかなかった。もう一度同じところを読むよう別人が指名されたときには、安堵の吐息が漏れた。その読み手が役目を終えて着席すると、メイジーはひたすら俯いて難を逃れようとしたが、ミスター・ホールコムは見逃してくれなかった。

「最後にミセス・クリフトン、起立して、同じ段落を読んでください」

メイジーはほとんど心ここにあらずの状態で起立し、何とか集中しようとした。そして、その段落を最初から最後まで、ほとんど一語も違(たが)えずに声に出していったが、ページを見ることは一度もなかった。長い年月をレストランで過ごし、たくさんの複雑な注文を頭に叩き込まなくてはならなかったのだ。

着席すると、ミスター・ホールコムが優しい笑みを浮かべて言った。「見事な記憶力ですね、ミセス・クリフトン」その言葉の意味がわかった者は一人もいないようだった。「では、授業を進めましょう。いま読んでもらった段落にある、ある言葉の意味を話し合いたいと思います。たとえば、二行目に〝婚約（ベトローサル）〟という単語がありますね。昔の言葉です。だれか、同じ意味の、もっといまふうの言葉を知っている人はいませんか？」

数本の手が挙がり、聞き慣れた荒い足音が教室へ向かってくるのさえ聞こえなかったら、メイジーもその一人になっていたはずだった。

「ミス・ウィルソン」ミスター・ホールコムが指名した。

「〝結婚（マリッジ）〟です」彼女が答えたとき、ドアが乱暴に開いて、メイジーの兄が乱入してきた。彼は黒板の前で足を止めると、素速く教室に目を走らせ、生徒の顔を一人一人確認していった。

「何か、ご用ですか？」ミスター・ホールコムが丁寧な口調で尋ねた。

「あんたに用はない」スタンが言った。「おれが正当にもらう権利のあるものをもらいにきただけだ。あんたも自分の身のためを思うなら、他人（ひと）のことに首を突っ込まないほうがいいぞ、先生」そして、メイジーを見つけて睨みつけた。

ミスター・プレンダーガストの大事な顧客の提示に対して逆提示をしたから、それが受け入れられたかどうかわかるのは一週間後になると、メイジーは明日の朝、朝食のときに話すつもりでいた。しかし、スタンはすでに断固として歩き出していて、いまはお金を持っていないのだと言ったところで、聞き入れられるはずがないこともわかっていた。

「おれの金はどこだ?」メイジーの席まではまだ距離があったが、スタンは気にする気配もなく、聞こえよがしに要求した。

「まだ、取引は成立していないの」メイジーは応えた。「もう一週間待ってもらうしかないわね」

「もう充分だ、これ以上待てるか!」スタンは悲鳴を上げる妹の髪をひっつかんで席から引きずり出すと、そのまま出口へ向かった。全員が茫然と見送るなか、ただ一人、その行く手を阻む者がいた。

「邪魔するな、先生」

「忠告します、妹さんを離しなさい、ミスター・タンコック。さもないと、いまよりももっと厄介で面倒なことになりますよ」

「それはあんたの忠告か? それとも、だれかの軍隊の忠告なのか?」スタンが鼻で嗤った。「そこをどかないと、その歯をへし折って、喉の奥まで叩き込んでやるぞ。断言してやるが、いまよりも、もっと見てくれが悪くなるのは間違いないだろうな」

目にも留まらぬ速さで鳩尾に叩き込まれた拳がスタンの身体を二つ折りにし——それを言い訳にしてもよかったのだが——態勢を立て直せないうちに二発目の拳が顎に炸裂した。

そして、三発目が命中したとき、スタンは立木が倒れるように大の字にぶっ倒れた。

　蹴りが飛んでくるものと腹をかばって倒れているスタンを仁王立ちになって見下ろしながら、ミスター・ホールコムは相手が立ち上がるのを待った。スタンはようやくよろよろと立ち上がると、一瞬たりと彼から目を離さないようにしながら、ゆっくりと出口のほうへ後ずさった。そして、安全な距離まで遠ざかったと考えるや、メイジーへ目を移した。彼女はいまも身体を丸めて床にうずくまり、声を殺して泣いていた。

「おれの金を手に入れるまで、家に帰ってこないほうがいいぞ。何が身のためかをわかっているんならな！」スタンが唸(うな)るように吐き捨て、そのあとは一言も発せずに廊下へ飛び出していった。

　したたかにドアが閉められる音が聞こえてからも、メイジーは恐ろしくて動けなかった。生徒たちは席を立ち、教科書を片づけて、そっと教室を出ていった。今夜、パブに行こうとする者はいないようだった。

　ミスター・ホールコムは急いで教え子のところへ行くと、彼女の横に膝を突き、震えている身体をしばらく抱いてやってから言った。「今夜は私の家に泊まりなさい、メイジー。使っていない部屋があるから、そこで寝(やす)めばいい。今夜だけでなく、いたいだけいてくれてかまわないからね」

エマ・バリントン

一九四一年―一九四二年

# 31

「六十四丁目とパーク・アヴェニューまでお願い」エマはウォール・ストリートのセフトン・ジェルクスの事務所の前でタクシーに飛び乗った。

後ろの席に坐って、フィリス大叔母の家の玄関をくぐったら、あるいは、くぐれたら、彼女にどう言おうか考えようとしたが、タクシーのラジオがやかましくて集中できなかった。ヴォリュームを下げてくれと頼もうかとも考えたが、ニューヨークのタクシー運転手は自分の都合次第で耳が聞こえなくなることを、彼女はすでに学習していた。もっとも、本当に耳が聞こえないということは滅多になかったし、しゃべれないということは絶対になかったが。

真珠湾というところで何があったかを説明する、コメンテーターの興奮した声を聞きながら、大叔母が最初に発する質問はこれしかないだろうとエマは想像した──「どうしてニューヨークへきたのかしら、お嬢さん?」。そして、こうつづくに違いない──「ニューヨークにはいつからいるの?」。さらに──「どうしてすぐに会いにこなかったの?」。

その三つの質問すべてについて、わたしはもっともらしい答えを持ち合わせていない。ただし、彼女に洗いざらい打ち明けるというのであれば話は別だが、それはできれば避けたかった。何しろ、自分の母親にさえ洗いざらいは打ち明けてはいないのだから。

ひょっとすると、わたしが自分の兄の孫娘だと知らない可能性だってあるのではないか。それに、わたしの知らない、ずいぶん昔からつづいている家族間の不和だってあるかもしれない。あるいは、大叔母が世を捨てているとか、離婚したとか、再婚したとか、頭がおかしくなっているとか、そういう恐れだってなくはないかもしれない。

かつて一度だけ、〝フィリス、ゴードン、アリステア〟とサインのあるクリスマス・カードを見たことがあるが、わたしが憶えているのはそれだけだ。一方が夫で、もう一方は息子だろうか？　さらにまずいことに、わたしが本当に彼女の兄の孫娘だという証拠がない。

タクシーが玄関の前で止まり、運転手にさらに二十五セントを渡したときには、フィリス大叔母と対面する自信がさらにしぼみはじめてさえいた。

エマはタクシーを降りると、褐色砂岩四階建ての堂々たる建物を見上げ、玄関をノックしようか迷ったあげく、その街区（ブロック）を歩いて一回りすることにした。戻ってきたときには、多少なりと自信が回復しているかもしれない。六十四丁目を下っていると、ニューヨーク市民が異常なほどに慌（あわ）ただしく行き来していることに気づかないではいられなかった。顔にはショックと不安が貼りついていて、なかには空を見上げている者もいた。まさか、次はマンハッタンが日本軍に空襲されると思ってるんじゃないでしょうね？

　パーク・アヴェニューの角で、新聞売りが同じ見出しを叫びつづけていた、「アメリカが宣戦布告！　最新情報だよ！」

　フィリス大叔母の自宅玄関の前へ戻ってきたときには、彼女を訪ねるには、今日は最悪の日かもしれないという気がしはじめていた。一旦ホテルへ引き返して、明日、出直すほうが賢明ではないのか。だけど、明日にしたからといって、何が変わるの？　お金はほとんど底を突きかけているし、もしアメリカが参戦しているのなら、どうやってイギリスへ帰るの？　イギリスはともかく、二週間以上は絶対に離れているつもりのなかったセバスティアンと、どうやって再会するの？

　気がついてみると、五段の階段を上がり、磨き上げられた黒いドアの前に立っていた。そのドアには、やはり丹念に磨き上げられた、真鍮の大きなノッカーがついていた。もしかしたら、フィリス大叔母は留守かもしれない。あるいは引っ越しているかもしれない。ノックしようとしたとき、壁にベルが取り付けられていることに気づいた。その下に、〝出入り商人用（トレイズメン）勝手口〟と印刷されていた。エマはベルを押し、一歩下がって待った。まず顔を合わせるのなら、商人（トレイズメン）を相手にしている人のほうが、はるかに気が楽だった。

　やがて、黒のジャケットに縦縞（たてじま）のズボン、白いシャツにグレイのタイという上品な服装の、長身の男性がドアを開けた。

「何かご用でしょうか、マダム？」と、彼は尋ねた。明らかにエマを商人ではないと判断したようだった。

「エマ・バリントンと申します」彼女は名乗った。「フィリス大叔母さまはご在宅でしょうか」

「もちろん、いらっしゃいますよ、ミス・バリントン。月曜の午後はブリッジをなさると決まっていますので。ともかく、どうぞお入りください。あなたがいらっしゃっていることをミセス・スチュアートにお伝えしますので」

「もしご都合が悪いようなら、明日、もう一度お訪ねしてもまったくかまいませんが」エマは口籠もったが、ドアはなかに入った彼女の背後ですでに閉まっていて、男性はもう廊下を半分ほど歩き出していた。

　玄関ホールで待っていると、スチュアート一族がどの国の出身かを嫌でも知ることになった。突き当たりの壁に、交差した二本の剣の上にボニー・プリンス・チャーリー（〝素敵なチャーリー殿下〟。イギリス王位を僭称したチャールズ・エドワード・スチュアートの愛称）の肖像画が、その隣りに、スチュアート一門の紋章を描いた盾が掲げられていたのだ。エマはそこをゆっくりと往きつ復りつしながら、ペプロー、ファーガソン、マクタガート、レイバーンといった、いずれもスコットランドの画家たちが描いた絵画を愛でて飽きなかった。祖父のハーヴェイ卿が所有し、マルジェリー・キャッスルの客間に飾っていた、ローレンスの絵が思い出された。大叔父が何を生業にしているのかは知らなかったが、これらの絵を見ただけでも、成功していることは明らかだった。

数分後、執事が相変わらず無表情で戻ってきた。真珠湾のニュースを聞いていないのかもしれなかった。

「客間へご案内するようにとのことでございました」彼が言った。

ジェンキンズにそっくりだった。余計なことは一切口にせず、何があろうとも、何事にもむらがなく、過剰でない敬意をきちんと表わしている。イギリスのどこの出身かを訊きたかったが、余計なことだと思われるような気がして、何も言わずに彼に従って廊下を歩いていった。

階段を上がろうとしたとき、執事が足を止めてエレヴェーターの格子扉を引き開け、脇へどいて客を乗り込ませた。個人の家にエレヴェーター？　もしかしてフィリス大叔母は身体が不自由なの？　エレヴェーターが身体を揺らしながら三階へたどり着き、エマは美しく装飾された客間へ入った。車の騒音や鳴り響くクラクション、警察車両のサイレンがなかったら、エディンバラにいると錯覚しそうだった。

「こちらでお待ちいただけますか、マダム」

エマが入口で待っていると、執事は部屋を横断して、薪が燃える煖炉を囲んでいる、四人の年輩の女性のところへ歩み寄った。四人はお茶とクランペットを楽しみながら、音量を抑えたラジオに耳を澄ませていた。

「ミス・エマ・バリントンをご案内しました」執事が告げると、全員が振り返って、エマのほうを見た。そのなかのだれがハーヴェイ卿の妹か、本人が立ち上がって迎えてくれるのを待つまでもなく、エマには一目瞭然だった。燃えるような赤い髪、茶目っ気たっぷりの笑み、代々つづく家柄の出であることを紛いようもなく示している雰囲気。

「まったく見違えるようだわ、これがあの小さなエマだとはね」フィリス大叔母が言い、仲間の三人から離れて、兄の孫娘のところへやってきた。声にはいまも、かすかではあったが、ハイランドの軽快な調子が残っていた。「この前会ったときは、膝丈で女子用の袖無しの学校着を着て、白いショート・ソックスにゴム底のズック靴を履き、ホッケーのスティックを持っていたのにね。相手チームの小さな男の子のことが心配でならなかったわよ」エマは微笑した。祖父と同じユーモアのセンスだ。「それなのに、いまのあなたときたら、見事に花開いて、こんなに美しい女性になったとはね」エマの頬が赤くなった。

「それで、ニューヨークへはどういう用があってきたの？」

「こんなふうにお邪魔してごめんなさい、大叔母さま」三人の女性のほうを神経質にうかがいながら、エマは口を開いた。

「あの人たちなら、気にしなくても大丈夫よ」大叔母がささやいた。「大統領の演説を聞いたあと、他人のことを気にする余裕なんかないんだから。ところで、荷物はどこにあるの？」

「メイフラワー・ホテルに置いてあります」エマは答えた。

「パーカー」フィリスが執事を見て指示した。「メイフラワーへ人を遣って、ミス・エマの荷物を引き上げてきてちょうだい。それから、お客さま用の主寝室の支度をお願いするわ。今日のニュースを聞いたところでは、わたしの兄の孫娘はしばらくここに滞在することになりそうですからね」執事は即座に指示の実行にかかった。

「でも、大叔母さま――」

「〝でも〟は無しよ」フィリスが片手を上げて制した。「それから、わたしを大叔母さまと呼ぶのも厳禁ですからね。だって、口やかましい年寄り女を連想させるでしょ？　確かに、わたしだってそうである可能性は否定できないけど、日常的にそれを思い出させられたくはないものね。だから、どうぞ、フィリスと呼んでちょうだい」

「ありがとうございます、フィリス大叔母さま」エマは言った。

フィリスが声を立てて笑った。「そのイギリス人らしいところがたまらないわね、大好きよ」そして、つづけた。「さあ、わたしのお友だちにご挨拶してちょうだい。こんなに自立した、恐ろしいほど現代的なお嬢さんに会ったら、みんな一目で虜になること請け合いだわ」

〝しばらく〟というのが一年以上を意味するとわかり、一日一日と日が過ぎていくにつれて、エマは何としてもセバスティアンに会いたいという思いが限界まで募ろうとしていたが、息子が成長していく様子を知るには、母と、そしてときどきグレイスから届く手紙に頼る以外になかった。〝おじいさま〟の死を知ったときは、涙をこらえられなかった。永久に生きつづける人だと思っていたのだ。だれが会社を引き継ぐかは考えないようにし、さすがの父親もブリストルに顔を出す度胸はないはずだと考えることにした。

フィリスのおかげで、エマは実家以上に実家のような気持ちで過ごすことができた。まるで、フィリス自身が実の母親であるかのようだった。エマはすぐに見抜いたのだが、大叔母はハーヴェイの血を典型的に引いている人だった。失敗に対して寛容で、〝不可能〟とか〝ありそうもない〟とか〝実行不能〟という意味を持つ言葉の載っているページは、彼女がかなり若い時期に辞書から破り捨てられたに違いなかった。フィリスが言うところの客用の主寝室はセントラル・パークを望むスイートで、メイフラワー・ホテルのシングル・ルームで窮屈な思いをしたあとだったから、うれしい驚きだった。

二つ目の驚きは、最初の夜にディナーに下りていったときだった。フィリス大叔母ときたら、派手な深紅のガウンをまとい、グラスに入ったウィスキーを飲みながら、長いホルダーに挿した煙草を吸っていた。この人にとって現代的というのはこういうことなのだと、エマは内心でにやりとした。

「息子のアリステアも同席することになっているの」フィリスが告げ、それを待って、パーカーがエマのグラスにハーヴェイの甘口シェリー、〈ブリストル・クリーム〉を注いだ。「あの子は弁護士で独身なの」フィリスが付け加えた。「二つとも、取り返すのがほとんど無理だと思われるような不利な材料よね。でも、とっても面白いときがないわけでもないのよ、多少辛口だとしてもね」

数分後、フィリスの息子のアリステアが到着した。母親と食事をするのにディナー・ジャケットを着用しているところなど、まさしく〝外国でもイギリス人たらんとするイギリス人〟を体現していた。

エマの見たところでは年齢（とし）のころは五十ぐらいか、幾分太り気味の体形を、腕のいい仕立て屋が上手にごまかしていた。アリステアのユーモアは確かに少し辛口だったかもしれないが、頭がよく、面白く、何でも知っていることは――いま担当している裁判についてもしゃべってしまうところが玉に瑕（きず）だとしても――疑いの余地がなかった。自分の夫が死んで以来、アリステアはいま勤めている法律事務所の最年少のパートナーなのだと、彼の誇り高い母親からディナーの最中に聞かされても、エマは驚かなかった。息子が結婚しない理由を、フィリスは知っているに違いなかった。

それが美味しい料理と、素晴らしいワインと、アメリカ流の率直なもてなしのせいかどうかはよくわからなかったが、エマはとてもリラックスして、ついにはレッド・メイズ校のホッケー場で最後にフィリス大叔母が見て以降、自分の身に何があったかを、一つ残らず明らかにしてしまった。

　危険をも顧みずに大西洋を渡ってきた理由を説明するころには、フィリスもアリステアも、まるで別の星からやってきたばかりの女でも見るような顔でエマを見つめていた。

　フルーツ・タルトの最後の一口を片づけ、たっぷりしたブランディに目を向けるや、アリステアはそれからの三十分を費やして、思いがけず登場した客の調べをもう一度行なった。まるで自分が反対尋問をする弁護士で、彼女が敵対する証人のようだった。

「そうだな、これだけは言えるでしょうね、お母さん」アリステアがナプキンを畳みながら結論した。「この件は〈アマルガメイテッド・ワイヤー〉対〈ニューヨーク・エレクトリック〉より、はるかに見込みがあるということです。ぼくはセフトン・ジェルクスと剣を交えるのを待ちきれませんね」

「ジェルクスと関わってわたしたちの時間を無駄にすることに、どんな意味があるんですか？」エマは訊いた。「いまはハリーを見つけて、疑いを晴らすことのほうがはるかに重要でしょう」

「それはそうだ」アリステアが言った。「だけど、二つはつながっているような気がするんだ」そして、エマが持ってきた『ある囚人の日記』を手に取ると、ページを開くのではなく、背表紙を見た。

「出版社はどこなの？」フィリスが訊いた。

「〈ヴァイキング・プレス〉だよ」アリステアが答え、眼鏡を外した。

「まあ、ハロルド・ギンズバーグのところじゃないの」

「この詐欺事件で、彼とマックス・ロイドがつるんでいると思う？」息子が母に訊いた。

「それはあり得ないでしょうね」フィリスが否定した。「あなたのお父さまから聞いたんだけど、一度、ギンズバーグと法廷で対決したことがあったんですって。わたしの記憶では、侮りがたい敵だけど、法律を曲げようなどとはこれっぽっちも思わない人物であって、まして法を破るなどあり得ないと評価していたはずよ」

「それなら、勝ち目はあるな」アリステアが言った。「なぜなら、これが法廷に持ち出されることになれば、彼は自分の名前を利用して犯罪が為されたことが明るみに出るのを喜ばないだろうからね。だが、まずはこれを読まなくちゃね。出版社と会う段取りをするのはそれからだ」そして、テーブルの向こうからエマを見て微笑んだ。「ミスター・ギンズバーグがきみのために何ができるか、何としてもそれを発見するつもりだよ、お嬢さん」

「そして、わたしはおまえと同じぐらい」フィリスが言った。「エマがハロルド・ギンズバーグのために何ができるか、何としてもそれを発見したいわね」

「まさにその通りだよ、お母さん」アリステアが認めた。

パーカーに二杯目のブランディを注いでもらい、葉巻に火をつけ直してもらったアリステアに、エマは敢えて訊いた――レーヴェンハム刑務所にいるハリーへの面会許可が出る見込みはどのぐらいあるのだろうか。

「明日、きみの代わりに申請書を書いてあげるよ」アリステアが葉巻を吹かす合間に約束した。「きみの有能な刑事より多少は役に立てるかどうか、やってみようじゃないか」

「わたしの有能な刑事？」エマは訝った。

「稀(まれ)に見る有能な刑事だ」アリステアが言った。「ジェルクスが関わっているとわかったあとで、それなのにきみに会うことに同意したなんて、コロウスキー刑事というのは驚きだよ」

「彼が役に立ったと聞いても、わたしはちっとも驚かないわよ」フィリスが言い、エマにウィンクした。

# 32

「では、あなたのご主人がこの本を書いたと言われるのですね？」

「一つ目の答えは〝ノー〟です、ミスター・ギンズバーグ」エマは言った。「ハリー・クリフトンとわたしは結婚していません。ただし、彼の子供の母親ではあります。そして、もう一つの答えは〝イエス〟です。『ある囚人の日記』は、ハリーがレーヴェンハム刑務所に服役しているあいだに書いたものです」

ハロルド・ギンズバーグが鼻の先に載せていた半月形の読書眼鏡を外し、机の向こう側に坐っている若い女をしげしげと見た。「あなたの主張には多少問題がありますな」彼は言った。「私としては、あの日記のすべての文章がミスター・ロイドの筆跡で書かれたものであることを指摘しておくべきかもしれません」

「あの男はハリーの原稿を一語一語写したんです」

「そういうことが可能だとすれば、そのためにはミスター・ロイドとトム・ブラッドショーが同房でなくてはならなかったはずです。それを調べるのはそんなに難しくないと思いますよ」

「あるいは、図書室で一緒に仕事をしていたかもしれません」アリステアがほのめかした。

「この本を書いたのがミスター・ロイドでないと証明されたら、わが社は――そして、私は――最も控えめな言い方をしても、不愉快な立場に立たされることになるでしょう。そして、そういう状況になれば、私としては法的手段に訴えるほうが賢明だということになりかねません」

「まずはっきりさせておきたいのですが」エマの右隣りに坐っているアリステアが割り込んだ。「今日、お邪魔したのは、私の叔父の孫娘の話をあなたもお聞きになられたほうがよかろうと、まったくの善意で考えたからなのです」

「私があなた方に会うことに同意した唯一の理由は」ギンズバーグが言った。「あなたの、いまは亡きお父上をとても尊敬しているからです」

「父とお知り合いだったとは存じませんでした」

「いや、知り合いというわけではありません」ギンズバーグが言った。「わが社が関係した争いで、あなたのお父上は敵対する側の代理人でした。それで、裁判が終わったあと、後悔したんです。どうしてあなたのお父上を私の側の代理人にしなかったのかとね。しかし、あなたの叔父上のお孫さんの話を私が受け入れるためには」そして、つづけた。「ここにおられるミス・バリントンに、一つ、あるいは二つ、質問させてもらわなくてはならないが、それはかまいませんか？」

「どんな質問でも喜んでお答えします、ミスター・ギンズバーグ」エマは言った。「ですが、失礼とは思いますけれども、あなたはハリーの本をお読みになっているんでしょうか」

「わが社の出版物には必ず、一冊残らず目を通すことを旨としていますよ、ミス・バリントン。そのすべてが面白いとも、すべてを最後まで読み切っているとも言うつもりはありませんが、『ある囚人の日記』については、第一章を読み終えた瞬間に、ベストセラーになると確信しました。二百十一ページの余白にメモまで取ったぐらいです」ギンズバーグはその本を手に取ると、ページをめくって、その部分を声に出して読みはじめた。「〝私は昔から作家になりたかった。というわけで、いまはブリストルを舞台にした刑事小説シリーズの、第一作目のストーリイの概略を考えているところだ〟」

「ブリストル」エマは老出版人をさえぎった。「マックス・ロイドがブリストルのことを知っているはずがないと思いますけど？」

「ミスター・ロイドはイリノイの生まれなんですが、あの州にブリストルというところがあるんですよ」ギンズバーグが答えた。「そのシリーズの第一作に興味があるから読ませてもらえないかと私が頼んだときに、ミスター・ロイドがそう教えてくれました」

「そのシリーズをあなたが読まれることは、絶対にないはずです」エマは断言した。

「すでに『過たれた正体』の冒頭部分が届いているんですが」ギンズバーグが言った。「かなりいい出来だと言わざるを得ません」

「あの日記と同じ文体で書かれているんでしょうか」

「そうです。訊かれる前に答えておきますが、ミス・バリントン、筆跡も同じです。それも複写だと、あなたがおっしゃるのなら別ですがね」

「一度成功しているんですよ。もう一度同じ手を使っても不思議はないんじゃありませんか?」

「しかし、ミスター・ロイドが『ある囚人の日記』の著者ではないという、正真正銘の証拠があるのですか?」ギンズバーグの声に苛立ちが現われはじめた。

「あります。わたしが〝エマ〟として登場しているのが、その証拠です」

「あのエマがあなたなのであれば、ミス・バリントン、とてつもない美人だという著者の判断に私も同意するにやぶさかではありませんな。それに、彼女は活発で闘志満々だと著者は言っていますが、それもすでに証明しておられる」

エマは微笑して言った。「お世辞がお上手でいらっしゃいますね、ミスター・ギンズバーグ」

「やはり著者の言うとおり、まさしく活発で闘志満々の人だ」ギンズバーグが半月形の眼鏡を鼻に戻した。「それでも、あなたの主張が法廷で持ち堪えられるかどうかは疑わしいのではないですか？　セフトン・ジェルクスは半ダースものエマを証人に呼ぶでしょう。ずっと昔からロイドを知っていると、無条件に宣誓するエマたちをね。あなたが私を説得するには、もっと確実な証拠が必要ですよ」

「偶然にしてはいささかできすぎていると思いませんか、ミスター・ギンズバーグ？　トーマス・ブラッドショーがレーヴェンハム刑務所にやってきた日が、たまたま日記の一日目なんて？」

「その点についても、ミスター・ロイドから説明を受けています。日記を書きはじめたのは刑務所の図書係になって、以前より自由になる時間が増えたからだそうです」

「でも、刑務所の最後の夜について、あるいは釈放される朝についての言及が一切ないのはなぜでしょう？　彼は食堂で朝ご飯を食べ、普段どおりに図書室へ出勤しているだけですけど」

「なぜなのか、あなたには心当たりがあるんですか？」ギンズバーグが眼鏡越しに上目遣いにエマを見た。

「この日記を書いたのがだれであれ、その人はいまも刑務所にいて、たぶんいまも日記を書きつづけているからです」

「それを確かめるのは難しくないはずだが？」ギンズバーグが片眉を上げた。

「おっしゃるとおりです」アリステアが応えた。「ミス・バリントンがミスター・ブラッドショーに面会できるよう、すでに申請書を提出してあります。近親者の場合、特別に配慮するという条項がありますのでね。それで、レーヴェンハム刑務所長から許可が出るのを待っているところです」

「もう少し質問をさせてもらってもよろしいかな、ミス・バリントン。疑いを曖昧(あいまい)なままにしておきたくないのでね」ギンズバーグが言った。

「もちろんです」エマは応えた。

老人が微笑し、ずり上がったヴェストを引っ張り下ろすと、眼鏡を押し上げて、自分の前に広げてあるノートに書き留めた質問事項に目を落とした。「ジャック・タラント大尉とはどういう人物なのだろう？　ときどき、オールド・ジャックとして日記には登場しているが？」

「わたしの祖父の一番古い友人です。ボーア戦争を一緒に戦ったんです」

「どちら側の祖父になるのかな？」

「サー・ウォルター・バリントンです」

ギンズバーグがうなずいた。「そして、あなたはミスター・タラントを尊敬すべき人物だと見なしていた？」

「シーザーの妻と同じぐらい、まったく非の打ち所のない人でした。ハリーの人生に最大かつ唯一の影響を及ぼした人でしょう」

「しかし、あなたとハリーの結婚を邪魔したことについては、非難されるべきではないのかな？」

「その質問は、日記の書き手がだれかという問題と関係があるんでしょうか？」アリステアが割り込んだ。

「関係があるかどうかは、答えてもらえばわかるのではないかな」ギンズバーグがエマを見つめたまま応えた。

「わたしの父のヒューゴー・バリントンがハリーの父親でもある可能性があるということを教区司祭に警告する義務があると、ジャックはそう考えたんです」いまにも泣き出しそうな声だった。

「どうです、ミスター・ギンズバーグ、必要な質問でしたか？」アリステアが憮然として訊いた。

「もちろんです」ギンズバーグが答え、机の上の『ある囚人の日記』を手に取った。「これで、はっきり納得することができました。この本を書いたのは、ハリー・クリフトンです。マックス・ロイドではありません」

エマの頬がゆるんだ。「ありがとうございます。でも、どうすればいいかがよくわからないんです」

「私については、自分のすべきことははっきりわかっています。まずは印刷機の性能が許す限り大至急、改訂版を出します。二つの大きな修正を加えてね。つまり、表カヴァーの著者の名前をマックス・ロイドからハリー・クリフトンに差し替え、裏カヴァーの写真も、本当の著者のものに替えるんです。彼の写真は持っておられますね、ミス・バリントン」

「何枚か持っています」エマは認めた。「そのなかには、ニューヨーク港へ入る〈カンザス・スター〉船上の彼を写したものも含まれています」

「それなら、同時に説明できるのではないかな、つまり――」ギンズバーグが言おうとした。

「しかし、そうやって改訂版を出したら」アリステアがさえぎった。「大変なことになりますよ。ジェルクスは彼のクライアントのために名誉毀損の訴えを起こし、相応の損害賠償を要求せずにはいないでしょうからね」

「是非とも、そうあってほしいものですな」ギンズバーグは平然としていた。「なぜなら、ジェルクスがそういう訴えを起こしてくれたら、この本がベストセラー・リストの最上段に返り咲き、数カ月はその位置を譲ることがないのは明白ですからね。しかし、もし彼が何もしなければ――たぶん、そうなるでしょうが――ハリー・クリフトンが最終的にレーヴェンハム刑務所行きになる経緯について書いた、行方不明になっているノートを見ている人間は、唯一自分だけだと信じていることを示す結果になるわけです」

「ノートがもう一冊あることはわかっています」エマは言った。

「もちろん、あるでしょうな」ギンズバーグが応えた。「あなたが〈カンザス・スター〉に言及してくれたおかげで私にもはっきりわかったのだが、実はミスター・ロイドが『過たれた正体』の冒頭部分だと言って見せてくれた原稿は、実際には犯していない罪で有罪を宣告される前のハリー・クリフトンの状況を記したものに過ぎなかったということですよ」

「それを読ませていただけますか?」エマは言った。

アリステアのオフィスに入った瞬間、何かひどくまずいことがあったのだとわかった。あの温かい歓迎の笑顔はなく、眉間に皺の寄った顔があるばかりだった。

「ハリーへの面会許可が下りなかったんですね?」エマは訊いた。

「そうなんだ」アリステアが応えた。「きみの申請は却下された」

「でも、なぜですか? わたしは十分に資格を満たしているんですよね?」

「今朝早く、所長に電話をして、いまのきみとまったく同じ質問をしたよ」

「却下の理由は何だったんですか?」

「自分の耳で聞いてみるといい」アリステアが言った。「そのときの会話を録音しておいたんだ。注意して聞くんだぞ、そのなかに三つの重要な手掛かりがあるからね」そしていきなり身を乗り出し、テープレコーダーの再生ボタンを押した。二本のリールが、低い唸りとともに回転しはじめた。

「レーヴェンハム刑務所です」

「所長をお願いします」

「どなたでしょう」

「アリステア・スチュアート、ニューヨークで弁護士をしています」

　相手が沈黙し、別の呼出し音が鳴りはじめた。もっと長い沈黙があってから、声が返ってきた。「おつなぎします、サー」

　所長が電話に出ると、エマは椅子に浅く坐り直し、耳を澄ませた。

「おはようございます、ミスター・スチュアート。所長のスワンソンです。どういうご用件でしょう」

「おはようございます、ミスター・スワンソン。実は十日前、私のクライアントのミス・バリントンの代理人として、そちらに服役しているトーマス・ブラッドショーへの面会申請書を送らせてもらいました。近親者として特別の配慮をするという条項に基づいて、できるだけ早い機会に実現するようお願いしてありました。その返事が、今朝、私のオフィスに届いたのですが、申請は却下されていました。なぜ却下されたのか、私には法律上の理由が見つからないので――」

「ミスター・スチュアート、あなたの申請は通常の手続きで処理されていますが、私があなたの要請を認めるのは不可能なのですよ。なぜなら、彼はもうこの施設にいないからです」

ふたたび長い沈黙がつづいたが、テープはまだ回転をやめる気配がなかった。ついにアリステアが言った。「では、どの刑務所へ移されたのですか？」

「私には自分の裁量でその情報を開示する権限がないのですよ、ミスター・スチュアート」

「しかし、法の下では、私のクライアントには権利がある――」

「その囚人は自らの権利を放棄する旨の書類にサインしているのですよ。写しが必要であれば、喜んで送って差し上げますが」

「しかし、彼はなぜそんなことをしたんですか？」アリステアが誘いをかけた。

「私には自分の裁量でその情報を開示する権限がありません」所長は誘いに乗ろうともせず、さっきと同じ返事を繰り返した。

「トーマス・ブラッドショーに関して、あなたの裁量で開示できる情報は何かないんですか？」アリステアが訊いた。いまにも苛立ちが声に表われそうだった。

またもや長い沈黙があったが、テープは回りつづけていた。ひょっとして所長が電話を切ってしまったのではないかとエマは訝った。口を開くなとアリステアが自分の唇に指を当てて制したとき、いきなり声が戻ってきた。

「ハリー・クリフトンは釈放されました。しかし、刑期はいまもつづいています」四度目の長い沈黙。「この刑務所史上最高の図書係を失ってしまいましたよ」

電話が切れた。

アリステアが停止ボタンを押し、口を開いた。「所長としてできる、精一杯の手助けだったんだろうな」

「ハリーの名前を口にしてくれたのが、ですか？」エマは訊いた。

「そうだな。だけど、つい最近まであの刑務所で図書係をしていたことも教えてくれたじゃないか。あの日記をロイドがどうやって手に入れたか、それで説明がつくというものだ」

エマはうなずき、確認した。「でも、三つの重要な手掛かりがあるんでしょ？　三つ目は何だったんですか？」

「ハリーがレーヴェンハムから釈放され、しかし、刑期はいまもつづいている、という部分だよ」

「それなら、きっと別の刑務所にいるんですよ」エマは言った。

「私はそうは思わないな」アリステアは同意しなかった。「いまやアメリカも参戦したわけだろう、だとすると、トム・ブラッドショーはたぶん間違いなく、その刑期を海軍で消化しているはずだ」

「そう考える根拠は何ですか？」

「あの日記に全部書いてある」アリステアが答え、机の上の『ある囚人の日記』を手に取ると、栞を挟んであるページを開いて読み上げた。「〝ブリストルに戻ったときに最初にやるべきは、海軍に入ってドイツと戦うことだ〟」

「でも、刑期を全うするまでは、イギリスへ帰ることなんか許されないでしょう」

「彼が刑期を消化しているのがイギリスの海軍だとは、私は言っていないぞ」

「何てこと」アリステアの言葉の意味がわかって、エマは思わず口走った。

「少なくとも、ハリーがいまも生きていることはわかったじゃないか」アリステアが励ました。

「いまも刑務所にいてくれたほうがどんなによかったか」

ヒューゴー・バリントン

一九四二年―一九四三年

# 33

サー・ウォルターの葬儀はセント・メアリー・レッドクリフ教会で執り行なわれた。〈バリントン海運〉の会長でもあった故人は、これだけ多くの人が参列してくれたのを見、ブリストル主教の心のこもった頌徳（しょうとく）の辞を聞いたら、必ずや誇らしく思ったはずだった。

葬儀が終わると弔問の人々が長い列を作り、教会の北側の扉のそばに立っているサー・ヒューゴーと、その隣りに控える彼の母に、悔やみの言葉を述べつづけた。娘のエマのことを聞かれたとき、いまはニューヨークにいるのだと答えることはできたが、そもそもなぜそこに行くことになったのかを教えるわけにはいかなかったし、ジャイルズ――ヒューゴーは尋常でないほどに、この息子のことを誇りにしていた――がヴァインスベルクのドイツ軍捕虜収容所に囚（とら）われていること――ゆうべ、母から知らされた情報だった――も、口にはできなかった。

葬儀のあいだ、ハーヴェイ卿夫妻とヒューゴーの元の妻のエリザベス、彼女の娘のグレイスは、中央通路を隔ててヒューゴーの反対側の最前列に坐っていた。四人は悲しみに暮れる未亡人に敬意を表わしたあと、ヒューゴーの存在には目もくれないまま、これ見よがしに冷ややかに去っていった。

メイジー・クリフトンは教会の後ろのほうの席にいて、葬儀のあいだずっと頭を垂れ、主教が最後の祝福を与え終わると、すぐにその場を離れた。

〈バリントン海運〉の社長のビル・ロックウッドが進み出て新しい会長と握手をし、悔やみを述べたとき、ヒューゴーはこう言っただけだった――「明朝九時に、会長室へきてもらいたい」

ミスター・ロックウッドは小さくうなずいた。

葬儀のあとのもてなしはバリントン・ホールで開かれ、ヒューゴーは弔問客の応接に忙しかったが、そのなかの数人は、〈バリントン海運〉にもう自分の仕事がないことを、そう遠くないうちに知ることになるはずだった。最後の客が帰ると、ヒューゴーは寝室へ上がり、ディナーのための着替えをした。

母親と腕を組んでダイニングルームへ入っていくと、彼女を坐らせたあと、自分はテーブルの上座、ついこのあいだまでは父親の場所だったところに腰を下ろした。食事が始まると、ヒューゴーは使用人がそばにいないときを見計らい、お父さんは懸念していたけれども、自分は人間が変わったのだと母親に言った。

そして、会社のことはまったく心配ないし、この先わくわくするような計画がいくつもあるのだと保証しつづけた。

翌朝九時二十三分、ヒューゴーはブガッティを駆って、久しぶりに――二年以上が経っていた――〈バリントン海運〉の門をくぐった。会長専用区画に車を駐めると、父親のかつての執務室へ向かった。

六階でエレヴェーターを下りると、ビル・ロックウッドが赤いフォルダーを小脇に抱えて会長室の前の廊下を行ったり来たりしているのが見えた。しかし、ヒューゴーは昔から、彼を待たせることにしていた。

「おはよう、ヒューゴー」ロックウッドが挨拶しながらやってきた。

ヒューゴーは挨拶も返さずに、ゆっくりと彼の前を通り過ぎた。「おはよう、ミス・ポッツ」彼は以前の秘書に、自分が昨日まで変わることなくここにいたかのように声をかけた。「ミスター・ロックウッドに会う用意ができたら、知らせるからな」そして、自分の新しい執務室へ入っていった。

そして父親の椅子――ヒューゴーはいまだに自分がそう考えていることに気づき、いつになったらそれが消えるのだろうと訝った――に腰を下ろすと、〈タイムズ〉を読みはじめた。アメリカとソヴィエトが参戦したとたん、さらに多くの人々が連合国側の勝利を信じるようになっていた。彼は新聞を置いた。

「ミスター・ロックウッドを呼んでくれ、ミス・ポッツ」

社長が笑顔で会長室に入ってきた。「お帰り、ヒューゴー」

ヒューゴーは強ばった目で社長を見つめて言った。「会長だ」

「そうだったな、申し訳ない」ヒューゴーが半ズボンをはいていた時代から〈バリントン海運〉の重役だった男が言った。

「わが社の最新の財政状況を教えてもらいたい」

「わかりました、会長」ロックウッドは小脇に抱えていた赤いフォルダーを広げた。

坐れとも言われなかったので、立ったままだった。「あなたの父上は」と、彼は報告を始めた。「慎重さと賢明さをもって、困難な時代を過つことなく、ここまで切り抜けていらっしゃいました。そして、いくつもの壁が立ちふさがったにもかかわらず――その最たるものは、この戦争の早い時期、ドイツ軍が夜間空襲で造船所を狙いつづけたことですが――政府の助けもあって、何とか嵐を凌いで無事に航海をつづけています。このおぞましい戦争が終わったときに、わが社が何であれ傷を負っていることはないはずです」

「くだらん前置きはいいから」ヒューゴーがさえぎった。「さっさと要点に入れ」

「昨年のわが社の利益は」社長はページをめくって報告をつづけた。「三万七千四百ポンド十シリングです」

「その十シリングを疎かに考えるべきではないだろうな」ヒューゴーが言った。

「それが終始変わることのない、お父上の姿勢でもありました」

「それで、今年は？」

「この半年の結果を見る限りでは、昨年の最終収益と同じか、あるいは、それを上回る可能性も十分に考えられます」ロックウッドがさらにページをめくった。

「いま現在、重役会の席はいくつ空いているんだ？」

ロックウッドはいきなり話題が変わって驚き、答える前に、さらにページをめくらなくてはならなかった。「二つです。残念ながら、お父上の死のあと、ハーヴェイ卿、サー・デレク・シンクレア、そして、ヘヴンズ船長が辞任しました」

「それを聞いてうれしいよ」ヒューゴーは言った。「彼らを馘（くび）にする手間が省けたわけだからな」

「おそらく、会長、ここで私と会っているあいだに発せられるあなたの言葉の、感想とか思いとかに類する部分は記録しないほうがいいのでしょうね？」

「記録しようがしまいが、どっちでもかまわん」ヒューゴーは素っ気なく応えた。

社長がうなずいた。

「それで、きみの停年はいつなんだ？」それがヒューゴーの次の質問だった。

「二カ月後に六十になりますが、あなたが状況を考えられるのなら、会長――」

「どんな状況なんだ？」

「あなたは会長になりたてで、水面下の事情にもまだ詳しくないはずです。ですから、もしそうしろと言われれば、私としてもあと二年、いまの地位をつづけるにやぶさかではありません」

「心配りに感謝するよ」ヒューゴーが言い、社長はこの朝二度目の笑みを浮かべた。「だが、私のためにきみに迷惑をかけるわけにはいかない。あと二カ月で十分だ。それで、いまわれわれが直面している最大の問題は何なのかな」

「最近、政府に対して大型賃貸契約を結ぶための申請を行ないました。わが社の商船を海軍に貸し出すというものです」ロックウッドが気を取り直して、報告を再開した。「本命はわが社ではありませんが、今年の早い時期に調査官がやってきたとき、お父上がかなり説得力のある話をされたので、政府としてもわが社の申請を真剣に考慮するはずです」

「その結果がわかるのはいつなんだ?」

「残念ながら、しばらくは無理かと思います。公務員というのは仕事を急ぐという発想を持っていませんからね」ロックウッドが応え、自分の冗談に笑った。「それから、あなたが会長になって最初の重役会を招集される場合、そのための予習ができるよう、いくつかの議題についての討議用の資料も作製してあります」

「これからは極力重役会の回数を減らそうと思っている」ヒューゴーは言った。「前線で指揮を執り、決断を下し、支援するべきだと信じているのでね。しかし、その資料とやらは秘書に預けておいてもらってもかまわない。時間のあるときに見せてもらおう」

「わかりました、会長」

ロックウッドが退出してからやや時間を置いて、ヒューゴーは行動に移った。「銀行へ行ってくる」彼はミス・ポッツの机の前を通りながら言った。

「ミスター・プレンダーガストに電話をして、会長が会いにいらっしゃることを伝えておきましょうか」ミス・ポッツが急いで廊下を追いかけながら訊いた。

「いや、それには及ばない」ヒューゴーは言った。「意表を突いてやりたいんでね」

「こちらへお帰りになる前に、わたしがしておくべきことが何かあるでしょうか、サー・ヒューゴー?」エレヴェーターに乗ろうとする彼に、秘書が尋ねた。

「そうだな、私が戻ってくるまでに、会長室のドアの名前を換えておいてくれないか」

ミス・ポッツは会長室のドアを振り返った。そこには、黄金の葉に囲まれて、〈会長 サー・ウォルター・バリントン〉の文字があった。

エレヴェーターの扉が閉まった。

ヒューゴーはブリストルの中心部へ車を走らせながら思った——会長としての最初の数時間は、これ以上ないほど順調だったな。世界のすべてがようやくあるべき姿になったわけだ。コーン・ストリートへ入り、ナショナル・プロヴィンシャル銀行の前にブガッティを駐めると、助手席へ身を乗り出し、その下に置いてあった包みを手に取った。

　そのあと、ゆっくりと銀行の正面玄関をくぐり、受付の前を素通りしてまっすぐ支配人執務室へ向かうと、小さなノックをしてから、返事を待たずにドアを開けてなかへ入った。仰天して弾かれたように立ち上がったミスター・プレンダーガストの机の上に靴箱を置くと、彼の向かいの椅子に腰を下ろした。

「何か大事な仕事の邪魔をしたのでなければいいのだがね」ヒューゴーは言った。

「とんでもない、そんなことはありませんよ、サー・ヒューゴー」ミスター・プレンダーガストが靴箱を見つめながら応えた。「いつであろうと、あなたが最優先です」

「そう言ってもらえるとはありがたい限りだよ、プレンダーガスト。ところで、ブロード・ストリートの状況がどうなっているか、最新情報を教えてもらえるかな」

　支配人はそそくさとファイリング・キャビネットのところへ行くと、その引き出しを開けて分厚いフォルダーを取り出し、机の上に置いた。そして、報告を始める前に、フォルダーを開いて書類をめくっていった。

「ああ、これです」支配人はようやく口を開いた。「探していたものが見つかりました」

　ヒューゴーは焦れた様子で椅子の腕を指で叩いていた。

「空襲が始まって以降に営業をやめた二十二軒のうち、すでに十七軒はあなたの提示を受け入れ、二百ポンド、あるいはそれ以下で、土地の自由保有権を譲渡することに同意しています。たとえば、ローランド生花店、ベイツ精肉店、メイクピース——」

「ミセス・クリフトンはどうなんだ？　私の提示を受け入れたのか？」

「残念ながらまだです、サー・ヒューゴー。ミセス・クリフトンはあの土地を四百ポンド以下で売るつもりはないとおっしゃられて、その提示を受け入れるかどうか、今度の金曜までに決めるよう、あなたに伝えてくれとのことでした」

「どこまで生意気な女だ。まあいい、二百ポンドが私の最終提示だと通告しろ。あの女は生まれてこのかた、金らしい金を持ったことがないんだ。だから、そう長く待つまでもなく、自分が分不相応に思い上がっていたことに気づくはずだ」

プレンダーガストがヒューゴーのよく憶えている小さな咳払いをした。

「あの通りのすべての土地を買えたとしても、ミセス・クリフトンの土地がそのままになるのであれば、四百ポンドはまったく妥当な金額だということになるのではありませんか？」

「あの女はブラフをかけているだけだ。われわれはその時がくるのを待てばいいんだ」

「サー・ヒューゴーがそうおっしゃるのなら」

「もちろん、そうおっしゃるとも。それに、あのクリフトンの女を納得させることのできる最適任者を知っているんだ。二百ポンドで手を打ったほうが賢明だとわからせる男をな」

プレンダーガストは腑に落ちないようだったが、こう訊くだけにとどめた。「ほかに何か、あなたを支援するために私にできることがあるでしょうか」

「あるとも」と答えて、ヒューゴーは靴箱の蓋を取った。「この金を私の個人口座に入れて、新規に小切手を発行してもらいたい」

「承知しました、サー・ヒューゴー」プレンダーガストが靴箱のなかを覗いて請け合った。

「金額を確認して、受取証と小切手帳をお渡しいたします」

「ところが、その金をいますぐに使う必要があるんだ。実は、ラゴンダＶ12が気になっているんだよ」

「ル・マンで勝った車ですね」プレンダーガストが応じた。「ですが、その領域では、あなたは常に先駆者でいらっしゃいますからね」

　ヒューゴーは微笑して立ち上がった。

「二百ポンド以上は絶対に手にすることができないとミセス・クリフトンが気がついたら、すぐに私に電話をくれ」


「スタン・タンコックはいまもうちで雇っているのか、ミス・ポッツ？」ヒューゴーは意気揚々と会長室へ入りながら訊いた。

「はい、サー・ヒューゴー」秘書が答え、新会長のあとにつづいた。「家畜一時置場で、積み込み係の仕事をしています」

「すぐに会いたい」ヒューゴーは言い、椅子に勢いよく腰を下ろして机に向かった。

ミス・ポッツが急いで出ていった。

ヒューゴーは机の上に積んであるファイルを睨みつけた。次の重役会までに読んでおくことになっている書類だった。一番上のファイルを開くと、この前の経営側との折衝で組合が提示した要求項目が並んでいた。その項目の四番目——毎年、二週間の有給休暇を認めること——まで読んだとき、ドアに低いノックがあった。

「タンコックが参りました、会長」秘書が知らせた。

「ありがとう、ミス・ポッツ。通してくれ」

スタン・タンコックが会長室へ姿を現わし、布製の帽子を脱いでヒューゴーの前に立った。

「おれに会いたいってことでしたが、旦那?」スタンはいくらか不安そうだった。

ヒューゴーは無精髭の伸びた、ずんぐりした港湾労働者をちらりと見上げた。突き出た腹が、金曜の夜に給料袋がどこへ行っているかを疑いようもなく物語っていた。

「おまえに頼みたい仕事があるんだ、タンコック」

「何でしょう、旦那?」スタンの顔が少し明るくなった。

「おまえの妹のメイジー・クリフトンのことなんだが、彼女はブロード・ストリートに土地を持っているよな。以前は〈ティリーズ・ティー・ショップ〉だったところだ。それにそうですよ」
「知ってますとも、旦那。どっかの酔狂な野郎が、あそこを二百ポンドで買うと言ってる
ついて、何か知らないか?」
「そうなのか?」ヒューゴーは内ポケットから財布を出すと、手の切れるような五ポンド
札を抜き取り、机に置いた。それを見て、スタンが物欲しげな目で舌なめずりをした。こ
の前、こいつを買収したときと同じだな、とヒューゴーは思い出した。「おまえに頼みた
いのは、タンコック、その提示をおまえの妹に必ず受け入れさせることだ。ただし、私が
関与していることは何であれ、絶対に内緒だぞ」
そして、机の上の五ポンド札をスタンのほうへ滑らせた。
「任せてください」スタンが請け合った。目はもはや会長を離れて、五ポンド札だけを見
ていた。
「もう一枚、おまえのところへ行くのを待っているからな」ヒューゴーは財布をつついた。
「彼女が契約書にサインした日にな」
「もうサインしたも同然ですよ、旦那」
ヒューゴーはさりげなく言った。「おまえの甥(おい)は気の毒なことだったな」
「その言葉は、おれごときに勿体(もったい)ないですよ」スタンが言った。「まあ、おれに言わせり
や、あいつは分不相応なほど身丈に合わない夢を見たってことです」

「水葬に付されたと聞いたが？」

「ええ、二年以上前ですがね」

「どうしてそうとわかったんだ？」

「船医とやらが妹を訪ねてきたんじゃなかったかな」

「その船医は若きクリフトンが確かに水葬に付されたと確認できたのか？」

「それは間違いないと思いますよ。ハリーが死んだときに同じ船に乗っていた仲間の手紙まで持ってきてくれましたからね」

「手紙？」ヒューゴーは身を乗り出した。「何が書いてあったんだ？」

「わかりません。メイジーは封を切らなかったんです」

「それで、彼女はその手紙をどうしたんだ？」

「いまもマントルピースの上にあるんじゃなかったかな」

ヒューゴーはもう一枚、五ポンド札を取り出した。

「その手紙を見せてもらいたい」

## 34

新聞売りの少年が通りの角から自分の名前を読んでいるのを聞き、ヒューゴーは新しいラゴンダのブレーキを踏んだ。

「サー・ヒューゴー・バリントンの子息がトブルクの武勇を称えて勲章を授けられたよ。さあ、ここに全部書いてあるよ！」

ヒューゴーは運転席を飛び降りると、売り子に半ペニー貨を渡し、息子の写真を見た。ブリストル・グラマー・スクールでスクール・キャプテンをしていたときのジャイルズの写真が第一面を飾っていた。ヒューゴーは車に戻るとエンジンを切り、全部書いてあるという記事を読んでいった。


ウェセックス連隊第一大隊のジャイルズ・バリントン少尉——サー・ヒューゴー・バリントン准男爵の長男——は、トブルクでの戦闘の功績によって戦功十字章を授けられた。バリントン少尉は一個小隊を率いて遮蔽物のない砂漠を八十ヤード横断し、一人のドイツ軍士官と五名の兵を排除しただけでなく、敵の塹壕を破壊して、ロンメルの精鋭アフリカ軍団の歩兵六十人を捕虜にした。ウェセックス連隊のロバートソン中佐によれば、圧倒的に不利な状況のなか、バリントン少尉は瞠目すべきリーダーシップと無私の勇敢さを発揮したとのことである。

バリントン少尉の所属する小隊の隊長であるアレックス・フィッシャー大尉——彼もまた、ブリストル市民だったことがある——もその戦闘に関与していて、ブロード・ストリートの精肉店のテリー・ベイツ伍長も、勲功者として殊勲報告書に名前が載せられている。ジャイルズ・バリントン中尉（戦功十字章）は後に、ロンメルがトブルクを奪ったときに捕虜になった。バリントンもベイツも、自分たちが武勇を讃えられたことを知らないが、それは二人がいまもドイツ軍に捕らわれたままでいるからである。フィッシャー大尉は作戦行動中に行方不明と報告されている。詳しくは六ページと七ページへつづく。

ヒューゴーは大急ぎで家へ帰り、母にその記事を見せてやった。

「ウォルターが生きていたら、どんなにか誇りに思ったでしょうに」記事を読み終えたとたんに、彼女は言った。「すぐにエリザベスに電話してやらなくちゃ。まだこのことを知らないかもしれないから」

ヒューゴーの元の妻の名前が人の口に上ったのは、本当に久しぶりだった。

「たぶん耳に入れておいたほうがいいと思ったんですが」ミッチェルが言った。「ミセス・クリフトンは婚約指輪をしていますよ」

「あの女と結婚したいなんていうのはどこのどいつだ？」

「ミスター・アーノルド・ホールコムという人物のようです」

「何者なんだ？」

「教師です。メリーウッド初等学校（エレメンタリー）で英語を教えています。実はかつて、セント・ビーズへ行く前のハリー・クリフトンを教えていました」

「しかし、それは大昔のことだろう。これまでおまえの口からその男の名前が出なかったのはなぜなんだ？」

「あの二人が再会したのがつい最近だからです。その教師が教える夜間学級に、ミセス・クリフトンが出席しはじめたんです」

「夜間学級？」ヒューゴーが訊き返した。

「そうです」ミッチェルは答えた。「そこで読み書きを習っています。似たもの親子のようですね」

「どういう意味だ？」ヒューゴーが不機嫌に訊いた。

「最後の週に卒業試験とでもいうものをやったら、彼女が一番だったんです」

「それは驚きだな」ヒューゴーは言った。「もしかすると、そのミスター・ホールコムとやらのところへ行って、連絡が途絶えていたあいだ、あの女が何をしていたかを正確に教えてやるべきかもしれんな」

「それから、ホールコムはブリストル大学時代にボクシングの選手でした。それが事実であることは、スタン・タンコックがこのあいだ、自分の身をもって証明しています。そのこともお教えしておくべきかもしれません」

「ホールコムに関しては、私が自分でやる」ヒューゴーは言った。「実はもう一人、おまえに見張ってほしい女がいる。私の将来にとって、メイジー・クリフトンに負けず劣らず危険な存在になるかもしれない女だ」

ミッチェルが内ポケットから手帳と鉛筆を取り出した。

「その女の名前はオルガ・ペトロフスカ、ロンドンに住んでいる。住所はラウンズ・スクウェア四三番地。彼女が接触する相手を一人残らず知りたい。特に、以前のおまえと同業の人間と会っているかどうかを突き止めてもらいたい。詳しく調べて、すべて報告してくれ。おまえがどんなに些細だと思う情報も、私が不愉快になるだろうと思う情報も、一切省略する必要はない」

話を終えて、手帳と鉛筆が姿を消すと、ヒューゴーは封筒を取り出した。面会が終わったことを示す合図だった。ミッチェルは報酬をジャケットのポケットに滑り込ませると、立ち上がって、足を引きずりながら去っていった。

ヒューゴーは自分でも驚くほどあっという間に、〈バリントン海運〉会長でいることに飽きはじめた。長ったらしい会議に出席し、数え切れないほどの書類に目を通し、いくつもの議事録を回覧しなくてはならなかったし、判断すべき覚え書きや、すぐに返事をしなくてはならない郵便物の量も半端ではなかった。とりわけ鬱陶しいのが、毎夕、退社するときにミス・ポッツから渡される、分厚く膨らんだブリーフケースだった。そこにも、明日の朝八時に出勤して机につく前に目を通しておかなくてはならない書類がぎっしり収められていた。

彼は重役会に三人の新顔を加えた。そのうちの二人は、アーチー・フェンウィックとトビー・ダンステイブルだった。その二人が重荷を軽くしてくれるのではないかと期待したのだ。彼らは滅多に会議に顔を出さなかったが、それでも決まった報酬を受け取ろうとした。

一週、また一週と過ぎるにつれて、ヒューゴーの出勤時間は遅くなっていった。六十歳の誕生日を数日後に控え、その日をもって退職すると告げたロックウッドに対し、新会長はあっさり白旗を掲げて、あと二年は社長の座にとどまるよう命じた。

「私の地位について考え直していただいたことには感謝しますが、会長」ロックウッドは言った。「私もこの会社に勤めて四十年近くなります。それを考えると、そろそろ若い世代にバトンを渡すときだろうと考えます」

ヒューゴーはロックウッドの歓送会を中止にした。

若い世代というのは、ロックウッドの下で副社長を務めていたレイ・コンプトンだった。会社に入ってまだ数カ月にしかならず、さまざまな水面下の事情を考慮するほどの世知にも、間違いなく長けていなかった。重役会の席上、彼が〈バリントン海運〉の年間収支がやっとどんとんだと報告し、ここで港湾労働者の一時解雇を始めなければ、早晩彼らの給料を払えなくなると聞いたとき、ヒューゴーは胸の内ででではあったが、コンプトンの意見に初めて同意した。

〈バリントン海運〉の雲行きが怪しくなるにつれて、国の将来には希望が兆しはじめたように見えた。

ドイツ軍がスターリングラードから撤退すると、イギリス国民は初めて連合国側が勝てるのではないかと考えるようになった。国民の気持ちのなかに将来への自信が芽生えはじめ、それにともなって、イギリスじゅうの劇場、クラブ、レストランがふたたび営業を開始した。

ヒューゴーは町へ戻って社交仲間と合流したかったが、ロンドンだけは避けたほうが賢明だと、ミッチェルの報告がはっきりと示していた。

〈バリントン海運〉にとって、一九四三年は幸先がいいとは言えなかった。会長が自分たちの手紙に返事を寄越そうとしなかったと不満を抱いた何件かのクライアントに契約交渉を中止されてしまい、債権者のなかには返済を求める者が出てきて、その一人か二人は、いざとなれば損害賠償訴訟も辞さないとまで言っていた。そういうある朝、一条の希望の光が射し込み、差し迫ったキャッシュフローの問題をすべて解決できるとヒューゴーに信じさせてくれた。

その希望の光とは、プレンダーガストからの一本の電話だった。

〈ユナイテッド・ドミニオン不動産〉という会社がプレンダーガストに接触してきて、ブロード・ストリートの土地を買うことに関心を示しているというのだった。

「その金額をあなたにお伝えするには、サー・ヒューゴー、電話ではいささかふさわしくないかと考えますが」プレンダーガストがいくらか勿体をつけた言い方をした。

四十分後、ヒューゴーは支配人室に坐っていたが、その不動産会社が提示している買い値を聞いたときには、さすがの彼も思わず息を呑まずにいられなかった。

「二万四千ポンドだと？」ヒューゴーは鸚鵡返しに言った。

「その通りです」プレンダーガストは否定しなかった。「しかも、たぶん間違いないと思いますが、それは最初の付け値であって、交渉次第では三万近くまでいけるはずです。あなたがあそこを買い取るために使ったお金は、いまの段階で三千ポンド足らずですんでいます。それを考えれば、これは絶好の投資です。逃す手は絶対にありません。ただし、玉に瑕がないわけではありませんが」

「瑕？」ヒューゴーが不安げな声になった。

「ミセス・クリフトンの逆提示です」プレンダーガストは教えてやった。「あの通り全体の自由保有権を、彼女の土地も含めて手に入れるには、あの逆提示を何とかする必要があります」

「あの女に八百ポンドを提示しろ」ヒューゴーが吼えた。

プレンダーガストは例の咳払いをしたが、数カ月前に自分の言うことを聞いていれば四百ポンドで話をつけられたはずだと、ヒューゴーに思い出させることはしなかった。そしてもう一つ、言わないでおこうと考えていることがあった――もしいま、ミセス・クリフトンが〈ユナイテッド・ドミニオン不動産〉の提示額を知ったら……。

「彼女から連絡があり次第、お知らせします」プレンダーガストはそれだけ応えた。

「頼んだぞ」ヒューゴーが言った。「それから、いまここで、私の個人口座から多少の現金を引き出す必要があるんだ」

「申し訳ございませんが、サー・ヒューゴー、あの口座は現時点で借り越しになっておりまして……」

　ヒューゴーが精悍なロイヤル・ブルーのラゴンダの運転席で待ち受けていると、ホールコムが校舎の正面玄関を開けて姿を現わし、校庭を歩き出した。そして、校門をメリーウッド・エレメンタリーのスクール・カラーの赤藤色と緑色に塗り直している何でも屋に、足を止めて話しかけた。

「いい仕事をしていますね、アルフ」

「ありがとうございます、ミスター・ホールコム」何でも屋がそう応えるのが、ヒューゴーの耳に届いた。

「それはともかく、あなたの場合はいま少し動詞の勉強に集中すべきでしょう。今度の水曜は遅刻しないようにお願いしますよ」

　アルフが帽子の庇に手を当てた。

　ホールコムが歩道を歩きはじめた。運転席にいるヒューゴーに気づいていない素振りだった。ヒューゴーは得意の笑みを浮かべた。このラゴンダV12に気づかないやつなどいるはずがないんだ。事実、三十分も前から三人の少年が反対側の舗道を行ったり来たりして、ヒューゴーの愛車から目を離せないでいた。

　ヒューゴーは車を降りて舗道の真ん中に立ったが、ホールコムは依然として彼を無視しつづけていた。危うく通り過ぎてしまわれそうになって、ヒューゴーは声をかけた。「ちょっと話をさせてもらえませんか、ミスター・ホールコム。私は――」

「あなたがだれかはよく知っています」ホールコムが応え、そのまま通り過ぎていった。

ヒューゴーはあわてて追いかけた。「あなたに知らせておくほうがいいだろうと思って――」

「何を知らせるんですか?」ホールコムが足を止めて振り返り、ヒューゴーと向かい合った。

「あなたの婚約者が何を生業としていたかをです。それも、そう遠い過去のことではないのですよ」

「彼女はやむなく娼婦のようなことをしていました。しかし、それはあなたが彼女の息子の――」そして、ヒューゴーの目をまともに見据えた。「――あなたの息子の授業料を払わなかったからです。あの子がブリストル・グラマー・スクールの最後の二年を残しているときです」

「ハリー・クリフトンが私の息子だという証拠はない」ヒューゴーは傲然と応じた。

「ハリーとあなたのお嬢さんの結婚を認めるのを主教が拒否されたことが、十分な証拠になるでしょう」

「どうしてそれを知っているんだ? あんたはその場にいなかっただろう」

「私がその場にいなかったと、どうしてあなたにわかるんです? あなたは逃げ出していほとんど叫ぶような声になっていた。「あんたが終生ともに暮らそうとしている貞淑の鑑のようなあの女は、私が所有しているブロード・ストリートの土地を騙し取ったんだぞ」

「では、あなたがもちろん知っていることを教えてあげましょう」ホールコムが言った。「メイジーはあなたに借りたお金を完済しました。当然、そこには利息も含まれています。その結果、彼女の手元には十ポンド足らずしか残らなかった。あなたがそうなるように仕組んだんです」

「あの土地はいまや四百ポンドの価値があるんだ」ヒューゴーは言ったとたんに、その言葉を後悔した。「そして、あの土地は私のものだ」

「もしあなたのものであるならば」ホールコムが反論した。「その土地を買おうとはしないはずでしょう。しかも、その二倍の金額を出して」

あの土地にそこまで執着していることを自分のほうから認めてしまうことになり、ヒューゴーは青ざめたが、まだ一巻の終わりではないはずだった。「それなら、あんたはメイジー・クリフトンとセックスするときに金を払ってやらなくちゃならないんですか、先生、私が鐚一文払わなかったからといって？」

ホールコムが拳を振り上げた。

たではないですか」

「それなら、あんたが絶対に知らないことを教えてやろうか」

「殴ればいいでしょう、遠慮はいりませんよ」ヒューゴーは挑発した。「私はスタン・タンコックとは違いますからね、法に訴えて、あなたのやったことの報いはきっちり受けてもらいます」

ホールコムは拳を下ろすと、脇目もふらずにその場を立ち去った。バリントンごときに挑発されてわれを失った自分が腹立たしかった。

ヒューゴーはにやりと笑みを浮かべた。ノックアウト・パンチを食らわしてやった気分だった。

振り返ると、さっきの子供たちが舗道の反対側でくすくす笑っていた。赤藤色と緑色のラゴンダなど、これまでに見たことがないのだった。

## 35

初めて小切手が戻ってきたとき、ヒューゴーは何もせずにそれを放置し、数日待ってからもう一度発送しただけだった。それがふたたび、今度は〝振出し人回し〟とスタンプが捺されて戻ってきたとき、ついに抜き差しならなくなりかけていることを、ようやく受け入れる気になりはじめた。

それからの数週間、彼はさまざまな方法を見つけ出しては、差し迫った現金の問題を回避しつづけた。

まずは会長室の金庫に手をつけ、彼の父親がまさかのときに備えていた百ポンドを持ち出した。いまは一時的な緊急事態だし、亡き父親も、秘書の給料を払うためにこの金を蓄えていたのでは絶対にないはずだ。その金が尽きるや、不本意ながらラゴンダを手放さざるを得なかった。しかし、ディーラーが慇懃（いんぎん）に指摘したのは、赤藤色と緑色は今年の流行ではないという事実だった。現金での買い取りであれば、いかに売り主がサー・ヒューゴーであっても、元々の価格の半値でしか買い取れない。なぜなら、車体の塗装をすべて剝（は）

がして塗り直さなくてはならないからだ、と。

ヒューゴーはもうひと月、生き延びた。

処分できる資産がなくなると、母親の資産をくすねはじめた。最初は家のなかにおきっぱなしになっている、特に何に使うというわけでもない小銭、次いで財布のなかの硬貨、そのあとはハンドバッグのなかの紙幣。

それから間もなく、長年ダイニングテーブルの中央に優雅に鎮座していた銀の雉が鞄に入れられ、やがてその両親も同じ運命をたどって、三羽とも最寄りの質屋へ飛び去っていった。

そのあとにつづいたのは母親の宝石類で、手始めは彼女が気づかないだろうと思われるものだった。帽子を飾るピンとヴィクトリア朝のブローチ、そのあとすぐに、母親が滅多に身につけることのない琥珀のネックレス、そして、百年以上前から代々受け継がれていて、結婚式といったお祝いのときしか出番のない、ダイヤモンドのティアラがあとを追った。近い将来にそういう行事がある可能性は低い、というのがヒューゴーの読みだった。

ついに、父親が収集した美術品まで犠牲になった。まず壁から外されたのは、ジョン・シンガー・サージェントが若いころに描いた祖父の肖像画だった。しかしそれは、もう三カ月以上も給金を受け取っていないと女中頭と料理人が通告してきたからであり、執事だったジェンキンズは、都合のいいことに、ひと月後に世を去ってくれた。

祖父のコンスタブル――「ダニング・ロックの水車場」――のあとに曾祖父のターナー――「エイヴォン川の白鳥」――が従ったが、二作品とも、百年以上も前からバリントン家に遺（のこ）されていたものだった。

ヒューゴーの言い分では、これは盗みではなかった。なぜなら、父が遺言書で〝その時点で保有しているすべてが含まれる〟と書いているからだ。

決して褒められた工面の仕方とは言えなかったが、それでも会社は生き延びることができたし、その年の最初の四半期、わずかな欠損が出ただけですんでいた。ただしそれは、さらに三人の部長と数人の古参従業員が退職したことを考慮しないかぎりにおいてだった。その月末、彼らは給与小切手を受け取っていなかった。そのことを訊かれると、戦争のせいで一時的に業績が上がっていないのだと逃げを打った。ある年配の部長の退職の言葉はこうだった――「あなたの父上はそれを言い訳に使う必要を決して見出（みいだ）さなかったでしょう」

間もなくして、動産までが萎（しぼ）みはじめた。

バリントン・ホールとその周囲の七十二エーカーの庭園を市場（マーケット）に出せば、百年以上も利益を出しつづけていると宣言してきた会社が支払い能力を失ったと世界に公言するようなものだったし、それはヒューゴーにもわかっていた。

この困難は一時的なものに過ぎず、時間が経てば自然に解決するという息子の保証を母は受け入れつづけていて、ある時期を境に、ヒューゴー自身も、自分のプロパガンダが現実になるのではないかと思いはじめていた。そのとき、ふたたび小切手が戻ってきた。ブロード・ストリートのヒューゴーの土地を三千五百ポンドで買うという提示がまだ生きていることを思い出させてくれ、その取引に応じればいまでも六百ポンドの利益が残ると指摘してくれたのは、ミスター・プレンダーガストだった。

「約束してもらった三万ポンドはどうなっているんだ?」ヒューゴーは送話口に向かって怒鳴った。

「あの提示も依然として生きていますよ、サー・ヒューゴー。ですが、ミセス・クリプトンから自由保有権を買い取るという問題が解決されていません」

「あの女に千ポンドを提示しろ」ヒューゴーは吼えた。

「承知しました、サー・ヒューゴー」

ヒューゴーは受話器を架台に叩きつけ、ほかに何か問題が生じる可能性がないだろうかと考えた。ふたたび電話が鳴った。

ヒューゴーは〈レイルウェイ・アームズ〉のアルコーヴに、人目を避けて坐っていた。これまで滅多に使ったことがなく、今日以降は二度と使うことのないはずのホテルで、彼は数分ごとに、神経質に時計を見た。ミッチェルの到着を待っているのだった。

私立探偵は午前十一時三十四分にやってきた。パディントン急行がテンプル・ミーズ駅に入って、数分しか経っていなかった。ミッチェルは唯一のクライアントの向かいの椅子に音もなく腰を下ろしたが、この数カ月というもの、報酬をまったく受け取っていなかった。

「一刻も待てないほどの緊急事とは何なんだ?」私立探偵の前に半パイントのビールが置かれるやいなや、ヒューゴーは不機嫌な声で訊いた。

「こういう報告をするのはお気の毒ですが」ミッチェルが一口飲んでから口を開いた。「警察があなたのお友だちのトビー・ダンステイブルを逮捕しました」ヒューゴーは全身を震えが走り抜けるのを感じた。「容疑はペトロフスカのダイヤモンドと絵画を数点盗んだことです。その絵画には、ピカソとモネが一点ずつ含まれていました。それをメイフェアの美術商の〈アグニューズ〉に持ち込もうとしたんです」

「トビーは一言もしゃべらんさ」ヒューゴーは言った。

「ところが、残念ながらそうではなかったんです。刑の軽減と引き替えに、共犯者に不利な証言をしたんですよ。スコットランドヤードはこの犯罪の裏にいる男を逮捕することを考えているようです」

ビールの泡が消えていくのもかまわず、ヒューゴーはミッチェルの言葉の意味を理解しようとした。長い沈黙のあと、私立探偵がつづけた。「これも耳に入れておいたほうがいいと思いますが、ミス・ペトロフスカは勅撰弁護士のサー・フランシス・メイヒューを代理人にしました」

「なぜだ？　事件のことなら警察に任せておけばいいだろう」

「彼女がサー・フランシスに助言を求めているのは、その窃盗事件に関してではありません。別の二つの問題についてです」

「別の二つの問題？」ヒューゴーは繰り返した。

「そうです。私の理解しているところでは、一つ目はあなたに対する婚約不履行の賠償を求める訴えで、もう一つは〝父の決定〟の手続きです。つまり、彼女が未婚の母であり、あなたが彼女の娘の父親だと、法的に強制認知させるための訴訟です」

「彼女にそれを証明できるはずがないだろう」

「法廷に提出されるであろう証拠のなかに、婚約指輪を買ったことを示す、バーリントン・アーケイドの宝石屋が出した領収書があるのです。それに、彼女の住み込みの家政婦も、小間使いも、あなたが一年以上ものあいだラウンズ・スクウェアの彼女の家で暮らしていたことを確認する、宣誓供述書にサインしています」

この十年で初めて、ヒューゴーはミッチェルに助言を求めた。「私はどうすればいいと思う？」ほとんどささやくような声だった。

「私があなたの立場に立たされたら、サー、できるだけ早く外国へ逃げるでしょうね」

「司直の手が私のところへ伸びるまで、どのぐらいの猶予があると思う？」

「一週間、せいぜい十日というところでしょう」

ウェイターがやってきた。「一シリング九ペンス頂戴します、サー」

ヒューゴーは動かなかった。ミッチェルがフロリン貨を渡していった。「釣りは取っておいてくれ」

ロンドンへ戻るために私立探偵が去っていったあとも、ヒューゴーはしばらくそこにとどまり、どうしたものかと選択肢を考えた。またウェイターが現われてお代わりはどうかと尋ねたが、ヒューゴーは返事もせず、そのあとようやく重い腰を上げてバーを出た。

町の中心部へ向かいながら、足取りは徐々に重くなっていったが、ついに、これからどうすべきかがわかったような気がした。数分後、彼は見違えるような足の運びで銀行に入っていった。

「いらっしゃいませ」受付の若い行員が挨拶したが、ヒューゴー・バリントンはすでに前を通り過ぎてフロアを半分ほども横断し終わっていて、サー・ヒューゴーがそちらへ向かっていると支配人に知らせるには間に合わなかった。

自分がきたときにはいつでも最優先で時間を割いてくれるものとサー・ヒューゴーが決めつけていることはもはや意外でも何でもなかったが、プレンダーガストが驚いたのは、〈バリントン海運〉の会長ともあろう人物が、今朝は髭を剃っていないことだった。

「緊急に対処しなくてはならない問題が出来(しゅったい)した」ヒューゴーが支配人の向かいの椅子
に身体を沈めて言った。
「承知しました、サー・ヒューゴー。それで、私どもにどのような支援をお望みでしょう
か」
「ブロード・ストリートの私の土地だが、売るとしたら、どのぐらいの最高額が見込める
と思う?」
「ですが、サー・ヒューゴー、先週お手紙を差し上げて、この前のあなたの提示をミセ
ス・クリフトンが拒否したことをお知らせしたばかりですが」
「それはよくわかっている」ヒューゴーは言った。「あの女の土地を抜きにして、という
ことだ」
「三千五百ポンドの提示はいまも生きていますが、あなたがミセス・クリフトンに対して
もう少し提示額を上乗せされれば、彼女はその土地を手放すでしょう。そうすれば、あな
たはそのあとで、あの通りのすべての土地を三万五千ポンドで売ることができるわけです。
私はそれが可能であると信じる根拠があって申し上げているのですが」
「もう時間がないんだ」ヒューゴーは言い、説明もしなかった。
「そういうことであれば、買い値を四千に上げさせましょう。大丈夫、それは請け合いま
す。それでも、あなたにはかなりの利益が出るはずです」

「その申し出を受けるとすれば、一つだけ、きみに保証してもらう必要がある」何でしょう、とミスター・プレンダーガストが眉をひそめて訝った。「きみの〈ユナイテッド・ドミニオン不動産〉が現在も過去も、ミセス・クリフトンと一切接触していないという保証だ」

「それは保証します、サー・ヒューゴー」

「もしきみの〈ユナイテッド・ドミニオン不動産〉が四千で買うことに同意した場合、いまの私の口座にはいくら残ることになる？」

プレンダーガストがヒューゴーのファイルを開き、バランス・シートを確認した。「八百二十二ポンド十シリングです」

いつかのように、十シリングについての冗談を口にする気分ではなかった。「そういうことなら、いまこの場で八百ポンドを現金で用立ててもらいたい。それから、売却手続きをどこへ提出するかを追って指示する」

「売却手続きですか？」プレンダーガストが繰り返した。

「そうだ」ヒューゴーは応えた。「バリントン・ホールを市場に出すことにしたんだ」

## 36

家を出るところはだれにも見られなかった。

彼はスーツケースを持ち、温かいツイードのジャケットの上に分厚いトップコートを着て、耐久性のあるがっちりした作りの茶色の靴を履き、やはり茶色のフェルト帽子をかぶっていた。ちょっと見には、巡回販売員で通用するはずだった。

最寄りのバス停まで歩くと――と言っても一マイル以上離れていて、そこまでの大半の土地は彼のものだった――四十分待って、緑色の一階建てバスに乗った。生まれて初めて使う移動手段だった。後ろの席に坐って、スーツケースから目を離さないようにした。料金は三ペンスだと女性車掌が言ったにもかかわらず、十シリング札を渡してしまった。目立たないようにしたいのであれば、それが最初の過ちだった。

バスはそのまま走りつづけてブリストル市内に入った。普段ならラゴンダを駆って十二分ほどで走破する距離なのだが、今日は一時間以上かかって、ようやくバス・ターミナルへ入った。最初にも、最後にも降りないようにした。時計を見ると午後二時三十八分、時間はたっぷり残っていた。

テンプル・ミーズ駅への坂を上り――初めて坂だと気づいたのだが、これまではスーツケースを自分で持ち運ぶ必要がなかったからだ――長い列に並んで、フィッシュガードまでの三等片道切符を買った。出発番線を教えてもらい、そこへたどり着くやすぐにプラットフォームの端へ急いで、明かりのともっていないガス灯の下に立った。

ようやく入線してきた列車に乗り込むと、スーツケースを向かいの棚に置き、三等コンパートメントの真ん中の席に腰を下ろした。そこはすぐに一杯になった。一人の女性が車両のドアを開け、満員のコンパートメントを一瞥したが、ヒューゴーは席を譲ろうとしなかった。

列車が駅を出ると、安堵のため息が出た。ブリストルが遠ざかり、見えなくなるのがうれしかった。座席に背中を預けて、自分がこの決断をしたことについて思いを巡らせた。明日のいまごろはコークだが、アイルランドの土を踏むまでは安心はできないだろう。だが、フィッシュガードへの列車に乗り継ごうとするなら、この列車が定刻にスウォンジーへ着かなくてはならない。

列車は三十分の余裕をもってスウォンジーに着いた。駅のビュッフェでシナモンと干しぶどう入りの渦巻きパンを食べ、お茶を一杯飲む時間があった。お茶はアール・グレイでも、カーワディーンでもなかったが、疲れ果てていたので、そんなことはどうでもよかった。とりあえず腹を満たすと、ビュッフェから薄暗いプラットフォームへとすぐに場所を変え、フィッシュガード行きの列車を待った。

列車は遅れていたが、それでも心配はしなかった。乗客が一人残らず乗船するまで、フェリーは桟橋を離れないだろう。コークに一晩泊まって、何でもいいからアメリカ行きの船を予約する。そこで新しい生活を始めるのだ。バリントン・ホールを売った金で。

由緒(ゆいしょ)ある自分の家を競売に付そうと考えたとき、初めて母のことに思いが及んだ。あの家が売れたら、母はその日からどこに住むのか？　いつでもマナー・ハウスへ行って、そこでエリザベスと暮らせばいいだろう。どのみち、部屋は有り余るぐらいあるんだ。それが叶わなかったとしても、ハーヴェイ家へ戻ればいい。あの一族は家を三つと、言うまでもないことだが、自分たちの地所内に無数のコテッジを持っている。

やがて、思いは〈バリントン海運〉へ向かった。一族が二代かかって築き上げた事業を、三代目がそれこそあっという間につまずかせてしまった。

一瞬、オルガ・ペトロフスカを思った。ありがたいことに、二度と会うことはない。トビー・ダンステイブルのことまで頭をよぎった。この面倒のすべての種をまいた男だ。

エマとグレイスのことも思い出したが、長い時間ではなかった。そもそも娘はどうでもよかった。次いで、ジャイルズのことを考えた。彼はヴァインスベルク捕虜収容所を脱走してブリストルへ戻っていたが、父親を避けつづけていた。人々は戦争英雄の息子のその後の様子を聞きたがり、そのたびに新しい話をでっち上げなくてはならなかった。だが、もうその必要もなくなる。なぜなら、アメリカへ着いたら、一族との紐帯はすぐにも断ち切られるはずだからだ。そのころには——と言っても、まだかなりの時間はかかるだろうが——〝その時点で保有しているすべて〟が、そう紙に記されたときほどの価値がもはやなくなっているとしても、ジャイルズがバリントンの家名を引き継いでいるはずだ。

しかし、大半の時間は自分についての思いに耽りつづけていて、ようやく現実に引き戻されたのはフィッシュガードに着いたときだった。全員が車両を出るのを待って、スーツケースを棚から下ろし、プラットフォームへ降り立った。

そして、メガフォンの声のほうへ向かった。「桟橋行きのバスが出ますよ！　桟橋行きのバスです！」。バスは四台いて、ヒューゴーは三台目を選んだ。今度はほんのわずかな距離を走っただけで、灯火管制にもかかわらず、ターミナルは見落としようがなかった。またもや三等の客の長い列に並んだが、今度買うのはコーク行きのフェリーの切符だった。

片道切符を買ったあと、道板を上って甲板に立つと、多少でも自尊心のある猫なら絶対にうずくまったりはしないはずの目立たないところを隅のほうに見つけた。霧笛が二度鳴り響いて、船が緩やかなうねりのなかへと桟橋をゆっくりと離れていくのを感じたとき、もう大丈夫だろうとようやく思うことができた。

フェリーが港の突堤を過ぎると初めて気が緩み、疲労困憊していたこともあって、スーツケースを枕にすると、あっという間に深い眠りに落ちた。

　どのぐらい眠っていたのかはわからなかったが、肩を叩かれたような気がして目が覚めた。顔を上げると、二人の男が見下ろしていた。

「サー・ヒューゴー・バリントンですね？」片方が訊いた。

違うと否定したところで、あまり意味はなさそうだった。二人は脇を抱えてヒューゴーを立たせると、逮捕すると通告して、長い容疑のリストを読み上げた。

「しかし、私はコークへ向かっている」ヒューゴーは抵抗した。「もう十二マイル制限を超えているだろう」

「お気の毒ですが、そうではありません」二人目の警官が言った。「あなたはフィッシュガードへ引き返しているところです」

　何人かの船客が少しでもよく見えるようにと手摺(てす)りから身を乗り出し、自分たちの旅を遅れさせた張本人が手錠をかけられてタラップを降りていくのを見物していた。

ヒューゴーは黒のウルズリドの後部座席に押し込まれ、それから間もなく、ブリストルへ戻る長い旅が始まった。


　房の扉が開き、制服を着た男が朝食らしきものを載せた盆らしきものを運んできた。そういう朝食も、そういう盆も、制服を着た男も、これまでサー・ヒューゴーがいつも朝一番に見ていたものとはかけ離れていた。油まみれの焼いたパンとトマトを一目見ただけで盆を脇へ押しやり、どのぐらいここにいればこんなものを口に入れる気になるのだろうかと訝った。数分後、巡査が戻ってきて盆を引き上げ、大きな音を立てて房の扉を閉めた。

　ふたたび扉が開いて、今度は二人組が房に入ってくると、ヒューゴーを挟んで石の階段を上がり、二階の取調室へ連行した。〈バリントン海運〉の顧問事務弁護士、ベン・ウィンショーが待っていた。

「私は残念でなりません、会長」弁護士が言った。

　ヒューゴーは首を振った。「これからどうなるんだ？」顔には諦めが浮かんでいるはずだった。

「警視から私が聞いたところでは、あなたは数分後に告発されます。そのあと、法廷で裁判官の前に立つことになります。そこであなたがしなくてはならないのは、無罪だと嘆願することだけです。警視は断言していますが、警察はどういう形であれ保釈に反対し、国を逃れようとして乗っていたフェリー船上で逮捕されたとき、あなたのスーツケースに八百ポンドの現金が入っていた事実を裁判官に指摘するとのことです。恐ろしいことですが、メディアは大はしゃぎするでしょうね」

　ヒューゴーと事務弁護士は二人だけで取調室に坐り、警視が現われるのを待った。裁判が始まるまでには数週間の拘留を覚悟しなくてはならないだろうと弁護士は警告し、四人の勅撰弁護士の名前を挙げて、だれを弁護人にすべきかを尋ねた。相談の結果、サー・ギルバート・グレイに頼もうと結論が出たとき、ドアが開いて巡査部長が入ってきた。「どうぞお引き取りください、サー」まるで些細な交通違反を犯しただけのような口振りだった。

ややあって、ようやく気を取り直したウィンショーが訊いた。「私のクライアントは、今日、もう一度戻ってくることになっているのですかな？」
「私の知る限りでは、その必要はありません、サー」
ヒューゴーは自由の身になって警察署を出た。

その話は〈ブリストル・イヴニング・ニューズ〉の九ページに、小さなベタ記事で載っただけだった――〝オナラブル・トビー・ダンステイブル――第十一代ダンステイブル伯爵の次男――、ウィンブルドン警察署に拘留中に心臓発作で死亡〟。

後にその記事の裏を詳しく教えてくれたのは、デレク・ミッチェルだった。

彼の報告によると、伯爵が拘留中の息子に面会し、トビーはそのわずか二時間後に自ら命を絶ったのだ。また、当直の警察官の話では、父子が会っているあいだ、何度か激しいやりとりがあり、父親である伯爵が名誉、一族の名声、この状況での見苦しくない身の処し方云々（うんぬん）について、何度も繰り返していたとのことだった。二週間後、ウィンブルドン刑事裁判所は事後審問を行ない、裁判官は件の警察官に、父子が面会しているときに伯爵が息子に錠剤のようなものを渡さなかったかと訊いた。

「いえ、サー」と、彼は応えた。「見ていません」

その日の午後遅く、ウィンブルドン刑事裁判所の判事団は、その死が自然死であるとの評決を下した。

# 37

「今朝、ミスター・プレンダーガストから何度か電話がありました、サー」会長室へ入るサー・ヒューゴーのあとを追いながら、ミス・ポッツが報告した。「最後の電話では、急いでいるとおっしゃっておられました」会長が髭も剃らず、まるでそのまま寝たのではないかと思われるツイードのスーツを着ているのを見て驚いたとしても、彼女は何も言わなかった。

プレンダーガストが至急話したがっていると聞いてヒューゴーの頭に真っ先に浮かんだのは、ブロード・ストリートの件がお釈迦(しゃか)になったに違いないということだった。あの八百ポンドを直ちに返せというのだろう。そうだとすれば、プレンダーガストに考え直させなくてはならない。

「それから、タンコックが」ミス・ポッツがノートを見ながら報告をつづけた。「あなたがお聞きになりたいはずの知らせがあると言っています」会長は応えなかった。「ですが、最も重要なのは」彼女はさらにつづけた。「会長の机に置いてある手紙です。すぐにお読みになられるほうがよろしいかと思いますが」

ヒューゴーは腰を下ろすより早くその手紙を読みはじめ、さらにもう一度読み返した。だが、それでも信じられなかった。彼は秘書を見上げた。

「おめでとうございます、会長、本当によろしゅうございました」

「プレンダーガストに電話だ」ヒューゴーは吼えた。「それから、社長、次にタンコック、この順番で会うからな」

「承知しました、会長」ミス・ポッツが応え、急いで出ていった。

プレンダーガストと電話がつながるのを待つあいだ、ヒューゴーはもう一度、戦時輸送大臣からの手紙を読み返した。三度目だった。

親愛なるサー・ヒューゴー
この知らせをあなたに届けられることを喜ばしく思います。本省は〈バリントン海運〉と契約を結ぶことに決め……

ヒューゴーの机の電話が鳴った。「ミスター・プレンダーガストとつながりました」ミス・ポッツが告げた。

「おはようございます、サー・ヒューゴー」その声に敬意が戻っていた。「ミセス・クリフトンがブロード・ストリートの土地を千ポンドで売ることに同意されました。それをお知りになりたいだろうと思いまして」

「しかし、私はあの通りのあそこ以外の所有地を〈ユナイテッド・ドミニオン不動産〉に四千ポンドで売却する契約にすでにサインしているぞ」

「そして、その契約書はいまも私の机の上にあります」プレンダーガストが言った。「彼らにとっては残念なことに、そして、あなたにとっては運のいいことに、彼らが私に会える最も早い時間が今朝の十時だったのですよ」

「契約書はもう取り交わしたのか？」

「はい、サー・ヒューゴー。間違いなく」

　ヒューゴーはがっかりした。

「四万ポンドで」

「どういうことだ？」

「あの通りのほかの土地の自由保有権だけでなく、ミセス・クリフトンの土地もあなたのものになったことを私が保証できるようになったとたんに、〈ユナイテッド・ドミニオン不動産〉が四万ポンド満額の小切手を切ったのですよ」

「よくやってくれた、プレンダーガスト、きみは信頼できるとわかっていたよ」

「ありがとうございます、サー。あなたにはミセス・クリフトンの同意を承認していただくだけで結構です。そうすれば、〈ユナイテッド・ドミニオン不動産〉の小切手については私のほうで処理し、お預かりすることが可能になります」

ヒューゴーはちらりと時計を見た。「もう四時を過ぎているから、明日の朝一番に銀行に寄らせてもらおう」

プレンダーガストが咳払いをした。「何を置いても、サー・ヒューゴー、明朝九時にお願いします。それから、失礼ながら、昨日現金に換えさせていただいた八百ポンドはいまもお持ちでしょうか？」

「ああ、持っているとも。だが、八百ポンドにいまさらどんな意味があるんだ？」

「〈ユナイテッド・ドミニオン不動産〉の小切手を私どもが預からせていただく前に、ミセス・クリフトンへの千ポンドを支払うのが賢明だと考えているからです。後になって、痛くもない腹を本部から探られるのは望むところではありませんので」

「確かにそのとおりだな」ヒューゴーは言い、スーツケースを見て、一ペニーたりとこの八百ポンドに手をつけなくてよかったとほっとした。

「私から申し上げておくことは以上です」プレンダーガストが言った。「最後に、最高の契約が成立したことをお喜び申し上げます」

「その契約のことをどうして知っているんだ？」

「はい？　何とおっしゃいましたか、サー・ヒューゴー？」プレンダーガストが怪訝な声を出した。

「ああ、いや、別のことと勘違いしたらしい」ヒューゴーは急いで取り繕った。「何でもないいんだ、プレンダーガスト。いま私が言ったことは忘れてくれ」そして、受話器を架台に戻した。

ミス・ポッツが戻ってきて報告した。「社長がお待ちですが、会長」

「すぐに通してくれ」

「知ってるか、いいニュースだぞ、レイ?」コンプトンが入ってくるや、ヒューゴーは訊いた。

「もちろんです、会長。しかも、これ以上ないぐらい、いいタイミングできてくれました」

「どういうことだ?」ヒューゴーが訝った。

「会長は来月の重役会で、年間の収支報告をすることになっています。現時点では依然として大幅な損を出していることを明らかにせざるを得ませんが、今回の政府との契約が成立したことで、来年は利益を見込めるでしょう」

「来年だけでなく、五年の契約だからな」ヒューゴーは大臣の手紙をかざしながら、勝ち誇って確認した。「重役会の議事項目を決めてくれ。ただし、今度の政府との契約日程はそこに含めるなよ。私が自分の口で知らせたいからな」

「承知しました、会長。明日の正午までには関係書類をすべて揃えて、あなたの机の上に置いておきます」と付け加えて、コンプトンは部屋を出ていった。

ヒューゴーは大臣の手紙をもう一度――四回目だった――読み返した。「年間三万ポンドだぞ」と声に出したとき、ふたたび机の電話が鳴った。

「〈サヴィルズ〉という不動産会社の、ミスター・フォスターという方からお電話が入っていますが」ミス・ポッツが言った。

「つないでくれ」

「おはようございます、サー・ヒューゴー。私は〈サヴィルズ〉のシニア・パートナーのフォスターと申します。バリントン・ホールの売却について、お目にかかって意向をお聞きすべきではないかと考えているのですが、よろしかったら私のクラブでちょっと昼食でもいかがでしょう」

「その必要はないよ、フォスター。考えが変わった。バリントン・ホールを売るのはやめたんだ」そう宣言して、ヒューゴーは受話器を置いた。

そのあとは秘書が持ってくる書類や小切手にサインをして午後を費やし、六時を少し過ぎたところでようやくペンにキャップをした。

そして、サインを終えた書類や小切手を引き取りにきたミス・ポッツに指示した。「いますぐに、ここへタンコックを呼んでくれ」

「承知しました、サー」ミス・ポッツは応えたが、そこにはかすかではあるけれども不満が滲んでいた。

タンコックを待つあいだに膝を突いてスーツケースを開けると、八百ポンドを見つめた。バリントン・ホール売却の金が入るのを待っているあいだ、自分をアメリカで生き延びさせてくれるはずの金だった。その同じ金が、今度はブロード・ストリートで大儲けするために使われるのだ。

ドアにノックがあり、ヒューゴーはスーツケースを閉めると、急いで机に戻った。

「タンコックが参りました」ミス・ポッツが言い、入室もせずにドアを閉めた。

スタン・タンコックが胸を張って入ってきて、会長の机へ歩み寄った。

「それで、待てない話というのは何なんだ？」ヒューゴーは訊いた。

「あんたに貸していたもう一枚の五ポンド札を回収にきたんですよ」タンコックが勝ち誇った目で言った。

「私はおまえに借りなんかないぞ」ヒューゴーは言った。

「あんたが欲しがっていた土地を売るよう妹を説得したら、という約束になってたでしょう」

「われわれは二百ポンドで売買することで合意し、しかし、結局はその五倍の金額を支払わされることになった。だから、いま言ったとおり、私はおまえに借りなんかないんだ。

さあ、とっとここを出ていって、仕事に戻れ」

　スタンは動かなかった。「あんたが欲しがっていた手紙も手に入れたんですがね」

「手紙？」

「あのアメリカの船の医者がわれらのメイジーに届けてきた手紙ですよ」

　ハリー・クリフトンの乗組員仲間が書いたという悔やみの手紙のことを、ヒューゴーはすっかり失念していた。それに、メイジーがあの土地の売却に同意したいま、その手紙に何であれ意味があるとも思えなかった。「手間賃に一ポンドやろう」

「五ポンドくれると言ったじゃないですか」

「これは提案だが、タンコック、わが社で仕事があるうちに、この部屋を出ていったほうがいいのではないかな」

「わかりました」スタンが譲歩した。「一ポンドで手を打ちましょう。おれが持っていても意味のない手紙ですしね」そして、皺になった封筒を尻ポケットから取り出し、会長に差し出した。ヒューゴーは財布から十シリング札を抜き、自分の前の机に置いた。

　スタンはそれでも動こうとしなかったが、ヒューゴーは財布を内ポケットにしまって、傲然と従業員を睨みつけた。

「手紙を取るか、十シリング札を取るか、それはおまえ次第だ」

　スタンが十シリング札をひっつかみ、小声で文句を言いながら出ていった。

ヒューゴーは手紙を脇へ押しやると、深々と椅子に背中を預けて、ブロード・ストリートの取引で生じる利益の一部の使い方を思案した。銀行へ行って必要な書類すべてにサインし終えたら、その足で通りを渡り、向かいの車の販売店へ行こう。一九三七年型の二リッター四人乗りのアストン・マーチンが気になっていたんだ。その場であの車を買い、ハンドルを握って町を横断し、贔屓の仕立屋へ行く。最後にスーツを作ったのは思い出す気にもなれないほど昔だ。採寸をすませたら、クラブで昼飯だ。ついでに、そこのバーに溜まりに溜まっている払いを精算してやろう。午後はバリントン・ホールのワイン・セラーを補充する手配をし、母がひどく未練を持って惜しんでいるらしい宝石のいくつかを質屋から取り戻す算段をするとしようか。夜は――そのとき、ドアがノックされた。

「そろそろ失礼しようと思いますが」ミス・ポッツが言った。「七時までに郵便局へ行って、最終の郵便物を受け取りたいものですから。まだ何かご用があるでしょうか、サー」

「いや、何もないよ、ミス・ポッツ。だが、明日は出勤が少し遅れるかもしれない。九時にミスター・プレンダーガストと会う約束があるのでね」

「承知しました、会長」ミス・ポッツが応えた。

彼女がドアを閉めると、ヒューゴーの目は皺になった封筒に留まった。銀のレター・オープナーで封を切り、一枚きりの手紙を抜き出すと、じりじりする思いで文面に目を走らせ、関係のありそうな部分を探した。

一九三九年九月八日
ニューヨーク

最愛のお母さん
……〈デヴォニアン〉が沈められたときには、ぼくは死んでいません……アメリカの船に助けられて……いつの日か、ぼくの父はアーサー・クリフトンであってヒューゴー・バリントンではないと証明できるかもしれないという、虚しい希望にすがって……でも、お願いします。ぼくの秘密は絶対に口外しないでください。あなたが自分の秘密を長年にわたって絶対に口外しなかったように。

あなたを愛している息子　ハリー

ヒューゴーの血が凍りついた。今日の勝利のすべてが、あっという間に吹き飛んでしまった。二度と読みたい手紙ではなかったし、それより重要なのは、だれにも文面を知られてはならないということだった。

彼は机の最上段の引き出しを開けてマッチ箱を取り出すと一本を擦って火をつけ、手紙をゴミ箱の上にかざして、それが黒く焼け崩れて灰になってしまうまで手を放さなかった。

結果として、これまでで一番役に立った十シリングだった。

これでクリフトンが生きているのを知っているのはおれだけだ、とヒューゴーは確信した。このまま、だれにも知られないようにしなくてはならない。結局のところ、クリフトンがあの手紙に書いているとおりに口を閉ざし、トム・ブラッドショーでいつづけてくれる限りは、だれも真実を知りようがないのだ。

エマがいまもアメリカにいることを思い出して、いきなり気分が悪くなった。クリフトンが生きていることを、あいつが何らかの方法で知ったという可能性があるだろうか？いや、あの手紙を読んでいなければ、それは絶対にあり得ない。それにしても、なぜあいつはアメリカへ行ったのか、その理由を突き止める必要がある。

受話器を上げてミッチェルの番号をダイヤルしはじめたとき、廊下で足音が聞こえたような気がした。まだここに明かりがついているのに気づいた夜警が確認にきたのだろうと思いながら、ヒューゴーは受話器を戻した。

ドアが開き、ヒューゴーは二度と会いたくないと思っていた女を見つめるはめになった。

「門の警備をどうやって通り抜けた？」ヒューゴーは詰問（きつもん）した。

「わたしたちは会長と面会の約束があると言ったのよ。ずいぶん長いあいだ実行されなかった約束だけどね」

「わたしたち？」ヒューゴーは訊き返した。

「そうよ、あなたにささやかなプレゼントを持ってきたわ。ある意味ではもうあなたのものなんだから、プレゼントというのも妙なんだけどね」オルガがヒューゴーの机の上に枝編み細工のバスケットを置き、薄いモスリンの覆いを取った。そのなかで赤ん坊が眠っていた。「この娘に父親の名乗りを上げてもらう時期だと思ったの」そして、よく見てくれというように脇へどいた。

「このきみのろくでなしに、私がこれっぽっちでも関心を持つと考える理由は何なんだ？」

「この子があなたのろくでなしでもあるからよ」オルガが落ち着き払って答えた。「だから、この子にもエマやグレイスと同じ人生のスタート・ラインに立たせてやりたいとあなたが考えるはずだと、わたしはそう思ったの」

「そんな真似を、なぜ私がしなくてはならないんだ？　考えるだに馬鹿げていることを？」

「なぜなら、ヒューゴー」オルガが言った。「わたしがあなたに搾り取られるだけ搾り取られたからよ。今度はあなたがその責任を取る番だわ。いつもうまく逃げられるなんて思わないことね」

「私が唯一逃げたものがあるとすれば、それはおまえだよ」ヒューゴーは薄ら笑いを浮かべて言った。「だから、そのバスケットを持ってさっさとお引き取りを願おうか。その娘を助けるために指一本だって上げるつもりは、私には一切ないんだからな」

「それならわたしは、この子を助けるために指一本でも上げてくれる人のところへ行くしかないかもしれないわね」

「たとえば、だれがいるんだ？」ヒューゴーはぶっきらぼうに訊いた。

「手始めはあなたのお母さまかしら。もっとも、あなたの言うことをいまでも信じる、たぶん地球上で最後の人物でしょうけどね」

ヒューゴーがいきなり立ち上がったが、オルガは怯まなかった。「もし彼女を納得させられなかったら」彼女がつづけた。「次はマナー・ハウスね。あそこであなたの元の奥さまとお茶を飲みながら、あなたがわたしと出会うはるか前に離婚していた事実を確認する話ができるんじゃないかしら」

ヒューゴーは机の向こうから一歩踏み出したが、それでもオルガは口を閉ざさなかった。

「エリザベスがそこにいなかったら、マルジェリー・キャッスルを訪ねて、あなたのもう一人の娘をハーヴェイ卿夫妻に紹介することもいつだってできるしね」

「彼らがおまえの話を信じると考える根拠は何だ？」

「信じないと考える根拠は何なの？」

ヒューゴーはさらに前に進むと、オルガの本当に鼻先で足を止めた。しかし、彼女の口は依然として動きつづけた。

「そのあと、最後にメイジー・クリフトンを訪ねるわ。どうしてもそうしなくてはならないという気がしているのよ。だって、あの人をとても尊敬しているんですもの。あの人のことをもっと早く聞き知っていたら――」

　ヒューゴーはいきなりオルガの両肩をつかんで揺すぶった。しかし驚いたことに、彼女は身を護ろうとする素振りも見せなかった。

「いいか、私の言うことをよく聞くんだ、このユダヤ女」ヒューゴーは声を張り上げた。「私がその子の父親だなどと、相手がだれであれ、少しでもほのめかしてみろ、両親と一緒にゲシュタポに連行されたほうがましだったと後悔するくらいに、おまえの人生を悲惨なものにしてやるからな」

「その脅しはわたしにはもう効かないわ、ヒューゴー」オルガの声には諦めが滲んでいた。「だって、いまのわたしには生きている意味は一つしかないんだもの。そしてそれは、あなたが二度と、うまうまと逃げられないようにすることなの」

「二度と？」ヒューゴーは訊き返した。

「あなた、わたしがハリー・クリフトンのことを、そして、彼が一族の肩書きを引き継ぐ資格を持っていることを知らないと思っているでしょう」

　ヒューゴーは彼女の肩をつかんでいた手を放すと、一歩後ずさった。明らかに震えていた。「クリフトンは死んだんだ。水葬に付された。だれもが知っていることだ」

「あなたは彼がいまも生きていることを知っているわよね、ヒューゴー。そして、自分以外のだれにもその事実を知られたくないと思っているのよね」

「しかし、どうやってそれを知ることができた――」

「あなたのように考え、あなたのように振る舞い、あなたのようにやることを学習したからよ。自分の私立探偵を雇うことにしたのも、そのおかげなの」

「だが、それには何年もかかるはずだ――」ヒューゴーは言おうとした。

「唯一の雇い主が半年も報酬を払わないままでまたもや逃げ出したために失職した私立探偵に出会ったら、そんなに長くはかからないわ」ヒューゴーが拳を握ったのを見て、オルガは笑みを浮かべた。いまの言葉が急所を突いた、明白な印だった。その拳が振り上げられたときでさえ、彼女は怯むことなくそこに立ちつづけた。

　最初の一撃が顔に命中し、オルガは激しく後ろへよろめいた。折れた鼻を押さえた瞬間、二発目の拳が腹に炸裂し、彼女の身体を二つ折りにした。

　ヒューゴーは一歩下がって哄笑した。オルガはふらふらと左右に揺れながら、それでも何とか倒れまいと足を踏ん張ろうとしていたが、ヒューゴーが三発目をお見舞いしようとしたそのとき、がくんと膝が折れて、糸の切れた操り人形か酔っぱらいのようにへなへなと床に崩れ落ちた。

「おれを煩わせたらどんな目にあうか、これでわかっただろう。二度とこんな馬鹿な真似をしようなどと考えるな」ヒューゴーは彼女を見下ろして怒鳴った。「これ以上痛い目にあいたくなかったら、まだ動けるうちにここを出ていくんだな。そのろくでなしを連れて、おとなしくロンドンへ帰るがいい」

　オルガがのろのろと身体を起こし、両膝を突いた。いまも遠慮会釈なく鼻から血が流れ出ていた。何とか立ち上がろうとしたが、まったく力が入らないらしく、大きく前へよろめいたと思うと、机の端につかまってかろうじて持ち堪えた。つかの間そのままの姿勢を保ち、何とか立ち直ろうと、何度か深呼吸をした。ようやく顔を上げたそのとき、デスク・ランプの作る光の輪のなかで、細長い何かが銀色に光っているのが目に留まった。

「おれの言ったことが聞こえなかったのか？」ヒューゴーが喚いてオルガの髪をつかみ、後ろへのけぞらせた。

　オルガは残っている力をすべてかき集めると、片足を振り上げ、靴の踵をヒューゴーの股間（こかん）に叩きつけた。

「何をする！」ヒューゴーが絶叫し、たじろいだ。髪から手が離れた一瞬の隙にオルガはレター・オープナーをつかみ、ドレスの袖の内側に隠して、自分をいたぶった男に向き直った。ようやく息ができるようになったヒューゴーがまたもや彼女に詰め寄ろうとし、サイド・テーブルの前を通り過ぎながら重たいガラスの灰皿をつかむと、頭上高く振り上げた。そう簡単には立ち直れない一撃を食らわせてやるつもりだった。

　あと一歩のところまでヒューゴーがやってきたとき、オルガは袖を引き上げ、両手でレター・オープナーを握り締めると、切っ先を彼の心臓へ向けた。ヒューゴーは灰皿を振り下ろそうとしたその瞬間にようやくレター・オープナーの切っ先に気づき、それを避けようと身体をひねった。しかし、その弾みでよろめいてバランスを失い、彼女にまともに倒れかかった。

一瞬の沈黙の後、ヒューゴーがゆっくりと崩れ落ちて両膝を突き、ハーデース（ギリシャ神話の死者の国の支配者）をすべて目覚めさせずにはおかないような悲鳴を上げた。オルガはレター・オープナーの柄を握ったまま、催眠術にかかったかのようにそこに立ち尽くして、まるで映画のスローモーション場面でも観ているかのようにヒューゴーを見つめていた。ほんのわずかな時間に違いないのだが、彼女にとっては果てしなく感じられた。ようやくヒューゴーが崩れ落ち、彼女の足元に倒れ込んだ。

彼女は手から離れたレター・オープナーを見つめた。先端が首の後ろから突き出して、まるで制御不能になった消火栓のように血があらゆる方向へ噴き出していた。

「助けてくれ」ヒューゴーが片手を差し出そうとしながら、泣き声で懇願した。

オルガは彼の横にひざまずくと、かつて愛した男が差し伸ばす手を握ってやった。「わたしにはあなたを助ける術がないの、マイ・ダーリン」彼女は言った。「でも、そもそもなかったのよね」

呼吸が不規則になりはじめたが、オルガの手を握る力は依然としてしっかりしていた。彼女は自分の言葉を彼がきちんと聞き取れるよう、耳元へ口を近づけてささやいた。「あなたの命はもうすぐ終わりを迎えるけど、ミッチェルの最新報告を詳しく聞いてもらってからでないと死んでほしくないの」

ヒューゴーが口を開こうと最後の努力をしたが、唇こそ動いたものの、声にならなかった。

「エマはハリーを見つけたわ」オルガは言った。「彼が元気で生きているとわかったら、あなたもさぞかしうれしいはずよね」そして、ヒューゴーに見つめられたままさらに身を乗り出し、唇が耳に触れんばかりにしてつづけた。「彼はいま、イギリスへの帰途にあるわ。バリントン一族を正統に継承する権利を有しているのは自分だと明らかにするためにね」

彼女はさらに付け加えたが、それは自分の手を握っているヒューゴーの力がゆるんだのを確認してからだった。「そうだ、言い忘れていたけど、あなたのように嘘をつくことも学習したの」

翌日、〈ブリストル・イヴニング・ポスト〉と〈ブリストル・イヴニング・ニューズ〉の第一版には、それぞれに異なった見出しが掲げられていた。

〝サー・ヒューゴー・バリントン、刺殺される〟

がポストの見出しであり、ニューズのほうはもう一つの事件を優先すべきだと考えていた。

〝身元不明の女性、ロンドン急行に飛び込む〟

この二つにつながりがあると見当をつけたのは、現地刑事部の部長、ブレイクモア警部一人だけだった。

エマ・バリントン

一九四二年

# 38

「おはようございます、ミスター・ギンズバーグ」と挨拶しながら、セフトン・ジェルクスが机の向こうで立ち上がった。「ドロシー・パーカーとグレアム・グリーンを出版なさっているご本人においでいただけるとは光栄です」

ギンズバーグはわずかに頭を下げると、ジェルクスと握手をした。

「そして、ミス・バリントン」ジェルクスがエマを見た。「またお目にかかれて何よりです。私はもうミスター・ロイドの代理人ではありませんのでね、友人になれるのではないかと期待しているのですよ」

エマは眉をひそめ、ジェルクスが差し出した握手の手を握り返すことなく腰を下ろした。

三人が席に落ち着くや、ジェルクスがつづけた。「この会合を始めるにあたって申し上げたいのだが、この三人がここに集い、率直かつ腹蔵のない話し合いをして、われわれの問題の解決案を見出せるかどうかを確認するのは価値あることだと思いますよ」

「あなたの問題、でしょう」エマがいきなり口を挟んだ。

ミスター・ギンズバーグが口元を強ばらせたが、何も言わなかった。

「私は確信しているのですが」ジェルクスがギンズバーグを見て言った。「あなたはすべてについて、最善の対応をしたいと望んでいらっしゃるはずです」

「そのなかには、今度はハリー・クリフトンが含まれるんでしょうか?」エマは訊いた。

ギンズバーグがエマを見て、咎めるように眉をひそめた。

「もちろんです、ミス・バリントン」ジェルクスが応えた。「われわれが到達すべきいかなる合意にも、間違いなくミスター・クリフトンが含まれます」

「この前のときのようにですか、ミスター・ジェルクス、彼があなたを一番必要としているときに、あなたは逃げてしまわれましたけど?」

「エマ」ギンズバーグがたしなめた。

「指摘しておくべきだと思いますが、ミス・バリントン、私はクライアントの指示を実行したに過ぎません。ブラッドショー夫妻はお二人とも、私が代理人をつとめる人物は自分たちの息子だと明言され、私にはそれを疑う理由がありませんでした。そしてもちろん、トムの判決がなるべく軽くなるよう努力して――」

「ハリーについては、自力で何とかしろと放置した」

「私自身の弁護をするなら、ミス・バリントン、最終的にトム・ブラッドショーが実はハリー・クリフトンだとわかったとき、彼は私に弁護をつづけてくれと懇願し、それは自分がいまも生きていることをあなたに知られたくないからだと言ったんです」

「ハリーの側から見れば、そうではありません」エマはその言葉を口にしたとたんに後悔した。

ギンズバーグが不快を隠そうともせず、自分の切り札が早々と切られてしまったことに気づいた男のような顔をした。

「なるほど」ジェルクスが言った。「そうやってささやかな怒りを表明されたところを見ると、あのノートを二冊ともお読みになったということですかな?」

「一語一語、すべてをしっかりと読みました」エマは応えた。「ですから、ハリーにとっての最善になることをしただけだという振りは、もうなさらなくても結構です」

「エマ」ギンズバーグが強い口調で割り込んだ。「物事を自分に引きつけすぎず、もっと広い視野を持って考えることをきみは学ばなくてはだめだな」

「そういう考え方をした結果が、ニューヨークで一流と評判の弁護士が証拠を捏造し、正義をねじ曲げたかどで刑務所行きになるということではないんですか?」そう言いながらも、エマはジェルクスを睨みつづけた。

「申し訳ない、ミスター・ジェルクス」ギンズバーグが謝罪を口にした。「私の若い友人は、ハリー・クリフトンのこととなると、興奮して自分を抑えられなくなるようなんですよ——」

「当たり前でしょう」いまや、エマはほとんど叫んでいた。「だって、わたしにははっきりわかっているんですもの」そして、ジェルクスを指さした。「ハリーが電気椅子に坐らされることになったら、この男が何をするかをね。それで自分が何事もなく逃れられると思ったら、自らの手で電気椅子のレヴァーを引くに違いないわ」

「無礼にもほどがある」ジェルクスが弾かれたように立ち上がった。「警察が逮捕したのは別人だと陪審員に訴える準備も、百パーセント納得させる準備も、常にしてあったんだ」

「だったら、最初から彼がハリーだと知っていたってことじゃないの」エマが言い返し、ふたたび腰を下ろした。

そう責められてジェルクスが一瞬言葉を失い、エマはその沈黙を利用して言い募った。

「ヴァイキング社がハリーの最初のノートを春に出版したらどういうことになるか、教えてあげましょうか、ミスター・ジェルクス。あなたの名声が粉々になって吹っ飛び、これまでの実績が水の泡になるだけでなく、ハリーと同じように、レーヴェンハム刑務所での生活がどんなものかを肌で知ることになるんです」

ジェルクスが何とかしてくれという目でギンズバーグを見た。「私としては和解するほうが双方の利益になると考えていたんですが、このままでは、この話し合いそのものが決裂してしまいそうだ」

「あなたの考えを聞かせてもらえますか、ミスター・ジェルクス」ギンズバーグが弁護士を宥めようとする口調で訊いた。

「このいかさま師に命綱を投げてやるんですか？」エマは食ってかかった。

ギンズバーグが手を挙げて彼女を制した。「少なくとも話ぐらいは聞いてもいいだろう、エマ」

「この男が少なくともハリーの話ぐらいは聞いたように、ですか？」

ジェルクスがギンズバーグに向かって口を開いた。「もし一冊目のノートを刊行しないことが可能だとお考えなら、私としてはそれ相応の見返りをあなたに提示することができると保証しましょう」

「あなた、まさかそんなことを本気で思ってるんじゃないでしょうね」エマがまたもや突っかかった。

ジェルクスはエマがそこにいないかのように、ギンズバーグに向かってつづけた。「もちろん、出版を中止すれば、あなたがかなりの損害を被ることは承知しています」

「『ある囚人の日記』の売り上げからすれば」ギンズバーグが応えた。「その損害は十万ドルを超えるでしょうね」

予想外の数字に驚いたらしく、ジェルクスは返事をしなかった。

「それから、ロイドに支払った前払い印税の二万ドルもあります」ギンズバーグがつづけた。「それと同額をミスター・クリフトンに払い直さなくてはなりません」

「もしハリーがここにいたら」エマが割り込んだ。「だれよりも先にこう言うでしょうね、ミスター・ギンズバーグ。自分はお金に興味はない、この男を刑務所に送ればそれでいいってね」

ギンズバーグが呆気にとられて言った。「わが社は他人の悪口を売り物にしていまの名声を築いてきているわけではないんだ、エマ。だから、あのノートを出版するかどうかを私が最終決定する前に、私が抱えている名のある著者たちがその手の出版にどう反応するかを考慮する必要がある」

「まさにその通りですよ、ミスター・ギンズバーグ。名声こそがすべてですからね」

「どうしてあなたにそんなことが言えるの？」エマがまたもや食ってかかった。

「名のある著者たちと言えば」ジェルクスがエマの邪魔を無視し、やや気取った口調でつづけた。「ご存じかもしれないが、私の事務所は名誉なことに、F・スコット・フィッツジェラルドの作品を管理しているのですよ」そして、椅子の背にもたれた。「いまでもよく憶えているんですが、出版社を代えるとすれば、そのときは是非ともヴァイキング社に移りたいと、スコッティが私に言ったことがあるんですよ」

「まさかそんな話を鵜呑みにはしませんよね」エマはギンズバーグに言った。

「エマ、長い目で見たほうが賢明なときがあるんだ」

「どのぐらい長い目で見ようと思っていらっしゃるんですか？　六年ですか？」

「エマ、私は全員にとって最良の利益になることをやろうとしているだけだよ」

「最終的にはあなたの利益になることをしていらっしゃるように、わたしには聞こえますけどね。だって、お金のことになると、あなたはこの男にかなわないのが現実ですもの」エマがジェルクスを指さして言った。

エマに非難されてギンズバーグは傷ついたような顔をしたが、すぐに気を取り直すと、弁護士を見て訊いた。「あなたの考えを聞かせてもらえますか、ミスター・ジェルクス」

「いかなる形であれ最初のノートを出版しないことに同意していただければ、それによってあなたに生じた損害を喜んで賠償させてもらいます。『ある囚人の日記』によってあなたに生じた利益と同じ金額を支払うだけでなく、ミスター・ロイドに前払いされた二万ポンドも全額お戻ししましょう」

「わたしの頬にキスすればいいんじゃないですか、ミスター・ギンズバーグ？」エマは言った。「そうすれば、銀貨三十枚をだれに渡せばいいかがこの男にわかるんですから（ユダが銀貨三十枚でイエスを異教徒に売り渡したことから、裏切りを意味している）」

「フィッツジェラルドは？」エマを無視して、ギンズバーグが訊いた。

「F・スコット・フィッツジェラルドの作品の出版権をあなたに譲渡します。期間は五十年、附随する諸条件については現在の彼の出版社と同じでどうでしょう」

ギンズバーグが笑みを浮かべた。「契約書を作製してください、ミスター・ジェルクス。喜んでサインしましょう」

「その契約書にサインするときはどんな別名を使うんですか?」エマは訊いた。「ユダ、かしら」

ギンズバーグが肩をすくめた。「ビジネスはビジネスだよ、マイ・ディア。それに、きみもクリフトンも、報われないわけではないんだ」

「それを聞いてうれしく思いますよ、ミスター・ギンズバーグ」ジェルクスが言った。「なぜなら、実はしばらく前にハリー・クリフトンの母親に支払うべく、一万ドルの小切手を作ったんですが、戦争が始まってしまったために、それを届ける術がなくなってしまったんです。ミス・バリントン、イギリスへ戻られたら、御手数ですが、それをミセス・クリフトンに届けてもらえるとありがたいのですがね」そして、テーブルに置いた小切手をエマのほうへ滑らせた。

エマは目もくれなかった。「もしわたしが最初のノートを読んで、トム・ブラッドショーに成り代わってくれたらお母さまに一万ドルを送るとあなたがハリーに約束した部分に気づいていなかったら、あなたはこの小切手のことなんかおくびにも出さなかったに決まっているわ」彼女は立ち上がると、こう付け加えた。「あなたたち二人にはうんざりです。わたしが生きているあいだ、どちらとも二度と出くわさないことを祈るだけだわ」

そして、小切手をテーブルに残したまま、それ以上一言も言わずにジェルクスのオフィスを飛び出していった。

「強情な娘だ」ギンズバーグが言った。「だが、大丈夫だ。時間が経てば、われわれは正しい決定をしたのだと、必ず彼女を納得させられるだろう」

「そうだな、信頼しているよ」ジェルクスが応じた。「高名なヴァイキング社の特徴となっている熟練の外交術をもってすれば、きみのことだ、この些細な小事件を必ずやうまく処理してくれるに違いない」

「そう言ってもらえると悪い気はしないな、セフトン」ギンズバーグが立ち上がり、小切手を財布に入れながら付け加えた。「それから、これは必ずミセス・クリフトンに届くようにするよ」

「きみは信頼できるとわかっていたよ、ハロルド」

「当たり前だろう。契約書ができるのを楽しみにしているよ、セフトン、そのときにまた会おう」

「週末には準備できるはずだ」ジェルクスが答え、二人はともにオフィスを出て廊下を下っていった。「これまで一緒に仕事をしたことがないのが不思議だよ」

「そうだな」ギンズバーグが応じた。「しかし、これが長く実り多い関係の始まりになるのではないかな」

「そう願おうじゃないか」ジェルクスが言い、エレヴェーターの前に立って〈降〉のボタンを押しながら付け加えた。「契約書ができてサインする準備が整ったら、すぐに連絡する」

「楽しみに待っているよ、セフトン」ギンズバーグはジェルクスと友好的に握手をし、エレヴェーターに乗り込んだ。

一階に着いてエレヴェーターを降りた瞬間にまず目に入ったのは、まっすぐに自分のほうへ向かってくるエマの姿だった。

「いや、見事な演技だったよ、マイ・ディア」ギンズバーグは言った。「正直なところ、きみが電気椅子云々を持ち出したときには少々やり過ぎではないかと一瞬心配したが、実はそうではなかった。あいつがどういう男かを、きみはしっかりと見抜いていたんだな」

二人は腕を組んでゆっくりと建物を出た。

エマはその日の午後の大半を自室に籠もり、最初のノートを読み返して過ごした。ハリーはそのなかで、レーヴェンハム刑務所へ送られる前の日々について語っていた。

ページをめくり、エマがハリーに感じているかもしれない負い目や義務感から解放してやろうと彼が自らに課した試練がどんなものだったかを改めて確認したとき、今度あの愚かな男を見つけたら二度と目の届かないところには置くまいと、エマは固く心に決めた。

ミスター・ギンズバーグが喜んで同意してくれたこともあって、エマはいま、『ある囚人の日記』の本来なら第一版と呼ぶべき改訂版の刊行について、すべての面に関わるようになっていた。編集会議に出席し、装幀室長とカヴァーの文字について打ち合わせをし、裏カヴァーに載せる著者の写真の選定に加わり、カヴァー袖に入るハリーの略歴を自分で書き、販売会議にも参加していた。

六週間後、印刷所で梱包された作品が、鉄道、トラック、飛行機で、全米の保管倉庫へ送り出された。

発売日当日、エマはダブルデイ書店の前の舗道に立って開店を待った。その日の夜には、フィリス大叔母とアリステアに、売り切れを報告することができた。それは次の日曜の〈ニューヨーク・タイムズ〉のベストセラー・リストが裏付けてくれた。『ある囚人の日記』の改訂版は、発売後わずか一週間で、そのリストの一位に躍り出ていた。

アメリカじゅうのジャーナリストや雑誌の編集者が、ハリー・クリフトンとマックス・ロイドにインタヴューしようと躍起になった。しかし、ハリー・クリフトンはどの公式な名簿にも存在しなかったし、マックス・ロイドは、〈タイムズ〉の言うところでは、沈黙を守り通していた。多少なりと面白みを感じさせたのは〈ニューヨーク・ニューズ〉で、その見出しはこうなっていた――〝ロイド、逃走中〟。

ジェルクスの事務所は発売日に正式な声明を出し、彼らの事務所がもはやマックス・ロイドの代理人でないことを明らかにした。『ある囚人の日記』はそれから五週間、〈ニューヨーク・タイムズ〉のベストセラー・リストの最上位を占めつづけたが、ギンズバーグはジェルクスとの合意を守り、最初のノートの補遺の部分はまったく活字にしなかった。

　しかし、ジェルクスはF・スコット・フィッツジェラルドの作品の出版権を向こう五十年にわたってヴァイキング社に与えるという契約にサインしていた。彼はこれで約束は果たしたと考え、時間が経てば、メディアもこの話に飽きて、別の面白い話へ去っていくだろうと考えていた。そして、〈タイム〉が最近ニューヨーク市警察を退職したばかりのカール・コロウスキー元刑事のインタヴュー記事を全段ぶち抜きで掲載しなかったら、ジェルクスの考えの通りになっていたかもしれなかった。

「私にはわかっているんだが」と、コロウスキーは記事のなかで言っていた。「いま活字になっているのは、あの日記の退屈な部分だけだ。まあ待っているといい、本当に面白いのはハリー・クリフトンがレーヴェンハム刑務所へ到着する前の話だから」

　その記事は東部時間午後六時ごろには通信社経由で全米に知れ渡り、翌朝、ミスター・ギンズバーグが出勤したときには、社は百本を超える電話をすでに受け取っていた。

　ジェルクスはウォール・ストリートへ向かう車のなかでその〈タイム〉の記事を読み、二十二階でエレヴェーターを降りてみると、三人のパートナーが彼のオフィスの前で待っていた。

# 39

「どっちを先に読みたい？」二通の手紙をかざして、フィリスが訊いた。「いい知らせと、悪い知らせと？」

「いい知らせから読ませてください」エマは二枚目のトーストにバターを塗りながら、躊躇なく答えた。

フィリスが一通をテーブルに置き、自分は鼻眼鏡をかけて、二通目を読みはじめた。

親愛なるミセス・スチュアート
たったいま、ハリー・クリフトンの『ある囚人の日記』を読み終えたところです。本日の〈ワシントン・ポスト〉に素晴らしい書評が載っていましたが、そのなかで、七カ月前、三分の一しか刑期をつとめていないにもかかわらずレーヴェンハム刑務所を出たハリー・クリフトンがどうなったのか、終盤に向かうにつれて疑問が生じるということが書かれていました。

おわかりいただけるものと確信していますが、そのことについては、国家保安の問題があり、この手紙で詳しく明らかにすることができません。

もしミス・バリントンが――あなたのところに滞在しておられると理解していますが――クリフトン中尉についてさらなる情報を知りたいということであれば、このオフィスへ連絡をいただければ、喜んで面会の手続きを取らせていただきます。

これはスパイ法には抵触しないので付け加えてもかまわないと思いますが、『ある四人の日記』は実に面白く読ませてもらいました。もし今日の〈タイム〉の噂が信じられるとすれば、レーヴェンハムへ送られる前の彼に何があったのかを早く知りたいと待ちきれない思いです。

ジョン・クレヴァードン（大佐）　敬具

フィリス大叔母がちらりと目をやると、エマはまるでシナトラのコンサートの会場にいる十代の女の子のように飛び跳ねていた。自分のわずか数フィート背後で起こっていることは異常でも何でもないと言わんばかりに、パーカーがミセス・スチュアートに二杯目のコーヒーを注いだ。

エマが不意に動きを止めて立ち尽くした。「それで、悪い知らせとは何だったんでしょう」彼女は訊き、テーブルに戻って腰を下ろした。

フィリスが別の手紙を取り上げた。「これはルパート・ハーヴェイから届いた手紙なの」彼女は宣言した。「従兄弟の二番目の子よ」エマは笑いを嚙み殺しそこねた。フィリスが鼻眼鏡の向こうでそれを見咎め、皮肉な口調で言った。「子供ならそうやって笑ってもいいけど、大きな一族の一員であることが役に立つことは往々にしてあるのよ。あなたもそろそろわかるんじゃないかしらね」そして、手紙に目を戻した。

親愛なるフィリス

久しぶりにあなたから連絡をもらい、とてもうれしく思っています。また、ハリー・クリフトンの『ある囚人の日記』を教えてもらい、感謝しています。最初から最後まで面白く読ませてもらいました。エマという若いレディは端倪すべからざる女性に違いありません。

フィリスが顔を上げた。

「彼にとっては、あなたは又従兄弟の孫ということになるわね」そう言って、手紙に戻った。

彼女の現在のディレンマの解決に喜んで協力させてもらいます。そのために、以下の方策を講じました——大使館には今度の木曜、ロンドンへ飛ぶ便があります。その便に搭乗するのは大使と彼のスタッフですが、そこにミス・バリントンを同乗させることについては、すでに大使の同意を取りつけてあります。
木曜の午前中にエマが私のオフィスを訪ねてくれれば、必要な書類をすべて揃えておきましょう。パスポートを持参することを忘れないよう、彼女にくれぐれも念を押しておいてください。

親愛なるルパートより

追伸　エマはミスター・クリフトンがあの作品で描写しているとおりの美人でしょうか？

フィリスが手紙を畳んで封筒に戻した。
「それで、そのどこが悪い知らせなんでしょう？」エマは訊いた。
フィリスが俯き、感情を表わすことを拒否して小さな声で言った。「たぶん、この気持ちはわからないだろうけど、あなたがいなくなったらとても寂しくなるでしょうね。あなたはわたしが持てなかった娘のようなものなんだもの」

「今朝、契約書にサインしたよ」ギンズバーグがグラスを挙げた。

「おめでとうございます」アリステアが応じ、ディナーのテーブルを囲んでいる全員がグラスを掲げた。

「申し訳ないんだけど」フィリスが言った。「どうやら、このなかでわたしだけがきちんとわかっていないみたいなの。あなたがサインしたのは、ハリー・クリフトンの最初のノートを出版できないようにする契約書でしょ？　それなのに、どうしておめでとうなの？」

「今朝、セフトン・ジェルクスの十万ドルがわが社の銀行口座に入ったからですよ」ギンズバーグが答えた。

「わたしも」エマがつづいた。「同じ出所から二万ドルの小切手を受け取りました。本来はハリーに支払われるべきだった印税の前払い金です」

「そして、きみがあのとき見向きもしなかった、ミセス・クリフトン宛の一万ドルの小切手も忘れないでもらいたいな。私がちゃんと持って帰ったからね」ギンズバーグが付け加えた。「率直に言って、今回は何から何まですべて文句なしにうまくいったし、この契約が成立したいまは、もっとうまくいくんじゃないのかな。何しろ五十年という長期間だからな」

「そうかもしれないけど」フィリスが話の主導権を握ろうとした。「ジェルクスは殺人をもっと軽い罪にすり替えたわけでしょう、あなたがそれを許していることが、わたしはどうにも腑に落ちないのよね」

「いずれあなたにもわかるはずだが、あの男はいまも死刑を待っているも同然なんですよ、ミセス・スチュアート」ギンズバーグが言った。「もっとも、三カ月の猶予期間はありますがね」

「ますますわからなくなってきたわ」フィリスが困惑した。「いいですか、今朝サインした契約の相手はジェルクスではなくて、〈ポケット・ブックス〉なんです。その会社がハリーの日記をソフトバックで出版する権利を買ったんです」

「訊いてもいいかしら、ソフトバックって何？」フィリスが訝った。

「お母さん」アリステアが割り込んだ。「ソフトバックはもう何年も前から出回っていますよ」

「一万ドル札なんてものもあるようだけど、それと同様、ソフトバックなんてものも、まったく見たことがないわ」

「きみの母上はいい点を突いておられる」ギンズバーグが言った。「実は、ジェルクスがこの契約を受け入れたことも、それで説明ができるんだ。なぜなら、ミセス・スチュアートは本はハードバックで読むものであって、ソフトバックで出版されることを受け入れられない世代の代表だからだ」

「ソフトバックという考え方をジェルクスがよくわかっていないと、あなたが気づいた根拠は何なのかしら」フィリスが訊いた。

「F・スコット・フィッツジェラルドですよ、それでばっちりです」アリステアが答えた。

「ディナーの席では隠語を使わないでもらえないかしらね」フィリスが言った。

「アリステアがわたしたちに助言してくれたんです」エマは言った。「ジェルクスが法律面でのアシスタントを同席させないで、自分のオフィスで話し合いを持とうとした場合、それは行方不明になっているノートがあること、もしそのノートが出版されたら、彼の事務所は『ある囚人の日記』が出版されたとき以上に評判を失墜させる懸念があることを、きっとパートナーに伝えてないということだろうってね」

「だったら、どうしてアリステアはその話し合いに同席しなかったの？」フィリスが訊いた。「それに、どうしてジェルクスの発言を録音しなかったの？　だって、あの男はニューヨークで一、二を争う狡猾な弁護士なのよ？」

「私があの話し合いに同席しなかったのは、まさにそれが理由なんですよ、お母さん。われわれは何であれ記録を残したくなかったし、ジェルクスは傲慢な男ですからね、私には確信があったんです。自分に敵対しているのは、たかだかイギリスの小娘風情と買収可能に決まっている出版屋だと、彼が軽く考えているという確信がね。そして、まさにその通りだったおかげで、あっという間にあいつをわれわれの思い通りにしてやれたというわけです」

「アリステアったら」

「ですが」ついに、アリステアが滔々と語りはじめた。「ミスター・ギンズバーグが真の天才を表わしたのは、エマがあの話し合いの席を蹴って飛び出していった直後です」エマが怪訝な顔をした。「彼はジェルクスにこう言いました。『契約書ができるのを楽しみにしているよ、そのときにまた会おう』とね」

「そして、ジェルクスはその通りにしてくれました」ギンズバーグが引き取った。「私はかつて彼の契約書を見たことがあったから、今回のジェルクスとの契約書が元々はF・スコット・フィッツジェラルドのために作られたものを雛形にしていることに気づいたんです。そして、あの作家はハードバックしか出版していません。というわけで、その契約書にはソフトバックの出版を禁じるような項目は一切入っていなかった。そのおかげで、今朝、ハリーの一冊目の日記の出版を認める契約を〈ポケット・ブックス〉と交わすことができたというわけですよ。ジェルクスとの合意を一切破らずにね」そして、パーカーがグラスにシャンパンを注ぐのを許した。

「それで、あなたはいくら手にしたんですか？」エマは訊いた。

「人生には運のいいときが何度かあるものだよ、お嬢さん」

「いくら手にしたの？」フィリスが繰り返した。

「二十万ドルだ」ギンズバーグが認めた。

「その二十万ドルは一セントだって無駄遣いできないわね」フィリスが言った。「だって、その本が発売されたら、あなたとアリステアは二年間は法廷に立ちつづけ、半ダースもの公訴事実に対して自分たちを弁護しなくてはならなくなるでしょうからね」

「いや、そうはならないと思いますよ」アリステアが言い、パーカーがブランディを注いだ。「実際、セフトン・ジェルクスが〈ジェルクス、マイヤーズ&アバーナシー〉のシニア・パートナーでいられるのはあと三カ月こっきりだというほうへ例の一万ドル札を賭けてもいいぐらいです。何なら、いまここで私宛の一万ドルの請求書を作ってもらっても結構ですよ、お母さん」

「そんなに自信満々でいられる根拠は何なの？」

「ジェルクスは自分のパートナーに、一冊目のノートのことを話していなかったんじゃないでしょうか。だとすれば、〈ポケット・ブックス〉が一冊目のノートを出版したら、彼には辞表を書く以外に選択肢はなくなるはずです」

「書かなかったら？」

「そのときは、放り出されるだけでしょうね」アリステアが言った。「クライアントに対して血も涙もない事務所が、そこのパートナーに対してだけ突然寛容になるはずはありませんからね。それに、忘れないでください、シニア・パートナーになりたい人間というのは常にいるんですよ……というわけで、認めないわけにはいかないんだが、エマ、きみははるかに興味深いよ、アマルガメイテッド・ワイヤー――」

「――対ニューヨーク・エレクトリックよりも」全員が声を揃えて言い、エマに向かってグラスを挙げた。

「ところで、考えを変えて、ニューヨークにとどまるつもりはないのかな、お嬢さん？」ギンズバーグが訊いた。「ヴァイキング社はいつでも仕事の席を空ける用意があるんだがね」

「ありがとうございます、ミスター・ギンズバーグ」エマは感謝した。「でも、アメリカへきた目的は、ハリーを見つけること、それだけなんです。その彼がヨーロッパにいるとわかったのに、わたしはいまだにニューヨークでぐずぐずしているわけですから、クレヴァードン大佐にお目にかかったら、すぐに故郷へ帰るつもりです。息子も待っていますし」

「きみを独り占めするとは、ハリー・クリフトンは何という運のいい男なんだろうな」アリステアは口惜しそうだった。

「ハリーとセバスティアン、二人のうちのどちらかにでも会ったら、運がいいのはわたしのほうだとわかると思いますよ」

# 40

次の日の朝、エマは早起きをすると、朝食のあいだのフィリスとのおしゃべりのなかで、セバスティアンや家族と再会するのがどんなに待ち遠しいかをうれしげに話して聞かせた。フィリスは相槌(あいづち)こそ打ってくれたものの、口数はひどく少なかった。

パーカーがエマの荷物を部屋からエレヴェーターで一階へ下ろし、玄関ホールに準備していた。ニューヨークに着いたときより、荷物は二つも増えていた。この町へきて、荷物を減らして帰る者がいるとは、エマには思えなかった。

「階下(した)へは送りにいかないことにするわ」何度も別れをしたあとで、フィリスが言った。「本心を偽らなくちゃならなくなるでしょうからね。ブリッジの集まりを邪魔されるのを嫌う、口うるさい年寄り女のことを憶えていてくれさえすれば、そのほうがいいわ。今度訪ねてくるときは、マイ・ディア、ハリーとセバスティアンを連れてくるのよ。あなたの心をつかんで離さないという二人の男性に会いたいものね」

下の通りでタクシーがクラクションを鳴らした。

「そろそろ行かなくちゃね」フィリスが言った。「さあ、急ぎなさい」

エマは最後にもう一度大叔母を抱擁し、そのあとは、もう振り返らなかった。

一階でエレヴェーターを降りると、パーカーが玄関脇で待っていた。荷物はすでにタクシーのトランクに収まっていた。エマに気づいた瞬間、執事は歩道へ下り、タクシーの後部ドアを開けた。

「さよなら、パーカー」エマは言った。「色々とありがとう」

「どういたしまして、マム」執事が応え、エマがタクシーに乗り込もうとしたそのときに付け加えた。「もしよろしければ、マム、一言申し上げるのをお許しいただけるでしょうか」

エマは驚きを隠そうとしながら、乗ろうとしていたタクシーから舗道に戻った。

「ミスター・クリフトンの日記をとても面白く読ませていただきました」彼は言った。「そう遠くない将来、ご主人と連れだってニューヨークへお戻りになることを願っております」

間もなく列車は速度を上げて田園地帯を疾走し、ニューヨークを置き去りにして首都を目指した。気がついてみると、数分以上つづけて読書することも、眠ることもできないでいた。フィリス大叔母、ミスター・ギンズバーグ、アリステア、ミスター・ジェルクス、コロウスキー刑事、そして、パーカー、全員がエマの頭のなかに入ってきては出ていった。

ワシントンに着いたらやらなくてはならないことを考えようとした。まずイギリス大使館へ行き、祖父の従兄弟の子に当たるルパート・ハーヴェイが手配してくれたとおり、ロンドン行きの飛行機に大使と同乗できるよう、書類にサインをするのだ。「子供なら笑ってもいいけど」というフィリス大叔母の諫言（かんげん）が聞こえるような気がした。やがて眠りに落ちたエマの夢のなかに、ハリーが登場した。軍服を着ていて、微笑んだり、笑ったりした。エマははっとして飛び起きた。てっきり、そこにハリーがいると思ったのだ。

五時間後、列車がユニオン・ステーションに着くと、エマは苦労してスーツケースをプラットフォームに下ろした。ようやくポーター――元は兵士だったのだろう、片腕しかちゃんと使えなかった――が助けにやってきて、タクシーまで荷物を運んでくれ、チップを渡すと不自由なほうの腕で敬礼をした。自分が宣戦布告したわけでもない戦争に運命を決められた一人だった。

「イギリス大使館へお願い」エマはタクシーに乗った。

マサチューセッツ・アヴェニューの、王旗を飾った凝った造りの両開きの鉄の門の前でタクシーを降りると、二人の若い兵士が駆けつけて荷物を下ろすのを手伝ってくれた。

「だれをお訪ねですか、マム」と、イギリス訛りの、アメリカの言葉遣いで訊かれた。

「ミスター・ルパート・ハーヴェイよ」エマは答えた。

「ハーヴェイ中佐ですね、承知しました」伍長が言い、荷物を持って建物の奥のオフィスへ案内してくれた。

広い部屋に入ると、ほとんどが軍服姿のスタッフがあちらこちらで忙しそうに動き回っていた。歩いている者はいなかった。その混雑から一人が抜け出してくると、大きな笑みで彼女を迎えた。

「ルパート・ハーヴェイだ」と、彼は名乗った。「てんやわんやで申し訳ない。だが、大使がイギリスへ戻るときはいつでもこうなんだよ。今回は普段以上かもしれないな。この一週間というもの、本国から大臣が見えてここに滞在しておられたのでね。きみの書類はすべて揃えてある」そして、自分の机へ戻りながら付け加えた。「あとは、パスポートを見せてもらうだけでいい」

ルパートはパスポートを検め終えると、エマに指示した――ここと、ここと、ここにサインしてくれ。「今日の午後六時に、大使館の正面から空港行きのバスが出発する。そのバスに遅れずに乗ってもらいたい。大使が到着する前に、全員が飛行機への搭乗を完了することになっているのでね」

「時間は守ります」エマは請け合った。「でも、ちょっと観光をしたいので、荷物をここに置かせてもらってもかまいませんか？」

「お安いご用だ」ルパートが言った。「その荷物はだれかにバスまで運ばせよう」

「ありがとうございます」エマは礼を言った。

退出しようとしたとき、彼が付け加えた。「ところで、あの本はとても面白かったよ。それで、あらかじめ伝えておくほうがいいと思うんだが、さっき言った大臣が、機内できみと個人的に話したいと望んでおられるんだ。確か、政治の世界に入る前は出版の仕事をしていた人物だったと思うが」

「何とおっしゃる方ですか？」エマは訊いた。

「ハロルド・マクミランだ」

エマはミスター・ギンズバーグの経験に裏打ちされたアドヴァイスを思い出した。「この本を欲しがらない者はいないし」と、彼は言った。「きみに門戸を開かない出版人は一人もいないだろう。だから、簡単に彼らの口車に乗るんじゃないぞ。話をするなら、〈ペンギン・ブックス〉のビリー・コリンズとアレン・レーンがいいだろう」ハロルド・マクミランという名前は出てこなかった。

「では、六時ごろにバスで会おう」と言って、祖父の従兄弟の子は混雑の向こうへ消えていった。

エマは大使館を出ると、マサチューセッツ・アヴェニューを歩きだした。時計を見ると、クレヴァードン大佐との面会まで二時間ちょっとしかなかった。彼女はタクシーを停めた。

「どちらまで？」

「この町が見せてくれるものを全部見たいの」

「時間はどのぐらいあるんです？　二年ですか？」

「いいえ」エマは言った。「二時間よ。さあ、急いでちょうだい」

タクシーは一気に路肩を離れた。最初はホワイトハウス——十五分。議事堂——二十分。ワシントン、ジェファーソン、リンカーン記念塔巡り——二十五分。ナショナル・ギャラリーの駆け足観覧——もう一度、二十五分。最後にスミソニアン博物館——しかし、面会の約束時間まで三十分しかなく、一階全部を観て回ることもできなかった。


急いでタクシーに戻ると、運転手が訊いた。「次はどこへ行きます？」

エマはクレヴァードン大佐の手紙を見て、住所を確認した。「アダム・ストリート三〇二二番地へお願い」エマは答えた。「時間がないの、ぎりぎりなのよ」

タクシーが大きな白大理石の建物の前に止まると、エマは最後の五ドル札を運転手に渡した。これで、大佐と会ったあとは歩いて大使館へ戻ることになった。「お釣りはいいわ、取っておいてちょうだい。それだけの価値はあったもの」

運転手が帽子の庇に手を当て、にやりと笑って言った。「そんなことをするのはおれたちアメリカ人だけだと思ってましたよ」

階段を上がり、二人の警備兵に見つめられながらその前を通り過ぎて建物に入った。ほぼ全員が少しずつ色合いの異なるカーキ色の軍服を着ていたが、戦功を讃える綬を着けているのは数人だった。受付の若い女性が九一九七号室だと教えてくれ、エマはカーキ色の軍服の集団に混じってエレヴェーターへ向かった。九階で降りると、クレヴァードン大佐の秘書が出迎えてくれていた。

「申し訳ないのですが、大佐はいま会議中なのです。しばらくお待ちいただけるでしょうか」そして、エマを案内して廊下を歩き出した。

大佐の執務室へ通されて腰を下ろしたとたんに、机の真ん中に置いてある分厚いファイルが目に留まった。メイジーの家のマントルピースの上の手紙や、ジェルクスの机の上のノートがそうだったように、あの内容が明らかになるまでどのぐらい待たなくてはならないのだろうか。

その答えは二十分だった。ようやく勢いよくドアが開けられ、長身で運動選手のような身体つきの男性が飛び込んできた。

「お待たせして申し訳ない」父親と同じ年格好のその男性が、くわえている葉巻を上下させながら言って握手をした。「しかし、どんなに時間があっても足りない有様なのですよ」そして机に向かって腰を下ろすと、微笑してエマを見た。「ジョン・クレヴァードンです。どこかでお目にかかっているように思うのは」怪訝な顔をするエマに、説明がつづいた。「ハリーがあの本のなかで描いているとおりの女性だからでしょうね。コーヒーはいかがですか？」

「ありがとうございます。でも、結構です」エマは大佐の机の上のファイルに目を走らせながら言った。じりじりする思いが声に出ないようにしなくてはならなかった。

「これを開く必要はほとんどないんです」大佐がファイルをつつきながら言った。「大半を自分で書いていますからね、ハリーがレーヴェンハム刑務所を出てから何をしていたか、何でもお教えできますよ。それから、彼はそもそもあそこにいるべきではなかったのだと、あの日記のおかげで、いまやわれわれみんなが知っているわけです。あの刑務所に送られる前の彼に何があったのか、それを知りたくて、次に発表される部分が待ち遠しくてたまりませんよ」

「そしてわたしは、あの刑務所を出たあとの彼に何があったのか、それを知りたくてたまらないんです」エマは言った。今度もじりじりする思いが声に出ないようにしなくてはならなかった。

「では、その話を始めましょうか」大佐が言った。「ハリーは私が指揮を執っている特殊部隊に、刑期の短縮と引き替えに志願したのです。アメリカ合衆国陸軍の兵卒としての人生を始めたわけですが、間もなく戦地へ赴き、いまは中尉に昇進して、数カ月前から敵の前線の後方で活動しています。任務は被占領国のレジスタンス・グループに協力して、最終的にわれわれがヨーロッパへ降下するための準備を整えることです」

エマはその言い方が気に入らなかった。「敵の前線の後方というのは、実際には何を意味するのでしょう」

「正確には私にもわかっていません。作戦任務中の彼の動きを追跡するのは、いつでも簡単ではないんです。何日もつづけて外部世界との連絡を断つこともしばしばありますしね。しかし、これだけはわかっています。彼と彼の運転手のパット・クウィン伍長――彼もレーヴェンハム刑務所に服役していました――は、私の部隊で最も優秀な工作員だということです。まるで大がかりな科学の実験セットを与えられて、敵の通信網に関しての実験をしてこいと言われた同級生のようですよ。二人とも橋の爆破や鉄道線路の切断、送電塔の破壊に大半の時間を費やしています。ハリーの専門はドイツ軍の動きを混乱させることで、一度か二度、危うくドイツ軍に捕まりそうになったこともあります。しかし、いまのところは一歩先んじています。事実、ドイツ軍はハリーに心底悩まされているらしく、その証拠に、彼の首に懸賞金までかけています。そして、その金額が毎月上がっているようです。この前調べたところでは三万フランでした」

大佐が気がついてみると、エマの顔は蒼白になっていた。

「申し訳ない」大佐が詫びた。「あなたを怖がらせるつもりはなかったんだが、こうして机に坐っていると、自分の部下が毎日、どんなに危険な状況に置かれているかをときどき忘れることがあるんです」

「ハリーはいつ釈放されるんでしょう」エマは小声で訊いた。

「残念ながら、彼の刑期は終わったことになっていないんです」

「でも、無実だとわかったいま、少なくともイギリスへ送り返してもらうことぐらいはできるのではありませんか？」

「仮にそれができたとしても、大した違いはないと思いますよ、ミス・バリントン。ハリーが私の見込んだとおりの男なら、故郷に足を着けた瞬間に、アメリカの軍服をイギリスの軍服に着替えるだけでしょうからね」

「そうさせないよう、わたしに何かができるかもしれません」

クレヴァードン大佐が笑みを浮かべて約束した。「お手伝いできるかどうか、やってみましょう」そして机の向こうで立ち上がると、ドアを開けてエマに敬礼した。「無事にイギリスへお帰りになることを祈っています。同時に、遠くない将来にあなたたち二人が同じ場所にたどり着かれることもね」

# ハリー・クリフトン

## 一九四五年

# 41

「見つけ次第、改めて報告します」ハリーは言い、野戦電話を架台に戻した。

「だれを、あるいは、何を見つけるんだ？」クウィンが訊いた。

「ケルテル軍だ。あの尾根の反対側の谷にいる可能性があるとベンソン大佐は考えているらしい」ハリーは丘のてっぺんを指さした。

「見つけると言ったって、方法は一つしかないんだぞ」クウィンがジープのギアを騒々しく〈一速〉に入れながら指摘した。

「落ち着け」ハリーは宥めた。「もし敵がいたとしても、気づかれなければ大丈夫だ」

クウィンがギアを〈一速〉にしたまま、ゆっくりと丘を上りはじめた。

「ここでいい」てっぺんまで五十ヤード足らずになったところで、ハリーは言った。クウィンがハンド・ブレーキを引き、エンジンを切った。二人はジープを飛び降りて、残りの距離を駈け上がった。あとほんの数ヤードまで上ると、俯せになり、二匹の蟹が海へ這い戻るようにして頂きのすぐ下まで這っていった。

　ハリーはてっぺんから下を覗いて息を呑んだ。敵が何を企んでいるかを知るのに、双眼鏡を見るまでもなかった。下の谷では、ケルテル元帥の伝説の第一九機甲軍団が明らかに戦闘準備を整えていた。目の届く限り戦車が整列し、サッカー・スタディアムが満員になるほどの支援部隊が勢揃いしていた。テキサス・レンジャーズ第二師団の少なくとも三倍の兵力はいるだろう、とハリーは推測した。

「わが軍をいますぐここから撤退させたら」クウィンがささやいた。「カスターの最後から二番目の悲劇をふせぐのにぎりぎり間に合うんじゃないのか？」

「そう結論を急ぐな」ハリーは言った。「それより、この状況をわが軍に有利に仕向けられるかもしれないぞ」

「この一年、おれもおまえさんも十分、命を的にしてきたと思わないか？　ほとんど九死に一生と言ってもいいぐらいだ」

「おれが数えたところでは、まだ八死だ。一つ余裕がある」ハリーは応じた。「だから、その一つを使おう」そして、クウィンに異議を差し挟む余裕を与えず、丘を後ろ向きに這って下りはじめた。「ハンカチを持ってるか？」彼は運転席に戻ったクウィンに訊いた。

「イエス・サー」クウィンがポケットから白いハンカチを出した。ハリーはそれを受け取ると、ジープの無線アンテナに結びつけた。

「まさか――」

「そのまさかだ、降伏するんだよ。それが狙いだ」ハリーは言った。「尾根のてっぺんまでゆっくり上って、それから谷へ下るんだ、伍長」問答無用で議論を打ち切りたいときだけ、彼はクウィンを〝伍長〟と階級で呼んだ。

「〝死の谷〟だぞ」クウィンが言った。

「それは正しい比喩(ひゆ)とは言えないな」ハリーは応じた。「カーディガン卿(きょう)（クリミア戦争で騎兵軽旅団を指揮し、バラクラヴァで決死の突撃を敢行させた）の軽旅団には六百人いたんだ。そして、おれたちは二人だけだ。だとすれば、カーディガン卿というよりホラティウス（エトルリア人の侵入に対して、テーヴェレ川の橋を壊してローマを護った英雄）に近いと、おれは自分を見なしているんだけどな」

「おれは無防備な標的(シッティング・ダック)だと自分を見なしてるけどな」

「だから、おまえさんはアイルランド人なんだ」尾根を登り切ってゆっくりと反対側へ下りはじめたジープの助手席でハリーは言い返し、緊張をほぐそうと軽口を叩いた。「制限速度を守るんだぞ」図々しい侵入者は銃弾の雨に迎えられるものと覚悟していたのだが、ドイツ軍は明らかに好奇心のほうが勝ったようだった。

「おまえさんが何をするにせよ、パット」ハリーは断固として警告した。「その口だけは開くなよ。それから、これはあらかじめ計画されていたことだという顔をしろ」

意見があるとしても、クウィンはまったく似つかわしくないことに、それを言葉にしなかった。伍長は速度を変えることなくジープを走らせ、戦車の列の前までできて、ようやくブレーキを踏んだ。

ジープに乗っている二人を見て、ケルテルの兵たちが信じられないという顔をした。誰一人動く者はいなかったが、一人の少佐が兵の群れを掻き分けて、まっすぐハリーとクウィンのほうへやってきた。ハリーはジープを飛び降りると、ドイツ語が通用してくれることを願いながら、直立不動の姿勢を取って敬礼した。

「一体自分が何をしていると思っているんだ？」少佐が訊いた。

ここが大事なところだぞと自分を戒め、ハリーは外面の冷静さを保とうとした。

「連合軍ヨーロッパ総司令官アイゼンハワー将軍から、ケルテル元帥へのメッセージをお持ちしました」アイゼンハワーの名前を聞いたら、この少佐が上官にそれを伝えないという危険を冒せるはずがない、とハリーは踏んでいた。

少佐は一言も発せずにジープの後部席に乗り込むと、指揮杖でクウィンの肩を叩き、整列した部隊の横に設営されている、しっかりと迷彩を施された大型テントのほうを指し示した。

少佐はテントの前で飛び降りると、「ここで待て」と命じて、なかへ入っていった。

クウィンとハリーは数千の油断のない目に囲まれて、ジープに坐っていた。

「殺せそうなら……」とクウィンがささやこうとしたが、ハリーはそれを無視した。

数分後、少佐が戻ってきた。

「どうなるんでしょうね、サー?」クウィンがつぶやいた。「銃殺隊の前に立たされるか、シュナップスでも一杯どうだと誘われるか」

「元帥がお会いになるそうだ」少佐が驚きを隠そうともせずに告げた。

「ありがとうございます、少佐」ハリーはジープを降り、少佐のあとにつづいてテントに入った。

ケルテル元帥が長テーブルの向こうで立ち上がった。そこに広げてあるのが地図だということに、ハリーはすぐに気がついた。その上では、模型の戦車と人形の兵隊が、すべてハリーのほうを向いていた。十数人の士官がハリーを取り巻いたが、大佐以上の階級ばかりだった。

ハリーはふたたび直立不動の姿勢を取って敬礼した。

「名前と階級を教えろ」元帥が敬礼を返して命じた。

「クリフトン、クリフトン中尉であります、元帥。アイゼンハワー将軍の副官を務めています」元帥のベッドの脇の小型の折りたたみテーブルの上には聖書があり、テントの一方の側のカンヴァスはドイツ国旗に覆われていた。しかし、何かが欠けていた。

「アイゼンハワー将軍が副官を私のところへ寄越した理由は何だ?」

ハリーは質問に答える前に、慎重に元帥を観察した。ゲッベルスやゲーリングと違って、前線での作戦活動を数え切れないくらい自分の目で見ていることを、戦闘に疲れた顔がはっきり物語っていた。胸に飾られている勲章は樫の葉をあしらった鉄十字章が一つだけで、ハリーは知っていたが、それは一九一八年のマルヌの戦いで、ケルテルが中尉のときに授けられたものだった。

「アイゼンハワー将軍はクレマンソーの向こう側に三万の歩兵からなる三個師団と二万二千両の戦車を待機させておられます。それをあなたにお伝えするようにとのことでした。右側面にはテキサス・レンジャーズ第二師団、中央にはグリーン・ジャケッツ第三師団、そして、左側面にはオーストラリア陸軍の軽歩兵師団が配置されています」

ケルテル元帥は優れたポーカー・プレイヤーになれるに違いなく、顔色一つ変えなかった。その三つの師団が本当にそこに位置していると思えば、ハリーが口にしたのが正確な数字だと考えるはずだった。

「そういうことであれば、今度の戦闘が最高に面白いものになるのは間違いないだろう。私を怖じ気づかせるのが目的なら、きみの目論見は失敗だな」

「そういうつもりはありません、元帥」ハリーは地図に目をやりながら言った。「私がここまでで明らかにしたことについては、おそらく元帥はすべてご存じだと思います。たとえば、連合軍が最近になってヴィルヘルムスベルクの飛行場を制圧したことなどです」それが事実であることは、地図上のその飛行場に、小さな星条旗がピンで留められていることによって確認できた。「ご存じないかもしれないのは、元帥、そこの滑走路にランカスター爆撃機一個大隊が翼を連ねて、あなたの戦車を破壊する命令がアイゼンハワー将軍から発せられるのを待っているという事実です。それと同時に、クレマンソーで待機している三個師団と戦車部隊が、戦闘隊形を取って前進を開始します」

実はハリーは知っていたのだが、あの飛行場にいるのは偵察機がわずか二機、しかも燃料がなくて飛べなかった。

「要点を言いたまえ、中尉」ケルテルが要求した。「アイゼンハワー将軍がきみをここへ寄越した理由は何だ」

「将軍の言葉をできるだけ正確に思い出してお伝えしようと思います、元帥」ハリーはメッセージを暗唱しているように聞こえる努力をした。「この忌むべき戦争が急速に終焉を迎えつつあることに疑いの余地はあり得ない。限られた戦争経験に惑わされた男だけが、いまだ勝利が可能だと考えることができる」

それが言外にヒトラーを指していることに気づかない士官は、ケルテルの周囲にはいないはずだった。そのとき、ハリーは何が欠けているかがわかった。ケルテル元帥のテントには、ナチの旗も、総統の写真もなかった。

「アイゼンハワー将軍は元帥及び第一九軍団をこの上なく尊敬しておられます。元帥麾下の士官も兵も、形勢の如何にかかわらず、あなたのために躊躇なく命を投げ出すでしょう。しかし、アイゼンハワー将軍はこう問うておられます——一体何のために？　と。この戦いは元帥の軍が壊滅的な打撃を受けて終わるでしょうが、連合軍も間違いなく膨大な数の人命を失うことになるはずです。この戦争がわずか数週間のうちに終わる可能性があるのは周知の事実であり、そうであるとすれば、そんな不必要な殺戮(さつりく)を行なうことで何が得られるでしょう。アイゼンハワー将軍は元帥のものされた『職業軍人』を士官学校(ウエスト・ポイント)時代に読み、特にある一文に感銘を受けて、軍人として生きるなかで一時も頭を離れることがないと言っておられます」

　ハリーは二週間前、この元帥と対峙することがあるかもしれないと考えて彼の回想録を読んでいたから、その一文をほぼ一字一句暗唱することができた。

「『若者たちを不必要な死へと送り出すことはリーダーシップによる行ないではなく、虚栄による行ない、職業軍人として価値のない行ないである』アイゼンハワー将軍もあなたのこの考えに同感しておられます。そして、若者たちを不必要な死へ送り出さないために元帥が武器を置くと決意されれば、第三次ジュネーヴ会議の決定に基づいて、麾下の士官及び兵を最大の敬意をもって丁重に遇すると保証されています」

　ハリーの予測では、元帥はこう答えるはずだった――「努力は認めるが、青年、丘の向こう側で取るに足りない旅団を指揮しているのがだれであれ、その男にこう伝えてくれないか。私はその旅団をいままさに地上から消し去ろうとしているところだとな」。しかし、実際に返ってきた返事はこうだった。「将軍の提案を部下と検討してみよう。すまんが、外で待っていてくれないか」

「承知しました、元帥」ハリーは敬礼してテントを出ると、ジープへ戻った。助手席に腰を下ろしても、クウィンはまったく口を開かなかった。

ケルテルの部下の高級士官たちの意見が一つでないのは明らかだった。声高な議論がテントの外まで聞こえていた。おそらく、とハリーは想像した。名誉、常識、義務、現実、屈辱、そして、犠牲という言葉が飛び交っているのだろう。しかし、彼が最も恐れているのは、「あいつははったりを噛ましているだけだ」という言葉だった。

一時間近く経って、あの少佐がハリーをテントに呼び戻した。ケルテル元帥は自分が最も信頼している助言者たちから離れ、厭世的な表情を浮かべて、独り立っていた。決断したということだった。何人かの部下の同意が得られなかったとしても、命令が下されれば、彼らも黙って従うしかない。元帥がどう決断したかは、聞くまでもなかった。

「アイゼンハワー将軍に連絡してあなたの決断を伝えてもよろしいでしょうか、元帥？」

ケルテル元帥が素っ気なくうなずき、部下の士官たちは命令の実行を確認すべくテントを出ていった。

ハリーは少佐をともなってジープへ戻り、二万三千の兵士が武器を置き、戦車を降りて、降伏するために三列に並ぶのを見守った。いま恐れているのはたった一つ、元帥にははったりがうまくいったけれども、味方であるはずの直属の指揮官には同じ手が通用しないのではないかということだった。野戦電話を取り上げると、ほんの少し待っただけでベンソン大佐の声が返ってきた。鼻を伝い落ちる汗に、少佐が気づかないでくれるのを願うしかなかった。

「敵の戦力の規模がわかったのか、クリフトン？」それがベンソンの第一声だった。

「アイゼンハワー将軍につないでもらえませんか、大佐。将軍の副官のクリフトン中尉です」

「おまえ、頭がどうかしたんじゃあるまいな、クリフトン」

「ええ、このまま待っています、大佐。将軍を見つけてきてください」百ヤードを全力疾走したあとでも、これ以上心臓が早く打つのは無理だろうと思われた。大佐がおれの目論見をわかってくれるまで、どのぐらいこうやってごまかしつづければいいのだろう。ハリーは少佐にうなずいて見せたが、返事は返ってこなかった。そこに立って、おれの弱みを見つけようとしてるんじゃないだろうな。ハリーは待ちながら、数千人の戦闘員を観察した。汗を掻いている者や安堵を顔に浮かべている者が、すでに武器を置いたり戦車を降りたりして整列している仲間に合流しつづけていた。

「アイゼンハワー将軍だ。おまえか、クリフトン？」ベンソン大佐の声が戻ってきた。

「はい、将軍。ただいま、ケルテル元帥と一緒ですが、元帥は将軍の提案を受け入れ、第三次ジュネーヴ会議の決定に基づいての処遇を条件に、第一九軍団が武器を置いて降伏することに同意してくださいました。私が将軍の言葉を正しく記憶しているなら、不必要な殺戮を避けるためであります。わが五個大隊の一つを前に出していただければ、第一九軍団は整然と行動に移ることができるはずであります」ハリーは時計を見た「一七〇〇時前後には、第一九軍団をともなって尾根を越えられると思われます」

「了解した。待っているぞ、中尉」

「ありがとうございます、サー」

五十分後、ハリーはその日二度目のクレマンソーの尾根越えを敢行し、ハーメルンの笛吹き男よろしくドイツ第一九軍団を後ろに従えて丘を越えた。そこで、テキサス・レンジャーズが待っていた。七百人の兵士と二百十四両の戦車が第一九軍団を取り囲んだとき、ケルテルはようやく、一人のイングランド人と一人のアイルランド人にしてやられたことに気がついた。ジープ一台とハンカチ一枚だけを武器にした、たった二人に。

元帥が軍服の下から拳銃を抜くのを見て、ハリーは一瞬、自分が撃たれるのかと思った。しかし、ケルテルは直立不動の姿勢を取って敬礼し、銃口を自分のこめかみに当てたと思うと、引鉄を引いた。

ハリーにとっては不本意な死だった。

ドイツ兵を一カ所に集め終わると、武装解除したドイツ第一九軍団を率いて凱旋(がいせん)するよう、ベンソン大佐がハリーに命じた。ハリーはクウィンの運転するジープで捕虜の列の先頭に出た。パット・クウィンでさえ笑顔だった。

一マイルも進んだだろうか、ジープがドイツ軍の地雷を踏んだ。大きな爆発音が聞こえ、クウィンの予言的な言葉が思い出された――「この一年、おれもおまえさんも十分命を的にしてきたと思わないか？　ほとんど九死に一生と言ってもいいぐらいだ」。ジープが宙に舞い、炎に包まれた。

そして、すべてが消えた。

# 42

自分が死ぬときというのはわかるのだろうか？

あっという間に訪れて、いきなりそこにいなくなるのか？

ハリーに断言できるのはたった一つ、まるでシェイクスピア劇のように役者が次々と出てきたり引っ込んだりし、いろんな場面が自分の目の前で次々と繰り広げられるということだった。ただ、それが喜劇なのか、悲劇なのか、それとも史劇なのかは判然としなかった。

主役は一人の飛び抜けた演技力を持つ女性が絶対に替わることなく演じていて、それ以外の人物は彼女の意のままに登場したり退場したりするように見えた。そして、目を開けると、エマがそばに立っていた。

ハリーが微笑すると、彼女が顔をいっぱいに輝かせて腰を屈め、そっと唇にキスをした。

「お帰りなさい」

その瞬間、ハリーは彼女をどんなに愛しているかだけでなく、二人を分かつものは何もないのだと悟った。そして、そっと彼女の手を取った。「ちょっと助けてもらわなくちゃならないんだが、ここはどこで、いつからこうしているんだろう」

「ここはブリストル総合病院で、ひと月とちょっと前からこうしているわよ。しばらくは安心できない状態がつづいたけど、二度とあなたを失うつもりはなかったわ」

ハリーは彼女の手をしっかりと握り直して微笑した。そして、ひどい疲れを感じ、いつの間にか深い眠りへ戻っていった。


次に目が覚めたときはあたりが暗くなっていて、周囲にはだれもいないようだった。この五年間、あの登場人物たちの人生はどうだったのだろう、とハリーは想像しようとした。シェイクスピアの『十二夜』のように、みんな、ぼくが海で死んだと信じていたに違いないのだから。

母はぼくが書いたあの手紙を読んだだろうか？　ジャイルズは色覚障碍を理由に兵役を逃れることができただろうか？　ヒューゴーはもはやぼくが脅威でないと確信するや、ブリストルへ戻っただろうか？　サー・ウォルター・バリントンとハーヴェイ卿はいまも健在だろうか？　そして、一つの思いが繰り返し蘇りつづけた。エマの人生にほかの男がすでに入り込んでいて、彼女はそれを告白するタイミングを計っているのだろうか？

不意に病室のドアが勢いよく開き、一人の少年が「パパ、パパ、パパ！」と叫びながら駆け込んできたと思うと、ベッドに飛び乗ってハリーに抱きついた。

ややあってエマが現われ、自分にとってかけがえのない二人の男の初顔合わせを見守った。

ハリーは母がスティル・ハウス・レーンの自宅のマントルピースの上に飾っていた、自分の少年時代の写真を思い出した。この少年が自分の子であることは言われるまでもなく明らかで、以前には想像もできなかったような、わくわくするほど強い興奮を覚えた。そして、ベッドの上で飛び跳ねているその子をじっくりと観察した。同じ金髪、青い目、角張った顎、ハリーの父親そっくりだった。

「何てことだ」ハリーは無念の言葉を発し、深い眠りに落ちていった。


ふたたび目覚めると、エマがそばでベッドに腰掛けていた。ハリーは微笑し、彼女の手を取った。

「息子との顔合わせは終わったし、次はどんなサプライズが待っているのかな?」と、ハリーが訊いた。エマがためらい、困ったような笑みを浮かべた。「どこから始めればいいか、よくわからないわ」

「最初からでいいんじゃないか」ハリーは言った。「だって、いい話はみんなそうだろう。きみと最後に会ったのは、ぼくたちの結婚式の日だ。それを思い出せばいい」

あのあとスコットランドへ行き、そこでセバスティアンを生んだことから、エマが話を始めた。そして、マンハッタンのクリスティンのアパートのドアベルを押したところで、ハリーは眠ってしまった。

今度目覚めると、エマはまだそこにいた。

ハリーはフィリス大叔母と彼女の息子のアリステアには好印象を持ち、コロウスキー刑事のことはかろうじて記憶にとどまるかどうかというところだったが、セフトン・ジェルクスは絶対に忘れそうになかった。話が終わりにきたとき、エマはイギリスへ帰るべく太平洋を横断する飛行機のなかで、ミスター・ハロルド・マクミランの隣りに坐っていた。

エマは『ある囚人の日記』をハリーに渡した。「パット・クウィンがどうなったか、それを突き止めなくちゃ」と、ハリーは一言言った。

エマは答えようとしたが、適切な言葉を見つけられなかった。

「地雷で死んだのかな?」ハリーが低い声で訊いた。

エマは俯いた。その夜、ハリーは一度も口を開かなかった。

毎日新たな驚きに出くわすことになったが、それも当然で、五年も会っていなければ、だれの人生であろうと変化がないはずがなかった。

翌日、母が独りで面会にきてくれた。だれにも負けないぐらい読み書きができるようになったこと、ホテルの副支配人になったことを知って、ハリーはとても誇らしかったが、ドクター・ウォーレスが届けた手紙が封を切らないうちにどこかへ行ってしまったことにはがっかりした。

「トム・ブラッドショーからの手紙だと思ったのよ」母が弁明した。

ハリーは話題を変えた。「その素敵な指輪は、婚約指輪と結婚指輪？」

母が頬を赤らめた。「そうなの。とりあえずはわたし一人でおまえに会って、おまえの父親になる人にはそのあとで会ってもらおうと思ってね」

「父親になる人って」ハリーは訊いた。「ぼくの知ってる人？」

「ええ、そうよ」母は認め、だれと結婚したかを明らかにしようとしたが、息子は眠ってしまっていた。

次に目が覚めたのは真夜中だった。ベッドサイドの明かりをつけて、『ある囚人の日記』を読みはじめた。何度か笑みを浮かべて、最後のページにたどり着いた。

読み終わってみると、マックス・ロイドについてのエマの評価は至極当を得ていて、セフトン・ジェルクスが再登場したあとでは、なおさら腑に落ちた。しかし、『ある囚人の日記』が発売と同時にベストセラーになり、次作の売れ行きはそれをも凌ぐ勢いだとエマに聞かされたときには驚いた。

「次作って？」ハリーは訊いた。

「あなたが書いた最初の日記よ。レーヴェンハム刑務所以前のあなたに何があったのかが書かれているその日記が、ついこのあいだ、イギリスで出版されたの。凄まじい勢いで売れているし、それはアメリカでも同じよ。そうそう、それで思い出したけど、いつになったらあなたが小説に進出する気になるのかって、ミスター・ギンズバーグから矢のような催促がつづいているの。あなたが『ある囚人の日記』のなかでほのめかしている小説をね」

「半ダースぐらいなら、いますぐにでも使えそうなアイディアがあるけど」ハリーは言った。

「だったら、書きはじめましょうよ」エマが急かした。

　その日の午後、目を覚ますと、母とミスター・ホールコムが並んで坐っていた。しかも、あたかも二度目のデートのように手を握り合って。こんなに幸せそうな母を、ハリーはいまだかつて見たことがなかった。

「ぼくの父親になる人って、まさか、あなたなんてことはありませんよね？」ハリーは握手をしながら、一応抵抗して見せた。

「それが、あるんだよ」ミスター・ホールコムが認めた。「実は、妻になってほしいと二十年前にプロポーズしたかったんだが、そのときは、私がきみのお母さんの夫にふさわしいとはまったく思えなかったんだ」

「いまでもふさわしくありませんよ」ハリーはにやりと笑って見せた。「もっとも、ぼくにしろあなたにしろ、いつまでたってもふさわしくないままでしょうけどね」

「白状すると、きみのお母さんと結婚したのは金が目当てなんだ」

「金って、何の金ですか？」ハリーは何のことかわからなかった。

「ミスター・ジェルクスが送ってきた一万ドルだよ。そのお金で、私たちは田舎にコテッジを買うことができたんだ」

「わたしたち、いつまでも感謝するわ」メイジーが付け加えた。

「感謝する相手はぼくじゃありませんよ」ハリーは言った。「エマです」

母がミスター・ホールコムと結婚したことが驚きだったとしても、ウェセックス連隊の中尉の軍服を着たジャイルズが病室に現われたときの衝撃とは、比べものにならなかった。あまつさえ、その胸には戦功十字章まで含めて、戦場での奮闘を讃える勲章がいくつもぶら下がっていた。どうやってそんな手柄を立てたのかと訊くと、ジャイルズが話題を変えた。

「今度の選挙で国会へ打って出るつもりなんだ」彼は宣言した。

「その名誉を保証してくれる選挙区はどこなんだい」

「ブリストル港湾地区だ」

「しかし、あそこは労働党の牙城だぞ」

「だから、労働党から立候補するんだよ」

ハリーは驚きを隠そうともしなかった。「聖パウロの転向に勝るとも劣らない寝返り方だが、その理由は一体何なんだ？」

「おれと一緒に前線で戦ったベイツという伍長が――」

「もしかしてテリー・ベイツとか？」ハリーは訊いた。

「そうだが、あいつを知ってるのか？」

「当たり前だ。メリーウッド初等学校のとき、クラスで一番頭がよかったし、運動も飛び抜けてできた。十二で学校をやめて、家業を手伝うことになったんだけどな。ベイツ精肉店だよ」

「まさしくそれが、おれが労働党から立候補する理由だよ」ジャイルズが言った。「テリーはおまえやおれに負けないぐらい、オックスフォード大学へ行く資格があったんだ」

翌日、エマがセバスティアンを連れて戻ってきた。大量のペン、鉛筆、ノート、そして、消しゴムで武装していた。そして、考えるのをやめて書くときがきた、とハリーを諭した。

眠れなかったり、まわりに人がいなかったりして時間ができると、ハリーの思いはレーヴェンハム刑務所から脱出しなかったら書くつもりでいた小説へと戻っていった。

そして、ついに登場人物の性格付けのためのメモを作りはじめた。読者にページをめくらせるためには、疎かにできない作業だった。主役となる刑事はできることならポワロやホームズやメグレのような、読者の日常生活の一部になり得る、しかも過去に例のない性格の持ち主でなくてはならなかった。

その主人公の名前は、最終的にウィリアム・ウォーウィックに落ち着いた。オナラブル・ウォーウィックはウォーウィック伯爵の次男で、オックスフォード大学へ行く機会を得たにもかかわらずそれを拒絶し、警察官になりたいと希望して大いに父親を失望させた。その性格は、おおざっぱには友人のジャイルズのそれに基づいていた。ウォーウィックは同僚からビルと呼ばれ、ブリストルの通りを受持ち区域として三年間パトロール勤務に就いたあと、階級は巡査のまま刑事になり、ブレイクモア警部の部下として配属される。ハリーの伯父のスタンがヒューゴー・バリントンの金庫から金を盗んだ容疑で逮捕され、告発されたときに、それは違うのではないかと介入してきた、あの人物である。

ビルの母親のレディ・ウォーウィックは、エリザベス・バリントンがモデルだった。ビルにはエマという恋人がいて、彼の祖父のハーヴェイ卿とサー・ウォルター・バリントンもときどき登場するが、それは思慮深い助言をするときだけだった。

毎晩、ハリーはその日に書いた部分を読み返し、毎朝、ゴミ箱を空にする必要があった。

セバスティアンが面会にくるのが常に待ち遠しかった。若い息子はエネルギーに満ちあふれ、好奇心が旺盛で、みんながハリーを冷やかすのだが、容貌も母に似て整っていた。セバスティアンはほかにだれも口にしないような大胆なことを訊いてきた。刑務所ってどんなところ？　何人のドイツ兵を殺したの？　どうしてパパとママは結婚していないの？　その大半をハリーは何とかごまかしてやり過ごしたが、父親の思惑を見抜こうとしないでいるには息子は頭がよすぎることもわかっていたし、そう遠くない将来、自分に鎌をかけてくるのではないかと怖くもあった。

独りでいるときには、小説のざっとした構成を考えつづけた。

レーヴェンハム刑務所で副図書係をしているあいだに百冊以上は探偵小説を読んでいたし、そこや軍で出くわした何人かは、十作以上をものすることができるぐらいの材料を提供してくれていた。マックス・ロイド、セフトン・ジェルクス、スワンソン所長、看守のヘスラー、クレヴァードン大佐、ヘヴンズ船長、トム・ブラッドショー、そして、パット・クウィン――とりわけ、パット・クウィンだった。

それから数週間、ハリーは自分の世界に没頭しつづけたが、面会に訪れる者の何人かが小説よりも奇な五年を過ごしていると判明したことも、認めざるを得なかった。

エマの妹のグレイスがやってきたとき、ハリーは口にこそ出さなかったが、この前会ったときよりずいぶん大人びて見えることに驚いた。しかし、考えてみれば、あのときのグレイスはまだ小学生だったのだ。いまのグレイスはケンブリッジ大学の最終学年で、試験を控えていた。二年前から農場で働いていて、この戦争に勝てると確信するまで大学に戻るつもりはないと、彼女は誇らしげに語った。サー・ウォルター・バリントンが世を去ったことをレディ・バリントンから知らされたときは、悲しみをこらえられなかった。オールド・ジャックの次に、ハリーが尊敬していた人物だった。

スタン伯父は一度も姿を見せなかった。

日が経つにつれて、エマの父親のことを話題に上せようかと考えるようになったが、どうやら、その名前を口にすることすら厳禁という雰囲気だった。

ある日の夕方、退院も近いだろうと医師から告げられると、エマがハリーの隣りでベッドに横になり、自分の父親が死んだことを告げた。

彼女がその経緯を語り終えたとき、ハリーは言った。「きみは昔からしらばっくれるのが得意じゃないから、マイ・ダーリン、きみの一族のみんながなぜそんなにぴりぴりしているのか、そろそろぼくに話してくれてもいいかもしれないぞ」

# 43

次の日の朝、目を覚ますと母がいて、さらに、バリントン一族全員がベッドを取り囲んで坐っていた。

セバスティアンとスタン伯父の姿がなかったが、そこに二人がいたとしても大した役には立たないだろうとみんなが思っているようだった。

「家へ帰ってもいいって、お医者さまが言ってくれたわよ」エマが告げた。

「そりゃすごい」ハリーは応えた。「だけど、その家はどこにあるんだ？　スティル・ハウス・レーンでスタン伯父と一緒に住めということなら、このまま病院にいるほうがいいな――それどころか、刑務所へ逆戻りするほうがましなくらいだ」だれも笑わなかった。

「おれはいま、バリントン・ホールに住んでいるんだ」ジャイルズが言った。「だから、あそこでおれと一緒に暮らすのはどうだ？　窮屈な思いをさせないだけの部屋数があることは間違いないぞ」

「書斎もあるから」エマが追い打ちをかけた。「小説を書くのをサボる理由もなくなるわ」

「それに、いつでも好きなときにエマとセバスティアンを訪ねられるでしょ?」エリザベスが付け加えた。

ハリーはしばらく返事ができなかった。

そして、ようやく応えた。「みんな、本当にありがとう。感謝していないなどとは思わないでほしいんだが、ぼくがどこに住むかを決めるのに、一族が勢揃いする必要があるとは思えないんだけどな」

「もちろん、もう一つ、きみに話しておきたかったことがあるからだよ」ハーヴェイ卿が言った。「それで、私が代表してその話をするよう、みんなに頼まれたというわけだ」

ハリーはすぐさま坐り直し、エマの祖父を見つめた。

「バリントン家の資産に関して、深刻な問題が出来(しゅったい)しているんだ」ハーヴェイ卿が話しはじめた。「実は、ジョシュア・バリントンの遺書の文言が法律上の悪夢になると明らかになった。経済的な大被害を生じる恐れがあって、この悪夢に匹敵するのは、まさにディケンズの『荒涼館』のジャーンディス対ジャーンディス事件しかないと思われるぐらいだ」

「ですが、ぼくはバリントン一族の肩書きにも資産にも関心はありません」ハリーは言った。「唯一欲しているのは、ヒューゴー・バリントンがぼくの父親でないと証明され、エマと結婚できるようになることです」

「それには全面的に同意するが」ハーヴェイ卿がつづけた。「きみにどうしても知らせなくてはならない、複雑な事情が絡んでいるんだ」

「その事情というのを教えてください、遠慮はいりません。ぼくには何か問題があるとは思えませんから」

「では、やってみようか。ヒューゴーの時宜を得ない死のあと、私はレディ・バリントンに、このところで彼女の夫と息子が相次いで死に、私も七十を超えているのだから、バリントン一族の所有する会社とハーヴェイ一族の所有する会社を一つにまとめるほうが賢明ではないかと提案をした。もちろん、わかっているだろうが、それはきみが死んだと、われわれがいまだ信じていたときの話だ。それゆえに、だれが肩書きと資産を引き継ぐかは、諸手を挙げて喜ぶわけにはいかないけれども、争うことなく決せられたように思われた。つまり、ジャイルズが一族の長としての地位に就くということだ」

「いまでも、それでいいのではありませんか？　ぼくに異存はありませんが」ハリーは言った。

「問題は、ほかの利害関係者が頸を突っ込んできて、その絡みがこの部屋にいる者たちの手にはもはや負えなくなったということだ。ヒューゴーが殺されたあと、統合した会社の会長にはとりあえず私が就任し、ビル・ロックウッドに頼んで社長に復帰してもらった。自慢するわけではないが、〈バリントン・ハーヴェイ〉はこの二年間、ヘル・ヒトラーの邪魔にもかかわらず、株主にかなりの配当を還元してきている。きみがいまも生きているとわかるやいなや、私たちはサー・ダンヴァーズ・バーカー勅撰弁護士に助言を求めた。ジョシュア・バリントンの遺書の文言に一切違背しないことを確実にするためだ」

「わたしがあの手紙を開封してさえいれば」メイジーがほとんど自分を責めるように言った。

「サー・ダンヴァーズは」ハーヴェイ卿がつづけた。「きみが肩書きと資産についての主張を何であれ放棄する限りにおいて、われわれは過去二年間と同じように事業をつづけられると保証し、その趣旨の文書を実際に作製してくれた」

「だれかペンを貸してくれないか」ハリーは催促した。「いま、この場で、喜んでその文書にサインするから」

「ことがそんなに簡単ならどんなにいいか」ハーヴェイ卿が言った。「〈デイリー・エクスプレス〉が記事にしなかったら、そうなっていたかもしれないんだが」

「そのことについては、わたしが悪いのよ」エマが割り込んだ。「あなたの本が大西洋を挟んだ両側で大成功を収めたでしょう。あれ以降、メディアは取り憑かれたようになって、バリントンの肩書きを継ぐのはどっちなのかを突き止めようとしているの――サー・ハリーになるのか、サー・ジャイルズになるのかをね」

「今朝の〈ニューズ・クロニクル〉に風刺漫画が載っていたよ」ジャイルズが言った。

「おれたちが馬上槍試合をしているのをエマが観覧席で見ていて、おまえにハンカチを差し出し、男どもは不満の声を、女たちは歓声を上げているんだ」

「それは何を示唆しているんだ？」ハリーは訊いた。

「世間の考えが真っ二つに割れているということだよ」ハーヴェイ卿が答えた。「男たちはだれが最終的に肩書きと資産を継ぐかだけに興味があって、一方、女たちはエマがもう一度教会の中央通路を歩くのを見たいと思っているらしい。事実、きみたち二人はケーリー・グラントとイングリッド・バーグマンを新聞の一面から追い落としつづけているんだぞ」

「ですが、肩書きと資産についての主張を一切放棄するという文書にぼくがサインしたら、世間はそのとたんに興味を失い、別のことに目を向けるに決まっているのではないですか？」

「ガーター紋章官が関わることにならなかったら、それですんだ可能性は十分にあるだろうな」

「それはだれですか？」ハリーは訊いた。

「国王の代理人だよ。だれが肩書きを継ぐかを決める役目を負っているんだ。百のうち九十九は、遺産相続権のある最近親者を指名する手紙を彼が送って一件落着するんだが、稀に二者のあいだに衝突が生じた場合、その問題は議会の判断に委ねるべきだと勧告するんだ」

「そんなことになるなんて言わないでくださいよ」ハリーは抵抗した。

「残念ながら、もうそうなっているんだ。ショークロス最高法院長はジャイルズが引き継ぐべきだと判断したんだが、それには一つだけ条件がついていた。きみが完全に健康を回復したら、肩書きと資産を放棄し、二度とそれを主張しないという文書にサインし、父から息子へ引き継がれる連続性を断ち切らないという条件がね」

「それなら、ぼくはもう完全に健康を回復したわけだから、その法院長に会って、その場で、永久に、この問題を決着させましょう」

「私も是非そうしたいのは山々だが」ハーヴェイ卿が言った。「残念ながら、この問題はすでに彼の手を離れてしまっているんだ」

「今度はだれの手に渡っているんですか？」ハリーは訊いた。

「プレストン卿という、貴族に列せられている労働党員が」ジャイルズが言った。「新聞を見てあの記事に目をつけ、疑問を文書にして、おれたちのどちらが准男爵を引き継ぐ資格があるかを判定するよう内務大臣に要請したあと、記者会見を開いた。そしてその席で、おれにはその権利がないと主張した。なぜなら、真の候補者は意識不明のままブリストル総合病院に入院していて、自分の考えを説明できないでいるからだ、とね」

「その肩書きを引き継ぐのがぼくだろうとジャイルズだろうと、貴族に列せられている労働党員に何の関係もないんじゃないですか？」

「メディアも同じ質問をしたんだが」ハーヴェイ卿が答えた。「ジャイルズがその肩書きを引き継いだら、それは階級的偏見の典型的な例であり、公平を期すためには、港湾労働者の息子が自分の主張をできるようにするしかないというのが、彼の返事だったよ」

「だけど、それは屁理屈に過ぎないんじゃないですか？」ハリーは言った。「ぼくが港湾労働者の息子だったら、どのみち、ジャイルズがその肩書きを引き継ぐんですから」

「何人かが〈タイムズ〉でまさに同じ指摘をしたんだが」ハーヴェイ卿が言った。「間近に総選挙を控えているということもあって、内務大臣はその問題を自分で処理するのを回避し、同僚議員を介して、大法官に委ねることにした。大法官は七人の法官議員を招集し、その七人が時間をかけて討議した結果、評決は四対三に割れた。きみに有利な評決になったんだよ、ハリー」

「しかし、そんなの正気の沙汰とも思えないですよ。そもそも、どうしてぼくに相談がないんですか？」

「きみは意識不明だったからな」ハーヴェイ卿が思い出させた。「それに、どっちにしても彼らが討議したのは法律的な部分についてであって、きみの意見についてではない。だから、その評決は生きつづけるだろう。貴族院に上訴して、その評決が覆されれば別だがね」

ハリーは言葉を失った。

「この状況が変わらない限り」ハーヴェイ卿がつづけた。「いまやきみはサー・ハリーであり、〈バリントン・ハーヴェイ〉の大株主であり、バリントン一族の資産の所有者だ。元々の遺言を引用するなら、〝その時点で保有しているすべて〟だがね」

「それなら、その判断に対して貴族院に上訴し、肩書きを引き継ぐことを放棄したい旨を明らかにするまでです」ハリーは断言した。

「皮肉なことだが」ジャイルズが言った。「おまえには上訴ができないんだよ。あの評決を不服として上訴できるのは、おれだけなんだ。ただし、おまえがそうしてくれというのでなければ、おれはやるつもりはないけどな」

「是非上訴してくれ、当たり前だ」ハリーは言った。「だけど、もっとはるかに簡単な解決策がないわけじゃない」

全員がハリーを見た。

「ぼくが自殺すればいいんですよ」

「そんなに簡単じゃないんじゃないの？」エマがベッドの彼の隣りに腰を下ろした。「あなたはもう二度も殺されかけたけど、その結果がどうなったか、見てごらんなさいよ」

# 44

　エマが手紙を握って書斎に駆け込んできた。執筆中に邪魔をされることは滅多になかったから、重要なことに違いなく、ハリーはペンを置いた。

「ごめんなさい、ダーリン」エマが謝りながら、椅子を引き寄せた。「でも、どうしてもいますぐ分かち合わなくちゃならない、重要な知らせが届いたのよ」

　ハリーは敬愛する女性を見て微笑した。彼女が言うところの重大の範囲には、〝セバスティアンが猫に水を浴びせた〟から、〝大法官執務室から電話で、至急話さなくてはならないことがあるそうよ〟までが含まれた。ハリーは椅子に背中を預け、どのぐらい重要な知らせなのかを判定することにした。

「たったいま、フィリス大叔母から手紙がきたの」エマが言った。

「大恩ある人からの手紙だから、そりゃさぞかし重要な知らせだろうな」ハリーはからかった。

「子供じみたことを言って、馬鹿にしないの」エマがたしなめた。「わたしの父があなたの父親でないと証明する役に立つかもしれない情報を知らせてくれたんだから」

ハリーは真顔に戻った。

「あなたとあなたのお母さまの血液型がRhマイナスだということはわかってるでしょう」エマがつづけた。「もしわたしの父がRhプラスなら、あなたの父親ではあり得ないわ」

「そのことはもう何度も話し合っただろう」ハリーは思い出させた。

「でも、わたしの父の血液型があなたの血液型と同じでないと証明できたら、わたしたち、結婚できるのよ。あなたがまだわたしと結婚したいと思ってるのなら、だけど」

「今朝はその気分じゃないな、マイ・ダーリン」ハリーは気が進まない振りを装った。

「何しろ、人を殺してる真っ最中なんでね」そして、笑みを浮かべた。「いずれにしても、きみのお父さんの血液型は知りようがないんじゃないのかな。きみのお母さんとサー・ウォルターがあれほど圧力をかけても、頑として検査に応じなかったんだから。だから謎のままにしておくしかないと、返事を書くときに説明しておくべきかもしれないな」

「必ずしも謎のままにしておくしかなくはないんじゃないかしら」エマは諦めなかった。

「フィリス大叔母はあの事件を克明に追いかけていたから、わたしたちでは思いつかないような解決策を見出しているかもよ」

「毎朝、六十四丁目の角の新聞スタンドで〈ブリストル・イヴニング・ニューズ〉を買って読んでるとか？」

「いいえ、彼女が読んでいるのはもちろん〈タイムズ〉よ」エマは依然として屈しなかった。「一週間遅れだとしてもね」

「それで？」ハリーは訊いた。早く人殺しに戻りたかった。

「大叔母の手紙によれば、いまはもう、ずいぶん前に死んだ人の血液型でも科学的に特定できるようになっているんですって」

「バークとヘア（ともにアイルランド出身の猟奇殺人者）でも雇って、その死体を掘り出すのか、マイ・ダーリン？」

「いいえ、そんなことはしないわ」エマが応じた。「でも、わたしの父が殺されたときには動脈を切断されていたから、絨毯や、そのときに彼が着ていたものに大量の血が染み込んでいるはずだ、とも書いてあったの」

　ハリーは立ち上がると、部屋の向こうまで行って送受器を手に取った。

「だれに電話するの？」エマが訊いた。

「ブレイクモア警部だ。あの事件の担当は彼だからな。まあ、あまり見込みはないかもしれないけどね。でも、きみやきみの大叔母さまのことを冷やかしたりは二度としないと誓うよ」

「煙草を吸ってもかまいませんか、サー・ハリー？」

「もちろんですよ、警部」

ブレイクモアが煙草を点け、深々と煙を吸い込んだ。「忌むべき習慣ですよ、私はサー・ウォルターを恨みますね」

「サー・ウォルター、ですか？」ハリーは訝った。

「バリントンではなくて、文明世界に煙草を持ち込んだローリーのほうのサー・ウォルターですよ。ご存じでしょ？」

ハリーは笑い、警部の向かいの椅子に腰を下ろした。

「それで、どういう用件でしょう、サー・ハリー？」

「ミスター・クリフトンにしてもらえませんか」

「あなた方がそうおっしゃるのなら、サー」

「実は、サー・ヒューゴー・バリントンの死に関して、何らかの情報を提供してもらえるのではないかと思っていたんですよ」

「それは、私がだれに話すかによりますね。つまり、サー・ハリー・バリントンには教えられるけれども、ミスター・ハリー・クリフトンには教えられないということです」

「なぜミスター・クリフトンではだめなんですか？」

「こういう事件の場合、詳しい情報は家族にしか提供できないことになっているんです」

「では、今回に限って、サー・ハリーになりましょう」

「では、どういう用件でしょう、サー・ハリー？」

「バリントンが殺されたとき――」

「彼は殺されたのではありませんよ」警部がさえぎった。

「しかし、新聞を読んだ限りでは――」

「新聞は重要なことを書いていません。もっとも、連中は犯行現場を直接検証することができませんでしたから、それを言っておいてやらないと不公平ですがね。もし検証していたら」次の疑問を発しようとするハリーの機先を制して、ブレイクモアがつづけた。「レター・オープナーがサー・ヒューゴーの首を貫通して動脈を切断している、その角度に目をつけたでしょうからね」

「その何が重要なんでしょう」

「死体を検めたとき、私はレター・オープナーが下へではなく、上へ向かって突き刺さっていることに気がついたんです。もし私がだれかを殺そうとしたら」ブレイクモアが立ち上がり、定規を手に取った。「相手が自分より背が低くて華奢（きゃしゃ）だった場合は、こんなふうに腕を振り上げ、下へ向かって首に突き刺すはずです。逆に、相手のほうが背が高くて体格もよかったら、そしてそれ以上に重要なのは、自分の身を護ろうとする場合は――」警部が膝を突いてハリーを見上げ、彼の首に向かって定規を構えた。

「――これなら、サー・ヒューゴーの首への侵入角度の説明がつくし、さらに言えば、彼が切っ先へ向かって倒れ込んだということさえ考えられます。そういう見地からすると、サー・ヒューゴーは意図された殺人ではなく、身を守ろうとする揉み合いのなかで殺された可能性がはるかに高いのではないかと、私はそう結論しているんですがね」

ハリーは警部の説明を聞き、しばらく考えてから言った。「あなたは〝自分より背が低くて華奢〟という言葉を使われましたね、警部。それに、〝身を護る〟という言葉も。それはつまり、バリントンの死には女性が関わっていると考えておられるということですか？」

「あなたは一流の刑事になれたでしょうね」ブレイクモアが言った。

「そしてその女性がだれか、警部、あなたは知っておられる？」

「そうではないかと思われる女性の見当はついています」

「では、なぜその女性を逮捕しないのですか？」

「後にロンドン急行に身投げしただれかを逮捕するのは、ひどく難しいんですよ」

「何ということだ」ハリーは言った。「その二つの事件が何であれ関連しているなんて、夢にも思いませんでした」

「それはそうでしょう。当時、あなたはイギリスにいなかったんだから」

「そうかもしれませんが、私は退院したあと、サー・ヒューゴーの死に言及した新聞は、それがどんなに取るに足らない記事であっても、すべてに目を通したんですがね。それで、その女性の身元はわかったんですか？」

「いや、死体の損傷がひどすぎて不可能でした。しかし、当時別の事件を捜査していたスコットランドヤードのある刑事が、サー・ヒューゴーがロンドンで一年以上もある女性と暮らしていたこと、そして、彼がブリストルへ戻ってそれほど経っていない時期に彼女が出産したことを教えてくれました」

「バリントンの執務室で見つかったという子ですか？」

「その子です」ブレイクモアが認めた。

「いま、その子はどこにいるんです？」

「わかりません」

「バリントンが一緒に暮らしていた女性の、せめて名前だけでも教えてもらえませんか」

「申し訳ない、私の一存ではお教えできないことになっているのですよ」ブレイクモアが言い、最後まで吸いきった煙草を灰皿で消した。「ですが、サー・ヒューゴーが私立探偵を雇っていたことは、秘密でも何でもありません。いまは失業中ですから、それなりの報酬を保証してやれば口を開くんじゃないでしょうかね」

「足を引きずっていた男ですか？」ハリーは訊いた。

「デレク・ミッチェルという名前です。恐ろしく優秀な警察官だったんですが、公務執行中に負傷して、退職のやむなきに至ったというわけです」

「そうだとしても、たぶんミッチェルには答えられなくて、あなたなら答えられる質問が一つあるのですよ。レター・オープナーが動脈を切断したとあなたは言われたけれども、そうであるならば、大量の出血があったはずでしょう」

「その通りです、サー」警部が答えた。「私が現場に到着したときには、サー・ヒューゴーは血溜まりのなかに横たわっていました」

「そのときにサー・ヒューゴーが着ていたスーツがどうなったか、ご存じですか？　それに、絨毯も？」

「いや、それは私にはわかりません、サー。殺人事件の場合、捜査が終わったら、被害者の私物はすぐに最近親者に返却されるのです。絨毯について言えば、私が捜査を終えた時点では、まだサー・ヒューゴーの執務室にありましたがね」

「ありがとう、警部、とても助かりました」

「どういたしまして、サー・ハリー」ブレイクモアが立ち上がり、出口まで送ってきたハリーに言った。「失礼ながら、『ある囚人の日記』をとても面白く読ませてもらいました。普段の私は噂を相手にしないんですが、あなたが探偵小説を書いておられるようなことを何かで読んだ憶えがあります。今日、話をさせていただいて、それを読むのが待ち遠しくなりました」

「草稿を読んで、プロとしての意見を聞かせてもらえませんか？」

「かつて、あなたの一族は私のプロとしての意見に耳を貸そうとされませんでしたよ、サー・ハリー」

「それなら、保証しましょう、警部。ミスター・クリフトンは必ず耳を傾けます」ハリーは応えた。


ハリーは警察を出ると、その足でマナー・ハウスへ車を走らせ、ブレイクモア警部から得た情報をエマに伝えた。彼女はじっと聴き入っていたが、聞き終えたとたん、意外な質問をしてハリーを驚かせた。

「その少女がどうなったか、ブレイクモア警部は教えてくれた？」

「いや、関心もないようだったな。まあ、関心を持つ理由もないだろうけどね」

「だって、その子はバリントン一族かもしれないのよ。そうだとすれば、わたしの異母妹ってことよ！」

「ぼくとしたことが迂闊だったな」ハリーはエマを抱き寄せた。「考えもしなかったよ」

「それは当然よ」エマが言った。「あなたには考えるべきことがたくさんあるんだもの。さあ、祖父に電話をして、絨毯の行方を知っているかどうか訊きなさいよ。その少女の心配はわたしに任せてくれればいいから」

「知ってるだろうが、ぼくは本当に運のいい男だよ」ハリーは渋々エマを離した。

た。

「さあ、早く」エマが急かした。

ハーヴェイ卿に電話をして絨毯のことを尋ねたとき、ハリーはまたもや驚くはめになった。

「警察の捜査が終わって数日後に取り替えたよ」

「古い絨毯はどうされましたか」ハリーは訊いた。

「造船所の焼却炉へ投げ込んで、完全に燃えて灰になるまで、この目で見届けてやった」

ハーヴェイ卿の声は決して平静とは言えなかった。

「くそ」とハリーは吐き捨てたかったが、何とか舌に我慢させた。

昼食のときにエマと合流し、サー・ヒューゴーの着ていたものがどうなったか知っているかとミセス・バリントンに尋ねると、方法は任せるから処分してくれるよう、警察に指示したという答えが返ってきた。

昼食のあとバリントン・ホールへ戻ると、地元の警察に電話をして、応対に出た巡査部長に、捜査が終了したあとのサー・ヒューゴー・バリントンの着衣がどうなったか憶えているかと訊いた。

「当時の日誌にすべて記録されているはずです、サー・ハリー。調べてみますから、少々お待ちください」

ややあって、巡査部長が電話に戻った。「時の経つのは早いものですね」と、彼は言った。「あれがどんなに昔の事件か、すっかり忘れていました。ですが、何とかあなたのお尋ねの答えを見つけることができました」ハリーは息を詰めた。「シャツ、下着、靴下は廃棄処分しましたが、グレイの外套、茶色のフェルト帽、くすんだ緑色（ロヴァット・グリーン）のツイードのスーツ、茶色の革のブローグは、ミス・ペンハリゴンに渡しました。引き取り手のないものを救世軍に代わってすべて分配しているんですが、簡単な女性ではまったくありませんよ」巡査部長が付け加えたが、説明はしなかった。

カウンターの上の名札に、〈ミス・ペンハリゴン〉と記されていた。

「これは最も異例のことですよ、サー・ハリー」その名札の後ろに立っている女性が言った。「実に異例です」

エマを連れてきて正解だったな、とハリーは心強かった。「しかし、これがいかにわれわれ二人にとって重要なことであるかを証明してくれるかもしれないんです」

「それを疑っているわけではありません、サー・ハリー。ですが、そうだとしても、これは最も異例です。上司がどう見なすか、わたしには想像できません」

ハリーには、ミス・ペンハリゴンに上司がいることのほうが想像できなかった。彼女はハリーとエマに背を向けると、塵（ちり）一つ存在することが許されていない棚に整然と並んでいるボックス・ファイルを検めていき、ついに〈一九四三〉と記してあるファイルをカウンターに置くと、何ページかめくったところで、目当ての項目を探し当てた。

「茶色のフェルト帽はだれも欲しがらなかったようですね」彼女が言った。「実際、わたしの記録によれば、いまも倉庫にあるはずです。外套はミスター・スティーヴンソンという男性に、スーツはオールド・ジョーイと呼ばれている男性に、茶色のブローグはミスター・ワトソンという男性に分配されています」

「その紳士のだれかを見つけるにはどこへ行けばいいでしょう。心当たりはありませんか?」エマが訊いた。

「あの人たちは同じところに固まる傾向があります」ミス・ペンハリゴンが説明を始めた。「夏は市営公園から遠くへ迷い出ることは絶対にないし、冬はわたしたちが宿泊場所を提供します。この時期なら公園へ行けば見つかると、かなりの自信を持って言えますね」

「感謝します、ミス・ペンハリゴン」ハリーは温かい笑みを浮かべて彼女を見た。「これ以上ないほど役に立ちました」

ミス・ペンハリゴンの顔が輝いた。「どういたしまして、サー・ハリー」

「〝サー・ハリー〟と呼ばれるのに慣れることができるような気がしてきたよ」建物をあとにしながら、ハリーはエマに言った。

「いまもわたしと結婚したいと思っているのなら、慣れないほうがいいと思うわよ」彼女が応じた。「だって、わたしはレディ・バリントンになりたいと思っていないんだから」

公園のベンチに、ハリーとエマに背を向けて寝そべっているのが、たぶんその男だった。彼はグレイの外套にくるまっていた。

「お邪魔をして申し訳ないんですが、ミスター・スティーヴンソン」ハリーは声をかけ、そっと肩に触った。「あなたの手助けを必要としているんです」

垢(あか)にまみれた手が突き出されたが、背は向けられたままだった。ハリーはその手に半クラウン硬貨を置いてやった。ミスター・スティーヴンソンは硬貨を噛んで真贋(しんがん)を確かめると、首をねじって、ハリーの顔をもっとよく見ようとした。「どういう手助けだ？」

「オールド・ジョーイを探しているんです」エマが小声で言った。

「伍長なら一番のベンチだ。年齢(とし)も階級も一番上だからな。ここが二番で、オールド・ジョーイが死んだらおれが一番に移るんだが、その日はそう遠くないはずだ。ミスター・ワトソンのベンチは三番で、おれが一番へ移ったら二番に格上げってわけだが、あいつにはもう警告してある。長く待たなくちゃならないだろうってな」

「ところで、オールド・ジョーイがいまも緑色のツイードのスーツを持っているかどうか、もしかしたら知りませんか？」

「絶対に脱がないんだ」ミスター・スティーヴンソンが答え、にやりと笑って付け加えた。「生まれたときから貼りついてたと言われても仕方ないぐらいだな。彼はスーツ、おれは外套、ミスター・ワトソンは靴だ。ちょっと小さいとあいつは言ってるが、不満を口にしたことはない。帽子は三人とも欲しくなかった」

「それで、一番のベンチはどこにあるんでしょう」エマが訊いた。

「昔からあるところさ。野外ステージの覆いの下だ。ジョーイは宮殿と呼んでるよ。だが、いまも戦争神経症（シェルショック）を患っているから、少し頭があったかいんだ」ミスター・スティーヴンソンがふたたび背を向けた。半クラウン分の話は十分したと考えたのかもしれなかった。

野外ステージ、あるいはオールド・ジョーイを見つけるのは難しくなかった。住人は彼一人で、一番のベンチの中央に、そこがまるで玉座であるかのように背筋を伸ばして坐っていた。褪色（たいしょく）して茶色になった染みを確認するまでもなく、エマにはそれが父親のスーツだとわかった。でも、と彼女は考えた。あのスーツを脱がせるにはどうすればいいだろう。

「何の用だ？」自分の王国へと階段を上ってくる二人を見て、オールド・ジョーイが疑わしげに訊いた。「おれのベンチをどうこうしようというのなら、忘れたほうがいいぞ。ミスター・スティーヴンソンに常々言って聞かせてるとおり、ここにいる者が勝ちなんだからな」

「そうじゃないんです」エマが優しく言った。「あなたのベンチが欲しいんじゃなくて、オールド・ジョーイ、あなたが新しいスーツを好きなんじゃないかと思ったんですよ」

「ありがとう、だが、おれはすでに一着持ってるからな。それに、あったかくてとても気に入ってる。だから、新しい一着なんていらないんだ」

「でも、新しいスーツだって、いま着てるのとまったく同じ暖かさですよ」ハリーは言った。

「オールド・ジョーイは悪いことは何もしていない」と言って、彼はハリーに向き直った。

ハリーはオールド・ジョーイの胸に並んでいる勲章を見た。長きにわたって祖国に奉仕したことを讃えるモンズ・スター勲章、戦勝記念勲章、そして、袖に一本の袖章が縫い付けられていた。「おまえの助けが必要なんだ、伍長」と、彼は言った。

オールド・ジョーイがいきなり起立し、直立不動の姿勢を取って敬礼した。「着剣を完了しました、サー、命令があり次第、全員が頂上めがけて突進します」

ハリーは自分を恥じた。

次の日、エマとハリーはヘリンボーンの外套、新品のツイードのスーツと靴を持って、もう一度オールド・ジョーイに会いに行った。ミスター・スティーヴンソンは新しいブレザーとフランネルのズボンで颯爽と公園を歩きまわり、三番のベンチのミスター・ワトソンはダブルのスポーツ・ジャケットとキャヴァルリー・ツイルのズボンを喜んだが、靴は二足も必要ないからミスター・スティーヴンソンにやってくれとエマに頼んだ。サー・ヒューゴー・バリントンの衣装戸棚にあった衣類はすべてミス・ペンハリゴンのところへ移動し、彼女に感謝された。

公園をあとにするとき、ハリーの手にはサー・ヒューゴー・バリントンの血の染みがついた、ロヴァット・グリーンのツイードのスーツがあった。

インチケイプ教授はしばらく顕微鏡を覗いて血の染みを観察し、それから意見を口にした。

「最終評価を下すにはさらにいくつかの検査が必要ですが、この予備検査の限りで言えば、これがどの血液型に属するかは、たぶん間違いなく突き止められると思いますよ」

「それを聞いて安心しました」ハリーは言った。「ですが、最終結果が出るまでにどのぐらいかかるのでしょう?」

「私の見るところでは二日か」教授が答えた。「長くとも三日でしょう。結果が出たら、すぐに電話をします、サー・ハリー」

「できれば、ミスター・クリフトンに電話をもらえれば有り難いのですが」

「大法官執務室へ電話をして」ハーヴェイ卿が言った。「ヒューゴーの衣類に付着していた血液の検査が行なわれていることを知らせておいた。もしその血液がRhプラスなら、大法官は間違いなく、新たな証拠に鑑(かんが)みて評決を考慮し直すよう法官議員に指示するはずだ」

「ですが、われわれが望んでいる結果を得られない可能性も否定はできないでしょう」ハリーは訊いた。「その場合は、どうなるんでしょう」

「総選挙が終わって議会が再召集されたら、すぐに日程が調整されて議事に組み込まれ、討論が行なわれるだろう。しかし、その必要がなくなる結果をインチケイプ教授がもたらしてくれることを祈ろうじゃないか。ところで、きみが何をしているか、ジャイルズは知っているのか?」

「いえ、知らないと思います、サー。ですが、午後に会うことになっていますから、そのときに最新情報を伝えられるでしょう」

「まさか、きみに選挙運動を手伝えなどと頼んではいないだろうな?」

「残念ながら、もう頼まれました。ぼくが保守党に投票することをよく知っているはずなんですがね。でも、ぼくの母とスタン伯父は必ず彼を支持すると保証しておきました」

「きみがジャイルズに投票しないことを、メディアに嗅ぎつかれないようにしないとな。あいつらときたら、きみたち二人の利害を書き立てる機会を鵜の目鷹の目で探している。あいつらにとっては、親友という関係はあってもらっては困るんだ」

「そうだとすれば、われわれが望んでいる通りの結果を教授がもたらしてくれて、われわれが安堵できることを、なおさら願わなくてはなりませんね」

「まったく同感だ」ハーヴェイ卿が言った。

ウィリアム・ウォーウィックが事件を解決しようとしたまさにそのとき、電話が鳴った。ハリーはいまだに拳銃を持ったまま書斎の電話のところへ行き、受話器を取った。

「インチケイプ教授です。サー・ハリーをお願いできますか？」

無慈悲にも空想はいきなり現実に取って代わられた。血液検査の結果を教えてもらう必要はなかった。「私です」彼は答えた。

「残念ですが、これからお伝えする知らせは、あなたの望んでおられるものではありません」教授が言った。「サー・ヒューゴーの血液型はRhマイナスだと判明しました。したがって、サー・ヒューゴーがあなたの父親である可能性は、その結果に基づくならば、排除できません」

ハリーはアッシュコーム・ホールに電話をした。

「ハーヴェイだ」よく知っている声が応えた。

「ハリーです、サー。残念ながら、大法官に電話をしていただき、討議の日程調整を始めるよう頼んでもらわなくてはなりません」

# 45

ジャイルズはブリストル港湾地区選出の国会議員として庶民院入りすることに頭を奪われていたし、ハリーは『ウィリアム・ウォーウィックと盲目の目撃者』の出版準備に忙殺されていたから、ハーヴェイ卿から日曜のカントリー・ハウスでの昼食に招待されたときは、一族全員が集まるのだろうと、二人とも決めつけてしまった。しかし、アッシュコーム・ホールへ着いてみると、自分たち以外に一族の姿はなかった。

執事のローソンに案内されたのも、客間でも食堂でもなく、この館（やかた）の主の書斎だった。ハーヴェイ卿が机の向こうに坐っていて、その机を隔てて向かい合っている二脚の革張りの椅子に二人が腰を下ろすや、挨拶もそこそこに本題に入った。

「大法官執務室から連絡があった。九月六日の木曜に議会で討論が行なわれることが決まり、そこで、きみたちのどちらが一族の肩書きを継承するかが決せられる。準備期間は二カ月あるが、私が最前列の議員席（ベンチ）から、討論の口火を切ることになっている」ハーヴェイ卿が告げた。「相手はプレストン卿だろうな」

「彼の目的は何でしょう」ハリーは訊いた。

「彼は世襲制度を突き崩したがっているんだ。もっとも、公正を期すために付け加えておくが、それによって何であれ自分が利益を得ようなどとは、彼は考えていない」

「彼と会って」ハリーは言った。「ぼくの考え方を伝えれば、もしかしたら……」

「きみにも、きみの考えにも、彼は関心はないよ」ハーヴェイ卿が応えた。「世襲主義についての自分のよく知られた意見を世間にさらに知らしめるために、今度の討議を足場として使おうとしているだけだ」

「でも、手紙を書けば、きっと――」

「手紙なら、おれがもう書いた」ジャイルズが口を開いた。「彼もおれも同じ労働党なんだが、そうだとしても、返事もよこさない」

「彼の考えでは、今回の件は単なる個別事例ではなく、それよりもはるかに重要なものなんだ」ハーヴェイ卿が言った。

「そこまで非妥協的な立場を取ったら、さすがに貴族院の議員たちの反発があるんじゃないですか？」ハリーは訊いた。

「それが、必ずしもそうではないんだ」ハーヴェイ卿が答えた。「ラムゼー・マクドナルドの推薦で貴族院に席を得るまで、レグ・プレストンは労働組合の煽動者（アジテーター）だった。昔から恐ろしく弁が立ち、労働党寄りの議員として国会に席を得てからというもの、だれも軽視できない存在にのし上がっている」

「投票結果の予測というのはどうなんでしょう」ハリーはふたたび訊いた。

「政府関係者は接戦になるだろうと踏んでいる。何しろプレストンが後ろにいるんだからな、労働党寄り議員としては、世襲制度を支持する票を投じるところを見られるわけにはいかないだろう」

「保守党はどうなんですか？」ハリーはさらに訊いた。

「大多数は私を支持するだろう。何と言っても彼らが最も望まないのは、自分たちの膝元(ひざもと)で世襲制度が打ちのめされるのを目の当(ま)たりにすることだからな。それでも、どちらとも決めかねていて、説得の必要があるのが一人や二人はいるだろうがね」

「自由党はどうです？」ジャイルズが訊いた。

「そればかりは神のみぞ知るところだな。自主投票にすると言ってはいるがね」

「自主投票？」ハリーは訝った。

「自由党には院内幹事がいないんだよ」ジャイルズが説明した。「それぞれがどう行動するかは、その人物の主義に任されているんだ」

「そして最後に、無所属議員がいる」ハーヴェイ卿がつづけた。「彼らは双方の側の議論を聴き、そのあとで、自らの良心に従って投票するというわけだ。だから、彼らがどっちへ投票したかは、評決の結果が明らかになるまでわからない」

「では、われわれは手助けに何をすればいいんでしょう」ハリーは訊いた。

「ハリー、きみは作家として、そしてジャイルズ、おまえは政治家として、私の演説原稿作りに力を貸してもらいたい。ここにいる二人に何であれ協力してもらえたら、こんなに有り難いことはない。では、食事をしながら、計画の概略を練りはじめるとしようか」

ジャイルズもハリーも、総選挙が近いとか新作出版の日が近いといったような個人的な事情を口にするのをはばかりながら——そんなことは取るに足りないことに思われた——ハーヴェイ卿とともに食堂へ向かった。


「おまえの新作はいつ出版されるんだ？」午後が深まり、アッシュコーム・ホールをあとにする車のなかで、ジャイルズが訊いた。

「七月二十日だ」ハリーは答えた。「総選挙のあとだよ。出版社はおれに国内宣伝ツアーをさせたがっている。何回かは、サイン会とメディアのインタヴューもやることになるんじゃないのかな」

「警告しておいてやるが」ジャイルズが言った。「あの連中はおまえに本のことなんか訊かないぞ。どっちがバリントンの肩書きを継承すべきだと考えているか、そのことだけに質問が集中するに決まってるからな」

「おれの関心はエマにしかないし、残りの人生を彼女と一緒に過ごすためなら何だって犠牲にするということを、何度言ったらあいつらはわかってくれるんだろうな」声に怒りが表われないようにしなくてはならなかった。「エマがおれのものになるんなら、肩書きも、資産も、そこに含まれるものはすべて、おまえのものになればいいんだ」

『ウィリアム・ウォーウィックと盲目の目撃者』は批評家に好意的に迎えられたが、ジャイルズの警告も的中した。メディアはブリストルの野心的な若い刑事に対して格別の関心を示さず、著者の無二の親友であるジャイルズ・バリントンと、彼が一族の肩書きを取り戻すかどうかにしか興味はないようだった。一族の肩書きには関心がないとハリーが言うたびに、その発言は本心とは裏腹だと、ますます彼らに思わせる結果にしかならなかった。

ジャーナリストたちが〝バリントン一族の相続を巡る戦い〟と見なすもののなかで、新聞は〈デイリー・テレグラフ〉を除いてすべて、ブリストルの裏通りで育った、ハンサムで、勇敢で、叩き上げで、人気があり、格好のいいグラマー・スクールの少年を支持した。

ハリーはそういうジャーナリストたちに対して、ジャイルズはブリストル・グラマー・スクールの同級生であり、いまはブリストル港湾地区選出の労働党庶民院議員であり、トブルクの戦いを讃えられて戦功十字章を授けられ、オックスフォード大学では一年のときからクリケットの代表(ブルー)に選ばれ、どういう出自であるかは彼の責任ではないということを、ことあるごとに思い出させつづけた。しかし、友人へのその誠実な支持は、メディアと世間の両方で、ハリーの人気をさらに高からしめただけに終わっていた。

三千票以上を獲得して国会議員に選出され、すでに庶民院に席を得ているにもかかわらず、ジャイルズにはわかっていた――自分とハリーの将来をともに決めるのは、わずかひと月後に、通路を隔てた貴族院で行なわれる討議なのだ、と。

## 46

バリントン・ホールを取り巻いている林でさえずる鳥の声で目を覚まし、そのあと、セバスティアンが何の前触れもなく書斎に飛び込んでくるか、あるいは、エマが朝の乗馬のあとで朝食を一緒にとりにやってくるのを聞くのが、ハリーの朝の習慣になっていた。

だが、今日は違った。

街灯の明かりと車の音、そして、十五分おきに容赦なく鳴りつづけるビッグ・ベンで目を覚まし、ハーヴェイ卿が討論の口火を切るまであと何時間残されているかを思い出すことになった。そのあと、一度も会ったことのない男たちの投票によって、自分とジャイルズの将来が、千年にもわたって決められるのだ。

朝食に下りていくには時間が早すぎたからゆっくりと風呂を使い、着替えをすませると、すぐにバリントン・ホールへ電話をした。ミス・バリントンはもう駅へ出発されましたとしか、執事は教えてくれなかった。ハリーは訝しく思った。昼食まで会う予定はないのに、どうしてそんなに早い列車に乗ったのか？　七時を過ぎてすぐにモーニング・ルームへ行ってみると、予想通り、ジャイルズがすでにそこにいて、朝刊を読んでいた。

「ハーヴェイ卿は起きておられるのかな」ハリーは訊いた。

「たぶん、おれたちよりずっと早く起きているはずだ。おれが下りてきたのは六時過ぎだが、そのときには書斎に明かりがついていたからな。このおぞましい一件が終わったら、結果はどうであろうと、何日かはマルジェリー・キャッスルで休んでもらおうじゃないか。そのぐらいはしてもらっても、罰（ばち）は当たらないだろう」

「名案だ」ハリーは同意を示して手近のアームチェアに沈み込んだが、すぐに目を上げることになった。直後に、ハーヴェイ卿が姿を見せたからである。

「朝食の時間だ、諸君。空腹を抱えて絞首台（こうしゅだい）に上がるのは賢明とは言えないからな」

ハーヴェイ卿の助言にもかかわらず、三人とも今日これからのことで頭がいっぱいで、食事はほとんど喉を通らなかった。ハーヴェイ卿がいくつかの重要な文言を試しに口にし、ハリーとジャイルズは最後の仕上げをするべく、原稿に付け加えたり削除したりする部分の助言をした。

「二人がどれだけ多大な貢献をしてくれたか、上院議員どもに教えてやれないのが残念だよ」原稿の締めくくりの部分に二つほど文章を付け加えると、老人が言った。「よし、諸君、着剣しててっぺんを目指すときがきたぞ」

二人とも、神経質になっていた。

「あなたなら力になってもらえるんじゃないかと思って」エマは男の顔を見られなかった。

「私にできることであれば、もちろん力になりましょう」男が応じた。

エマはようやく男を見上げた。今朝、きちんと髭を剃り、靴もしっかり磨いたに違いなかったが、シャツの襟は皺になり、着古したスーツのズボンは折り目が消えてくたくたになっていた。

「父が死んだとき――」エマは決して〝殺された〟という表現を使わなかった。「――警察は父の執務室で赤ん坊の女の子を見つけています。その子がどうなったか、心当たりはありませんか」

「ありません」男が答えた。「しかし、警察がその子の近親者と連絡を取れなかったとしたら、教会の施設に送られて、養子縁組を待っているはずです」

「送られるとすれば、どの孤児院でしょう？　ご存じありませんか？」エマは訊いた。

「わかりませんね。しかし、お望みなら、調べることはいつでもできますが……」

「父はあなたにいくら借りがあったんでしょう」

「三十七ポンド十一シリングです」私立探偵が答え、内ポケットから何枚もの請求書を取り出した。

エマは待ってくれと手で制し、五ポンドの新札を二枚ハンドバッグから取り出した。

「その精算は、今度お目にかかったときにさせてください」

「ありがとうございます、ミス・バリントン」もう話し合いは終わったものと解釈して、ミッチェルが立ち上がった。「何かわかったら、すぐに連絡します」

「あと一つだけ、訊かせてください」エマはミッチェルを見上げた。「あの女の子の名前をご存じですか?」

「ジェシカ・スミスです」ミッチェルが答えた。

「なぜスミスなんでしょう?」

「だれも欲しがらない子供に必ずつけられる名前なんです」


午前中、ハーヴェイ卿はクウィーンズ・タワー四階の自分の執務室に閉じこもった。ハリー、ジャイルズ、そしてエマとも昼食をとろうとせず、サンドウィッチと強いウィスキーのほうがいいと言って、もう一度演説の下稽古をした。

ジャイルズとハリーは庶民院の中央ロビーの緑色のベンチに坐って、とりとめのないおしゃべりをしていた。エマがやってくるのを待っているのだった。貴族院議員であろうと、庶民院議員であろうと、あるいは、メディアらしき人物であろうと、自分たちを見た者全員が二人は親友に違いないと一片の疑いもなく思ってくれることを、ハリーは願っていた。

ハリーは何度も時計を見た。二時に大法官が貴族院議長席に着く前に、貴族院の傍聴席に坐っていなくてはならなかった。

一時になる直前、エマが中央ロビーに駆け込んでくるのを見て、ハリーは顔がゆるむのをこらえられなかった。ジャイルズが妹に手を振り、ハリーとともに立ち上がって彼女を迎えた。

「何をしていたんだい」ハリーは腰を屈めて彼女にキスするより早く訊いた。

「お昼を食べながら説明するわ」エマがハリーとジャイルズと腕を組みながら約束した。

「でも、その前にあなたたちの最新情報を教えてちょうだい」

「大接戦、というのが大方の見方のようだな」ジャイルズが訪問者用食堂へ二人を案内しながら答え、憂鬱（ゆううつ）そうに付け加えた。「だけど、みんながわれわれ二人の運命を知るまでに、もはやそう長い時間はかからないはずだ」

貴族院はビッグ・ベンが二時を告げるはるか前に満員になり、大法官が議場に入ってくるころには、混み合った議員席（ベンチ）に隙間を見つけることは不可能だった。実際のところ、何人かの議員は議場手摺りのところに立っていなくてはならなかった。ハーヴェイ卿が議場の反対側を一瞥すると、レグ・プレストンがたったいま昼飯を見つけたライオンのような笑みを返してきた。

大法官が入場してくると、議員は一斉に起立して迎え、彼が議長席について会釈をすると、彼らも会釈を返して席に戻った。

大法官は金の房飾りのついた、赤い革張りのフォルダーを開いた。

「貴族院議員のみなさん、われわれがここに集まった目的は、ミスター・ジャイルズ・バリントンとミスター・ハリー・クリフトンのどちらが、一族の肩書き、資産、そして、故サー・ヒューゴー・バリントン、准男爵、平和の護り手のあとを継ぐ資格を有するかを決定するためであります」

ハーヴェイ卿が傍聴席の最前列に陣取るハリー、エマ、そして、ジャイルズを見上げた。孫娘は優しい笑顔でそれを迎え、声には出さずに口を動かして応援した。「頑張って、おじいさま！」

「では、ハーヴェイ卿、討論の開始をお願いします」大法官が告げ、議長席に着席した。

ハーヴェイ卿は最前列のベンチから立ち上がると、送達箱（ディスパッチ・ボックス）の両端を握って気持ちを落ち着けた。その背後で、同僚の上院議員たちが一斉に声を挙げて励ました。

「謹聴（ヒア）、謹聴（ヒア）！」ハーヴェイ卿は議場を見回した。自分の人生で最も重要な演説を始めようとしていることを、意識しないわけにはいかなかった。

「同僚たる議員諸君」彼はついに口を開いた。「私は今日、わが親族であり、もう一つの院に席を有するミスター・ジャイルズ・バリントンの代理人として、法律に基づいた彼の主張、つまり、彼こそがバリントンの肩書きと、それに連なるすべてのものを引き継ぐ権利を有していることを訴えるためにここに立っているわけです。同僚議員諸君には、この一件が諸君を煩わせることになった経緯をこれから説明することを許していただきたい。一八七七年、ジョシュア・バリントンは海運業による貢献を認められ、ヴィクトリア女王から准男爵の位を授けられました。そのなかには〈バリントン海運〉が含まれています。〈バリントン海運〉は外洋を航行できる大型船舶を複数有し、今日に至るまで、ブリストルを本拠地にしています。

「ジョシュアは九人家族の五番目の子として生まれ、七歳で学校をやめて、読み書きもできないまま、〈コールドウォーター海運会社〉の徒弟となりました。ほどなくして周囲の全員に明らかになったのは、彼が尋常な子ではないという事実でした。

「三十歳になるころには正社員に昇格し、四十二歳で重役になりました。〈コールドウォーター海運会社〉にとって厳しい時代だったのですが、それから十年、彼は事実上独りで会社を救いつづけ、そのあとの二十二年は会長として尽くしました。

「しかし、同僚議員諸君、今日、われわれがここに集まっている理由を理解するためには、男たるサー・ジョシュアについて、もう少し知ってもらう必要があります。なぜなら、このようなことを、サー・ジョシュアは決してよしとしなかったはずだからです。サー・ジョシュアはとりわけ敬虔な人物であり、自分の言葉は証書と同じと見なす人でした。サー・ジョシュアにとって、握手は契約書にサインしたのと同じでした。今日、そういう人物がどこにいるでしょうか、同僚議員諸君？」

「そうだ！（ヒア・ヒア）」という声が議場のあちこちで上がった。

「しかし、多くの成功した男たちの他聞に漏れず、同僚議員諸君、サー・ジョシュアもまた、死ぬべき運命を受け入れるまでに、われわれのような並みの人間よりも少し長い時間がかかりました」笑いが小波（さざなみ）のように議場に広がっていった。「というわけで、彼にとって最初で唯一の遺言書を作成することになったとき、創造主と取り結んだ生存期間契約の七十歳はすでに満ちていました。しかし、洞察力を持って精力的に仕事に邁進（まいしん）するという姿勢がそれによって変わることもありませんでした。ついに生存契約期間の満了を迎えるとき、サー・ジョシュアはわが国で主導的な立場にある勅撰弁護士のサー・イサイア・ウォルドグレイヴに自分の代理人を依頼しました。あなたと同じ」ハーヴェイ卿は議長席に向き直り、大法官を見てつづけた。「大法官として法律家の日々を終えた弁護士です。私がこのことを口にするのは、同僚議員諸君、サー・ジョシュアの遺言が、あとを襲う者に疑義を差し挟む余地のない、法的な重みと権威を有していることを強調するためなのです。

「その遺言書のなかで、サー・ジョシュアは自分の最初の子であり、最近親者であり、私の最も古い友人であった、サー・ウォルター・バリントンにすべてを遺（のこ）しました。そこには、肩書き、海運会社、土地、財産、そして、遺言書の言葉を正確に引用するなら、〝その時点で保有しているすべて〟が含まれます。この討論は、同僚議員諸君、サー・ジョシュアの最後の遺言書とその文言の法的有効性についてではなく、正当な相続人であるとだれが主張できるかについてのみ行なわれるものです。この時点で、同僚議員諸君、敬虔なサー・ジョシュアの頭によぎることすら決してなかったであろうある考えを、諸君の頭には入れておいていただきたいのです。つまり、彼の相続人が、父として非嫡出(ちゃくしゅつ)の息子をもうけた可能性があるかもしれないということです。

「ニコラス・バリントンが一九一八年にイープルで祖国のために戦死したとき、弟のヒューゴー・バリントンが相続権を引き継ぐことになりました。そして一九四二年、父であるサー・ウォルターの死去にともなって、ヒューゴーはその肩書きを引き継いだのです。今日、本院で決を採るとき、同僚議員諸君、諸君が選ぶのは故サー・ヒューゴー・バリントンと私の一人娘のエリザベス・ハーヴェイのあいだにもうけられた嫡子であり、私の孫息子であるミスター・ジャイルズ・バリントンか、ミセス・メイジー・クリフトンと故アーサー・クリフトンのあいだにもうけられた嫡子である──と私は申し上げますが──ミスター・ハリー・クリフトンのどちらかです。

「ここで、同僚議員諸君、諸君の寛容に甘えて、私の孫のジャイルズ・バリントンについて、少しのあいだ話すのをお赦(ゆる)し願いたい。彼はブリストル・グラマー・スクールで教育を受け、そこからオックスフォード大学ブレイズノーズ学寮(カレッジ)に席を得たものの、卒業はしなかった。戦争が勃発(ぼっぱつ)した直後に、学生生活を擲(なげう)ってでも、ウェセックス連隊に馳(は)せ参じるべきだと考えたのです。若き中尉としてトブルクで戦い、ロンメル率いるアフリカ軍団からその地を守って戦功十字章を授けられたあと、後にはドイツ軍に捕らえられてヴァインスベルク捕虜収容所に送られ、しかし、そこを脱走してイギリスへ戻って、ふたたび連隊と合流して残りの戦争を戦いました。そして、総選挙に立候補して実際に当選し、ブリストル港湾地区選出の議員として、いまはもう一つの院に席を得ています」

「そうだ(ヒア・ヒア)！」という大きな声が反対側のベンチから湧(わ)き上がった。

「父親が死んだ時点で、一切の諍(いさか)いもなく、彼は順当に肩書きを引き継ぎました。宣戦布告から間もなくしてハリー・クリフトンが海で死んだと、広く報道されたからでもあります。ハリーがいまも生きていることを突き止めたのが、私の孫娘の、努力を怠らず、挫けることを知らないエマであり、図らずも彼女がこの一連の出来事の発端となって、今日、本院に諸君を集めることになったのは、人生の皮肉の一つと言わざるを得ません」ハーヴエイ卿は傍聴席を見上げ、孫娘に優しい笑みを浮かべた。

「ハリー・クリフトンがジャイルズ・バリントンより先に生まれていることについては、同僚議員諸君、議論の余地はありません。しかし、ハリー・クリフトンがサー・ヒューゴー・バリントンと、後にミセス・アーサー・クリフトンになるミス・メイジー・タンコックとのあいだで関係があったためにできた子であるという決定的な証拠もありません。

「一九一九年に一度——一度だけ——ヒューゴー・バリントンと性的な関係を持ったことを、ミセス・クリフトンは否定していません。しかし、彼女は数週間後にミスター・アーサー・クリフトンと結婚し、後に、出生証明書にハリー・アーサー・クリフトンと名前を記載される子が誕生しています。

「というわけで、同僚議員諸君、諸君の一方の手はサー・ヒューゴー・バリントンの嫡子であるジャイルズ・バリントンの上に、もう一方の手は、あるいはサー・ヒューゴーの子かもしれないハリー・クリフトンの上に置かれていることになるわけです。一方で、ジャイルズ・バリントンがサー・ヒューゴーの子であることに疑いの余地はありません。この二人のうちのどちらかを選ぶというのは、同僚議員諸君、あなたたちが引き受けたくない危険ではないでしょうか。そうだとすれば、もう一つだけ、この討論が終わったときにどちらの〝投票者控え廊下〟へ向かうべきかを判断するための役に立つかもしれない材料を付け加えさせていただきたい。ハリー・クリフトンはいま傍聴席に坐っていますが、彼は自身の立場を繰り返し明らかにしています。つまり、肩書きという重荷——これは彼自身が使った言葉です——を背負うことに関心はなく、親友であるジャイルズ・バリントンが引き継ぐほうがはるかにいいと考えているということです」

　何人かの議員が傍聴席を見上げた。ジャイルズとエマ・バリントンのあいだに挟まれて坐っているハリー・クリフトンが、その通りだとうなずいていた。全員の目がふたたび自分に戻るのを待って、ハーヴェイ卿がつづけた。

「というわけで、同僚議員諸君、こののち、投票は今夜になるだろうが、私から是非お願いしたいのは、ハリー・クリフトンの希望とサー・ジョシュア・バリントンの意図を考慮の材料に加え、私の孫であるジャイルズ・バリントンに〝疑わしきは罰せず〟の原則を適用していただきたい。本院の寛容に感謝します」

歓声が轟き、議事日程表が打ち振られるなか、ハーヴェイ卿がベンチに腰を下ろした。もう今夜の勝者はハーヴェイ卿と決まったも同然だ、とハリーは確信した。

議場がふたたび落ち着きを取り戻すと、大法官が起立して告げた。「プレストン卿、あなたの意見を聞かせてください」

ハリーが傍聴席から見下ろすと、これまで一度も見たことのない人物が反対側のベンチからゆっくりと立ち上がった。身長は五フィートぎりぎりか、がっちりした筋肉質の身体と溶鉱炉焼けして皺の刻まれた顔が、議員になるまでは肉体労働一筋の人生だったことを疑いようもなく示し、好戦的な表情が、恐れるものは何もないと宣言していた。

レグ・プレストンは束の間ではあったが、胸壁の上端から顔をのぞかせて敵の様子を仔細にうかがおうとする兵士のように、反対側のベンチを観察した。

「同僚議員諸君、私はこの討論を始めるに当たって、まずはハーヴェイ卿の感動的で素晴らしい演説に敬意を表したいと考えます。しかし、まさにその素晴らしさが彼の演説の弱点であり、不首尾な結果に終わる原因になるのではないでしょうか。卿の弁論は実に感動的でしたが、話が進むにつれて、勝ち目のない案件を弁護していることをわかり過ぎるぐらいわかっている弁護士のような口振りになっていきました」プレストンはハーヴェイ卿が作り出せなかった静寂を議場に作り出した。

「では、同僚議員諸君、ハーヴェイ貴族院議員によって都合よく準備された事実のいくつかを考えてみましょう。若きヒューゴー・バリントンがメイジー・タンコックと性的な関係を持ち、その六週間後に、彼女はアーサー・クリフトンと結婚したことに、異論を唱える余地はありません。また、その九カ月後、ほぼ一日も違わずに彼女は息子を生み、卿にとって都合のいいことに、出生証明書にハリー・アーサー・クリフトンと名前が記載されたことにも異論を差し挟む余地はありません。ともあれ、若きヒューゴー・バリントンと、まだメイジー・タンコックだったときのミセス・クリフトンのあいだのささやかな問題は、それで片がついたわけです、そうですね、同僚議員諸君？　しかし一つだけ、卿に都合のよくない事実が残っています。もしミセス・クリフトンがその子を授かったのが結婚したその日だとしたら、彼は七カ月と十二日で生まれたことになるという事実です。

「さて、同僚議員諸君、私はだれよりも先にその可能性を受け入れるものでありますが、賭け事をするにやぶさかでない男として、九カ月と七カ月十二日の二者択一を求められたら、どちらに賭け金を置くかを迷うことはないでしょう。それに、ブックメーカーも、九カ月にはそれほど大きな賭け率をつけないでしょう」

労働党寄りの議員の席で小さな笑いが起こった。

「付け加えておくべきでしょうが、同僚議員諸君、その子が生まれたときの体重は九ポンド四オンスでした。未熟児の体重ではないと思いますよ」

笑いが大きくなった。

「次にもう一つ、ハーヴェイ卿の鋭敏な頭からたまたま抜け落ちてしまったに違いない事実があります。それを考えてみましょう。ヒューゴー・バリントンは父や祖父と同じく、色覚障碍という遺伝的な特質を持っていました。それは、ヒューゴー・バリントンの息子のジャイルズも同様で、しかも、ハリー・クリフトンも同じ特質を持っているのです。賭け率がさらに低くなりつつあります、同僚議員諸君」

笑い声がもっと大きくなり、双方の議員席でひそひそ話が始まった。ハーヴェイ卿は苦い顔でそれを見ながら、次の一撃を待った。

「その賭け率をさらに低くしようではありませんか、同僚議員諸君。両親が同じRhマイナスの血液型であれば、その子供たちもRhマイナスになることを発見したのは、セント・トマス病院の偉大なドクター・ミルンです。サー・ヒューゴー・バリントンはRhマイナスでした。ミセス・クリフトンもRhマイナスです。そして何たることか、ハリー・クリフトンもRhマイナスなのです。そして、その血液型のイギリス人は全人口の十二パーセントに過ぎません。ブックメーカーはこの時点で払戻しを始めるのではないですか、同僚議員諸君。なぜなら、唯一残っている馬は出走ゲートにやってこなかったんですから」

そのあとに、いつより大きい笑いがつづいた。ハーヴェイ卿はベンチにさらに深く沈み込み、アーサー・クリフトンがRhマイナスだったと彼が指摘しなかったことに腹を立てていた。

「ではここで、同僚議員諸君、一つのことに触れさせていただきたい。それに関しては、私は心からハーヴェイ卿に同意するものであります。サー・ジョシュア・バリントンの遺言書に疑義を挟む権利は、それが法律的に正統とみなされる血統を有する場合には、だれにもないということです。したがって、われわれが判断しなくてはならないのは、〝最初に生まれた〟と〝最近親〟という言葉が、実際に何を意味するかだけでいいのです。

「この議場にいるみなさんの大半は、世襲主義について私が強い考えを持っていることをよくご存じのはずです」プレストンが笑みを浮かべて付け加えた。「その私でも、本件の場合は主義とは無関係の正統な世襲であると考えます」

今度は議場の一方の側からしか笑いは起こらず、もう一方のベンチにいる者たちは石のように沈黙していた。

「同僚議員諸君、自分たちの都合に合わせるためだけに法の優越を無視し、歴史ある伝統をみだりに改竄してもいいと判断すれば、世襲という考え方の評判を自分たちで落とすことになり、いずれこの制度全体が間違いなく崩壊して、あなたたちの頭に墜ちてくることになるのですよ」プレストンが反対側のベンチを指さした。

「というわけで、この悲しい問題の当事者たる二人の若者のことを考えましょう。もっとも、これは彼らが作り出した問題ではないということを言っておくべきかもしれません。われわれの聞いたところでは、ハリー・クリフトンは友人のジャイルズ・バリントンが肩書きを継ぐほうがいいと考えているそうです。何と立派な態度でしょう。しかし、ハリー・クリフトンは立派な人格を備えた人物であり、そのことに疑いの余地はありません。それでも、同僚議員諸君、その道を進んでいくとすれば、将来も、この国のすべての世襲貴族は自分が継がせたいと思う子に後を継がせられるわけですが、その道の先には行き止まりの標識しかないのです」

議場が静まり返り、プレストン卿はささやきに近いまでに声を落とすことができた。

「この立派な人格を備えた若者であるハリー・クリフトンが、世界に対して、友人のジャイルズ・バリントンが〝最初に生まれた子〟であると認知してほしいと言ったとき、そこに何であれ秘められた動機があったでしょうか」

全員の目がプレストン卿に集中した。

「よろしいか、同僚議員諸君、英国教会はハリー・クリフトンが彼の愛する女性、エマ・バリントンと結婚することを認めませんでした。なぜなら、二人の父親が同一の男性であることにほとんど疑いがないからです」

これほど人を嫌いだと思ったのは、ハリーの人生で初めてだった。

「今日は見ての通り、同僚議員諸君、主教席が一杯です」プレストンがその席を埋めている聖職者たちを見てつづけた。「私としては、この問題についての教会の考え方を何としても知らなくてはなりません。なぜなら、意見が二つに割れることはあり得ないはずだからです」主教の一人か二人が、落ち着きの悪そうな顔になった。「これから、ハリー・クリフトンの血統の問題に入ろうと考えていますが、過去の経歴においては、ジャイルズ・バリントンとほぼ同じであることを言っておくべきかもしれません。ブリストルの裏通りで育ち、不利な状況にもかかわらずブリストル・グラマー・スクールに席を得、五年後にはオックスフォード大学ブレイズノーズ学寮（カレッジ）の給費生になりました。そして、若きハリーは宣戦布告を待たずに大学をやめています。軍に入ろうと考えたからですが、それが叶わなかったのは、乗り組んだ船がドイツのU－ボートに沈められたからであり、その結果として、ハーヴェイ卿やバリントン家の人々は、彼が海で死んだと信じることになったわけです。

「『ある囚人の日記』のミスター・クリフトンの感動的な言葉を読んだ者ならだれでも、彼が結局どういう経緯でアメリカ軍に入り、そこで銀星章を授けられて、平和が宣言されるわずか数週間前にドイツ軍の地雷で重傷を負ったことは知っているはずです。しかし、ドイツ軍はハリー・クリフトンをそんなに簡単には殺せませんでしたし、同僚議員諸君、それはわれわれも同じであるはずです」

労働党寄りの議員席から一斉に大歓声が上がり、プレストン卿は議場にふたたび静寂が戻るのを待たなくてはならなかった。

「最後に、同僚議員諸君、今日ここにいる理由をわれわれは自らに問わなくてはならないが、私がその理由を教えましょう。それはジャイルズ・バリントンが上訴をし、わが国の七名の主導的な法律家の下した判断に異議を唱えたからであります。これもまた、ハーヴェイ卿が感動的な演説のなかで言及しそこねたことの一つです。しかし、ここで忘れてならないのは、七名の法官議員は彼らの知識と見識をもって、ハリー・クリフトンが准男爵の位を引き継ぐべきだと判断したという事実です。もしその判断を覆すべきだと考える者がいるのなら、同僚議員諸君、その人物はその前に、七名の法律家がその判断を下すに際して基本的な誤りを犯していると確信できなくてはなりません。

「というわけで、同僚議員諸君」プレストン卿が演説を締めくくりにかかった。「この二人の若者のどちらがバリントンの肩書きを継ぐべきかを決める投票の際には、判断の基準を都合のよさに置くのではなく、確率の高さに置いていただきたい。なぜならその晩には、ハーヴェイ卿の言葉を引用するなら、〝疑わしきは罰せず〟という原則がジャイルズ・バリントンではなく、血統ではないとしても賭け率が常に彼に味方しているとおり、ハリー・クリフトンに適用されることになるからです。私の訴えを締めくくるに当たって申し上げるが」彼は挑戦的に反対側のベンチを睨みつけた。「〝投票者控え廊下〟へ向かうときには、良心を携え、政治はこの議場に置いていくことをお願いする」

プレストン卿が着席すると、自分の側のベンチから大歓声が上がり、反対側のベンチでも、数人がうなずくのを見ることができた。

ハーヴェイ卿は討論相手のプレストン卿にメモを送り、明白な確信を持って説得力を増しさえした強力な演説を讃えた。貴族院の伝統に則り、双方の第一演説者はそのまま自分の席にとどまって、そのあとにつづく同僚議員の所見に耳を傾けた。

双方の側の数人から思いがけない言葉が発せられ、最終的に投票結果がどうなるのか、ハーヴェイ卿の不安をさらに募らせることになった。ブリストル主教の演説は議場にいる全員が一心に集中して聴き入るほどのもので、彼の横のベンチに坐っている高位の聖職者たちに後押しされていることが明らかだった。

「同僚議員のみなさん」主教は言った。「今夜、あなたたちがミスター・ジャイルズ・バリントンが肩書きを継承すべきであると知識と見識を持って評決されれば、私も私の友人の議員も、ミスター・ハリー・クリフトンとミス・エマ・バリントンの法律上の結婚に関する異議を撤回する以外の選択肢がなくなることになります。なぜなら、同僚議員のみなさん、あなたがたがハリーはサー・ヒューゴーの息子ではないと判断されれば、結婚への異議は存在し得なくなるからです」

「しかし、彼らはどっちへ投票するのかな」ハーヴェイ卿は最前列のベンチでの隣りに坐っている同僚にささやいた。

「私も私の同僚も、採決時になったら、どちら側の〝投票者控え廊下〟へも行きません。なぜなら、われわれは政治的側面において、また、法律的側面において、この問題について判断する資格を有していないと思うからです」

「倫理的な側面においてはどうなんだろう」プレストン卿が主教のベンチに届く声で言った。ハーヴェイ卿はようやく、プレストン卿も自分と同じ考えを持たないわけではないのだと気がついた。

もう一つ、貴族院を驚かせたのは、無所属で、元英国医師会会長のヒューズ卿の演説だった。

「同僚議員諸君、私はここで、最近ムアフィールド病院で行なわれた研究結果が、色覚障碍は女系を通してしか受け渡され得ないという結果を示したことを報告しなくてはなりません」

大法官が赤いフォルダーを開き、ノートにメモを書き加えた。

「それゆえ、サー・ヒューゴー・バリントンが色覚障碍だから、ハリー・クリフトンは彼の息子である可能性が高いという、プレストン卿の発言は事実とは異なります。したがって、両者が色覚障碍であるのは偶然以上の何物でもないと見なし、この問題の判断材料から排除するのが妥当だと考えます」

ビッグ・ベンが十時を告げても、発言を求めている者が何人か残っていた。大法官は自身の知識と見識をもって、討論を杓子定規に打ち切ることはしないと決めた。最後の演説者が自分の席に戻ったときには、翌日の午前三時を数分過ぎていた。

ようやく採決のベルが鳴らされ、むさ苦しく疲れ切った貴族院議員が列をなして議場をあとにし、〝投票者控え廊下〟へ向かった。まだ傍聴席にいたハリーは、ハーヴェイ卿がぐっすり眠っていることに気がついた。そのことについては、だれも何も言わなかった。何しろ、十三時間もそこに坐りきりだったのだ。

「投票時間までに起きてくれればいいんだ」ジャイルズはにやりと笑ったが、ハーヴェイ卿が議員席でずるりと崩れ落ちるのを見たとたんに、その顔が強ばった。

議場に控えているメッセンジャーが救急車を呼びに急ぎ、二人の延吏主任が議場に駆け込んできて、貴族院議員をそうっとストレッチャーに乗せた。

ハリー、ジャイルズ、エマの三人は傍聴席を飛び出した。〝投票者控え廊下〟にたどり着いたちょうどそのとき、ストレッチャーが議場を出てきた。三人はハーヴェイ卿に付き添って建物を出、待機している救急車に乗り込んだ。

議員たちは廊下で自分の選択した票を投じ終えると、のろのろと議場に戻った。結果を聞くまで、帰る気になれなかったのだ。その全員が――どちら側のベンチにいようと――最前列のベンチにハーヴェイ卿の姿が見えないことを訝った。

議場に噂が広がりはじめ、プレストン卿はそれを聞いたとたんに真っ青になった。

数分後、四人の担当院内幹事が、投票結果を告げるために議場へ戻ってきた。彼らは中央通路を颯爽と、かつては近衛兵(このえへい)だったかのような足取りで上っていくと、大法官の前に立った。

議場に静寂が落ちた。

代表院内幹事が投票結果を記した紙を広げて掲げ、大きな声で宣言した。「賛成、二百七十三票。反対、二百七十三票」

議場でも、上の傍聴席でも、大きなどよめきが起こった。そして、議員も傍聴者も、これからどうなるのかを知りたがった。古参の議員なら気づいただろうが、大法官が決定票(キャスティング・ヴォート)を握っているはずだった。その大法官は議長席に一人坐ったまま、周囲の音にも騒ぎにも動じることなく、貴族院に秩序が戻るのを辛抱強く待っていた。

最後のささやきが消えるや、大法官はゆっくりと議長席から立ち上がり、議場に向かって声を発する前に、後ろの長い鬘(かつら)を直し、黒と金のモール刺繍のローブの襟を引っ張った。そこにいる全員の目が、彼に集中した。議場を見下ろすことのできる混み合った傍聴席では、傍聴切符を手に入れることのできた運のいい者たちが、期待を込めて手摺りから身を乗り出していた。貴賓席(きひんせき)が三人分空いていたが、その三人は大法官がその権能によって将来を決める者たちだった。

「議員諸君」大法官は口を開いた。「長時間にわたって行なわれたこの討論を、私は一つ一つ、耳をそばだて、関心を持って傾聴させてもらいました。この議論はとても雄弁で、とても力がこもっていて、本院に席を有する人々のすべての意見が提出されたように思います。そしてその議論は、私をしてあるディレンマに直面させています。私はそれをあなたたち全員と共有したいと考えます。

「通常であれば、賛否同数であった場合、私はそもそも法官議員が四対三の評決で下した判断を躊躇なく支持し、ハリー・クリフトンがバリントンの肩書きを継ぐべきであると決したでしょう。事実、そうでなければ、私は責任を全うしたことにならなかったはずです。しかし、あなたたちはいまだご存じないかもしれないが、採決のベルが鳴った直後、この動議の提出者であるハーヴェイ卿が病いに倒れられ、したがって、彼自身は投票することができませんでした。彼がどちらに投票したかは、ここにいるみなさんにも疑いの余地はないはずです。たとえ最小差であるとしても自分が勝利し、それゆえに、自身の孫息子であるジャイルズ・バリントンが肩書きを継ぐことになると確信しておられたに違いありません。

「私はこの状況に鑑(かんが)み、自らが最終判断を下すにはソロモンの知恵が必要であると考えます。それについては、議員諸君、あなたたちの同意が得られるものと確信している次第です」

「異議なし（ヒア・ヒア）」という小さな賛同の声が、両側のベンチから聞こえた。

「しかしながら、本貴族院に知らせておかなくてはならないのですが」大法官がつづけた。「私はまだ、どちらの息子を二つに断ち割り、どちらの息子に生得権を返すべきかを決めかねています」

　それを聞いて、議場に低い笑いが広がっていき、その場の緊張がほぐれていった。

「というわけで、議員のみなさん」議場全体の目がふたたび自分に集中するのを待って、大法官はつづけた。「バリントン対クリフトンの案件に関する判断は、本日の午前十時に下すこととします」そして、議長席にふたたび腰を下ろすと、それきり沈黙した。式部長が三度、杖で床を打ったが、騒然とした議場では、だれの耳にもほとんど届かなかった。

「本貴族院は午前十時に再召集され」と、彼は声を張り上げた。「バリントン対クリフトンの案件に関する判断が大法官から下されることとする。全員起立！」

　大法官が議長席から立ち上がり、そこに集（つど）っている者たちに会釈をして、議員たちも礼を返した。

　ふたたび、式部長が三度、杖を床に打ちつけた。

「休会！」

特別収録短編

# ソロモンの知恵

## THE WISDOM OF SOLOMON

by JEFFREY ARCHER

「余計なお世話なんじゃないかしら」キャロルがアドヴァイスした。

「そんなことはない」ぼくはベッドに入りながら妻に言った。「だって、ボブとは二十年来の友人なんだから」

「それなら、なおさら口を出すべきじゃないわ」キャロルが言い張った。

「だけど、彼女を好きじゃないんだ」ぼくはぶっきらぼうに応じた。

「それはディナーのあいだに本当にはっきりわからせてもらったわよ」キャロルが彼女の側のベッドサイドの明かりを消しながら思い出させた。

「だけど、間違いなく涙で終わることは目に見えているんだ」

「それなら、〈クリネックス〉の大箱を買う必要があるわね」

「彼女はあいつの金を狙ってるだけだ」ぼくはつぶやいた。

「あの人、お金なんて大して持ってないじゃない」キャロルが言った。「クリニックは繁盛しているけど、大金持ちの仲間(アブラモヴィッチ・リーグ)というには程遠いでしょう」

「そうかもしれないけど、彼女との結婚を思いとどまるよう忠告するのは、やはり友人としてのぼくの義務だよ」

「彼はその忠告をいまは聞きたくないんじゃないの」キャロルが言った。「だったら、考えるだけ無駄よ」

「蒙昧な私に説明していただけませんか、賢い方」ぼくは枕を叩いて膨らませながら言った。「なぜ無駄なんでしょう?」

　キャロルはぼくの皮肉を無視した。「もし離婚裁判になったら、あなたはしたり顔の嫌なやつにしか見えないでしょう。結婚して結局うまくいったら、彼はあなたを赦さないはずよ――彼女もね」

「彼女に言うつもりはないよ」

「あなたにどう思われているかなんて、彼女はもうよくわかってるわ」キャロルが言った。

「ほんとよ」

「一年とつづくもんか」と予想した瞬間、ぼくの側のベッドの横の電話が鳴り、患者でないことを祈りながら受話器を取った。

「一つだけ訊きたいたことがあるんだ」名乗ってもらう必要のない声が言った。

「どんなことだ、ボブ?」ぼくは訊いた。

「おれの新郎付添い役をやってもらえるかな?」

ボブ・ラドフォードと出会ったのはセント・トマス病院、ともにそこの若手の研修医をしているときだった。もっと正確に言うと、最初に接触したのはラグビーのフィールドで、決勝トライを挙げられると思った瞬間にタックルを食らったときだ。当時、ぼくたちは敵と味方の関係にあった。

二人してガイズ病院の上級勤務医になったあと、ぼくたちは同じラグビー・チームでプレイするようになり、水曜日には決まってスカッシュ――彼が勝つと決まっていたが――を楽しんだ。最終年にはランベスで同じ一軒の家に暮らした。二人とも、女性と関係を持つのに苦労することはなかった。セント・トマスには三千を超す女性看護師がいて、その大半はセックスを欲し、なぜかはわからないが医者は安全な賭けだと見なしていた。ぼくもボブも自分の新しい地位を利用して楽しんだ。そして、ぼくは恋に落ちた。

キャロルもガイズ病院の若手研修医で、最初のデートのときに長期の関係を望んでいるのでないことをこれ以上ないほどはっきりさせた。だが、ぼくの一つの才能、すなわち諦めの悪さを過小評価していた。そして、九回目のプロポーズでついに首を縦に振ることになった。ぼくとキャロルは彼女が勤務医になった数か月後に結婚した。

ボブはまったく正反対の方向へ進んだ。ディナーに招待すると、毎回新しい連れを伴って現われた。ぼくはときどき彼女たちの名前を混同し、キャロルは一度もそういう失態を犯さなかった。それでも、年を経るにつれて、さすがのボブでさえコース・メニューの新しい御馳走への食欲が学生時代ほど旺盛ではなくなっていった。考えてみれば、二人とも四十回目の誕生日を祝ったばかりだった。ボブが病院で最も結婚相手にふさわしい独身医師として学生新聞に名指しされたのも仕方のないことで、その最大の理由はロンドンで最も成功しているクリニックを立ち上げていたからだ。ハーレー・ストリートにいくつも部屋を持っていたが、結婚の幸福（マリタル・ブリス）に使われているところは一つもなかった。だが、ここへきてようやく、それに終止符が打たれるようだった。

　ボブがこれからの一生をともに過ごす女性を紹介すると言ってキャロルとぼくをディナーに招待してくれたときは、驚いたと同時に喜んだ。ボブの最後の恋人の名前を思い出せなくて少しまごついたが、フィオーナという名前でないことはほぼ間違いなかった。

　レストランに着いてみると、二人は手を握り合って部屋の奥の隅に坐っていた。ボブが立ち上がり、世界一素晴らしい女性だとフィオーナを紹介した。その女性について公正を期すために付け加えれば、赤い血が流れている男なら、フィオーナの肉体的特性を否定できる者はいないはずだった。身長は五フィート八インチ、脚の長さは三十インチはあるに違いなく、フィットネスクラブで磨き上げた体形がそこに加わって、レタスの葉と水という食事がそれを仕上げていた。

　食事中の会話は弾まなかった。その原因の一つは、ボブがまるでドナテッロの描く裸婦を鑑賞するかのようにしてフィオーナを見つめることにほとんどの時間を費やしたからだ。食事が終わるころには、フィオーナはずいぶん金のかかる女だという結論にぼくは達していた。それは彼女がワインリストを値段の高い順から検めていっただけでなく、前菜としてキャヴィアを注文し、トリュフを山盛りにしたパスタを可愛らしい笑顔で自分用に注文したからだ。

正直に言うと、フィオーナはできれば別の大陸で、夜の遅い時間にホテルのバーのストゥールに腰かけているときに出会いたいタイプの、脚の長いブロンド美人だった。年齢はわからなかったが、ボブと出会う前に三度離婚していることが食事をしているあいだに判明した。それでも、今度は理想の男性を見つけたと彼女は保証した。その晩を無事に逃げ出せたことに安堵するあまり、読者のみなさんがすでにお気づきのとおり、フィオーナをどう思ったかをぼくは妻に詳しく話さなかった。

結婚式は三か月ほどあとに、キングズ・ロードのチェルシー戸籍登記所で行われた。出席したのはセント・トマス病院とガイズ病院のボブの友人数人――そのなかにはラグビー時代以降、一度も顔を見ていない者もいた。フィオーナには友だちが一人もいないらしい、少なくとも最新の結婚式に進んで出席したいと思う友だちはいないようだとキャロルに指摘するのは賢明ではなさそうだと判断して、それについては口を閉ざした。

ぼくは何も言わずにボブの横に立ち、登記所の係が抑揚をつけた口調でこう言うのを聞いた。「だれであれこの二人が婚姻によって結ばれるべきでないという法的理由を提示できる者は、いま、この場でそれを明らかにするように」

ぼくは意見を述べたかったが、すぐそばにいるキャロルに聞かれる危険があったので我慢した。認めなくてはならないが、この結婚式でのフィオーナは輝くように美しかった。もっとも、仔羊を丸ごと呑み込もうとしているパイソンに見えなくもなかったが。

披露宴はフラム・ロードの〈ルチオズ〉で催された。新郎付添い役のスピーチは、ぼくがシャンパンを飲み過ぎていなかったら、あるいは自分が口ごもりながら発している言葉を一つでも信じていたら、もう少し首尾一貫したものになっていたかもしれない。

ぼくはおざなりな拍手をもらいながら着席したが、キャロルはよくできたと褒めてくれなかったし、そのために耳元へ口を近づけようとぼくのほうへ身体を傾けてもくれなかった。招待客がレストランの前の舗道で新郎新婦を見送るまで、ぼくはずっとキャロルを避けつづけた。ボブとフィオーナはそこでみんなに別れを告げ、ストレッチ・リムジンに乗り込んでヒースロー空港へ向かった。そこから空路アカプルコへ飛び、三週間のハネムーンを過ごす予定だった。ヒースローまでの移動手段として新郎新婦のみならず招待客全員が乗れそうなストレッチ・リムジンを選んだのも、ハネムーンの目的地を決めたのも、ボブではなかった。それもぼくがキャロルに教えなかった情報の一つだった。教えたら、それはあなたの偏見だと間違いなく責められただろうし――事実、そのとおりかもしれなかった。

結婚一年目にフィオーナと頻繁に顔を合わせたとは到底言えず、ボブはときどき電話をくれたが、それはハーレー・ストリートのクリニックからと決まっていた。たまに昼を一緒に食べることはあったが、夕方にスカッシュを一ゲーム組み込むことはもはや望むべくもないようだった。

数少ないその昼食のとき、ボブは瞠目すべき妻のいいところを、まるでぼくが彼女をよく思っていないことを知っているかのように――ぼくは本心を一度も口にしたことがなかったが――事細かに自慢した。たぶんそれが理由だとしか考えられないのだが、ぼくもキャロルも二人の自宅へディナーに招待されなかったし、ぼくたちが二人を夕食に招待しても、これから往診に行かなくちゃならないとか、その日の夜はロンドンにいないといった、見え透いた言い訳で断わられるのが常だった。

最初のうち、変化はほとんどそうとわからないぐらい小さかった。一緒に昼食をとる機会が増えていき、ときどきはスカッシュもするようになっていった。もっとはっきりした変化は、聖女に列せられんばかりに褒め上げていたフィオーナのことを、ボブがほとんど口にしなくなったことかもしれなかった。

変化がさらにはっきりしたのは、ボブの叔母のミス・ミリュエル・ペンブルトンの死の直後だった。正直なところ、ぼくはボブに叔母がいたことすら知らなかったし、彼女が〈ペンブルトン・エレクトロニクス〉の唯一の相続人だったことなど知る由もなかった。〈タイムズ〉が明らかにしたところでは、ミス・ペンブルトンは株と不動産で七百万ポンドちょっとと、かなりのアート・コレクションを遺していた。そして、慈善団体への少額の遺贈を除いて、あとはすべて彼女の甥が、彼女の甥だけが受け取ることになるとわかった。神はボブに祝福を与えるべきだった——思いがけない富を相続しても何ら変わるところがなかったのだから。だが、フィオーナについては、そうは言えない。

幸運を祝福しようとぼくが電話をしたとき、ボブの声はとても小さくて元気がなかった。そして、個人的な問題で助言を必要としているから昼を一緒に食べられないだろうかと訊いてきた。

二時間後にデヴォンシャー・プレイスを少し外れた高級パブで落ち合ったが、ウェイターが注文を取って引き下がるまで、ボブは重要なことは一つとして話さなかった。そして、最初の料理が運ばれてきたあと、話というメニューに載っているのはフィオーナだけになった。ボブはその日の朝、〈アボット・クロンビー事務弁護士事務所〉からの書類を受け取ったのだが、そこには曖昧さのつけいる余地がない言葉で、妻が離婚訴訟を起こす旨が記されていた。

「彼女にとって絶好のタイミングだな」ぼくは無遠慮に言った。

「そして、おれは気づきもしなかった」ボブが言った。

「気づく？」ぼくは繰り返した。「何に？」

「ミリュエル叔母に会って間もなく、フィオーナのぼくへの態度が変わったことにだ。実はその日の夜、彼女はぼくのパンツを脱がせることにまんまと成功したんだ」

その問題についてウッディ・アレンが何と言っているか、ぼくはボブに教えてやった。神は男にペニスと脳みそを与えておきながら、なぜ双方を結びつけるに十分な血液を与えなかったのか、ミスター・アレンはそれを理解できずにいた。ボブはその日初めて笑ったが、すぐにまた、いまにも泣き出しそうな顔で黙りこくってしまった。

「何か手助けできることがあるか？」ぼくは訊いた。

「一流の離婚弁護士を知ってたら教えてもらえるとありがたい」ボブが答えた。「ミセス・アボットは自分の依頼人のために相手の血を最後の一滴まで搾り取るんだそうだ。最近、常任上訴裁判官が配偶者に有利な判決を下してからは特にそうらしい」

「思い当たらないな」ぼくは言った。「十六年も幸福な結婚生活を送っているからな、残念ながら助言しようにもその材料がない。ピーター・ミッチェルに訊いてみたらどうだ？　だって、四回も離婚してるんだから、いますぐに頼めるなかで最高の弁護士を教えられるはずだろう」

「ピーターには今朝一番に電話したよ」ボブが認めた。「あいつも代理人はミセス・アボットと決めていて、永続代理人としての契約までしてるんだとさ」

それから何週間か、ボブとのスカッシュが回数が増える形で再開され、ぼくが初めて勝ちはじめて、ゲームのあとはぼくたち夫婦とディナーをともにするようになった。ぼくもキャロルもフィオーナの話題は極力避けようとしたが、ボブのほうが口を滑らせて教えてくれたところでは、ミリュエル叔母の遺産の半分を譲るという条件を出したにもかかわらず、彼女はありがたくそれを受け容れるのを拒否していた。

数週間が数か月になるにつれて、ボブは痩せていき、金髪に早々と白いものが目立つようになった。一方フィオーナはますます元気になって、経験豊かなサラブレッドよろしく、新しい障害を軽々と飛び越えていくように見えた。戦術という点では、フィオーナは明らかに長期戦の戦い方をわかっていたが、彼女はすでに三度もアウェーでの離婚訴訟に勝ってきていて、四度目の勝利を明らかに確信していた。

フィオーナがようやく和解に応じたのは、一年ほど経ったころだと思う。ボブの全資産はフィオーナと二等分され、さらに、妻側の法的費用は夫が全額負担することになった。弁護士事務所での調印の日取りが正式に決まり、ぼくは立会人を引き受けて、キャロルの言葉を借りるなら精神的な支えになってやることにした。

ぼくはペンのキャップも外せなかった。ミセス・アボットが和解条件を読み上げる暇もなくフィオーナが泣き出し、あまりにひどい仕打ちを受けて神経を病んでしまったと訴えたのだ。そして、それ以上は何も言わずにオフィスを飛び出していったが、ぼくが見た限りでは神経を病んでいる様子はなかったと言わざるを得ない。ミセス・アボットでさえ苛立ちを隠せないでいた。

ボブが自分の弁護士に選んだハリー・デクスターは、和解が成立しなかったら時間と金のかかる長い法廷での戦いになるだろうと言い、おまけに、被害者側の裁判費用を被告側が負担するよう判事が指示する場合が往々にしてあると付け加えた。ボブは肩をすくめただけで返事もしなかった。

法廷外の示談で落着する可能性がないことを双方が受け容れるや、審理日程が判事のカレンダーに書き込まれた。

デクスターはフィオーナ側の法外な要求を、それに負けない激しさをもって断固として迎え撃ち、ボブも最初は彼の助言にすべて従った。が、相手から新たな要求がなされるたびに決意が揺らぎはじめ、ついにはパンチを喰らいつづけてふらふらになったボクサーのように、いつタオルを投げ入れてもおかしくない状態になった。審理の日が近くなるにつれてますます落ち込んで弱気になり、「それしか彼女を満足させる術がないんなら、一切合財すべてをくれてやればいいじゃないか」とまで口走っていたらくだった。キャロルもぼくも何とか励まして気を強く持たせようとしたが、成功したとは言えなかった。デクスター弁護士でさえ依頼人に裁判を頑張らせることがどんどん難しくなっていくありさまだった。

審理の日にはぼくたち夫婦が法廷で応援することをボブに約束した。

六月の最後の木曜日、キャロルとぼくは夫婦間訴訟を扱う三番法廷の傍聴席に坐り、裁判手続きが始まるのを待った。十時になる十分前、法廷職員が急ぐ様子もなく入廷して自分の席に着きはじめた。数分後、ミセス・アボットがフィオーナを伴って到着した。ぼくは原告を見下ろした。今日の彼女は貴金属で飾ることもなく、黒いスーツを着て、裁判より葬式に向いていそうな服装だった。もちろん、ボブの葬式だ。間もなく、デクスター弁護士がボブを従えて現われ、二人は法廷の相手と反対側のテーブルに着いた。

十時を打ったとき、ぼくが何より恐れていたことが現実になった。入廷した女性裁判長は、罰はその罪に見合ったものであるべきだとはまるで考えていない、規律に厳格な母校の校長をすぐに思い出させてくれた。彼女は裁判長席に腰を下ろすと、ミセス・アボットに微笑した。ミセス・アボットが起立し、笑みを返した。そして、ボブの持っているものを一つ残らず奪い取る戦いの口火を切り、彼の大学のカフスボタンはどっちが持つのが妥当かということまで、立て板に水のごとく弁じたてた。ミスター・ラドフォードの資産はすべて二等分するという同意に達しているのだから、カフスボタンも一方を夫が取るのなら、もう一方は妻が取るべきである……。

一時間が過ぎるごとに、フィオーナ側の要求は膨れ上がっていった。結局のところわたしの依頼人は、とミセス・アボットは説明した。夫に尽くすために、成功している家業を含めて十分に報われていて幸せなアメリカでの生活を犠牲にしたのではなかったでしょうか？　ところが、蓋を開けてみると、夫は滅多に八時前に帰宅せず、それは友人とスカッシュに興じていたからであり、ようやく帰ってきたと思うと――ミセス・アボットが間を置いて勿体をつけた――酔っていて、妻が何時間もかけて夫のために用意した食事に手もつけず――ふたたび間が置かれた――そのあと二人で寝室に行くと、酔っぱらっているせいですぐに眠ってしまうのです。ぼくは抗議しようと傍聴席から腰を浮かしたが、廷吏の一人に着席を促され、さもないと退廷してもらうと警告された。キャロルにも上衣を強く引っ張られた。

ミセス・アボットの長広舌もようやく締めくくりに入ったが、そこでも要求はつづいた。依頼人にはカントリー・ホーム（ミリュエル叔母の）が与えられるべきであり、ミスター・ラドフォードがロンドンのアパートメントを維持することを認める。依頼人はカンヌの別荘（ミリュエル叔母の）を与えられるべきであり、ミスター・ラドフォードはハーレー・ストリートの部屋（賃貸の）を維持することを認める。ミセス・アボットは最後の最後に、ミリュエル叔母のアート・コレクションに言及し、これも二等分されるべきだと考えると主張した。すなわち、依頼人はモネを所有し、ミスター・ラドフォードはマンガンを、依頼人はピカソを所有し、ミスター・ラドフォードはパスモアを、依頼人はベーコンを所有し、などなど……ついにミセス・アボットが着席すると、バトラー裁判長は昼食休廷にすべきかもしれないと提案した。

昼食のあいだ、だれも食事に手をつけないまま、デクスター弁護士もキャロルもぼくも、反撃すべきだと強く説得を試みた。が、ボブは聞こうとしなかった。

「叔母が死ぬ以前からぼくが持っていたものがすべて手元に残るなら」ボブが主張した。「それで十分だよ」

それよりははるかにましな結果を残せるとデクスター弁護士はかなりの自信があったが、ボブは戦うことにほとんど関心を示さなかった。

「早く終わらせてくれればそれでいい」ボブは弁護士に指示した。「向こうの裁判費用を負担するのがだれかを忘れないでくれ。長びけば金額が増えるだけだ」

午後二時に法廷に戻ると、バトラー裁判長がボブの弁護士を見て訊いた。

「被告側として発言を求めますか、ミスター・デクスター？」

「ミセス・アボットの提案通りに資産の分割をすることに無条件に同意します」デクスター弁護士は大きなため息とともに答えた。

「本当に無条件に同意するのですか、ミスター・デクスター？」

デクスター弁護士は改めてボブを見たが、車の後ろの棚にいる犬のような悲しげなうなずきが返ってきただけだった。

「では、そういうことで」バトラー裁判長は驚きを隠せなかった。

彼女が判決を下そうとしたまさにそのとき、フィオーナが取り乱した様子で泣き出し、ミセス・アボットのほうへ身を乗り出すと耳元で何かをささやいた。

「ミセス・アボット」裁判長は泣き声を無視して言った。「この同意を認可してよろしいですか？」

「そうではないようです」ミセス・アボットが起立し、当惑を顔に表わして答えた。「こういう同意は被告側に有利だと、依頼人は依然として感じているようなのです」

「本当にそう思っているのですか？」バトラー裁判長はフィオーナを見た。ミセス・アボットが依頼人の肩に手を置いて耳元でささやいた。とたんにフィオーナが起立し、頭を下げて裁判長の言葉を聞こうとした。

「ミセス・ラドフォード」バトラー裁判長がフィオーナを見下ろして口を開いた。「あなたは代理人があなたのために獲得した和解条件にまだ満足していないと、そう理解していいのですね？」

フィオーナが控えめにうなずいた。

「では、本件を迅速に結論に導けるのではないかとわたしが考える、一つの解決策を提示できるかもしれません」フィオーナが裁判長を見上げて可愛らしい笑み浮かべ、ボブはさらに深く椅子に沈んだ。

「夫の資産分割について公平かつ公正であるとあなたが信じるリストを二つ、あなたが作成し、本法廷がそれを考量すれば、ミセス・ラドフォード、本件の解決はもっと簡単になるかもしれません」

「仰せのままに、裁判長」フィオーナが従順な笑みを浮かべた。

「この提案に同意しますか、ミスター・デクスター？」バトラー裁判長がボブの弁護人に訊いた。

「同意します、裁判長」デクスター弁護士は答えたが、腹立たしさが声に出ないよう苦労しなくてはならなかった。

「それはあなたの依頼人の意志と受け取っていいのですね？」

デクスター弁護士はボブを一瞥したが、依頼人は口を開こうともせず、意見を述べるなど時間の無駄だと言わんばかりだった。

「そして、ミセス・アボット」裁判長がフィオーナの弁護人に目を戻して言った。「依頼人がこの和解策を破棄することはないと約束してもらえますか?」

「依頼人は裁判長の裁定に従うと約束します」フィオーナの弁護人は答えた。

「いいでしょう」バトラー裁判長が言った。「明朝十時まで休廷とし、再開時にミセス・ラドフォードが作った二つのリストを考量することとします」


その日の夜、キャロルとぼくはボブをディナーに連れ出した――だが、実りはなかった。食べるためにも、話すためにも、彼はほとんど口を開かなかった。

「全部くれてやろう」ようやく口を開いたのはコーヒーを飲んでいるときだった。「あの女から逃れるにはそれしかなさそうだ」

「だけど、最終的にこんな結果になるとわかっていたら、叔母上はおまえに財産を遺さなかったんじゃないかな」

「ミリュエル叔母もおれと同様、こんなことになるとは思いもしなかったのさ」ボブが諦めの口調で応えた。「しかも、タイミングも完璧だった。叔母と会ってからぼくのプロポーズを受け容れるまで、ひと月しか必要なかったんだから」そして、咎める目でぼくを見て糾弾した。「どうしてあんな女との結婚を止めてくれなかったんだ?」

翌朝、裁判長が法廷に姿を現わしたときには法廷職員全員がすでに席に着き、敵対している二人はそれぞれの弁護人の隣りに坐っていた。法廷にいる全員が起立して礼をし、裁判長が着席すると全員が着席して、立っているのはミセス・アボットだけになった。
「依頼人はリストを二つ作成する時間がありましたか?」バトラー裁判長がフィオーナの弁護人を見下ろして訊いた。
「はい、裁判長」ミセス・アボットは答えた。「二つとも、裁判長に考量していただく準備ができています」

裁判長が法廷事務官にうなずき、事務官はゆっくりとした足取りでミセス・アボットのところへ行って二つのリストを受け取ると、やはりゆっくりした足取りで裁判長席へ行って考量に資するリストを手渡した。

バトラー裁判長は二つの財産目録を時間をかけて、ときどきうなずいたり、小さく「ふむ」と付け加えたりもしながら読んでいった。その間、ミセス・アボットは立ちっぱなしだった。リストの最後の品目たどり着くと、裁判長は弁護人席へ目を戻した。

そして、ミセス・アボットに訊いた。「原告、被告、双方ともに、これが当該資産の公平かつ公正な分割であると考えるわけですね?」

りませんか？」

「はい、裁判長」ミセス・アボットが依頼人に代わってきっぱりと答えた。

「わかりました」裁判長は応え、デクスター弁護士を見た。「あなたの依頼人も異論はありませんか？」

デクスターがためらったあとでようやく答えた。「はい、裁判長」皮肉の色を隠せなかった。

「いいでしょう」今日初めてフィオーナが微笑した。バトラー裁判長は笑みを返してつづけた。「ですが、判決を言い渡す前に、もう一つ、ミスター・ラドフォードに質問があります」ボブが自分の弁護人にちらりと目を走らせ、不安そうに起立して裁判長を見上げた。

傍聴席から見下ろしているぼくの頭には、まだ何か言うことがあるのかという疑問しかなかった。

「ミスター・ラドフォード」裁判長が口を開いた。「この二つのリストはあなたの全資産を公平かつ公正に分割するものであるとあなたの妻が本法廷において述べるのを、ここにいるわたしたち全員が聞きました」

ボブは黙ってうなずいた。

「しかし、わたしとしては判断を下す前に、あなたが本当にこの評価に同意していることを確認する必要があります」

ボブが顔を上げ、一瞬ためらった様子だったが、やがて答えた。「同意しています、裁判長」

「では、本件に関してわたしに選択の余地はありません」バトラー裁判長は宣言し、間を置いてから、いまも笑みを浮かべているフィオーナをまっすぐに見つめた。「わたしはこの二つのリストを用意する機会をミセス・ラドフォードに認めました」そして、つづけた。「彼女の見方では、このリストはミスター・ラドフォードの資産を公平かつ公正に分割したものだそうです――」

「――」バトラー裁判長はそのとおりだとうなずくフィオーナを見て、内心ほくそ笑んだ。「――ミセス・ラドフォードにリストの作成を認めた以上」彼女はボブに目を戻してさらにつづけた。「二つのリストのどちらが自分にとって好ましいか、ミスター・ラドフォードに選ぶ機会を認めるのも、公平かつ公正であるはずです」

# 訳者あとがき

ジェフリー・アーチャー〈クリフトン年代記〉第二巻、『死もまた我等なり（原題：*THE SINS OF THE FATHER*）』をお届けします。

シリーズの第一巻『時のみぞ知る（原題：*ONLY TIME WILL TELL*）』は、まずは一九一九年のブリストルに舞台が設定され、貧しい港湾労働者だった父親を早くに失って港をうろついていた不登校児のハリーが、母をはじめとする周囲の善意ある人たちの助けを借りながら、また、悪意の者たちに翻弄されながら、成長していく物語でした。ジャイルズ・バリントンという親友を得、エマという生涯の伴侶と心に決めた女性を得て、ついにはオックスフォード大学への入学を果たします。しかし、第二次世界大戦が勃発したために、一旦学業を放棄してヒトラー・ドイツと戦う決心をし、海軍に志願する前に海のことを知ろうと乗り組んだニューヨーク行きの商船がUボートに撃沈されて……というところが結末でした。

第二巻の本作では、九死に一生を得たハリーがニューヨークの病院を退院するや、殺人犯トーマス・ブラッドショーとして逮捕され、実刑判決を受けて服役するものの、ひょんなことからアメリカ軍特殊部隊に加えられてナチス・ドイツと戦うことになります。エマはハリーが生きていることを信じて単身ニューヨークへ向かい、そこでハリーが服役していることを知りますが、なぜか面会が叶いません。しかし、別名義で出版されている囚人日記をたまたま読んだとたんにハリーが書いたものに間違いないと見抜き、著者がハリーであることを突き止めて、出版させ直すことに成功します。ハリーは戦場で瀕死の重傷を負いますが、何とか生き延びて最終的には無事にエマのところへ戻り、作家としての一歩を踏み出します。ジャイルズもドイツ軍の捕虜になったものの決死の脱走に成功して生還し、庶民院議員に当選します。三人の将来にようやく順風が吹きはじめたと思われたとき、ジャイルズとハリーのどちらにバリントン家を継ぐ資格があるかという問題が生じ、当事者の二人の意志とは無関係に状況が複雑になっていきます。その結論や如何に、親友の仲は裂かれてしまうのか……と、これまた読者に気を揉ませ、次作を読まずにはいられなくさせる結末になっています。

著者のジェフリー・ハワード・アーチャーは一九四〇年生まれ、オックスフォード大学へ進んだのち、一九六九年には弱冠二十九歳の最年少議員として庶民院入りを果たします。将来を嘱望されますが、詐欺に遭って全財産を失い、議員も辞職する破目になります。せめて子供のミルク代でも稼ごうと書いた小説『百万ドルをとり返せ！』がミリオン・セラーになり、ミルク代どころか、詐欺事件で被った債務を完済しておつりがきたということです。以降もベストセラーを連発し、政界復帰も果たして順風満帆かと思われたのですが、一九八六年、コールガール・スキャンダルをすっぱ抜かれ、そのタブロイド新聞を訴えて勝訴するのですが、十二年後にロンドン市長に立候補したとき、その裁判の偽証罪で四年の実刑を食らうことになります。しかし、さすがアーチャーというべきか、仮釈放時に獄中記を、さらに短編集『プリズン・ストーリーズ』をものしてベストセラーにするという剛腕を披露しています。以降はそういった波乱もなく、変わることなく健筆をふるいつづけていまに至っています。

第三部に当たる次作『裁きの鐘は（原題：*BEST KEPT SECRET*）』は、ハリーとジャイルズの相続問題から始まり、女性を見る目のないジャイルズが悪い女に捕まって危うく議員の座を失いそうになったり、ケンブリッジ大学への入学を許されたハリーとエマの息子のセバスティアンが国際密輸詐欺犯罪に巻き込まれたりと、またもや波乱万丈の展開になっています。ご期待ください。

本シリーズから派生した〈ウィリアム・ウォーウィック〉シリーズのほうも佳境を迎え、すでに第六作〝TRAITORS GATE〟、第七作〝AN EYE FOR AN EYE〟が本国では刊行されていて、第八作（最終巻と言われています）も鋭意執筆中とのことです。三作とも、本ハーパーBOOKSでお目見えするはずです。こちらもお楽しみに。

また、本シリーズでは、各巻にアーチャーの短編が一編ずつ収録されます。本書に登場する「ソロモンの知恵」は新潮文庫『プリズン・ストーリーズ』に収録されている同名作品を新訳したものです。以降、ミステリー、ユーモア、ドラマなど多岐にわたる作品が登場するので、必ずや堪能していただけるはずです。

戸田裕之

二〇二四年十二月

＊本書は二〇一三年十月に新潮社より刊行された
『死もまた我等なり』を再編集したものです。

訳者紹介　戸田裕之

1954年島根県生まれ。早稲田大学卒業後、編集者を経て翻訳家に。おもな訳書にアーチャー『狙われた英国の薔薇　ロンドン警視庁王室警護本部』をはじめとする〈ウィリアム・ウォーウィック〉シリーズ、『遥かなる未踏峰』『ロスノフスキ家の娘』（以上、ハーパーBOOKS）、アーチャー『運命のコイン』（新潮社）、フォレット『光の鎧』（扶桑社）など。

ハーパーBOOKS 

# 死(し)もまた我等(われら)なり　クリフトン年代記(ねんだいき)　第2部(だいぶ)

2025年1月25日発行　第1刷

著　者　ジェフリー・アーチャー

訳　者　戸田裕之(とだひろゆき)

発行人　鈴木幸辰

発行所　株式会社ハーパーコリンズ・ジャパン
東京都千代田区大手町1-5-1
04-2951-2000（注文）
0570-008091（読者サービス係）

印刷・製本　中央精版印刷株式会社

ISBN978-4-596-72245-4